DONGSUH MYSTERY BOOKS 158

刺青殺人事件
문신살인사건
다카기 아키미쓰/김남 옮김

동서문화사

옮긴이 김남
일본대학교 문과 졸업, 연합신문 편집국장 역임. 지은책 《조국의 날개》 옮긴책 세이시 《혼정살인사건》 하이스미스 《태양은 가득히》 란포 《음울한 짐승》 등이 있다.

DONGSUH MYSTERY BOOKS 158
문신살인사건
다카기 아키미쓰 지음/김남 옮김
초판 발행/1977년 12월 1일
중판 1쇄/2005년 3월 1일
중판 4쇄/2014년 5월 1일
발행인 고정일/발행처 동서문화사
창업 1956. 12. 12. 등록 16-3799
서울 강남구 도산대로 163(신사동, 1층)
☎ 546-0331~6 (FAX) 545-0331
www.dongsuhbook.com

*

이 책의 출판권은 동서문화사(동판)가 소유합니다.
의장권 제호권 편집권은 저작권 법에 의해 보호를 받는 출판물이므로
무단전재와 무단복제를 금합니다.

편찬·필름·제작 일체 「동판」 자본으로 이루어짐에 따라
출판권 소유권자 「동판」에서 제조출판판매 세무일체를 전담합니다.
사업자등록번호 211-90-02201
ISBN 978-89-497-0289-6 04800
ISBN 978-89-497-0081-6 (세트)

문신살인사건
차례

무서운 동체······ 11
마담 세르팡······ 27
문신경연대회의 여왕······ 44
3자 견제의 저주······ 62
홀린 사람들······ 76
몸통이 없는 시체······ 90
완전범죄······ 103
문신여인을 둘러싼 남자들······ 123
막다른 곳에 부딪치면······ 140
오로치마루와 쓰나데히메······ 154
흙광 속의 사체······ 171
돌아온 지라이야······ 186
가죽이 벗겨진 사체······ 205
살인사건 각서······ 223
가미즈키 요오스케의 등장······ 232
괄태충의 발자국······ 249
비(非)유클리드 기하학······ 261
화려한 종반전······ 285
지옥 앞의 러브신······ 305
심리적인 밀실······ 318

이지(理智)와 기괴로 쌓아 올린 걸작···· 344

등장인물

마쓰시타 겐조　도쿄대학 법의학 연구원
마쓰시타 에이이치로　겐조의 형. 경시청 수사과장
가미즈키 요오스케　겐조의 대학 선배
호리야스　문신사
노무라 기누에　호리야스의 딸
노무라 다마에　기누에의 쌍둥이 동생
노무라 쓰네타로　기누에의 오빠
하야카와 헤이시로 박사　문신연구가. 모가미의 삼촌
모가미 히사시　겐조의 중학동창
모가미 다케조　히사시의 형
이나자와 요시오　다케조의 비서

무서운 동체

 문신의 아름다움을 아는 이는 드물다. 살갗에 은밀하게, 감춰진 생명을 새기는 문신예술의 진가에 감동을 받는 사람의 수는 결코 많지 않다.
 하지만 그것은 결국 고집스런 선입관의 소산이리라. 거리의 막노동꾼이나 건달에게 있는 볕에 그을린 적동색 맨살 위에 검푸른 지렁이처럼 꿈틀거리는 조잡한 풋내기가 새긴 작품만 보고 문신이란 모두 이런 것이라고 지레 판단하거나, 아니면 문신을 하는 사람들은 사내나 계집 할 것 없이 모조리 깡패거나 흉악한 범죄자 아니면 사회 밑바닥에 침잠해 있는 인간 쓰레기 같은 존재, 또는 인생이라는 전쟁터의 패잔병일 뿐이라고 굳게 믿고는 엄연한 역사적 진실조차도 억지로 외면을 하려는 그 어느 쪽인가가 분명하다.
 그러나 수천 년 인류사 가운데 그 기원조차 알기 어려운 오랜 옛날부터 그러한 풍속이 전해 내려오는 데에는 역시 그럴만한 까닭이 있다고 보는 것이 타당할 것이다.
 한 예로 미국의 어떤 심리학자는 이렇게 단언한다.

"문신은 성욕이 드러난 것이다."

한쪽엔 길고 날카로운 바늘이 있으며, 다른 한쪽에는 피부를 째고 주입해 넣는 액체가 있다. 주는 것과 받는 것이 있다. 분명 성행위의 양면이 하나에 녹아들어 있는 것이다.

이와 같이 문신이라는 것은 인간의 가장 원시적인 본능에 뿌리를 둔 행위인 까닭으로 비록 한때는 금지되고 없어진 것 같으면서도 언젠가는 반드시 되살아나는 불사조처럼 꺼지지 않는 생명을 지니고 있다고 할 수 있겠다.

신체발부는 수지부모라. 유교 사상 속에 자라난 일본인에게는 이해하기 어려운 일이지만 근대의 구미 여러 나라에는 문신이 결코 하층계급만의 독점물은 아니었다. 겨우 한 시대 전까지만 해도 문신은 유럽 각 왕실에서 왕족과 귀족들에게 사랑을 받았고 또 널리 유행했다.

이른바 옥체를 바늘로 파서 불멸의 문양을 살갗에 간직했던 왕들의 이름을 역사 속에서 더듬어 보면 영국의 에드워드, 조지 두 황제, 러시아의 마지막 황제 로마노프, 그리스의 올가 황후 등 그 수는 이루 헤아릴 수도 없다.

그리고 그러한 유행을 일으킨 계기가 된 것도 바로 일본의 문신 기술이 전 세계에 널리 인정을 받았기 때문이라고 할 수 있으리라.

1868년 조지5세가 아직 황태자였던 시절에 동양을 여행하다가 일본에 들러서 문신을 시술 받은 것이 알려지자, 런던 월드지를 비롯한 영국의 각 신문은 자세하게 보도했다. 그러나 통신 연락이 제대로 이루어지지 않던 시대였으므로 황태자의 문신이 당시 하층 선원에게 유행했던 코를 양쪽으로 꿰뚫은 화살 모양이라고 잘못 전해진 것도 그리 대수로운 사건은 못 된다.

영국의 상하 양원에선 즉각 왕실의 스캔들을 놓고 맹렬한 논쟁이 시작되었다. 해가 지지 않는 대영제국의 황태자로서 있을 수 없는 행위라고 힐난한 야당의 한 의원에 대해 수상은 현재 자세한 내용을 알아보는 중이라는 궁색한 답변만 거듭했다.

영국의 국민들은 은근한 두려움을 갖고 황태자의 귀국을 고대했다. 다행히도 화살 문신은 사실 무근임이 밝혀졌다.

당시 영국 신문의 헤드라인에는 이러한 국민들의 안도감을 미묘한 한 구절로 표현했다.

"황태자의 코는 건재하시다."

팔뚝에 새긴 아름다운 용은 대영제국 왕위 계승 문제에 그 어떠한 영향도 미치지 않았던 것이다.

일본에서는 '문명인으로서 수치스런 행위'라고 법률로 엄히 금지되던 문신이, 황태자 사건을 계기로 유럽 선진국의 각 왕실에 널리 유행하기 시작한 것은 반드시 아이러니만은 아니었다. 일본 문신의 예술성을 최초로 이해한 것은 우키요에(浮世繪, 에도 시대의 서민 풍속화 및 판화) 등과 마찬가지로 당사자인 일본인이 아니라 일본을 방문한 외국인이었던 것이다.

하지만 문신 기술이 일본에서도 진정한 예술로 불릴 정도로까지 진화한 것은 그리 오랜 일이 아니다. 지금으로부터 백 몇십 년 전인 에도 시대 덴포(天保, 1830. 12~1844. 12) 연간이 최초였다.

풍류를 즐기고 앞다퉈 멋을 내던 그 시절, 에도 남녀의 살갗에서 섬세하게 혹은 호방하게, 화려하고 현란한 고운 그림이 다양하게 꽃을 피웠던 것은 일본 풍류사의 한 페이지를 장식하는 특이한 화제로 다뤄지고 있다.

그러나 그것도 지금에 와서는 단순한 역사적 사실에 지나지 않는다. 당시의 명작이나 걸작은 허무하게도 진토로 변했거나 혹은

무서운 동체 13

연기와 함께 사라져 우리는 그 편린조차도 눈으로 보지 못하는 것이다.

인생은 짧으며, 예술의 생명 역시 짧다.

문신사라는 덧없는 숙명의 예술가에게는 자기 이름을 백 년 후세에까지 알리기 바라는 것은 어차피 꿈도 꾸지 못할 일이었다.

물론 의학의 진보로 문신 작품의 면모를 후세에 전하는 불가능한 일도 지금은 어느 정도 가능해졌다. 하나는 사진 촬영이며, 또 하나는 인체의 문신 피부를 사체에서 벗겨내 특수한 가공을 해서 보존하는 방법이다.

도쿄대학 의학부 표본실에도 백 매 가까이 그런 인피(人皮)를 소장하고 있다.

의학부 본관 3층의 반을 차지하며, 통칭 의학박물관이라 불리는 이 표본실은 해마다 5월 축제일에는 널리 외부에 공개된다. 물론 일본 최고 학문의 전당이라 불리는 만큼 이 표본실에는 그 밖에도 수많은 희귀 표본이 소장되어 있다. 예를 들면 입구 가까이에는 눈부신 금빛 관에 보관된 고대 이집트의 미라가 있다. 우치무라 간조(內村鑑三. 그리스도교 사상가), 나쓰메 소세키(夏目漱石. 소설가), 그 밖의 유명 인사들의 사후에 추출한 뇌수도 있다. 자신의 사후마저도 몸소 의학 발전을 위해 공헌하기 바란다는 유언을 남기고 죽은 의학박사 부처의 완전한 해골이 멍한 시선으로 사람들을 바라보며 서 있다. 과거 한 시대를 떠들썩하게 했던 다마노이 오하구로도랑의 토막살인사건의 사체도 유리선반 어딘가에서 발견할 수 있다. 하지만 그런 표본 가운데서도 이 방을 찾아오는 사람들의 주의를 완전하게 빼앗고 마는 것은 역시 벽을 메우면서 걸려 있는 문신이 들어간 사람의 살가죽이다.

그것은 기묘한 아라베스크, 문신사와 문신 예술 애호가의 영혼을 사후에 남긴 만다라이다.

특수한 약품으로 무두질을 하고 펼쳐서 액자에 보관한 이들 표본은 정교한 목판인쇄처럼 보이기도 하고, 호화로운 고블랑직(Jean Gobelin이 창시한 정교한 직조기술) 벽걸이를 연상시키기도 한다.

모란, 사자, 긴타로(金太郎. 전설상의 괴력을 지닌 소년), 반야, 용 등 그림 종류도 매우 다채롭다. 하나하나의 표본에는 생명을 새기는 고통의 번민과, 바늘 하나에 모든 정열을 기울이는 문신사의 모습이 지금도 여전히 강하게 숨쉬고 있다.

일일이 열거하자면 그것은 분명 예술품이라 불릴 수 있으리라. 하지만 몇 십 매가 모이면 심상치 않은 기괴한 분위기와 말로는 표현하지 못할 박력을 지니고 사람들의 가슴에 밀려온다. 물끄러미 이 표본을 바라보는 사람은 순식간에 현실 세계를 초월한 요괴의 세계로 끌려 들어가는 듯한 느낌을 억누르지 못한다.

언젠가 나하고 함께 이 방을 찾아갔던 한 신문기자는 상기된 목소리로 중얼거렸다.

"사람도 죽어서 가죽을 남기는 것인가?"

감탄과 공포, 흥분과 도취가 뒤섞인 복잡한 표정을 띠우면서.

그때 그는 다음과 같이 말을 이었다.

"문신은 확실히 예술이야. 적어도 여기 보관되어 있는 표본에 관해서는 나는 네 주장을 인정해야겠어. 하지만 자기 몸에 상처를 내고 통증과 함께 체력을 소모시킨다는 건 어리석은 짓이야. 상식 있는 인간이 할 짓은 아니라고."

어리석다면 어리석기도 하다. 비상식적이라고 한다면 이보다 더한 비상식도 없다. 하지만 한편으로 문신은 아편 같은 매력을 지닌다. 일단 이 매력의 포로가 되었다 하면 더 이상 저항의 여지는 없다. 문신에 매료된 사람들에게는 이를 대신할 만한 세계가 달리 존재하지 않는다.

그러한 가장 두드러진 예의 하나는, 역시 이 방에 살가죽을 남긴 조용회(彫勇會) 회장 무라카미 야소키치(村上八十吉)일 것이다.

그의 문신은 크기로 볼 때 전무후무하다고 할 수 있다. 가부키극장 신토미자(新富座) 직원이었던 그의 문신은 등, 팔, 허벅지는 물론이고 얼굴에서 머리, 손발가락, 귓속, 눈꺼풀과 국부에까지 있다. 태어날 때의 하얀 피부가 남아 있는 곳은 오로지 손바닥뿐이었던 것이다.

생전에 그의 얼굴을 멀리서 바라보면 인도인이나 대강 그쪽 사람쯤으로 보였다고 한다. 그러나 가까이에서 그것이 문신임을 안 사람은 저도 모르게 경악의 비명을 지르지 않을 수 없었던 것이다.

그렇게까지 온몸에 남김없이 먹을 스며 넣지 않고는 배기지 못했던 그의 심경을 생각할 때면, 나는 늘 으스스한 오한을 느낀다. 그것은 이미 집념 이외의 어떤 것으로도 생각할 수가 없다.

입장은 약간 다르지만, 이렇게 백 장 가까운 문신 표본이 이 한 방에 보관되어 있는 것도 역시 문신의 매력에 매료된 사람들의 힘에 따른 것이다.

이것이 다른 표본류라면, 예를 들어 결핵이나 암 같은 병리표본이라면 모으는데 그리 대단한 어려움은 없다. 대학 부속병원에 그러한 환자는 수없이 많다. 그 가운데서 행려병자나 그런 적당한 사람을 물색하면 일은 간단하게 끝난다.

그러나 문신의 표본이라면 얘기가 다르다. 우선은 예술적인 작품을 찾아내야 하는 어려움이 가로막고 있다.

단지 몸에 먹물을 넣기만 한 정도라면 찾아내는 것도 그리 곤란하지는 않다. 약간만 발품을 들여 목욕탕을 뒤지면 두 팔에 여자 이름이 작게 새겨져 있거나, 등에 이와미 주타로(岩見重太郞. 에도 전기의 전설적 무예자)가 용을 쓰고 있는 미완성품은 자주 눈에 띈다. 그러나 완성된 예술적인 작품을 찾자면 문제는 전혀 달라진다.

달인이라 불릴 정도의 문신사 숫자는 시대를 막론하고 기껏해야 열 손가락을 다 꼽기에도 부족하다.

메이지 이후 엄격한 통제의 시선을 벗어나 누추한 곳에서 간신히 목숨을 잇는 생활을 하면서도 불세출의 기술을 지키고 이어온 문신사라고 한다면, 초대와 2대 호리우노(彫宇之)를 비롯해 호리카네(彫簾), 호리킨(彫金), 호리고로(彫五郞), 호리야스(彫安) 등을 들 수 있을 뿐이다. 그 외에는 먹말고는 붉은 먹을 새기는 기술도 모를 정도의 풋내기 같은 존재에 지나지 않았다.

달인이라 불릴 정도의 그러한 문신사라도 비단을 마주하고 감흥이 이는 대로 붓을 놀리는 그림과는 달리, 회심의 역작이 완성되느냐 마느냐는 온전히 상대에 달려 있다. 뽀얗고 흠집 없는 고운 살결에 윤기가 흐르는 보드라운 피부, 작더라도 점이 있거나 흉터가 있으면 문신사의 감흥은 깨지고 만다.

그들의 꿈은 너무도 높다. 그 꿈을 이루기도 너무나 어렵다.

그렇다고 그러한 피부의 소유자가 있다 하더라도 그 사람이 문신을 할 마음이 있겠는가? 상류사회 사람들이라면 꿈에도 생각지 않았으리라. 거기에는 완고한 사회적 편견이 있다. 고통에 대한 공포가 있다. 일단 밟고 넘어서 버리면 다시는 뒤돌아서지 못할 금 하나를 넘는, 비록 아름답기는 해도 평생 지우지 못할 낙인을 자기 살갗에 지니는 결심을 그리 쉽게는 하지 못할 일이다.

그럴 마음이 있다 하더라도 온몸에 미치는 훌륭한 문신은 어지간한 노력으로는 이뤄내지 못한다. 몇 달 동안을 매일 몇 천, 몇 만 개의 바늘로 살갗에 찔러 먹과 그림 도구를 집어넣는 극심한 통증, 그에 수반되는 발열과 백혈구 감소로 인한 체력소모, 결코 적지 않은 경제적 부담, 모든 것들을 다 감안하면 미완성인 채로 끝나는 문신이 많은 것도 지극히 당연한 일이다.

그렇기 때문에 완성된 예술적 문신은 몇 만 명에 하나의 비율로 존재할 뿐이다. 그것을 찾아내는 것도 어지간한 노력으로는 하지 못할 일이다.

오로지 문신 표본 수집에 매달렸던 F박사는 몇 십 년 동안 하루도 빠짐없이 목욕탕을 찾아다녔다. 야쿠자, 뜨내기장사치, 막노동꾼, 그 밖에도 문신이 있을 법한 직업의 사람들을 물어 물어 연고를 찾아 다녔다. 그 가운데 계속 돈을 댈 수가 없어서 미완성인 채로 끝난 문신이 있으면 자기 돈을 들여서 해 줄 정도로 그 완성에 적극 협력했다.

F박사 역시 문신이 지니는 기괴한 매력, 아편 같은 그 매력에 매료된 사람들 가운데 하나였으리라.

그러한 노력 끝에 걸작을 하나 찾아낸다 하더라도 그것으로 문제가 해결되지는 않는다. 두 번째로 가로놓인 난관은 문신의 양도 계약이다. 이것이 얼마나 어려운 문제인지는 구태여 강조할 필요도 없다. 아무리 살림이 궁핍하다 하더라도 설마하니 자기 등판에 새겨진 문신 가죽을 벗겨서 먹고살려는 미치광이 인간이 있을 턱이 있겠는가. 그러니 골백번도 더 찾아가서 원래 미신도 깊은 그 사람들에게 차분하게 이치를 따져 들려주고서야 간신히 사후 해부와 문신 양도계약을 맺고 선금을 준다. 이것 역시 무한한 끈기와 외교적 수완을 필요로 한다.

그런 다음에는 마지막으로 당사자가 죽기를 기다려야만 한다. 10년 뒤가 될지 20년이 걸릴지, 혹은 30년 뒤일지 전혀 짐작도 하지 못할 앞날의 얘기다. 그렇다고 기다림에 지쳐서 견디지 못하고 독약을 먹이거나 하는 비상수단을 취할 수도 없거니와, 그 장구한 세월 동안 문신이 무사히 남아 있을지 여부도 예측을 불허한다. 천재지변, 전쟁, 실종 등, 사고는 수도 없이 생각할 수 있으므로.

이곳 몇 십 장의 표본에는 한장 한장에 그러한 고심이 담겨 있다. 나중에 문신 박사라 불리며, 일본 전역의 지인들로부터 감사 표시로 석등을 받았을 정도의 F박사의 정열이 없었더라면, 비록 도쿄대학 의학부의 권위라 하더라도 전 세계에 자랑할 만한 이 수집에 성공하기는 매우 힘든 일이었을 것이다.

그러나 이러한 고심과 노력을 기울여 수집한 표본도 문신이 지니는 특이한 아름다움을 완벽하게 재현하고 있다고는 할 수 없다.

살아 있는 살갗에서는 진한 남빛으로 보이는 먹도 검어지고, 선명한 빨간색도 바랜 것처럼 이상하게 검붉게 보인다. 그러한 색소의 변색과 탈색은 잠시 제쳐두고라도 그 무늬에도 어딘가 부자연스런 과장이 있다. 이것은 물론 미묘한 굴곡과 요철을 지닌 인간의 피부를 평면으로 펼쳐놓은 데 따르는 결함이다.

문신사를 찾아가 밑그림을 보여 달래서 들여다보면 쉽게 알 수 있지만, 그림첩에 그려진 인물의 각 부분은 어느 것이나 연(鳶)그림처럼 균형이 일그러져 있다. 얼굴은 크고 팔다리는 작으며, 부조화에 언뜻 치졸하게 보이는 그 자태가 종이를 떠나 인간의 살갗으로 옮아갔을 때, 얼마나 생생한 광채를 발하는지 모를 것이다. 그러한 예에 나는 수도 없이 놀랐다. 실제로 한 문신사가 적절하게 표현한 대로 문신은 평면적인 그림으로 볼 것이 아니라 입체적인 조각으로 바라보아야만 할 것이다.

F박사 같은 권위자가 이 점을 몰랐을 턱이 없다. 이곳 표본실 중앙의 책상 위에 놓여 있는 몇 개의 동체가 최후의 해답이다.

문신이 들어간 살가죽을 원래의 인체 모양대로 성형을 해서 입체감을 부여한 이런 류의 표본에는 과연 벽에 액자처럼 보관되어 있는 살가죽 같은 부자연스런 느낌은 자취를 찾을 수 없다. 그러나 그곳에는 그것과는 전혀 다른 별개의 두려움이 휘감겨 있는 것이었다.

목도 없고 팔다리도 없이 단지 문신만 한 동체가 꺼림칙한 모양으로 공간에 선명한 색채를 띠고 있으니 어떻겠는가! 그것은 거기에 그려진 그림이 와락 다가오기만 할 뿐, 말로는 표현하지 못할 공포를 느끼게 하는 것이다.

이 방에 가죽을 남기고 이승을 떠난 사람들이 남자인지 여자인지 그것조차도 식별할 수가 없다. 하지만 그들의 삶은 보통 사람으로서는 상상조차 할 수 없는 변화와 파란으로 점철되었으리란 것은 누구라도 쉽사리 짐작할 수 있다. 그렇더라도 이 사람들이 어떤 인물이었는지, 어떤 동기에서 이런 문신을 새기게 되었는지, 그 문신이 그들의 남은 삶에 어떠한 영향을 미쳤는지, 그 일생은 시간 저편으로 망각되고 단지 우리의 상상만 장난스레 자극할 뿐이다.

예를 들면 이 가운데 한 장은 유명한 독부(毒婦)인 다카하시 오덴의 가죽이라고 한다. 그러나 F박사의 권위로도 이것은 증명하지 못했다. 오사카 의대에 남아 있는 여자 도둑 가미나리 오싱의 것이라던 가죽도 잘못된 것임이 증명되었다.

그처럼 권위 있는 논지로 몇 번이나 부정되었는데도 좀처럼 그런 소문이 사그라지지 않는 것은, 역시 사람들의 마음 밑에 깔려 있는 억누르지 못할 호기심이 무의식 속에서도 집요하게 이러한 표본을 남기고 사라진 사람들의 자취를 추구하기 때문은 아닐까?

그런 전설은 잠깐 잊기로 하고, 이 표본 가운데 한 인물, 아니 한 동체에 대해 나는 그 문신에 감춰진 무시무시한 사건을 자세하게 이야기하고 싶다.

가운데 책상 위에 정교함과 오묘함의 극치를 다한 오로치마루(大蛇丸. 큰 뱀) 문신.

도가쿠시 산 깊은 곳에서 지라이야와 쓰나데히메라는 이름의 두 괴인과 둔갑술을 다퉜다는 이 구렁이로 둔갑한 요술사는, 지금도 갑옷 속에 받쳐입는 옷과 가발 차림으로 비웃음을 띤 채 동체 등판에서 주문을 외며 서 있다. 그 주위에는 겨드랑이 밑 옆구리 언저리까지 흑청색 속에 음산하고 요염한 빨간 불길이 타오르고, 이끼가 낀 듯한 흑청색 등비늘과 빨간 배를 뒤틀며 구렁이 한 마리가 왼쪽 어깨로 꼿꼿이 머리를 쳐들고 있다. 팔꿈치께에서 절단된 팔에는 벚꽃과 붉은 낙엽이 흩어져 있고, 무릎까지만 남아 있는 허벅지에는 커다랗고 농염한 모란꽃이 몇 송이 선명하게 피어 있다.

섬세한 바늘 자국, 표현도 못할 색조는 수많은 표본 가운데서도 빼어나게 주위를 압도하고 있다.

"호리야스 작, 1941년 2월."

오른쪽 허리에 문신사의 이름이 새겨져 있다.

호리야스라면 그쪽 방면의 사람들 사이에서도 달인의 이름을 구가하던 문신사이며, 더구나 이 작품, 즉 오로치마루는 그의 최대 걸작이었다.

과거 이 문신은 이승의 것이 아닌 요염한 미녀의 피부에서 약동하고 있었다.

노무라 기누에(野村絹枝)라는, 호리야스의 친딸이었다.

기누에와 쌍둥이 동생인 다마에(珠枝)가 이 세상에 태어났을 때 호리야스가 느낀 감정은 대강 추측하기 어렵지 않다.
 아무쪼록 이 딸들의 피부가 비단처럼 아름답기를, 진주처럼 곱기를 그는 은근히 바랐으리라. 그래서 두 딸이 성장했을 때에는 그 아름다운 피부에 자신의 영혼을 새겨 넣으리라는 내밀한 소원을 딸들의 이름에 의탁했던 것이리라.
 그의 소원이 마침내 이루어질 때가 왔다. 소원대로 기누에의 피부는 글자 그대로 비단처럼 아름다웠다. 수십 명이나 되는 여자들의 피부에 바늘을 꽂았던 호리야스조차도 정신이 아득해질 정도로 살결이 고왔다.
 거기다가 유전과 환경, 이 두 가지가 기누에의 속살을 가꾸지 않고는 못 견디게 몰아세웠다.
 안정되고 견실한 직업을 팽개치고 뗄래야 뗄 수 없는 심정으로 평생을 문신이라는 축복 받지 못할 일에 매달린 아버지와, 스스로 문신에 매료되어 호리야스와 결혼한 어머니, 두 사람의 피가 기누에의 몸 속에서 소용돌이치고 있었다. 또한 불구자만 있는 세상에서는 사지가 멀쩡한 사람이 도리어 불구자 취급을 받는 것처럼, 이 집을 찾아오는 사람이면 남자든 여자든 단 한 사람도 타고난 흰 피부를 지닌 이가 없는 환경에서는 기누에가 자기에게는 문신이 없는 것을 수치스러워하는 것 역시 당연한 일이었다. 게다가 결정적으로 여자의 일생을 결정하는 첫사랑의 상대도 한때는 사진사였던 야쿠자였다. 스스로도 호리야스에게 문신을 새긴 뒤로는 피부가 하얀 여자 따위를 아내로 맞이할까보냐고 분명하게 공언하고 있던 터였다.
 기누에의 오빠인 쓰네타로는 어린 시절부터 호리야스에게 성실하게 문신 기술을 연마하고 있었다. 호리야스는 자기의 기술, 불세출의 이 비법을 이을 사람은 이 아이말고는 없다는 완고한 고집쟁이였다.

쓰네타로가 징병검사를 받기 직전에 호리야스는 아들의 등에 바늘을 찌르기 시작했다. 성인식을 대신해 아들의 살갗을 아름답게 장식해 주리라는 엄숙한 부정(父情)의 마음이었다.

그것을 보고 지금까지 억누르고 억눌러 왔던 기누에의 감정도 폭발했다.

"나한테도 문신을 새겨 주세요. 오빠 것에 지지 않는 아름답고 커다란 것으로요."

기누에는 아버지 앞에서 손을 땅에 짚고 애원했다.

호리야스는 고개를 위아래로 끄덕이지 않았다. 시집도 가기 전인 처녀가 무슨 소리냐, 아버지가 되어 자기 딸의 몸에 흠집을 낼 수 있겠느냐고 침이 마르도록 꾸중했다.

기누에는 잠자코 그 자리를 떠났고, 그로부터 이틀은 아무 일 없이 지나갔다.

호리야스는 뭔가 미진한 생각이 들었다. 여자나 신분이 있는 사람에게는 비록 문신을 새겨 달라는 부탁을 받아도 반드시 한 번은 말렸다. 하지만 그것은 자기의 책임을 벗어나기보다 오히려 상대의 결심을 부추겨 불에 기름을 붓는 결과가 되리란 것을 오랜 경험으로 잘 알기 때문이었다.

그 당시 어째서 딸의 말대로 한 뼘이든 아니, 그 반이라도 문신을 새겨주지 않았던가 하고 호리야스는 가슴을 쥐어뜯는 심정이었다. 조금이라도 상처를 내 버렸더라면 윽박질러서라도 나중에 새길 수 있다. 그러나 부모가 되어 이제 와서 그런 말을 꺼내기도 쉽지 않았다.

그날 저녁, 기누에는 일을 마치고 돌아온 호리야스를 뭔가 까닭이 있음직한 미소를 지으면서 맞이했다.

"아버지, 이런데도 여전히 나한테는 문신을 해 주시지 않을 건가요?"

기누에는 오른 소매를 어깨 끝까지 걷어올렸다.

하얀 팔뚝의 일부분이 분홍색으로 충혈되어 부은 것처럼 솟아올라 있었다. 작은 벚꽃 세 송이가 가느다랗고 파란 줄로 그 위에 흩뿌려져 있었다.

쓰네타로가 한 것임을 호리야스는 대번에 알았다. 뭐라고 말할 수 없는 무량한 감개를 두 눈에 담고 그는 딸의 얼굴을 바라보았다.

"어때요? 이런데도 아버지께서 새겨주시지 않는다면 온몸을 오빠가 새기게 하겠어요."

졌다! 호리야스는 졌다고 생각했다. 그러나 그로서는 이보다 더 기쁜 패배도 없었다.

"2층으로 올라가서 옷을 벗거라."

그는 눈을 빛내면서 중얼거렸다.

이렇게 해서 몇 달 뒤에는 새로운 한 여인, 거대한 구렁이가 꿈틀대는 기누에가 탄생했다.

온몸에 극채색의 문신이 완성되던 밤에 기누에는 문신이 힘차게 그려진 연인의 팔에 안겨서 울었다.

"둘이서 이렇게 안고 있으려니 하얀 곳이 보이질 않는군요. 이제 됐어요. 괜찮아요. 내 살의 이 그림이 사라져 버리지 않는 한, 내 마음도 변하지 않아요."

문신의 그림은 사라지지 않았다. 그러나 두 사람의 애정은 흔적도 없이 사라져 버렸다. 얼마 안 있어 문신이 새겨진 여자 기누에는 이 남자에서 저 남자로 끝도 없는 방황의 길을 밟기 시작했다.

그러다가 곧 모든 일본인의 삶을 공백으로 만들어버린 전쟁이 시작되었고, 계속되다가 이윽고 끝이 났다.

5년 뒤, 기누에가 완전히 성숙한 농염한 한 여자로서 혼란이 극치에 달한 전후의 도쿄에 나타났을 때, 그녀 앞에 기다리고 있던 것은 예민한 저널리스트들이 입을 모아서 '문신살인사건'이라 부르던 처참한 연쇄 살인사건이었다. 기누에도 그 가공할 살인귀의 손에 걸려들어 목숨을 빼앗긴 한 사람이었던 것이다.

일련의 살인사건은 모두 이 거대한 구렁이 문신을 둘러싸고 펼쳐진 것이었다. 더구나 사건의 전모에는 요술 세계의 사건을 떠올리게 하는 괴이하고 광적인 분위기가 가득 차 있었다.

예를 들면, 첫 번째 살인사건은 일본 가옥의 구조상 존재하지 않는다고 여겨지던 밀실 속에서 펼쳐진 지옥그림이었다. 더구나 구렁이 문신이 사라진 자리에 홀연히 나타난 커다란 괄태충이 이 사건의 무서운 진상을 기분 나쁘게 암시하고 있었던 것이다.

사건 초기에 흔적도 없이 사람들의 눈앞에서 자취를 감춘 구렁이 문신은 극적인 최후의 막이 내려질 때까지 어디에서도 발견되지 않았다. 잔뜩 초조해진 수사진은 범인이 위험을 무릅쓰고 문신의 동체를 나중에 처리해 버린 것이 아닐까 생각했을 정도였다.

그러나 구렁이 문신은 수사당국의 눈을 벗어나 아직도 이 세상에 남아 있었다.

마지막 순간에 이 문신이 참으로 의외의 장소에서 다시금 발견되었을 때, 사람들은 너무 놀라 저도 모르게 악 하고 경탄의 비명을 질렀다.

이 동체는 무참하기 이를 데 없는 문신 살인사건의 뒤에 남겨진 하나의 기념비이다. 이 표본을 액자에 넣지 않고 굳이 목도 팔다리도 없는 동체만으로 형성되어 있는 것에서 나는 사건의 가공할 상징을 감지하지 않을 수가 없다.

  이 살인사건의 비밀을 푸는 열쇠는 40년대 초 기누에가 문신을 새기기 시작한 당시의 사정에 감춰져 있다. 그러나 이 이야기의 성격상 나는 어느 지점까지 거슬러 올라가서, 거기서부터 쓰지 않을 수 없다.

  나는 지금 기억에도 생생한 전쟁이 끝나기 1년 전의 도쿄를 떠올리고 있다. 이 대도시는 아직 패전의 아픔에서 일어나지도 못한 채 모든 상처 부위에서 고름과도 같은 추악한 사건들을 무수히 떨어뜨리고 있었다. 한 나라의 수도에서 지금까지 경험하지 못했던 혼란 상태가 도처에서 전개되고 있었다. 그래서 이 구렁이 문신은 아직 생명을 지닌 여자의 살에 똬리를 틀고 아름답게 빛나고 있었다.

  1946년 8월, 드디어 비극의 막이 열렸다.

마담 세르팡

　지금까지 단 한 번도 경험한 적이 없는 대전쟁이 패배로 종말을 고한 지 겨우 1년, 도쿄의 여름은 그렇지 않아도 패전의 타격으로 잔뜩 짓이겨진 도시민을 허탈하게 만드는 엄청난 무더위였다.
　전쟁 뒤의 부흥도 아직 절름발이여서 느려터진 발걸음을 보일 뿐 제대로 정돈되는 것도 없는 불탄 자리 옆에, 야단스런 장식의 가설건물이 들어서면서 지금까지 자취를 감추고 있던 색색가지의 물건들이 가게에 넘쳤지만, 그런데도 사람들은 궁핍했다.
　긴자 어귀인 이곳도 그 형상은 다른 곳과 별반 다르지 않았다. 낮에는 멍한 눈동자로 정처 없이 거리를 방황하는 사람들 사이로 정복자의 씩씩한 자랑스러움을 보이는 외국인들이 의기양양하게 활보하는 이 거리는, 밤이 되면 집집마다 처마 밑에서 하룻밤 묵을 곳을 구걸하는 부랑자와 거리의 여자들과 횡행하는 범죄자 무리에게 자리를 양보한다. 쥐 죽은 듯 고요한 밤거리에 울려 퍼지는 권총 소리도 완전히 자취를 감춘 것은 아니었다.
　"도쿄도 변했군…… 긴자도 변했어."

긴자의 서쪽 뒷골목, 미늘창을 내린 한 가게 처마 밑에 서서 하야카와 헤이시로(早川平四郞) 박사는 중얼거렸다.

흰 마직 양복에 넥타이를 단정히 매고 등나무 단장을 짚은 그의 모습은 시대에 뒤떨어진 단정함을 지니고 있었다. 박사 스스로도 변화무쌍하기 짝이 없는 세상에 이런 복장을 최후의 갑옷삼아 학자 특유의 자존심을 지켜내려 하는 것인지, 아니면 단지 지금까지의 타성에 지나지 않는지, 또는 새로운 차림새를 갖출 여유가 없는 것인지 분명하게 자각하지 못했다. 뜻밖에도 그 모든 것들이 다 이유일런지도 몰랐다.

박사는 몇 개비인가의 성냥을 그어서 간신히 불이 붙은 것으로 문패의 번지를 응시했다. 희미한 불빛에 비쳐 드러난 그의 옆얼굴은 야위어서 윤곽이 뚜렷하고, 독수리 같은 눈과 얇은 입술에 악마 메피스토펠레스(mephistopheles. 독일의 파우스트 전설 및 괴테의 《파우스트》에 등장하는 악마)와도 닮은 빈정거림이 감춰져 있었다.

"6번가 58번지…… 여기로군."

그는 낮게 중얼거리면서 문패 밑의 초인종을 눌렀다.

이 2층 목조 건물은 물론 굳게 닫혀 있었다. 낮에 이 가게 앞을 지나노라면 기념품과 어설픈 금문자가 들어있는 유리창을 통해 갑옷이나 도자기, 풍속화, 외국인을 상대로 한 싸구려 토산품 따위를 어수선하게 늘어놓은 것이 보이지만, 박사가 이런 시간에 그런 물건을 사러 오지는 않았을 것이었다.

건물 옆 출입구의 들창문이 딸깍 소리를 내면서 열렸다. 안에서 고양이 같은 두 개의 눈이 물끄러미 밖의 어둠을 살피고 있었다.

"누구세요?"

낮은 목소리로 여자가 물었다.

"하야카와 헤이시로라고 합니다. 마담은 아실 겁니다."

"어느 분의 소개인가요?"

"모가미 다케조(最上竹藏)가 제 조카입니다만……."

그래도 아직 납득할 수가 없는지 안의 여자는 주문 같은 질문을 하기 시작했다.

"뱀은, 개구리는, 괄태충은?"

"뱀은 개구리를 잡아먹고, 개구리는 괄태충을 잡아먹으며, 괄태충은 뱀을 물리친다."

아라비안나이트의 문은 열렸다. 박사 앞에 좁다란 급경사의 어두컴컴한 계단이 알전구 불빛에 드러나 있었다.

여자는 하얀 실크 중국 옷을 입고 있었다. 어딘지 모르게 이국적인 체취를 풍기는 아직 나이가 어리고 순진해 뵈는 처녀였다.

그녀의 안내를 받아 박사는 계단을 올라갔다. 복도 오른쪽 문이 열리면서 쓸쓸한 레코드 소리가 순식간에 계단 아래까지 흘러나왔다.

그 안은 술집이었다. 벽 앞에는 흔해 빠진 스탠드가 있고, 그 외엔 테이블이 두 개뿐이다.

스탠드에 앉아 있는 손님들 사이에 서 있던 얼굴이 긴 젊은 여자가 째진 눈으로 수상쩍게 박사를 쳐다봤다.

"어서 오세요."

검정 바탕에 흰 물방울무늬가 들어간 기모노에 날씬한 몸매를 감싼 여자의 목소리에는 어딘지 모르게 의혹의 기미가 들어 있었다.

"마담, 날세. 기억하는가?"

"하야카와 선생님!"

희고 갸름한 얼굴이 단박에 분홍빛으로 물들었다. 기쁨이 여섯, 두려움이 넷 섞인 희미한 흥분이 그녀의 화사한 몸을 떨게 했다.

"너무도 오랜만이어서…… 잘 오셨어요. 선생님과는 도대체 몇 년만인가요?"

"벌써 그럭저럭 예닐곱 해 지났나 보이. 자네도 많이 변했군."

"어머, 그렇게 말씀하시는 선생님이야말로 변하신걸요."

같은 변화라 하더라도 엄청난 전쟁의 뒤인 만큼 나락의 바닥에서 하늘 위로 뛰어오른 변화가 있는가 하면, 천상에서 지옥의 바닥까지 떨어진 변화도 있다.

여자의 말 속에서 하야카와 박사는 있을까 말까한 희미한 조소의 여운을 느꼈다.

"뭘 드시겠어요?"

"위스키, 여기서 마시겠네."

빽빽이 들어차 있는 스탠드에 앉기를 그만두고 하야카와 박사는 테이블에 단장을 기대놓고 얼굴의 땀을 닦았다.

무더운 밤이었다. 특히 6층 건물을 향해 열려 있는 이 방의 창은 창 구실을 하지 못했다. 벽과 스탠드 위에서 돌아가고 있는 선풍기도 나른하게 고개를 돌리며 미적지근한 공기를 방 한쪽 구석에서 다른 쪽 구석으로 몰아갈 뿐이었다.

"아이구 더워. 정말 못 살겠군."

스탠드에 앉아 있는 한 사내가 취해서 꼬부라진 혀로 말했다.

"와이셔츠를 벗으시면 괜찮아요."

"고맙소. 하지만 마담은 이렇게 더운데도 차림새가 단정하네 그려?" 뭔가 의미가 있는 듯한 말이었다.

"왜냐하면 전 여자인걸요."

주사위를 흔들던 손길을 멈추고 마담은 웃었다.

"전쟁에 지고 다시 이렇게 여름을 맞이한 뒤로 나는 여자들이 부러워 죽을 지경이야. 어떤가, 요즘 여자들 양장이 시원해 뵈던데 마담도 이 사람처럼 소매 없는 양장이나 중국 옷이라도 입으면 좋을 텐데."
"공교롭게도 저한테는 양장이 어울리지 않는걸요. 취향이 고풍스러운가봐요."
"그런가…… 난 그렇게 생각지 않는데."
하나가 입을 다물었는가 싶자 다른 하나가 묻기 시작했다.
"그런데 말야, 마담. 이 가게 이름말인데 세르팡이 무슨 뜻이지?"
"글쎄요, 어떤 사람이 지어준 건데 전 배운 게 없어서 그쪽 말은 잘 몰라서요."
"모른다면 내 말해 드리리다. 세르팡이란 건 프랑스어로 뱀이라는 뜻이오."
"뱀? 아, 그래요? 하지만 어째서 그런 꺼림칙한 이름을 붙여주셨는지 모르겠네…… 아, 알겠다! 그건 제가 뱀띠여서 그럴 거예요."
마담은 장난꾸러기처럼 눈동자를 뱅글뱅글 돌리며 웃었다.
"너무 그렇게 시치미뗄 것 없네. 감추려고 해도 그런 수에 넘어가지 않아. 나한텐 이미 증거가 드러났는걸. 마담은 그걸 했잖아?"
"그거라뇨?"
"문신이지. 듣자하니 마담한텐 온몸에 건장한 사내도 당해내지 못할 근사한 문신이 몸을 휘감고 있다던데? 거기서 가게 이름을 딴 거 아닌가. 자, 마담, 대답은 안 할 테요?"
가부키 말투를 흉내내어 어물쩍 넘어가려 한 것을 보면 사내도 역시 얼마간 수줍은 탓이리라. 그러나 마담은 눈썹 하나 까딱하지 않았다.

"대체 어떤 분께서 그런 무책임한 헛소문을 퍼뜨리셨을까, 미워라! 제가 신바시 어디의 무슨 조직에 속한 언니라면 모를까…… 저는 주사 한 방에도 오싹 한기가 들어서 죽을 것만 같은걸요."
"이게 무엇보다 큰 증거지."
사내가 마담의 손을 잡았다 싶은 순간, 스탠드 위의 유리컵이 쨍그랑 하고 바닥으로 굴러 떨어졌다. 여자가 세차게 상대의 손을 뿌리치면서 컵을 친 것이다.
"뭘 하시는 거예요! 무례하군요."
"화났는가?"
"화났어요. 그렇게나 여자 문신이 보고 싶으신가요?"
"내 비록 마담의 노여움을 사는 한이 있더라도 보고 싶은걸."
"그렇다면 보여드리겠어요. 그 대신 제자리에서 3바퀴 돌고 '멍멍'이라고 소리치시겠어요?"
"음."
"자요."
여자는 왼팔을 쑥 내밀어 보였다. 팔꿈치 위에서 어깨 끝까지 남김없이 물들인 쪽빛 살갗 위로 눈이 번쩍 뜨일 만큼 선명하게 새빨간 낙엽이 흩어져 있었다.
"어떠세요, 마음에 드시나요?"
"음."
희미한 한숨이 들려왔다. 마담은 웃으며 소매를 내렸다.
"등은?"
"세르팡. 호호호호, 괜찮은 이름이네요. 오로치마루 기누에란 이름은 낡았으니 이제부턴 세르팡 오키누(お絹)로 바꿔야겠네요."

"그건, 보여주지 않을 텐가."
마담은 헐떡이는 듯한 사내의 말에 가볍게 웃었다.
"옛날에 제목이 뭐였더라, 어떤 영화에서 봤어요. 여자는 남편과 의사 외에는 맨살을 보여선 안 된다고요."
"그렇지만 여자가 어떻게 그렇게…… 어떻게 그런 대담한……?"
"제 아버지께서 문신사여서 싫다고 하는데도 억지로 연습삼아 하게 됐답니다."
농담인지 진담인지 모를 말투로 기누에는 계속했다.
"아유, 등이 보고 싶으면 백 바퀴를 도셔야 해요. 아주 크게 봐 드리는 거랍니다."
어딘지 모르게 스탠드 주위의 공기는 흥이 식어 있었다. 얼마 안 있어 계산을 마치고 일어선 손님들을 기누에가 뒤에서 불렀다.
"손님, 뭘 잊으셨네요."
"잊다니, 뭘?"
"3바퀴 돌고 멍멍 소리치세요."
낭패한 사내의 모습을 보고 기누에는 교만한 여왕처럼 웃었다.
다른 손님들이 돌아가자 기누에는 흰옷의 바텐더에게 뭐라고 속삭이고는 박사의 테이블로 다가왔다.
"선생님, 지금까지 신경을 써드리지 못해서 죄송하군요. 그 대신 지금부터 크게 서비스를 해드리겠어요."
풍속화 속의 미인처럼 얼굴 가득히 미소를 지으면서 말을 꺼냈다.
"고맙군. 지금 그 손님은 힘들었겠어."
"가끔 그런 분들이 있어서 이젠 익숙해진걸요. 아무리 애를 써도 감출 수 있는 건 없으니까요. 역시 감추지 못하죠. 하지만 관람료는 다 포함해서 받으니까 걱정 없답니다."
"후회하고 있는 겐가. 그렇게 한 것을?"
"전혀. 애초에 좋아서 한 것인걸요. 단지 기모노나 양장처럼 가끔 색다른 그림이나 무늬로 바꾸지 못하는 게 유감일 따름이에요."
"여전하군."
"삼형제의 혼백까지라서…… 하지만 선생님도 여전하시겠죠?"
둘은 서로 눈을 마주보며 웃었다.
"선생님은 지금 어디 사세요?"
"다행히도 집은 타지 않았어. 일은 여전히 동아의과대학 강사를 하고, 문신 박사라는 별명도 십 년의 하루 같이 똑같지."
"최근엔 새로운 가죽은 발견하셨나요?"
"유감스럽게도 요즘 같은 인플레 시대에는 내 생활이 곶감 빼먹는 격이어서. 내 가죽을 벗겨내야만 하는 이런 세상에선 남의 가죽까지는 손을 뻗지 못하겠더군."
글라스의 위스키를 단숨에 비우고 하야카와 박사는 탄식을 했다.
"그래요…… 하지만 그건 결코 선생님 탓이 아닌걸요. 다시 세상이 바뀌면 좋은 일도 있겠지요. 그리고…… 참, 그렇지. 선생님만이 하실 수 있는 돈 버는 방법을 가르쳐 드릴까요?"
"그게 뭔가?"
"미국에선 문신이 굉장한 유행이라던데요. 저처럼 온몸에 문신을 새긴 여자가 구경거리로 나와서 엄청난 돈을 번다고 하더라구요."
"자네하고 같이 미국에라도 가자는 겐가?"
"아녜요. 이번에 주둔군과 함께 건너온 바이어로 윌리엄스라는 사람이 있는데요, 그 사람이 문신을 굉장히 좋아해서 도쿄대학 표본실에 갔다가 완전히 빠진 모양이에요. 저런 가죽을 손에 넣을 수 있다면 돈은 얼마든지 내겠다고 하면서요. 선생님의 비장의 가죽을 얼마간 파신다면……."
"무슨 소리! 비록 집을 파는 한이 있어도 그 컬렉션만은 절대로 남의 손에 넘기지 않아."
박사는 너무도 흥분해서 주먹으로 테이블을 탕탕 쳤다.
"어머 선생님, 그렇게 무서운 눈을 하시곤…… 그 얘기만 나오면 선생님은 옛날부터 딴사람이 되는 것 같아요."
기누에가 두려운 듯이 개탄한 것도 무리가 아니었다. 박사에 관해서는 이런 일화도 전해질 정도다.
언젠가 박사가 도쿄대학 의대 조교수와 함께 대학에서 점심을 먹고 있는데 우에노의 한 조직의 보스가 시비 끝에 한쪽 팔이 떨어져서 대학으로 실려 들어온 일이 있었다. 그 문신에는 박사가 이미 선금을 지불한 상태였는데 그 소식을 듣더니 돌연 젓가락을 내려놓고 벌떡 일어나 환자는 안중에도 없이 "그럼…… 문신은 어떻게 됐지?" 하면서 의사로서는 있을 수 없는 질문을 했던 것이다.
어안이 벙벙해진 그 조교수는 나중에 만나는 사람마다 이렇게 말했다.
"그 당시 하야카와의 표정이라니! 나는 그만 완전히 질려서 아무 소리도 안 나오더군. 이거다 싶은 문신이 있으면 상대를 죽여서라도 기어코 가죽을 손에 넣을 사람이라는 생각에 등골이 오싹하더라구……."
하야카와 박사가 기누에의 말에 쓴웃음을 지은 것도 그 조교수의 말을 떠올린 때문인지도 몰랐다.

"그런데 선생님은 제가 여기 있다는 걸 용케도 알아내셨네요."
기누에가 가볍게 화제를 돌렸다.
"뱀이 다니는 길은 뱀만이 아는 법…… 자넬 만나기 위해서라면 비록 천릿길이라도 마다 않고 달려갈 걸세. 그리고 세상은 넓은 것 같으면서도 뜻밖에 좁단 말야. 모가미 다케조가 내 조카거든. 이쪽 방면에 대해선 꽤 훤한데 2, 3일 전에 만났을 때 일본에도 몇 없을 걸작을 입수했다는 거야. 그래서 물어 물어 알아냈더니 아무것도 아니더군. 자네 얘기더란 말야. 마치 첫사랑 여자를 다시 만난 듯한 기쁨이란…… 하늘에라도 오를 것 같은 심정이었지."
"선생님이 그 사람의 숙부신가요…… 그렇다면 저하고도 생판 남은 아니로군요. 거기까진 몰랐네요."
기누에의 검은 눈동자에는 왠지 불안한 그림자가 스쳤고, 목소리도 어딘가 우울하게 울려왔다.
"생판 남이 아니니까 이번에야말로 꼭 알현하는 영광을 누리고 싶군. 다행히 나는 의사니까 여자의 몸을 볼 특권이 있지 않은가. 가능하다면 가죽도 넘겨주었으면 하네만."
"선생님은 연세가 어떻게 되시나요?"
"마흔 여섯."
마흔 여섯이라는 나이에 비해 박사는 훨씬 나이 들어 보였다. 전쟁통에 쌓인 노고가 머리칼을 반백으로 바꿔놓은 탓도 있으리라. 주름도 어느덧 깊이를 더했고, 피부색도 왠지 누랬다. 그가 입은 양복에도 밝은 전등 아래로 부정할 수 없는 피로가 보인다. 오직 금테 안경 밑에서 날카롭게 빛나는 눈동자만이 청년처럼 젊으며, 편집광만이 지니는 집요한 정열로 빛나고 있었다.
"저하고는 부모자식 만큼이나 나이차가 나는군요. 제가 죽을 때까지 선생님이 살아 계실지 모르겠네."
"그건 상관없어. 내가 벗기든 누가 벗기든 그런 건 새삼 문제될 게 없지. 다만 자네의 문신을 후세에 남긴다는 게 중요해. 그게 돌아가신 아버지에 대한 자네의 의무라네. 부모에 대한 마지막 효도지."
기누에는 희미하게 몸을 떨었다.
"언젠가 아버지도 말씀하셨지만 선생님은 정말로 무서운 분이군요. 이거다 싶어 일단 눈에 띄었다 하면 비록 상대를 죽여서라도……."
"난 마니아야. 마니아란 목적을 위해선 수단을 가리지 않지."
숨이 막힐 정도로 긴박한 공기를 눅이려고 기누에는 담배 '아사히'에 불을 붙였다.
"담배라면 필립 모리스가 있어."
박사가 외제 담배를 권했으나 기누에는 가볍게 고개를 저었다.
"전 물부리가 달린 것만 피우거든요. 장난을 치고 있노라면 이내 승부에 열중하느라 담배 같은 건 잊어버리기 때문에 저도 모르는 사이에 손가락을 데기도 하거든요. 별 건 아니지만 그런 데선 재수가 나쁘다고 싫어한답니다. 그러던 것이 어느때부터 버릇이 되어서……."
"장난이라면 도박인가?"
"그래요. 요코하마의 노름판에선 저도 한때는 꽤 이름을 날렸답니다. 질 것 같으면 웃통을 벗어제치고 등을 보여주지요. 신기하게도 운이 트인답니다. 비늘 있는 것, 잉어라든가 뱀, 용을 새기면 금전운이 생긴다고 아버지가 말하시던 것이 사실인지도 모르겠어요."
대화의 사소한 한마디에서도 박사는 이 여자의 온몸에 얽혀 있는 어두운 그림자를 감지하지 않을 수 없었다.
"이렇게 되면 문신도 여자에게는 무기의 하나인 거죠?"
"지금도 하는가, 그런 도박을?"
"지금은 그만뒀어요. 주사위는. 요즘엔 승격해서 룰렛을 하지요."
기누에는 옆방 장지문 쪽을 물끄러미 바라보고 있었다.
"무기라…… 그럴만도 하지. 그래서 생각난 건데 자네 어차피 끝내 감추지 못할 문신이라면 역으로 그것을 무기로 이용해 볼 생각은 없나?"
"이용을 하다니요?"
"언젠가 호리우노에게서 들은 얘긴데 데코마이 오와카라는 여자는 여름이 되면 맨살에 성긴 비단옷을 입고 아사쿠사의 가미나리몽 어귀에서 매실구이를 판다고 하더라고. 문신이 비쳐 보이기 때문에 그게 굉장한 평판이 나서 수많은 손님들이 온다고 하던데."
"저더러 신바시에서 군고구마라도 팔라는 말씀이신가요?"
"그렇지 않아. 단지 자네 얼굴과 문신을 내세우면 이 술집에서든 다른 가게에서든 훨씬 성대하게 번성시킬 방법이 있지 않겠는가 생각하는 것이지."
기누에는 잠시 눈을 감고 보랏빛 연기를 가볍게 토해내고 있었다.
"그 사람이 그런 질투심 많은 사람이 아니었더라면 그것도 괜찮겠지만, 아무래도 가망은 없겠어요. 여기도 거의 회사 접대용 회원제 클럽이니까 괜찮지만, 제가 거리로 나선다고 하면 아마 전혀 말을 듣지 않을 거예요."
"그런가. 남녀가 동등해져도 말이지?"

"결국, 여자란 슬픈 존재예요. 저 같은, 문신을 한 닳고닳은 여자라도 역시 여자랍니다. 여자는 영원히 사내의 노예지요. 전쟁에 졌다 해도 달라진 건 없어요."
하야카와 박사는 크래커를 집어서 천천히 입으로 가져갔다.
"아, 그 얘긴 다음에 하기로 하지. 그런데 사실은 이달 20일에 조용회(彫勇會)에서 주최하는 문신 경연대회가 있는데 거기 출전해 주지 않겠나? 나도 심사위원으로 위촉을 받았는데 자네가 나온다면 아버님께서도 틀림없이 지하에서 기뻐해 주시리라고 믿네만."
"신체발부는 부모에게서 받은 것이니 감히 훼손하거나 보이는 것은 효의 시작이요, 그 문신에 흠집을 내지 말고 가죽을 벗겨서 후세에 남기는 것은 효의 끝일지니."
시대에 한참 뒤떨어진 교육 훈계를 읽는 듯한 장중한 어조로 기누에는 중얼거렸다. 그러나 눈동자는 장난꾸러기처럼 빛나고 있었다.
"놀리지 마시게. 난 농담을 하는 게 아니니."
"놀리거나 하는 게 아녜요. 조용회가 지금도 있나봐요?"
"전쟁 뒤 첫모임이라네."
"그게 몇 년이나 흘렀을까요. 제가 아직 몸을 더럽히지 않은 시절에 오지 나누시 폭포에 갔을 때인데. 즐거웠어요."
옛일을 그리워하는지 눈을 빛내면서 말했다.
"날개옷 문신을 등에 새긴 예쁜 여자가 있었어요. 그 문신을 언뜻 봤을 때 난 너무 부러워서 좀이 쑤셨던 것을 기억해요. 남자처럼 아랫도리 속곳 바람으로 사람들 틈에서 폭포를 맞았는데, 너도 빨리 아버지를 졸라서 이 모임에 나오라고 놀리듯이 말했어요. 그 사람은 어떻게 되었을까?"

"날개옷 오사요말인가. 죽었다네. 도치기의 여자 형무소에서 병에 걸려 옥사했지. 그 여자에게도 가죽에 선금을 지불했었는데."
"안됐군요. 하지만 어쩔 수 없으니 북중국 개발회사의 주식이라도 산 셈치고 단념하세요. 그런데 이번에는 여자들도 많이 나오나요?"
"곳곳에 알리고 있지. 여자만도 20명은 모을 생각이야."
"저도 평생에 한 번이라도 좋으니 나가고 싶어요. 어디 사는 누군지만 모른다면. 하지만 그 사람이 뭐라고 할지 몰라서……."
"그 문제라면 그리 괘념치 않아도 되네. 나도 적극 설득해 보겠네. 아무리 질투심 많은 사내라도 자기 연인이 여왕님처럼 애지중지 떠받들리는 것을 보면 그렇게 기분 나쁘지 않을걸. 게다가 자네도 사실은 남에게 등을 보이고 싶어서 내심 좀이 쑤실 거야. 그런 욕구를 지나치게 억누르면 속병이 생겨서 히스테리가 되기 십상이지."
"정말로 그럴지도 모르겠어요."
기누에의 마음이 한껏 움직이고 있음을 박사도 잘 알았다. 겉으로 아닌 척 꾸미고는 있지만 애초 태생이 태생인 만큼 이 여자는 문신을 창피해하지는 않는다. 그렇기는커녕, 기회만 있으면 남에게 문신을 보이고 싶어 어쩔 줄 모르는 것이다. 기누에만 그럴 마음이 있다면 현재의 난제인 모가미 다케조에 대한 설득은 박사에게도 충분한 자신이 있었다.

박사는 속으로 득의의 미소를 지었다. 계획은 이것으로 반은 성공한 셈이다. 남은 문제도 머지 않아 실현될 것이 틀림없다는 은근한 자신감을 품었다.

"그런데 오빠께선 요즘 어떻게 지내시나?"

마침내 안정을 되찾은 박사가 물었다.

"남방으로 간 뒤로 돌아오질 않아요. 유골이 온 것은 아니지만 행방불명이라는 점에선 전사나 마찬가지겠지요. 어차피 그럴 거라고 포기하고 있어요."

"다마에 양은?"

"운이 나빠서 종전 당시에 히로시마에 있었어요. 원폭에 맞아 아무것도 없어요. 흔적도 남기지 못하고 날아갔겠지만, 살아 있다고 해도 크게 다쳐서 오래 살지 못할 거예요."

"문신을 했었나, 다마에 양은?"

"그거야 우리 둘이 했으니 그 아이도 잠자코 있을 리는 없었겠죠."

"뭘 했었지?"

"이제 와서 그런 얘긴 그만두세요. 어차피 선생님에겐 죽은 자식 나이 세기나 같은 거 아닌가요?"

"그렇다면 자네 등의 구렁이는 이제 국보적인 존재가 되었군. 부디 몸을 잘 간수해서 오래 간직하도록……."

"거짓말 마세요. 등만 다치지 않게 소중히 간수하라니 차라리 빨리 죽어달라고 부탁하고 싶으신 게지요."

날카로운 비아냥에 박사는 가슴을 찔린 듯이 대꾸를 못했다. 창백한 그의 얼굴을 보고 기누에가 희미하게 입술을 일그러뜨리며 웃었다.

그날 밤늦게 하야카와 박사는 청년처럼 가벼운 발걸음으로 유락조 역으로 걷고 있었다. 첫사랑 여인을 다시 만난 듯한 아련한 즐거움에 가슴도 왠지 모르게 들떴다. 마지막 교섭까지는 성립되지 않았으나, 오늘밤의 떠보기는 이것으로 끝났다. 남은 것은 인내뿐이다. 차분하게 기다리면 반드시 때가 찾아온다. 언젠가는 그 가

마담 세르팡 41

죽을 손에 넣는 날이 찾아오리라 생각하니 박사는 자기 나이마저 잊었다.

스키야바시의 어둠 속으로 삼삼오오 야단스런 화장을 한 여자들이 떼를 지어 있었다. 패전이 낳은 사생아요, 악의 꽃들이다. 평소 같으면 눈길도 주지 않고 지나치던 박사도 오늘밤만은 멈춰 서서 말이라도 걸어볼까 하는 기분이었다.

순간, 박사는 뭔가에 얻어맞은 것처럼 그 자리에 우뚝 섰다. 올빼미처럼 눈을 빛내면서 물끄러미 어둠 속을 응시했다. 두 남녀의 기묘한 대화가 박사의 귀로 들어왔던 것이다.

"이런 여자야. 이 사진이 틀림없겠지."

"그래요. 분명히 있었어요. 하지만 난 두세 번 얼굴을 마주쳤을 뿐 요즘은 전혀 본 적이 없어요."

"이 여자가 등 가득히 구렁이 문신을 했으렷다."

"글쎄요…… 그런가? 뭔가 새겼다는 얘기였긴 했는데 그렇게 큰 거였나요? 고작 양쪽 팔 정도였던 게 아니구요?"

아무리 귀를 기울여도 그 다음 얘기는 들리지 않았다. 곧 사내는 여자 곁을 떠나 박사의 앞을 가로질러 종종걸음으로 유락조 역으로 걸어갔다. 약간의 거리를 두고 박사는 사내를 뒤쫓았다. 구렁이 문신을 한 여자, 틀림없이 노무라 기누에를 찾는 이 사내의 정체에 알지 못할 호기심을 느낀 것이다.

그러나 역의 전등에 비쳐 드러난 사내의 옆얼굴을 본 순간, 박사는 움찔 몸을 움츠리지 않을 수 없었다. 동호인인가 싶어서 무슨 말이라도 걸어볼까 했던 기분도 어디론가 날아가고 오싹한 한기마저 엄습했다.

사내의 이마는 기묘하게도 좁고, 빡빡 깎은 머리도 망치 모양으로 튀어나와서 범죄학자 롬브로조의 설에 따르면 전형적인 범죄형이었다. 옷은 때에 절은 카키색 군복이었다. 어쩌면 제대군인인지도 모른다.

그러나 무엇보다도 박사를 떨게 했던 것은 미친 사람처럼 탁한 사내의 눈이었다. 거무칙칙하고, 이글이글 타는 듯한 꺼림칙한 살기가 두 눈동자에서 불타고 있었다.

하야카와 박사가 창백해진 것도 무리는 아니다. 박사는 그 순간, 좀 전에 기누에를 바라보던 자신의 눈동자도 이랬으리라고 생각하지 않을 수가 없었다.

문신경연대회의 여왕

도쿄에는 지금도 문신을 한 사람들만으로 조직된 '에도 조용회'라는 단체가 있다. 회원 수는 100명 가까이 되지만 이것이 결코 문신을 한 도쿄의 남녀 모두를 망라한 것은 아니다.

예를 들면 신분이 있는 신사숙녀로서 인생 전반기에 어떤 계기로 문신을 하긴 했지만 지금은 그것이 수치스러워서 애써 감추려는 사람들도 있고, 또한 먹고살기 바쁜 사람들이나 생활에 쫓겨 이런 모임에 출석해 느긋하게 알몸이 될 여유가 없는 사람들도 있음을 감안하면 이 숫자는 빙산의 일각에 지나지 않는다고도 할 수 있었다.

그러나 이런 단체는 아마 일본에도 하나밖에 없을 것이었다. 에도 풍속사를 들춰보면 이런 종류의 모임은 덴포 시대부터 종종 개최된 듯하며, 현재의 조용회가 비록 그것과는 직접적인 연관성은 없다 해도 적어도 그 전통의 계승자라는 자긍심은 회원 각자에게 감춰져 있을 것이었다.

모임의 행사라고 해봤자 그리 대단할 것은 없다. 해마다 축제에 불려나가 미코시(축제에 쓰는 가마)를 메거나, 기념비를 건립할 때 축복을 빌러 불려 나가거나 하는 외에는 1년에 한 차례 피서를 겸해 오지 나누시 폭포에서 총회를 개최하는 정도였다.

물론 이런 총회도 전쟁 중에는 열 여유가 없었다. 하지만 전쟁이 끝나면서 지금까지 사회를 지탱하던 기존의 도덕관념의 지주가 허물어지고, 찰나의 자극과 쾌락에 모든 것을 걸어도 후회 없을 듯한, 말하자면 전후파 남녀 사이에 조잡한 풋내기 문신이 유행하기 시작했을 때, 이래서는 안되겠다고 눈살을 찌푸리며 개탄한 것은 스스로의 몸을 걸고 에도문화의 계승자임을 자처하던 이 회원들이었다.

작고한 회원의 추모를 겸해 행하자는 의견도 있었으나 아직 안정되지도 않았고, 우선은 전쟁에서 무사히 살아남은 회원들의 얼굴이라도 보자는 취지에서 유력한 후원자를 찾아 전후 최초의 조용회 총회 및 문신경연대회가 빠르게 궤도에 올랐던 것이다.

날짜는 8월 20일 오후, 장소는 나누시 폭포가 아직 복구되지 않았으므로 기치조지 근처 한 요정을 빌리기로 했으며, 모임도 콩쿠르 형식을 취하고 당일 최우수 문신에게는 남녀 각 1명씩, 1만 엔의 상금을 수여하기로 했다.

아무리 악성 인플레가 계속된다 하더라도 당시 1만 엔이라는 돈은 역시 거금에 속했다. 금전에 대해선 비교적 담백한 에도사람 기질의 회원들이라 하더라도 역시 허투루 볼 수 없는 액수인데다가, 모두 자기 문신이 일본 제일이라고 자부하는 터이므로 이번 총회가 회원의 거의 대부분을 모으고, 임시로 뛰어드는 사람까지 더하면 100명을 돌파할 것도 그리 이상한 일은 아니었다.

일반에게는 별로 선전도 하지 않았으므로 참관인도 별로 많지는 않았지만 그런데도 소문을 전해 듣고 모여든 사람 역시 100명을 훨씬 웃돌았다. 그 몇 백이나 되는 구경꾼들 속에 마쓰시타 겐조(松下研三)가 숨어 있었던 것이다.

마쓰시타 겐조는 그 당시 29세였다. 1년에 머리에 기름칠을 몇 번 하는지 모를 정도였다니까 풍채도 그리 대단할 것도 없으며, 재능도 공평하게 볼 때 보통밖엔 되지 않았다. 결국 수백 수천 명이라는 사람들 속에 뒤섞여버리면 조금도 두드러질 것이 없을 만한 최대공약수적 존재에 지나지 않았다.

그런 그여서 애초 풍류라든가 호연지기 같은 에도 취미의 극치를 이해할 만한 섬세한 신경은 소유하고 있지도 않았다. 문신에 대한 흥미나 지식도 도쿄대학 의학부 표본실의 교육에서 그리 벗어날 것도 없었다.

도쿄대학 의학부를 졸업한 다음에는 늘 그렇듯이 군의관 생활이었다. 다행히 필리핀에서 구사일생으로 제대하고 왔으나, 흔히 말하는 남국 특유의 멍한 구석이 그의 머리에 응어리처럼 남아 있었다.

그의 형인 마쓰시타 에이이치로(松下英一郎)는 당시 전후의 대이동으로 몇 단계인가 뛰어올라 경시청 수사과장을 맡고 있었다. 겐조도 형의 도움으로 하다 못해 경시청 감식과에서라도 일할 작정이었으나 마침 결원이 없어서 한동안 대학 법의학 교실에서 기초의학 연구를 다시 하고 있었다. 그러던 차에 때마침 날아든 것이 이 모임의 초대권이었다. 이 한 장의 티켓이 그의 인생길을 완전히 바꿔버렸던 것이다.

몸차림 따위엔 전혀 신경을 쓴 적이 없는 그는 여전히 텁수룩한 머리에 반소매 노타이 셔츠에 카키색 바지며 미군 군화 차림으로, 조용회라고 글자가 들어간 겉옷을 입고 날 세워 머리를 깎은 젊고 호기로운 사내나 카메라를 든 GI와 어깨를 나란히 하고 회장으로 들어오는 문을 통과했다.

 그 순간, 널찍한 정원 끝에서 많은 인파와 마주친 겐조는 이내 지병인 우울증이 폭발하고 말았다.

 그의 말에 따르면 이 병은 죽기를 각오하고 필리핀의 깊은 산속을 방황하던 때부터 생겨난 일종의 신경장애이므로 때로는 불을 붙인 것처럼 날뛰어 스스로도 의학박사나 도쿄대 교수 정도의 지위는 금세 눈앞에 아른거릴 것처럼 굳게 믿다가도, 반대로 일단 기분이 가라앉기 시작하면 이번엔 전혀 자신의 재능에 정나미가 떨어지고 살아봐야 아무것도 되지 않을 것이므로 전차에라도 뛰어들어서 세상을 하직하는 편이 현명할지도 모를 것 같고 세상을 도모하거나 넓은 천지에 내 한 몸 둘 곳도 없는 것처럼 생각되고 마는 것이었다.

 회장의 분위기는 애초부터 그의 성격과는 어울리지 않았다. 이것도 의학적 연구에 도움이 될 참관이라고 생각했던 명분도 잊고 거친 파도에 떠다니는 한 장의 나뭇잎처럼 기댈 데 없는 심정으로 회장에 마련된 큰 방에는 발도 들이지도 못하고, 무사시노의 정취가 그대로 배어나는 널따란 정원 한구석에서 사람들의 눈을 피해 손으로 만 담배에 불을 붙였다.

 "저 실례지만 불 좀 빌려주시겠어요?"

 뒤에서 부르는 소리에 황망히 돌아보니 머리를 위로 틀어 올린 하얀 양장 차림의 여자가 그곳에 서 있었다. 늘씬하게 균형이 잡힌 큰 키에도, 또 어딘지 모르게 암코양이를 떠올리게 하는 매우 젊어 뵈는 옆얼굴에도 희미한 교태가 담겨 있었다.

 "아, 성냥 말인가요? 예, 여기. 20세기 과학의 진보이자 한 번만에 절대 불이 붙는 성냥입니다."

 가게 앞에 나붙어 있던 광고 문구를 읊조리면서 겐조는 성냥갑을 여자 손에 건넸다.

희미한 불꽃을 담은 손바닥 가까이로 볼을 갖다대더니 여자는 '아사히'를 한 개피 피워 물고는 거리낌 없이 커다랗게 보랏빛 연기를 내뿜었다.

"고마워요. 맛있군요."

그녀는 웃었다.

그 웃음과 화류계 출신임을 연상하게 하는 흐트러진 자세는 야인인 마쓰시타 겐조도 금세 그것을 느낄 정도로 요염했다. 여자가 팔을 올렸을 때 두 팔을 감싸고 있는 하얀 소맷부리 사이로 언뜻 검푸른 색이 흘러나온 것 같았다. 그러고 보니 이런 더위에 입고 있는 옷감이 두꺼운 것도 이상했다.

호기심을 억누르지 못하고 겐조는 넌지시 떠보았다.

"꽤 많은 사람들이 모였군요. 그들 태반은 나 같은 구경꾼일 텐데 잘도 이렇게 모여들었습니다그려."

"괴짜들도 있는 것 같고요."

"입장권 뒤에는 남자 백여 명, 여자 몇 십 명 참가라고 되어 있던데요. 남자야 그렇다 치고 여자가 그렇게나 있으려나."

"있고말고요. 제가 아는 사람만 해도 열 명은 온걸요."

"그럼 당신도 대회에 출전하십니까?"

염치없는 질문은 여자를 당혹시킨 모양이었다. 부드러운 초승달 같은 눈썹을 모으고는 어깨를 외국 여배우처럼 크게 으쓱하면서 역습을 했다.

"제가…… 제가 그런 닳고 단 여자로 보이시나요?"

겐조는 퍽이나 당황했다. 대답도 갈피를 잡지 못하고 횡설수설했다.

"이거야 원, 실례했습니다. 아니 그냥, 아무것도 아닙니다. 당신의 꾸밈새가 너무도 세련되게 보였고, 장소가 장소이니 만큼 어쩌면 당신도 문신 같은 걸 하지 않았을까 그냥 생각했을 뿐입니다. 마음이 상하셨다면 용서하십시오."

여자는 하얀 뱀처럼 몸을 꼬면서 주위를 개의치 않고 웃음을 흘렸다.

"호호호, 아유 재밌어라. 뭐 그렇게 정색을 하실 건 없어요. 감추는 것보다 드러내는 게 낫다고들 하죠. 이름을 둘 가진 여자라면 그렇게 보일 테지요. 사실은 저도 있어요."

"역시 그랬군요…… 뭡니까?"

"팔에 작은 글귀랑 사내 이름요."

"아 그렇습니까."

겐조는 여자의 말을 액면 그대로 받아들였다. 그러자 여자는 어안이 벙벙하다는 듯 그의 얼굴을 쳐다보더니 다시 웃음을 쏟아놓았다.

"뭐가 그렇게 우스운가요?"

"바보로군요. 당신은 아직 샌님이에요. 그 정도 문신으로 이런 대회에서 옷을 벗을 수 있다고 생각하세요?"

"그렇다면 상당히 크신 모양이군요."

"여자인 주제에 가당치도 않게 커다란 뱀 문신을 새겼답니다."

정수리를 곤봉으로 얻어맞은 것처럼 한 마디도 못하는 겐조를 요염한 눈길로 힐끗 보았다.

"어차피 대회가 시작되면 드러나겠죠. 곧 시작할 테니 감출 수도 없지 않겠어요? 실례했습니다."

본채로 향하는 여자의 하얀 양장차림의 등을 겐조는 엑스레이 같은 눈으로 바라보았다. 저 흰옷 속 맨살에 화려하고 은밀한 그림이 그려져 있으리라고는 아무리 해도 상상이 가지 않았다. 화학

섬유인 듯한 두터운 옷감엔 아무런 색깔도 비치지 않았고, 그에게는 여자의 말이 뭔가 질 나쁜 농담인 것처럼만 느껴졌다.

이 자리에서 가만 있을 수 없게 된 겐조는 몽유병자처럼 대회장 쪽으로 돌아서서 갔다. 그때 나무그늘에서 스쳐 지나갔던 감색 폴라를 입은 청년이 그의 얼굴을 쳐다보고는 미심쩍은 눈길로 발을 멈췄다.

"혹시 틀리다면 용서하십시오. 마쓰시타 군이 아닌지?"

"자네는?"

놀라서 올려다본 겐조의 눈에 분명히 어딘가에서 본 기억이 있는 젊은 사내의 웃는 얼굴이 들어왔다.

사람을 업신여기는 듯한 희미한 웃음이 연지를 바른 것처럼 새빨간 입술 가장자리에 떠올라 있었다. 크게 부풀어오른 코가, 미간에 한 줄기 세로로 깊게 주름이 패인 이마가, 뭔가 비밀을 감춘 듯이 검고 그윽하게 빛나는 두 눈이, 튼실하게 벌어진 두 어깨가 결코 미남이라고 할 수는 없지만 왠지 여자들이 좋아할 만한 타입이다. 겐조는 황망히 기억을 더듬었다. 그러나 어디사는 누구인지 생각나지가 않았다.

"당신은······?"

또다시 그는 중얼거렸다.

"잊었어? 모가미 히사시(最上久)야."

"아 참, 그렇지!"

순간, 먼 옛날의 기억이 겐조의 머리에 되살아났다.

"이거 실례했는걸. 아무래도 남방에서 고생하는 바람에 완전히 바보가 된 모양이야."

모가미 히사시는 중학교 시절의 친구이므로 만난 지 10년이 된다. 겐조가 쉽사리 떠올리지 못한 것도 무리는 아니다.

히사시가 겐조보다 3살 가량 나이가 위였다. 그러나 폐를 앓느라 2년쯤 휴학한 때문에 5학년 즈음에는 같은 반에서 책상을 나란히 했던 적도 있었다.

조숙하달까 성적인 분방함이랄까, 하여간 그때부터 모가미 히사시라고 하면 전교에서 모르는 학생이 없었다. 서양의 명작에서 그대로 베껴낸 연애편지 10통을 각각 다른 여학생들에게 보낸 적이 있는데 그 구실 또한 기발했다.

"어차피 여자의 마음이란 건 동서고금을 막론하고 별반 다를 게 없으니, 10통이나 보내다 보면 그 가운데 하나쯤은 건질 수 있거든."

그는 의기양양하게 큰소리를 쳤던 것이다.

유도는 중학교 3학년 때부터 이미 검은 띠의 유단자였는데, 병으로 휴학하는 동안 장기에 빠져서 제법 실력을 닦아 초단쯤은 문제가 아니라고 큰소리를 치게 되었다. 원래 수학에 대해서는 뛰어난 재능을 지닌 그였으므로, 단지 심심풀이였는지 모르지만 대수나 기하 시간이 되면 교사를 칠판 앞에서 쩔쩔매게 하는 정도는 식은 죽 먹기였다.

중학교를 졸업한 뒤로 겐조는 일생일대의 요행수를 날려 히토쓰바시 고등학교에 입학했다. 원래 당시의 제도에 따르자면 히토쓰바시를 시험 볼 때는 동시에 호크다이 대학 예과도 칠 수 있었는데, 어렵다는 히토쓰바시에는 합격하고 그보다 훨씬 쉬운 호크다이에는 보기 좋게 떨어졌으니 어쩌면 후자가 그의 본래 실력이었을 것이다.

히사시는 애초부터 몹시 까다로운 공립학교 따위와는 상대도 않고 모 사립대학 공학부에 들어가 응용화학을 전공하게 되었다. 그 뒤로는 둘 다 거의 얼굴을 마주칠 기회도 없었지만, 겐조가 소무으로 들은 바로는 히사시는 대학을 졸업한 뒤에도 타고난 분방한 천성을 버리지 못하고 꽤 오랫동안 방황하고 있다는 것이었다.
"야 이거 대단한 우연인걸! 특히나 이런 방면에 자네가 흥미를 가진 줄은 몰랐는데?"
모가미 히사시는 웃으면서 럭키 스트라이크에 불을 붙였다.
"아니, 그냥 학술적인 연구에 참고하려고."
"괜찮아. 어떤 흥미든, 원래 정열이 없는 사람으로 통하던 자네를 이렇게 더운데도 여기까지 이끈 힘은 대단한 것이니까 감추지 않아도 돼. 자네는 틀림없이 여자의 문신을 목표로 온 것이겠지?"
"자네는 뭐든지 옛날부터 동기를 섹스하고 결부 짓고 싶어했지. 꼭 프로이드 같은 사고방식이야."
"상관없어. 인간의 행동이란 어차피 가죽을 한 장 벗겨내면 돌아갈 데라곤 식욕과 성욕, 물욕과 지배욕 그것밖엔 없거든. 오늘의 모임에도 이처럼 많은 구경꾼들이 모여든 건 결국 그거야. 문신 수준이야 어쨌건 간에 야쿠자나 예술가들이 온몸에 문신을 했다고 해서 그게 그렇게 희한한 일도 아니라면 구태여 전차삯과 품을 들여서 구경하러 올 것도 없지. 하지만 온몸에 문신을 한 여자가 20명 이상이나 모여들어 알몸이 되는 거라면 하루쯤은 일을 쉬고 보러 올 만한 가치는 있어. 미국 어디에선 흥행물로도 자주 나온다고 하던데, 그것도 남자보다 여자가 흥행 가치가 있다고 하니 인간의 심리란 건 동이나 서, 시대를 막론하고 똑같다는 것이지."
"하지만 현재 일본에 문신을 한 여자가 그렇게나 있을까?"
"있고말고. 예를 들면 떠돌이장사치나 야쿠자의 아내로 화류계의 왕언니 대우를 받을 만한 여자들 가운데 피부가 하얀 여자가 하나도 없진 않을 테니까. 여두목쯤 되면 더하겠고. 애초 어리석은 짓임을 아는 일에 스스로 내켜서 뛰어든단 말야. 교도소에 가는 것을 훈장이라도 받는 것처럼 여기는 자를 애인으로 삼고, 세상의 뒷골목을 큰손으로 휘두르려면 자기 마음에 다시는 올바른 길로는 돌아오지 않겠다고 다짐하는 각오가 필요하지. 손가락을 자르는 것보다야 문신을 하는 편이 그나마 통증도 덜할 테고, 한편으론 기질이 거친 졸개들을 턱짓으로 부려야만 하는데다가 싫든 좋든 자기 몸에 관록을 붙여서 권위를 세울 필요가 있거든. 그뿐만이 아니야. 뜻밖에도 견실한 사내들 중에도 문신 마니아는 있단 말야. 자기도 하고 싶어 죽을 지경이면서 지위에 직업이니 체면 어쩌고 해가면서 발을 들이지 못하는 사내가 있지. 그런 사내하고 부부로 살면서 줄곧 그런 말만 들어봐. 부부는 일심동체라서 슬슬 남편을 대신해 하게 되는 것이지."
"그도 그렇겠군. 자네 의견은 잘 알겠네. 그렇다면 몇 백만이나 되는 도쿄 시민 가운데에 그런 여자가 열이나 스물 정도 없지야 않겠군. 하지만 그런 여자들을 어떻게 거의 빠짐없이 모았을까?"
"1만 엔이란 돈은 매력이 있지. 그녀들은 물욕을, 그것을 보려는 우리는 색욕을, 그러니까 결국 귀착하는 곳은 본능이야."
지금도 변함 없는, 청산유수 같은 모가미 히사시의 궤변이었다.
"그렇다면 자네도……."
"난 전혀야. 이런 야만스런 풍습엔 흥미가 없어. 연구는 하지만 경멸한다고 할까. 솔직히 말하면 형의 명령으로 어쩔 수 없이 어떤 왕언니의 경호를 맡아서 나온 거야."
"자네의 형님?"
"모가미 조합이라는 건설회사를 하고 있지만 내가 보기엔 전쟁

범죄자나 마찬가지야. 전쟁 중엔 군대에 붙어 한밑천 벌었고, 전쟁이 끝나니 이번엔 은닉 물자를 부정 유출하더니, 지금은 주둔군과 짜고 단물을 빨아들이려까지 하고 있는데……."

몹시도 험담을 하긴 했지만 역시 얼마간 양심에 가책을 받은 모양이었다.

"에이, 뭐 그런 거야 아무래도 상관없지. 그런데 형이 사업 때문이기도 하지만 숙부인 하야카와 선생한테 물들었거든. 일본 최고라는 문신 미인을 찾아내 컬렉션 했다네."

태연히 왼쪽 새끼손가락을 펼쳐 보였다.

"확실히 미인이긴 한데 내 취미하곤 전혀 맞질 않아. 호리야스라는 문신사의 딸로 오로치마루를 등에 새긴 노무라 기누에라는 여잔데, 교양 없고 취미가 천박해서 한 시간쯤 얘기 하면 금세 질리게 돼."

겐조는 아까 얘기를 나눴던 요염한 여자를 떠올렸다. 그 여자가 어쩌면 노무라 기누에가 아닐까 하는 희미하고 막연한 예감이 가슴 어딘가에서 꿈틀대고 있었다.

"아직 젊어?"

"젊고말고. 마침 여자로서는 윤기가 흐르기 시작하는 이십 대인데다가 벌써 18살 때 몸을 더럽혔다고 하니까 만든 지 5, 6년은 됐겠군. 자넨 의사니까 알겠지만 몸 속에 들어간 색소도 시간이 흐르면 흡수되거나 이동해서 문신도 흐려지거나 색이 바래기도 하는데, 여자는 지금이 한창 때니까 살결이나 그림이 마침 제일 보기 좋을 때일 거야. 그런데 형이 그러한 자리에서 알몸이 되는 것을 잘도 허락했단 말야. 피를 나눈 사이이긴 하지만 난 형의 심사를 모르겠어."

"노출증이 아닐까, 그녀가?"

"그럴지도 몰라. 원래가 문신사의 딸인걸. 출신이 출신이고, 그렇게 자랐을 테니 변태적인 데도 없을 수 없겠지. 문신을 옷 대용으로 여기고, 알몸이 되어도 알몸으로 여기지 않을지도 모르지. 하긴 우리 앞에선 처음엔 얌전했어. 옷을 입고 있으면 과거 화류계가 아니었을까 느낌을 약간 줄 정도지 그런 엄청난 여자란 건 물론 알 수 없어. 나도 처음에 두 팔을 보았을 때는 깜짝 놀라서 입이 다물어지지 않았을 정도니까."

그 여자다! 분명히 그 여자가 틀림없다고 모든 이치를 초월한 목소리가 겐조의 귓속에 메아리처럼 울리고 있었다.

그것은 아마도 이 문신의 여인, 노무라 기누에를 둘러싼 괴기한 살인사건 속에서 그에게 기묘한 한 역할을 할당한 운명의 속삭임이었던 것이리라.

"히사시, 어디 있나 했더니 여기 있었군."

다가온 것은 뚱뚱하게 살이 찌고, 진한 눈썹을 하고 눈이 움푹 팬 흰옷의 사내였다.

세상살이가 다 그런 거라며 배를 두드리며 호탕하게 웃는 동양풍의 호걸다운 체구인데, 얼굴에는 그것과는 정반대로 어딘지 모르게 신경질적인 어두운 표정이 드리워져 있었다.

벼락부자라고 비웃는다는 것을 충분히 자각하고, 더구나 그것을 웃어넘길 만한 여유가 없이 안달하는 표정이 어딘가에 있었다. 불룩한 금반지와 회중시계를 매달고 있는 금사슬도 왠지 썩 어울리지는 않았다.

그 뒤에는 교활해 뵈는 사십 대 사내가 여우처럼 따르고 있었다. 끊임없이 두 눈을 디룩디룩 굴리고, 눈을 치뜨고 남의 얼굴을 힐끗 쳐다보고는 주눅든 듯이 눈을 내리깐다. 호색한답게 눈꼬리가 처진 사내였다.

"아, 형."

조금 전까지만 해도 잔뜩 험담을 늘어놓았으니 히사시도 쑥스러울 것이었다.

"기누에는 어디 있는지 모르냐?"

"글쎄……."

"이미 대회장은 모든 준비가 끝났는데 어디로 갔는지 뵈지가 않아."

"창피해서……."

"무슨 소리야. 애초 자기가 원해서 온 모임 아니냐?"

기분 나쁘다는 듯 주위를 둘러보던 형의 귀에 히사시는 두세 마디 뭐라고 속삭였다. 돌연 그의 태도가 변했다. 파안대소를 하고 정중하게 겐조의 앞에 고개를 숙였다.

"그랬습니까? 하, 이거 몰라서 무례를 범했습니다. 제가 모가미 조합 다케조입니다. 동생이 오래 전부터 무척 신세를 지고 있다던데."

"당치도 않습니다…… 저야말로."

"경시청 마쓰시타 수사과장의 동생이라고 하셨나요? 형님의 높으신 이름은 진작부터 알고 있었습니다. 꼭 한 번 만나 뵐 영광을 가졌으면 하던 차에 이렇게 뵈었습니다그려. 한잔 대접하고 싶습니다만 오늘은 공교롭게도 다른 약속이 있어놔서. 언제쯤이면 시간이 있으신지요?"

장수를 쏘기 위해 말을 먼저 맞힌다는 거로군, 겐조는 쓴웃음을 지었다. 틀림없이 뭔가 뒤가 음침한 데가 있으니까 자신을 통해 형과, 나아가 경시청의 어귀와 관계를 맺어 두려는 것이라고 해석했다.

"뜻은 대단히 감사합니다만 아무래도 갈 수 없을 것 같아 죄송합니다."

겐조는 술이라면 남에게 뒤지지 않지만 일단 사양했다. 오얏나무 밑에서 갓끈을 고쳐 매지 말라는 말처럼 군자의 도리를 이르는 말을 따라야만 할 것 같았다.

"에이 뭐 그렇게 말씀하시지 않아도 됩니다. 이 방면을 좋아하시는 것 같은데."

"대학 연구실에 있는 처지라서요. 그렇기는 해도 맥박도 제대로 짚지 못하는 의사이긴 하지만."

"저도 원래가 이런 위세 좋은 일을 좋아해서요. 게다가 숙부인 하야카와 박사의 취미에 물이 들고 말았습니다. 다음에 꼭 천천히 말씀을 나누고 싶습니다. 집사람도 하찮은 장난을 하긴 했습니다만, 그때 천천히 뵙도록 하지요."

"방금 말씀을 들었습니다만 오늘 대회에선 강력한 우승후보가 아닌가요? 영광입니다."

"핫하하하, 뭐 이런 다크호스가 나올 만한 레이스에서 우승후보가 지지 않는다고도 할 수 없지요. 그럼 다음 기회에 안내를 해드리겠습니다."

다케조가 턱을 치켜올리자 따르던 사내가 정중하게 인사를 하면서 명함을 내밀었다.

"저는 모가미 조합의 지배인입니다. 이나자와 요시오(稻澤義雄)라고 합니다. 앞으로 잘 부탁드립니다."

"저야말로 잘 부탁드립니다."

"형님과 함께 사십니까?"

"대학 연구실에 있으니 누가 시집을 올 리도 만무하지요."

"당치도 않습니다. 지나치게 눈이 높으신 거 아닙니까?"

마음에 들지 않는 놈이었다. 특별히 이렇다 할 것도 없지만 첫

인상으로 보아 이 지배인에게는 결코 호감을 가질 수가 없었다. 언제 다시……라며 정중한 인사를 남기고, 두 사람은 대회장 쪽으로 사라져 갔다.

그런 뒷모습을 바라보면서 겐조는 깜짝 놀라지 않을 수 없었다. 모가미 다케조의 뒷모습은 앞에서 보았을 때와는 전연 인상이 딴판이었다.

흔히 말해 기운이 없다고 할까, 비할 데 없는 쓸쓸함이었다. 중국에서, 또 남방에서도, 겐조는 군의관으로서 수도 없이 이런 뒷모습을 한 병사들을 보았다. 이론은 없지만 본능적으로 감지하는 일종의 죽을상이라고나 할까, 아무리 패기로 가득 차 있어도 그런 병사들의 앞날에 가로놓여 있는 것은 적탄 이외에는 없었던 것이다.

대회장소로 꾸며진 커다란 방은 다다미 100장이 깔릴 넓이였는데도 거의 입추의 여지가 없었다. 반은 참관자들의 하양 일색에 가까운 모습으로 뒤덮였고, 반은 회원들의 화려한 나상(裸像)으로 덮여 있었다.

더위와 인파의 훈김으로 참기 힘들자 남자 회원들은 예외 없이 규정대로인 흰 훈도시(음부를 직접 가리기 위해 허리에 차는 천) 차림이었다.

확실히 장관이었다. 한 사람의 등이라면 냉정하게 예술작품으로 관조할 여유가 있겠지만, 각자의 등에 요사한 살그림이 그려져 있는 이렇게 많은 사람들이 한 자리에 모이게 되면 그것은 현세를 떠난 하나의 독립된 세계라고 할 수밖에 없었다.

이들 군상은 보는 이의 마음을 해일이나 눈사태 같은 힘으로 압도했다. 1946년에 살고 있다는 것을 잊게 했고, 시간의 흐름을 거슬러 올라가 에도시대로 되돌아간 것이 아닐까 하는 착각마저 느끼게 했다.

여자 회원들도 한쪽 구석에 모여있기는 했지만 반 가까이는 옷을 벗거나 속곳 한 장 차림이었다. 개중에는 마치 남자처럼 흰 허리끈 하나만 차고 부채를 부치는 사람도 있었으나 남자 같은 기묘한 차림도 등의 문신과 어우러져 조금도 이상한 느낌을 주지 않았다.

노무라 기누에는 참관인석과 부인석의 한가운데 기둥에 기대어 흰 양장을 벗지도 않고 조용히 담배를 피우고 있었다. 참관인석에서도 의아히 여기는 시선이 수도 없이 그녀의 온몸으로 쏟아졌다. 이 자리에서 기누에는 새라고도 짐승이라고도 할 수 없는 아름다운 흰 박쥐인 것이었다.

"당신도 했나요?"

참기 힘들었는지 옆에 앉아 있던 긴타로를 새긴 여자가 물었다.

"예에, 조금."

"그렇다면 옷을 벗어요. 어차피 모두가 다 이런 모양새이니 조금도 망설일 것 없어요. 그 옷을 입고 더워서 어찌 견디겠어요?"

"여러분을 뵙고 있으려니 저의 장난 같은 건 창피해서…… 차례가 올 때까지 이렇게 하고 있겠어요."

긴타로를 새긴 여자는 다른 쪽을 향했다.

기누에가 이렇게 옷을 벗지 않고 있었던 것도 달리 수치심 때문은 아니었다. 그럴 바에는 애초부터 오늘 대회에 나오지도 않았을 터였다.

'일생일대의 공식적인 무대'라고 기누에는 잔뜩 벼르고 있었다. 다시는 이런 모임에 출석하지도 못하리라고 기누에는 각오를 다지고 있었다. 그런 만큼 이번 등장은 뛰어난 배우의 출연처럼 최대의 무대효과를 올려야 한다는 생각만 가득 차 있었다. 스스로도 타고난 배우 기질이 있다는 생각을 하긴 했지만 그런 천성적인 끼가 이런 경우에는 무의식중에 겉으로 배어 나오는 것이었다.

무대로 쓰일 한 단계 높은 상석에는 하야카와 박사를 비롯한 5명의 심사위원들이 나란히 앉아 있었다. 회원은 한 사람씩 그 앞으로 나아가서 차례로 심사를 받는 것이었다.

기누에도 몇 번인가 얼굴을 마주친 적이 있는 요코하마의 요릿집 여주인이자 원래는 가나가와에서 으뜸가는 얼굴마담이었던 '불수레'의 오키치가 일어서서 새하얀 유카타(일본식 무명 홑옷)를 벗어 던지면서 살집이 좋고 포동포동한 등에 새긴 두 마리의 퍼런 귀신이 끄는 지옥 수레와, 그 위에서 맹렬한 불에 타며 고통스러워하는 미녀의 그림을 펼쳐 보인 것을 계기로 여성부 심사가 시작될 무렵부터 가만히 있어도 숨이 막힐 듯한 대회 분위기는 드디어 격렬해졌다.

"47번, 노무라 기누에 씨."

자기의 이름이 불렸는데도 요코즈나(일본씨름 스모의 천하장사)의 준비자세와도 같은 관록을 보이면서 기누에는 대답도 하지 않았다.

"오로치마루, 노무라 기누에 씨."

두 번째 호명에야 기누에는 비로소 일어섰다. 입에 물고 있던 담배를 버리고 만장에 운집한 사람들의 시선을 한 몸에 받으면서 큰 걸음으로 회원석을 가로지르더니 양장인 채로 심사위원들의 앞에 서서 사냥감을 모는 사냥꾼처럼 열기를 띤 하야카와 박사의 얼굴을 쳐다보고 빙긋 웃음을 흘렸다.

"옷을 벗지."

박사의 음성은 건조했다.

"그러죠. 어차피 여기까지 온 바에야 도마 위에 올려진 생선 아니겠어요."

기누에가 홀연히 순백의 원피스를 벗어 던지자 하얀 실크 속치마 한 장이 남았다. 그림이 그려진 두 팔뚝이 나타났다. 복숭아색으로 상기된 피부에 검푸르게 침착된 색채 속에 곱게 피어 있는 벚꽃과 붉은 낙엽을 새긴 것도 한층 아름다웠으나, 기누에가 의식적으로 노렸던 것은 얇은 천 속에 빛나는 나신의 아름다움이었다. 하얀 실크는 문신의 색채를 반영해 옅은 보랏빛으로, 분홍색으로, 연녹색, 보라, 말로는 형언치 못할 일곱 가지 무지개의 광택을 연상시키는 미묘한 색조로 빛나고 있을 터였다. 이야말로 감추려야 감추지 못할 문신의 미와 매력의 극치임을 기누에는 어느덧 자각하고 있었다.

기누에는 그대로 빙글 몸을 돌리더니 비로소 실크 속치마를 벗었다.

이제 그녀의 몸을 감싸고 있는 것은 외국의 최신형 수영복을 흉내내어 만들게 한 절단면이 깊은 팬티뿐이었다.

물론 등은 자기 눈에는 보이지 않았다. 다만 봉긋하게 솟아올라 윤기가 흐르는 터질 듯한 두 젖가슴이 흥분으로 물들어 희미하게 물결치는 것을 느낀 기누에는, 등의 오로치마루도 사람들의 시선에 수줍게 볼을 물들이고 꿈틀거리기 시작했을 것임을 알았다.

물을 끼얹은 듯 조용했던 장내에 환호성이 터져 나왔다. 그 술렁임으로 오늘의 여왕은 자신임을 알아챈 기누에는 의기양양하게 눈썹을 세우고 5명의 심사위원들과 참관인들을 둘러보았다.

모가미 히사시와 어깨를 나란히 하고 잡아먹을 듯이 자신을 바라보고 있는, 조금 아까 담뱃불을 빌렸던 청년에게 기누에는 살짝 미소를 보였다.

3자 견제의 저주

 대회는 성황리에 끝이 났다. 사람들의 예상대로 여자 최우수상은 노무라 기누에에게 수여되었다.
 심사가 끝나자 여흥이 시작되어 회원들은 옷을 벗은 채로 정원으로 나와서 폭포를 맞거나 나무 그늘에서 더위를 식히기 시작했다.
 "어때, 오로치마루를 다시 대면할 마음이 있어?"
 "응. 꼭 여왕님을 새삼 알현할 영광을 받고 싶군."
 모가미 히사시의 말에 아직도 이 모임의 이상한 분위기며 흥분에서 채 식지 않은 겐조는 잠꼬대처럼 힘없이 대답했다.
 "소개해 주는 건 상관없지만 그 사람은 빠르게 끌어당기니까 몸을 단단히 지키지 않으면 위험할 거야. 그리고 가끔 이상한 말을 하긴 하지만 그저 그러냐고 하면서 잠자코 듣고 있어야 해. 어쨌거나 출신이 출신이니까. 난 머리가 좀 모자라지 않나 생각해."
 모가미 히사시는 진지한 표정이었다. 그 자신도 어떤 계기로 기누에에게 애를 먹었는지도 모른다고 겐조는 생각했다.

기누에는 마당의 커다란 녹나무 앞에서 양장인 채로 사람들에게 둘러싸여 있었다. 신문기자 같은 사람들이 잔뜩 카메라를 들이대면서 여왕 주위를 에워싸고 있었다.

"안 돼요, 이미 공개는 끝났어요. 사진은 싫어요. 보고 싶다면 내년에 다시 오세요."

두 사람이 곁으로 다가갔을 때 기누에는 팔을 내저으며 외치고 있었다.

그 인파를 헤치고 히사시는 기누에에게 말을 했다.

"어떠십니까? 꽤 난처하신 모양인데요."

"아, 히사시 씨, 잘 와주셨어요. 이 사람들 좀 쫓아주어요!"

"당신 같은 사람이 어디 있겠어요? 한쪽 어깨만 벗고 날카롭게 몰아세우면 모두들 무서워서 흩어질 겁니다."

"허튼 소리 하지 말아요. 그건 저 사람들이 바라는 거라구요."

"민주주의 시대 아닙니까. 그보다 어떻습니까? 다시 한 번 알몸이 되어 사진이라도 찍게 하는 편이 공덕을 쌓는 것 아닐까요?"

"당치도 않아요. 미워 정말."

기누에는 버들잎 같은 눈썹을 곤두세웠다.

"실례입니다만 어떤 동기로 그런 문신을 하셨습니까?"

한 기자가 그런 틈을 타고 물었으나 즉각 맹렬한 반격을 받아야 했다.

"당신처럼 지겹고 뻔뻔한 사람한테 속았던 거죠."

웃음이 일어났다. 기자는 분하다는 듯 새빨개져서 그 자리를 떠났다. 그것을 계기로 어차피 안 될 것 같다고 포기를 했는지 기자들도 포위를 풀기 시작했다.

3자 견제의 저주 63

"기누에 씨, 당신의 숭배자를 소개할까요? 실은 저도 오늘 생각지도 않게 우연히 만났습니다만 중학교 시절의 옛친구입니다. 마쓰시타 겐조라고 지금 도쿄대학 의학부 연구실에 있다고 하는데 당신께 뭔가 물어볼 게 있는 모양입니다."
기누에는 어이가 없어했다.
"당신이었어요?"
"아십니까? 역시 대단하시군."
"아무것도 아녜요. 아까 성냥을 빌렸을 뿐인데."
"그게 정말일까. 수상쩍은데."
"무슨 소릴 하는 거예요."
눈을 흘기더니 겐조를 향해 웃어 보였다.
"좀 전에 남편한테서도 당신 얘길 들었어요. 당신도 가죽 벗기는 일을 하는 사람인가요?"
기누에의 가죽 벗기는 사람이라는 한 마디에 통렬한 비아냥이 담겨 있었다. 하야카와 박사를 가리킨다는 것을 겐조도 금세 알 수 있었다.
"아닙니다. 특별히 그런 건 아닙니다만."
"용서하세요. 의사라고 하면 곧장 그런 생각이 들어서요. 저쪽에서 천천히 이야기 하실까요?"
기누에는 겐조의 팔을 잡았다 놓으며 앞서 나갔다.
"그럼 마쓰시타, 이따가 어디서 한잔하자구."
히사시는 그 자리에서 말을 했다. 신문기자도 더 이상 매달리는 것은 포기했는지 뒤를 따르려고도 않았다.
"놀라셨나요? 이런 여자라서."
한적한 나무 그늘의 벤치에 앉자 기누에는 장난꾸러기처럼 눈을 동그랗게 뜨고는 웃었다.

"당치도 않습니다. 사실은 아까 모가미한테서 오로치마루 문신을 한 아름다운 젊은 여성이 오늘의 넘버원이라는 말을 듣고 문득 당신이 아닐까 생각했습니다."
"그래도 당신은 멍청한 여자라고 생각하셨을 테지요. 꽤나 엉뚱한 짓을 한다고 경멸하셨을 거구요."
"무슨 말씀이십니까? 하야카와 선생님한테서도 문신은 예술이라는 말을 자주 듣긴 했습니다만 저는 오늘까지 그게 납득이 되지 않았습니다. 그런데 오늘 대회에 와서 당신의 문신을 보고 그제야 알았습니다. 그만한 것이라면 전혀 비하하실 필요는 없지 않은가요? 신문이든 어디든 자랑스럽게 사진을 내는 게 좋지 않겠습니까?"
"난 신문기자 따윈 딱 질색이에요. 그 사람들은 나를 마치 희한한 얼룩말이나 뱀처녀쯤으로 밖엔 여기지 않는답니다."
"어쩌면 그럴지도 모르겠군요. 저널리즘이란 건 냉혹하고 무자비하니까요."
"사실이에요."
"그렇지만 그만한 문신을 어떻게 하셨습니까?"
"여자인 주제에 말이죠?"
기누에는 커다랗게 한숨을 쉬었다.
"날 때부터 좋아했어요. 우리 아버지가 문신사여서 어린 시절부터 심하게 울다가도 아버지나 어머니의 문신을 보면 그쳤다고 해요. 끝내 배기질 못하고 억지로 졸라서 간신히 할 수 있었답니다. 아파요. 직접 그걸 견뎌보지 않으면 당신 같은 의사양반이라도 그 통증은 모르실 거예요. 하지만 시작한 지 3년이 걸려서 아버지가 돌아가시기 조금 전에 마침내 온몸에 완성되었을 때에는 이제 나도 어엿한 한 여자가 되었구나 싶어서 얼마나 기뺐는지 모른답니다."

바로 그때 이나자와 요시오가 다가왔다. 하야카와 박사가 기누에에게 뭔가 할 말이 있다는 것이었다.

"잠깐 기다리세요."

겐조에게 그 말을 남기고 먼저 대여섯 걸음 걸어가던 기누에는 혼자서 겐조에게로 돌아왔다.

"이런 데선 천천히 얘기도 못하겠네요."

"언제 꼭 말씀을 나누고 싶습니다. 부군의 허락만 받는다면."

이끌리듯이 겐조도 허리를 일으키며 말했다.

"상관없어요. 어차피 남편도 당신을 한번 모시고 싶다고 했으니까요. 모레 밤은 어떠세요?"

이틀째 밤에 마쓰시타 겐조는 혼자서 세르팡주점을 찾았다. 기누에는 혼자서 문을 열고 그를 맞이해 2층으로 안내했다. 중국 옷의 처녀도, 흰옷의 바텐더도, 손님도, 아무도 없었다.

"여기가 어딥니까?"

"제가 경영하는 가게예요. 경찰이 성가셔서 간판은 달지 않았지만 오늘밤은 휴업이에요. 벨은 울리지 않을 테고, 문도 안에서 잠가 놓았으니 아무도 오지 않아요. 천천히 계셔도 된답니다. 뭐 좀 마시겠어요?"

두리번대며 안정을 찾지 못하는 겐조를 쳐다보며 무슨 의미라도 있는 듯이 웃었다.

"부군께선 안 계십니까?"

"잠깐 급한 볼일이 있어서 나고야에 갔어요. 오늘 아침에 급행으로요. 당신께도 잘 말씀드려 달라더군요."

"그렇다면 저도 실례하겠습니다. 당신과 단 둘이 있는 것은 예의가 아니라서."
"바보 같은 양반! 가실 테면 가세요."
 기누에는 고개를 옆으로 돌렸다. 아름답고 풍성한 볼에 두세 줄기 눈물 자국이 나 있었다.
 어떤 남자라도 서슴치 않고 단숨에 주눅들게 할 여자라고만 생각했기에 겐조는 완전히 당황하고 말았다. 어떻게 위로해야 할지 그것조차도 알지 못했다.
"무슨 일이신지……."
"바보! 바보! 바보!"
 순간 겐조의 가슴에 몸을 던지면서 기누에는 크게 흐느꼈다.
"여자한테 그것까지 말하게 할 셈이에요? 날 부끄럽게 할 참이냐구요……."
"옆방엔……."
 겐조의 머리에는 피가 솟구치고 있었다. 뜨거운 가슴을 억누르고 헐떡이면서 물었다.
"마작이나 포카, 룰렛 도박을 하는 방이에요. 아무도 없어요. 참, 거기가 낫겠네요."
 기누에는 곧장 일어나서 문을 열었다. 8평 가량의 방 한가운데에 작은 테이블이, 가장자리에는 호화로운 소파가 있었다.
 방으로 들어서자 기누에는 뒷손질로 문을 닫았다.
"이제 아무도 오지 않으니까 마음 놓으세요."
 여자 쪽이 사회적인 연륜을 훨씬 많이 터득하고 있었다. 겐조는 자신이 뱀의 눈에 뜨인 개구리처럼 가련한 존재라는 생각을 떨치지 못했다.
"아무리 당신이 의사라 해도 아직 문신을 한 여자의 살을 만진 적은 없을 거예요."

스핑크스 같은 수수께끼의 미소를 던지면서 사내의 가슴을 폭발시키기라도 하려는 듯 기누에는 말을 이었다.
"차가워요. 피가 통하지 않는 냉혈동물처럼. 여름에도 만지면 선득하답니다. 어때요, 괜찮다면 만져봐요."

실오라기 하나 걸치지 않은 화려한 알몸으로 기누에는 소파 위에 힘없이 누워 있었다. 반쯤 감은 눈에서 눈물이 솟아나서 몇 줄기나 볼을 타고 흐르는데도 굳이 닦으려고도 하지 않았다.
"화났소?"
겐조의 물음에 가느다란 목소리로 대답했다.
"아뇨…… 여자란 참 슬픈 존재예요. 이렇게 대단하지도 않은 걸 해서 어떤 사내에게든 지지 않으려 했지만 역시 전 여자였어요."
"하지만 나도 오늘밤은 즐거웠소. 나는 문신이란 것의 신비로운 생태를 처음 알았소. 명인 소릴 들을 만한 문신사가 되면 다른 사람의 육체의 어떠한 미묘한 움직임도 등의 그림에 그대로 영향을 미치도록 세심하게 문신을 하는군."
"물론 그래요. 그렇지 않다면 날마다 39도나 열이 나는 것을 참지 못할 거예요. 나자신이 좋아서 시작한 것이지만 처음으로 흰 피부에 먹이 들어갈 때에는 나도 울고 싶기도 웃고 싶기도 한 미묘한 심정이었어요. 하지만 한 번 몸에 문신의 상처가 생기고 나면 그 다음부턴 제정신이 아니죠. 배짱이 생겨서 아무리 해도 지울 수 없는 것이라면 울어도, 울부짖어도 소용이 없다는 생각이 들지요. 볼품 없게 하다가 도중에 그만두어 망신당하는 것도 싫고…… 일단 사내를 알고 난 여자 같은 것이랄까요."
"그럴지도 모르겠군."

"하지만 알 거예요. 이번엔 당신도 알았을 거예요. 상대를 안아 보지 않으면 문신의 아름다움이란 것을 진정으로 알지 못한답니다. 그래도 폐가 되지 않았나요? 저처럼 이름을 2개 가진 여자와 이렇게 되어서……."

"그렇게까지 비하시킬 것 없다고 보는데. 비록 어떠한 불리한 조건이라도 그것을 플러스로 하느냐 마이너스로 하느냐는 본인의 마음가짐에 달렸소. 이 문신도 분명히 아름답고 멋진 것이오. 그러나 다른 한편으론 이것을 혐오하거나 경멸하는 사회적인 편견도 분명히 존재한다오. 그 편견을 깨뜨리고 자신의 미래를 스스로 개척해 나가려는 태도, 고통을 견디는 인내력, 그런 것을 나는 높이 사고 있소. 그만한 용기가 있다면 무엇이든 할 수 있지 않을까?"

"고마워요. 그렇게 말씀해 주신 건 당신뿐이에요…… 이런 여자를 경멸하지 않는 분도 한 분은 계셨네요."

"후회하는가, 그것을 한 것을?"

"아뇨. 단지 그림이…… 이런 불길한 그림은 어찌 됐거나 하지 않는 건데 그랬어요. 날개옷이나 용궁의 미녀 같은 그런 여자다운 부드러운 그림이었더라면 좋았을걸, 지금도 그게 유감이에요."

"불길하다니…… 요술을 쓰기 때문에?"

"아뇨, 당신도 3자 견제라는 말은 아실 테지요. 뱀은 개구리를 잡아먹고, 개구리는 괄태충을 잡으며, 괄태충은 뱀을 잡아먹지요. 그게 이른바 3자 견제예요."

"가위바위보의 승부 같은 건데, 그게 어째서……."

"오로치마루는 커다란 뱀이 요술 부리는 거잖아요. 이야기책을 읽어보면 커다란 두꺼비를 부리는 지라이야하고 커다란 괄태충을 타고 나타나는 쓰나데히메, 이들 셋은 도카쿠 산 깊은 곳에서 끊임없이 요술로 서로 싸운답니다. 제 아버진 왠지 그 그림에 매료되어서 오빠한테는 지라이야를, 쌍둥이 여동생인 다마에한테는 쓰나데히메, 그리고 저에게는 오로치마루, 이렇게 3자 견제를 새기셨어요."
"그래서……"
"오빠하고 동생은 전쟁으로 죽고 말았고, 저는 어떻게 살아남긴 했지만 이제 그리 오래가지 않을 것 같아요. 지라이야하고 쓰나데히메가 비명의 최후를 다했는데 오로치마루 혼자서 아무 일 없이 장수하겠어요?"
"그런 건 미신이라고 보는데?"
"자기 몸에 그런 문신을 한 사람의 처지가 되어 보세요. 미신이라고 웃어넘기지 못한답니다. 어차피 오래 살고 싶지도 않지만…… 괜찮아요. 짧은 한 평생을 마음껏 살 수만 있다면 그걸로 족해요. 울다가 웃다가 반짝 빛나다가 그렇게 사라지는 인생의 종말인 거죠."
"안 되겠군. 인생이란 건 그런 게……"
"설교 따윈 이제 충분해요. 하지만 내가 지금 죽어버린다면 하야카와 선생님은 기뻐하겠지요. 그 선생님은 자기 죄가 되지만 않는다면 비록 나를 죽여서라도 가죽을 자기 것으로 하고 싶어 할 거예요."

기누에는 커다랗게 돌아누워 소파에 얼굴을 묻고 흐느꼈다. 왼쪽 어깨 끝에서 낫처럼 고개를 쳐든 커다란 구렁이의 비늘에서 삭삭 소리가 들리는 것만 같았다.

확실히 기누에와 이 커다란 구렁이에게는 같은 피가 흐르고 있었다. 뱀인지 여자인지 그 구별조차도 겐조에겐 희미해져 있었다.

단지 옛날부터 전해 내려오는 뱀의 음탕함이란 것은 이런 요사스런 사랑을 뜻하는 게 아닐까 생각했다.

하지만 이미 그는 이 무시무시한 매력의 포로에게서 빠져나갈 방법조차 알지 못했다. 그는 그대로 무릎을 꿇고는 괴인(怪人) 오로치마루의 입술 위에 자기의 입술을 포갰다. 그는 그 순간, 여왕에게 바치는 것 못지 않은 충성을 맹세했다.

그로부터 1시간쯤 지나서 기누에와 헤어진 겐조는 방심한 발걸음으로 유락조 역으로 걷고 있었다. 현실세계의 어떠한 현상이나 사물이나 사람도 그의 눈에 들어오지 않았다. 오로지 눈동자 뒤에 눌어붙어 떨어지려고도 않는 것은 복숭아색의 부드러운 피부를 뒤덮고 거친 숨소리에 살아 있는 듯이 움직이던 극채색의 그림이었다.

그런 그의 등을 가볍게 두드리는 사람이 있었다. 뒤돌아보니 입술 가장자리에 빈정대는 미소를 띄우고 있는 하야카와 박사였다.

"아, 선생님……."

"아 뭐, 선생님도 없겠지. 어찌 된 거야, 여우한테 홀린 듯한 얼굴을 해 가지고선……? 정신 차리게, 요즘 도쿄에는 늙은 여우들이 끊임없이 출몰한다던데."

몇 시간 전에 나눈 기누에와의 정사를 들킨 것 같아서 겐조는 왠지 쑥스러웠다.

"자네도 지난번 대회에 갔었지?"

"예…… 너무 혼잡해서 인사도 제대로 못 드리고, 실례했습니다."

"상관없네. 그런 것쯤이야…… 커피라도 마실까. 그다지 바쁠 것도 없겠지?"

박사는 겐조를 이끌고 근처의 찻집으로 들어갔다. 커피를 마시면서 박사는 웅변을 하기 시작했다. 화제는 처음부터 끝까지 문신, 마치 가슴속에 무성하게 쌓여 있는 모든 것을 토해내려는 것 같았다.

"그 여잘 대회에 끌어내는 데까지는 일단 성공했지만 아직은 사진 한 장도 얻질 못했어."

박사는 크게 한숨을 쉬었다.

"그 여자라니 누구 말씀인가요?"

"뭐야, 자네. 내 얘길 제대로 듣고 있었던 겐가? 그 있지 않은가, 오로치마루를 새긴 노무라 기누에."

"아, 그 사람 말씀인가요? 선생님은 이미 사진쯤은 가지신 게 아닌가요? 어제오늘 새긴 것도 아닐 테고 벌써 그럭저럭 6,7년 전의 작품일 텐데."

"아냐, 그 여자가 그걸 새길 즈음에 난 만주에서 중국으로 군사적인 볼일로 출장 중이었지. 돌아와 보니 호리야스 가족은 어디론가 이사를 해버렸더군. 그래서 이번이 몇 년만의 재회인데 아, 글쎄 생판 남도 아닌데 그 여잔 사진도 못 찍게 하지 뭔가."

"너무 집요하게 하셔서 그런 것 아닙니까? 가죽을 달라, 가죽을 벗기라고 끈질기게 졸라대서 오히려 싫어진 것 아닐까요?"

"흠."

박사는 차갑게 코웃음 쳤다.

"그렇지 않아. 정신분석학적으로 말하자면 문신은 일종의 만성 자살이야. 잠재의식 속에 뭔가 죄를 자각하고는 그 자책하는 마음을 자기 몸을 괴롭힘으로써 숨기려는 것이야. 예부터 순교자나 범죄자, 독신으로 지낸 사람 등에게 특히 이런 의식이 강해. 그렇기 때문에 가죽을 벗겨서 후세에 전하려는 욕구는 사실 그들의 내적 욕망을 만족시키는 게 되는 것이라고."
"글쎄요. 이론적으로는 그렇겠습니다만 그 사람은 굉장히 두려워하더군요. 미신으로 넘겨버리면 그만일 텐데 지라이야, 쓰나데히메를 문신했던 3남매 중의 두 사람이 죽었으니 이번엔 자기 차례라고 말하더군요."
"쓰나데히메라고?"
박사의 얼굴에는 형언치 못할 공포의 빛이 떠올랐다.
"누가 쓰나데히메를 새겼지? 누가?"
"쌍둥이 여동생인 다마에라는가 하는 사람이 새겼다던데요? 선생님은 모르셨습니까?"
박사는 커다랗게 고개를 저었다.
"바보 같이……! 있을 수 없는 일이야. 도저히 믿어지지 않는 일이야."
"왜 그러십니까?"
"그 두 사람은 아마도 일란성 쌍둥이였을 걸세. 몇 번이나 본 적이 있는 나도 가끔은 착각할 정도였지. 내가 누군가? 꽤나 도발도 해 봤지. 얼굴로는 분간이 가질 않아서 둘 다 다른 문신을 한 거야. 그렇게 하면 적어도 팔을 보면 누군지 구별이 가기 때문이라고 농담을 했던 기억이 있지. 하지만 정말로 다마에가 쓰나데히메를 새겼다면…… 호리야스는 머리가 돈 게 아닐까?"
"모릅니다. 전 까닭을 모르겠어요."
"모르는가? 문신사들 사이엔 절대로 범해선 안 될 금기가 있다네. 예를 들면 부동명왕(不動明王)을 새기면 발광을 한다거나, 뱀이 몸통을 말고 있는 그림일 때는 겨드랑이 밑이나 어디 보이지 않는 곳을 약간 끊어 놓지 않으면 그 커다란 구렁이가 누르는 힘 때문에 밤에도 잠들지 못하고 3년 안에 죽는다거나 그런 미신들이 집요하게 전해 내려오고 있다네. 그 금기의 하나가 3자 견제야."

"3자 견제요?"

"뱀과 개구리와 괄태충이지. 지라이야는 커다란 두꺼비, 오로치마루는 뱀, 쓰나데히메는 괄태충을 타고 나타나지. 뱀과 개구리와 괄태충, 이것을 한 사람 몸에 새기면 3마리가 서로 싸워서 죽고 만다는 금기야. 부탁을 받아도 새기지 않지. 문신사로선 불가능한 얘기야."

"하지만 세 사람한테 나눠서 새긴다면……."

"마쓰시타 군, 조금은 이치를 생각하게나. 전혀 생판 남이야 그렇다 치세. 피를 나눈 3남매에게, 더구나 자기 자식들에게…… 호리야스 같은 문신사가……?"

박사의 말은 어지러웠다. 어깨로 커다랗게 숨을 쉬면서 먼 과거의 사건을 떠올리는지 창 밖의 어둠을 응시하고 있었다.

"만일 그게 사실이라면 호리야스는 자식들을 저주한 거야. 아이들의 어머니에 대한 분노를 자식들의 몸에 새긴 것이지."

"어머니요?"

이 물음에 박사는 대답하지 않았다. 커다란 한숨과 동시에 한층 무시무시한 말을 토해냈다.

"다른 2명이 죽었다면 그 여자도 오래는 가지 못할 거야. 내 소원도 의외로 빠르게 이루어질지도 모르겠군. 하지만 그 여잘 위해서는 다른 두 사람이 죽는 편이 다행인지도 모르네. 만약 셋 다 살아 있었다면 서로 죽이지 않으면 끝나지 않아."

냉정한 과학자라고는 믿어지지 않는 박사의 말에 겐조는 저도 모르게 전율했다. 기누에야 그렇다 치더라도 하야카와 박사마저도 3자 견제의 저주 따위와 같은 이런 미신을 믿는 것이 그의 가슴에 세찬 공포를 불러일으켰던 것이다.

그러나 이 무시무시한 예언은 끝내 틀리지 않았다. 요술 세계의 일로 밖엔 여겨지지 않는 기괴한 살인사건은 얼마 안 있어 그들의 눈앞에서 전개되었다. 그리고 그 사건을 푸는 열쇠는, 이 요술을 깨뜨릴 비밀은, 분명히 3자 견제의 그림에 감춰져 있었던 것이다.

홀린 사람들

 거기에 한 여자가 숨어 있었다. 커다란 도쿄 한구석에 어떤 여자가 숨어 있었다.
 유실물 같은 여자였다. 저녁 나절, 임시 거처에서 홀연히 모습을 감췄다가 아침이 되면 다시 돌아온다. 이 여자는 햇빛을 두려워하는지 낮에는 그늘에 숨어서 모습도 드러내지 않다가 밤이 되면 어느새 생기를 되찾는 것이었다.
 거주이전 증명서도 아무것도 없으며, 하숙집 주인도 구태여 이름을 물으려고 하지도 않았다.
 그런 여자다. 언제 여기서 자취를 감출지 알 수 없지만 방세를 선불해 주는 동안은 썩 괜찮은 손님이다. 주인의 얼굴에는 그렇게 역력히 쓰여 있었다.
 전쟁 뒤 도쿄의 밤에 수없이 피어난 독의 꽃, 열매도 없는 꽃이라고 치부해 버리면 그뿐이었다. 그러나 이 여자의 운명은 전쟁이 없었다 하더라도 제 발로 그런 전락의 길을 더듬어 가도록 운명지워진 것이리라.

하숙집 주인은 몰랐다. 동료 여자들도 알지 못했으나 이 여자의 살에는 그림이 그려져 있었다. 아름다운, 그러나 불길한 낙인이 그녀의 온몸에 찍혀 있었던 것이다.

그녀 스스로도 이 문신을 얼마나 저주했는지 모른다.

이런 문신을 새긴 것도 젊은 시절의 실수라면 실수인 것이었다. 그녀의 오빠나 언니, 그리고 아버지나 죽은 어머니도 온몸에 근사한 문신을 새겼었다. 집을 찾아오는 사람들은 여자든 남자든 피부가 하얀 사람은 아무도 없었다. 불구자만 있는 세상에선 사지가 온전한 사람이 오히려 불구 대접을 받는다는 옛말처럼 그녀도 태어날 때부터의 하얀 자기 피부를 수치스러워하기에 이르렀다. 언니의 태도도 잔혹했다. 자기가 살을 더럽힌 뒤로 그녀의 아무것도 없는 피부에 화가 난 것인지도 몰랐다.

"문신은 엄청 아파. 너 같은 겁쟁이는 도저히 참지 못할 거다."

그런 말을 듣자니 몹시도 화가 났다. 울고 싶을 만큼 분했다. 마침내 그녀는 아버지 앞에 엎드려 자기도 문신을 새기기 시작했다.

"너만은 다르다고 생각했는데 역시 올챙이는 꼬리가 나 있어도 메기가 될 수는 없구나."

그런 말을 하면서 아버지는 그녀의 등에 바늘을 꽂기 시작했다. 그녀는 불에 달군 부젓가락으로 찌르는 것 같은 통증을 이를 악물고 참았다.

그녀의 문신이 시작되던 무렵부터 집에는 불행이 겹치기 시작했다. 경찰이 들이닥쳐서 도구와 밑그림을 몰수해 갔다. 문신사라는 직업이 탄로나면 그 길로 그 집에선 살지 못했다.

그녀의 가족들은 이리저리 이사를 다녔다. 아버지는 술의 양이 차츰 늘었고 일거리가 줄어들면서 생활도 황폐해졌다. 그래서 그녀의 문신이 완성되었을 무렵, 아버지는 갑작스레 덮쳐온 심장마비로 짧은 생을 마치고야 말았다.

그녀들의 삶이 전락하기 시작했다. 온몸에 문신이 있는 여자는 온전한 아내로 들어앉지 못했다. 언니는 요코하마의 기생이 되었고, 그녀는 도쿄, 나고야, 히로시마로 떠도는 부평초 같은 생활을 시작했다. 그녀 스스로도 자신의 몸이 자유롭지 않았다. 몇 년 동안을 돈으로 사고 팔렸다.

전쟁이 끝날 당시 그녀는 히로시마에 있었다. 어느 날, 그 날만 손님하고 멀리 나와 있었기 때문에 원자폭탄으로부터 피할 수 있었던 것은 기적이랄 정도의 행운이었다.

전쟁이 끝나자 그녀는 너무나도 도쿄로 돌아가고 싶었다. 살 집도 없고, 먹을 것도 없다는데도, 돌아가고 싶은 마음이 화살처럼 움직였다. 생각대로는 되지 않았으나, 그래도 전쟁이 끝난 반 년 뒤에 그녀는 소원이 이루어져 도쿄의 흙을 밟게 되었다. 폐허로 변한 암흑가, 도쿄는 쓸모 없는 잡동사니와 범죄의 거리였다.

폐허에 기적은 일어나지 않았다. 그녀는 살아가기 위해 역시 같은 생활을 시작하지 않으면 안 되었다.

그러나 그것도 오래 계속되지는 않았다. 생각지도 않게 한 사내가 그녀 앞에 나타났다. 그녀는 처음으로 사랑을 알았다. 사내라면 알 것 다 알았을 터인 그녀가 태어나 처음으로 경험한 목숨을 건 불꽃같은 사랑. 그녀의 온몸은 타올랐다. 그를 위해서라면 죽어도 좋았다.

그녀는 마음 저 밑바닥으로부터 그렇게 굳게 생각했다. 처음으로 만난 행복에 골수까지 마비되어서 자기 앞에 커다랗게 입을 벌리고 있는 지옥 같은 것은 전혀 예상치도 못했다. 무참하기 이를 데 없는 문신 살인사건의 서막이 코앞에 닥치고 있고, 자신이 그 사건 속에서 하나의 중요한 역할을 하지 않으면 안 된다는 것은 꿈에도 생각지 않았다.

여자의 가명은 하야시 스미요. 부모가 지어준 이름은 노무라 다마에라고 했다.

아틀리에를 개조한 실험실 속에 있는 가압솥을 쳐다보고 모가미 히사시는 한숨을 쉬었다. 아미노산이나 포도당을 만드는데 쓰기 위해 돈을 빌려서 사들인 설비였다. 그 빚을 아직도 갚지 못했다. 애초에 도쿄의 한가운데서, 이처럼 식량사정이 나쁜 시기에 이런 설비를 만든 것은 입지조건이 잘못되어 있었다.

그러나 그는 그다지 비관도 하지 않았다. 밀기울이나 탈지대두, 썩은 물고기의 젓갈 등등 갖가지 재료를 써보았으나, 그것도 들어오다가 말다가 해서 노는 때가 많았는데 이번의 재료가 들어오면 이런 실패쯤이야 단번에 만회할 수 있다고 생각했다.

이론은 확실하게 알고 있다. 진한 황산으로 가열 가압하면 된다. 단백질은 분해되어 아미노산이 되며, 전분은 분해되어 당이 된다.

그는 가압솥을 두드리며 웃었다. 그런데 파랗게 에나멜을 칠한 솥이 그에게 문신을 떠올리게 했다.

도대체 어째서 그런 야만스런 풍습을 좋아하는 사람이 있는 것일까. 그는 너무나도 의아했다. 아픔을 느껴야 하고, 몸을 혹사시키면서 문신을 자랑하고 기뻐한다. 바보 같은 이야기다. 멍청한 짓이다.

자신은 어쩔 수 없이 나간 것이지만 그날, 그 문신경연대회에 모여든 사람들은 마치 바보들의 집합처럼 여겨졌다.

하찮은 볼거리였다. 결투의 흉터를 얼굴에 드러내며 으스대는 독일 대학생이나, 훈장을 늘어뜨리고 좋아하는 일본의 옛 군인 따위와 똑같은 하찮은 허영심…….

모든 여자는 그에게서 하나의 기관(器官)의 확대에 지나지 않았다. 문신이 있건 말건 그에게는 전혀 다를 것이 없었다.

'여자는 도구다. 목적을 달성하기 위한 도구인 것이다.'

그는 입 속으로 중얼거렸다.

내일은 가와바타 교코하고 연극을 보러 가기로 약속했다. 그 여자도 도구, 이 여자도 도구, 다른 여자도 또한 도구, 모든 여자들은 목적을 달성하기까지의 도구에 지나지 않는다.

그는 자기처럼 뱃속 밑바닥에서부터 여자를 경멸하는 사내는 없다고, 스스로도 그렇게 믿고 있었다. 그런데도 그는 성가실 정도로 여자들이 그를 따르는 것이 의아했다.

솥에서 떨어져서 창 밖을 내다보았을 때, 정원 끝을 작은 뱀 한 마리가 살금살금 기어가는 것이 보였다.

오로치마루. 기누에의 문신은 무시무시한 그림이다. 그는 이런 엄청난 그림을 새긴 여자의 심리를 그는 이해할 수 없었다.

그런데도 세상에는 그런 여자의 그런 문신에 매료되는 사내들도 있다. 형이나 하야카와 박사도 그렇다. 어쩌면 지배인인 이나자와도, 혹 어쩌면 마쓰시타 겐조도 그 문신에 매료되어 버렸는지도 모르는 것이다.

이런 사람들의 광적인 행태가 그는 우스워서 견딜 수 없었다. 한 여자에게 네 남자. 문신에 홀린 사람들이 결국은 어떤 운명에 휘둘릴 것인가 생각하면 그는 기묘한 기분이 들었다.

8월 27일 아침, 대학 연구실에 나온 겐조는 봉투 하나를 받아들었다. 서툰 여자 글씨로 겉봉에 주소가 쓰여 있었다. 뒤로 뒤집어

본 그는 저도 모르게 움찔했다. 노무라 기누에(野村 絹枝)라는 네 글자의 여자 글씨가 스며들 듯이 그의 동공으로 날아들었다.

그는 황급히 가방 속에 봉투를 넣고는 여름방학이라서 사람이 없는 교실 한구석으로 가 봉투를 열었다.

6장의 사진이 그 안에서 나왔다. 두 여자와 한 사내의 정면과 등을 1장씩 찍은 문신 사진이었다.

"지라이야(自雷也), 쓰나데히메(綱手姬), 오로치마루(大蛇丸)."

낮게 중얼거리면서 겐조는 봉투 안에 들어 있던 편지를 펼쳤다.

"그리운 겐조님."

그는 첫 줄을 읽어내려가자 얼굴에서 불이 나는 것 같았다. 문장의 흐름은 매우 어지러웠고, 맞춤법이 틀린 것도 많았다. 그러나 내용은 겐조를 놀라게 하기에 충분했다.

죽음의 공포는 아직 기누에에게서 사라지지 않은 모양이었다. 이제 곧 죽음을 당하리라, 무시무시한 죽음의 손길이 가까이에 다가와 있다고 몇 번이나 반복하면서 어떻게든 살려 달라, 불쌍한 나를 살려줄 이는 당신밖엔 없다고 구구절절 썼으며, 당신이 그날 밤 내 사진을 갖고싶다고 했지만 이제 새로 찍을 시간도 없으므로 낡긴 했지만 이것을 보내노라고, 오빠나 여동생 사진도 함께 보관해 주었으면 한다고 매듭을 지었다.

"역시 피해망상증인 것 같군."

겐조는 혼잣말을 하면서 다시 한 번 6장의 사진을 보았다.

몇 년 전의 사진인지 전체적으로 변색한 흔적이 있으며, 뒤에는 앨범이나 어딘가에서 떼어낸 듯한 자국이 있었다.

남자 사진은 지라이야, 사진 뒤에는 노무라 쓰네타로라고 만년필로 여자글씨가 쓰여 있었다 여자 둘은 판박이라 해도 될 정도로 너무도 닮아 있었다. 기누에가 쌍둥이 자매라고 하긴 했지만 기모노라도 입고 있으면 자매를 분간하기 힘들 것 같았다. 겐조는 한장 한장 뚫어져라 사진을 관찰하고는 쓰나데히메 문신에 적잖게 놀랐다.

이 여자는 꽤나 문신을 좋아한 모양이다. 그 점은 기누에와 다른 것 같다고 그는 생각했다.

남자라면 몰라도 여자가 자신이 좋아서 문신을 새겼다 하더라도 낯선 사람에게 보이기를 싫어하는 법이다. 그래서 여름 같은 때에 소맷부리 사이로 문신이 보이는 것을 피하기 위해 보통 팔에 새기더라도 팔꿈치 위에서 그친다. 그런데 이 여자의 두 팔에는 팔꿈치 밑에까지 잉어가 폭포를 오르는 것이 아름답게 그려져 있었다. 왼쪽 무릎 밑에는 작긴 하지만 1마리의 게가 집게를 벌리고 있는 것이 보였다.

등의 커다란 괄태충과 쓰나데히메는 지라이야나 오로치마루 못지 않게 정교한 솜씨였다. 다만 농담(濃淡)의 변화가 두드러지며, 전체적으로 칙칙한 느낌이 드는데 이것도 광선 탓이리라고 겐조는 생각했다.

사진을 가방 속에 넣고 연구실로 돌아오자 젊은 여사무원이 겐조의 얼굴을 쳐다보면서 쿡 웃었다.

"마쓰시타 선생님, 전화입니다."

"누군데?"

"젊은 여자분인데요."

다시 쿡쿡 웃으면서 저쪽으로 뛰어갔다. 낙엽이 구르는 것을 보고도 웃을 나이란 것은 알지만 겐조는 뭔가 불쾌한 기분이 들었다.

"네, 마쓰시타 겐조입니다."

수화기 저편에서 달라붙는 듯한 여자 목소리가 흘러 왔다.
"겐조 씨, 저 기누에예요."
"노무라 씨?"
겐조는 당황해서 주위를 둘러보았다.
"편지하고 사진은 도착했나요?"
"받았습니다. 친절하게도, 감사합니다."
"무슨 소리예요, 서먹서먹하게."
원망하듯이 여자는 말했다. 그러나 이내 말투를 바꿨다.
"소중하게 간직해 주세요. 만약 제가 죽임을 당하거나 하는 일이 있으면……."
"또 그런 소릴 하십니까? 안 됩니다. 힘을 내야지요."
"하지만……."
뭔가를 골똘히 생각하는 것처럼 기누에는 잠깐 침묵했다.
"전화로는 자세한 말씀을 드릴 수 없어요. 내일 아침에 저희 집에 와 주실 수 있나요. 이유가 있어요. 제가 두려워하는 게 이상하지 않는 까닭을 말예요. 그때 천천히 말씀드리고 당신의 힘을 빌렸으면 해요. 내일 아침 9시, 괜찮으시죠?"
"그래도……."
"상관없어요. 그 사람은 오지 않을 거고, 일하는 아이도 없어서 저 혼자뿐이에요…… 아침엔 아무도 신경쓸 것 없어요. 시모기타자와(下北澤) 역에서 북쪽 출구로 내려서 시장 안을 선로를 따라서 가로지르면 상점가가 나와요. 똑바로 그곳을 가다가 막다른 곳에서 왼쪽으로 꺾어져서 아사히유라는 목욕탕 오른쪽으로 모퉁이를 돌면 바로 거기예요."
"괜찮을까요?"
"무슨 소리예요. 부탁이에요. 제발, 일생의……."

전화는 끊어졌다. 목구멍 깊숙한 곳에서 짜낸 듯한 여자의 외침이 길게 여운을 끌면서 겐조의 귀에 맴돌고 있었다. 그는 뭔가 불길한 예감을 가진 채로 땀에 젖은 수화기를 내려놓았다.

그날, 전화를 받고 두려워한 것은 결코 겐조뿐만이 아니었다. 오후 2시쯤, 나카노에 있는 모가미 조합의 사무실에서도 모가미 다케조가 전화에 대고 얼굴색을 바꾸고 있었다.
"그으래? 친절 고맙군."
그는 딸깍하고 수화기를 내려놓고 방심한 것처럼 한동안 말없이 있었다.
그러나 처음엔 무표정했던 그의 얼굴에 어느 사이엔가 분노의 형상이 떠올라 있었다.
"죽인다…… 죽여주지!"
그는 꺼림칙한 말을 토했다. 일어나서 방안을 큰 걸음으로 왔다 갔다하다가 마침내 무슨 생각이 났는지 책상쪽으로 다가갔다. 그리고 서랍을 열고 파란색 2등석 티켓을 꺼내 찢어서 쓰레기통에 던졌다. 그러고는 잠겨 있던 서랍을 열고 검게 빛나는 권총을 꺼냈다. 짤깍 소리를 내보고 탄창을 채우더니 그대로 호주머니에 넣고 사장실을 나왔다.
옆 사무실 테이블에서 이나자와 요시오가 깜짝 놀란 표정의 인형처럼 일어났다.
"외출하십니까?"
"음."
"다시 이리로 돌아오십니까?"
"오지 않을 거야."
"그렇다면 역까지 전송해 드리지요."

"기차가 늦어질지도 모르니 전송은 필요 없어. 혼자 가는 편이 나아."
"그럼 산유 빌딩의 입찰은 어떻게 할까요?"
"산유 빌딩?"
다케조는 무슨 소릴 하는 건지 생각나지 않는 모양이었다.
"아, 그거 말인가? 그거라면 아무래도 상관없어."
다케조는 아무런 지시도 내리지 않고 그 길로 사무실을 나왔다. 이나자와 요시오는 멍하니 그의 뒷모습을 바라보면서 그대로 서 있었다.
"이나자와 씨, 보스가 오늘은 무슨 일이 있으신 것 아닌가요?"
한 사무원이 곁으로 다가와 말했다.
"아마도…… 더위 탓인가 봐."
"그렇게 일에 열심인 보스가…… 꼭 여우한테 홀리기라도 한 것 같군."
혼잣말을 하면서 자기 자리로 돌아가려는 것을 이나자와는 황급히 불러 세웠다.
"이봐, 에토 군, 자넨 라이카를 갖고 있지?"
"그렇습니다."
"미국제 컬러 필름은 어두운 데서 얼마나 나올까?"
"글쎄요."
"그건 초보자라도 찍을 수 있나? 실내에서, 밤인데……."
"밤이라면 그냥은 무리입니다. 필름의 감광도가 낮고, 플래시를 쓰면 그대로는 색이 제대로 나오지 않아서 미국으로 보내서 현상을 해야만 합니다."
"괜찮을까."
"뭐가요?"

"도중에 필름이 없어지지 않겠느냐고."
"그 문제라면 걱정 없을 겁니다. 그런데 뭘 찍으실 건데요? 누드입니까?"
"아냐, 뭐 그냥 물어봤을 뿐이야."
이나자와 요시오는 그 이상 한 마디도 않고 서류를 펼치기 시작했다.

그날 밤 8시 조금 전에 시모기타자와의 목욕탕 아사히유 안에선 작은 소동이 있었다.
연료부족으로 영업시간도 짧아져서 그럭저럭 목욕탕을 닫을 시간이었으므로 여탕은 엄청나게 혼잡했다. 그래서 그다지 눈에 띄지 않는 마잎 무늬 유카타(목욕을 한 뒤나 여름철에 입는 무명 홑옷)를 입은 여자가 들어왔을 때에도 처음엔 아무도 눈여겨보는 사람이 없었다. 그러나 그 여자가 훌렁 옷을 벗어 던졌을 때, 몇 십 개나 되는 시선은 단박에 그림이 그려진 그 여자의 알몸으로 쏟아졌다.
여기가 도심이라면 모를까 이런 산동네 주택가 대중목욕탕에 이렇게 근사한 문신을 한 여자가 나타나는 것은 드문 일임에 틀림없었다.
여자는 그다지 부끄러워하는 기색도 없었다. 혼잡 속에 열려 있는 한 줄기 길을 큰 걸음으로 걸어가더니 욕조에서 물을 퍼내 태연자약하게 뿌렸다.
"저 사람, 누구야?"
"이 동네에도 저런 여자가 있었나 모르겠네."
"평범한 사람이 아닐 거야. 틀림없이……."
탈의실에선 낮은 대화가 오가고 있었다.

"저 여자, 여자 깡패야. 전과자라구."
"뭘 문신한 거야? 에구머니 무섭기도 하지. 저렇게 커다란 문신은 남자한테도 없을 거야."
속삭이는 여학생도 있었다.

목욕탕 바닥에서도, 욕조 안에서도 여자는 여왕처럼 대담하게 행동했다. 등에서 꿈틀대는 커다란 구렁이는 낫 같은 대가리를 움직이면서 주위 사람들에게 붉은 혀를 내밀었고, 상기된 오로치마루는 여자들의 주뼛대는 양태를 조소하는 듯이 쳐다보고 있었다.

"엄마, 저 사람은 어째서 옷을 입은 채 목욕탕에 들어왔어?"

순진한 어린아이의 질문에도 누구 하나 웃는 사람이 없었다. 오로지 무서워하는, 그러면서도 호기심으로 가득 찬 눈들이 정면에서가 아니라 옆에서, 곁눈질로 그녀의 문신에 쏟아질 따름이었다.

기누에는 20분 가량 지나서 목욕탕을 나왔다. 거울 앞에 서서 자기의 등을 고개를 돌려 비춰 본 다음 천천히 옷을 입었다.

살아 있는 기누에의 문신이 타인의 눈에 비친 것은 이것이 마지막이었다. 그 뒤에, 기누에가 살아 있는 동안에 오로치마루를 본 사람은 그 가공할 살인귀 오직 한 사람이 있을 뿐이었다.

그날 밤 9시 무렵, 겐조는 집에서 형인 수사1과장 마쓰시타 에이이치로와 장기를 두고 있었다.

장기판 옆에는 위스키 병이 반쯤 비워져 있었다. 겐조의 낯빛과 장기판 위에 놓인 말로 판단컨대 두 사람 다 꽤나 취기가 돈 것 같았다.

"겐조, 학교는 요즘 어떠냐?"

형세가 유리하다고 보았는지 에이이치로가 장기판에서 눈을 떼면서 물었다.

"어제가 오늘이고, 오늘이 내일처럼 십 년이 하루 같은 걸요."
"그러고 보니 너도 법의학 같은 걸 공부하더니 약간은 현실주의자가 된 모양이구나."
"현실주의자라고요…… 예, 그렇습니다."
"대마를 살리기 위해 졸을 먹이로 삼는 겐가? 이건 고맙게 먹겠어. 내말인즉슨 아직 탐정소설은 졸업하지 않았느냐고 묻고 있는 거야."
"탐정소설이라…… 예, '장' 받으시죠."
"그건 전혀 무섭지 않은걸. 그러니까 뭐냐, 난 이렇게 십 몇 년을 살인사건만 다루고 있지만, 지금껏 탐정소설에 나올 만한 사건은 본 적이 없다는 거야. 이렇게 받으면 어쩔 건데?"
"그거야 지금까진 없었는지 모릅니다만…… 앞으로의 일이야 하느님이 아니면 어찌 알겠어요?"
"앞으로도 일어나지 않아. 그게 나의 현실주의야. 허어, 이거 각(角. 장기 말의 하나)이 막다른 길이로군."
겐조는 한숨을 쉬면서 장기판 위를 쳐다보다가 갑자기 큰 소리로 웃었다.
"뭐야, 뭐가 웃겨?"
"형님도 장기 쪽에선 그다지 현실주의자가 아니군요. 각을 겨누신 건 잘못된 것이고, 여기엔 두 졸이 이렇게 줄서 있습니다."
"어디, 어디."
장기판을 바라보던 에이이치로도 소리내어 웃기 시작했다.
"그렇구먼. 대체 이 졸은 언제 여기에 와 있는 거지?"
"맨 정신이었대도 몇 수 전에 어떤 수를 두었는지 기억할 정도라면 형님하고 맞장기는 두지 않겠지요."
"핫하하하, 뭐 이번 것은 승부가 나지 않은 걸로 하자구."

웃으면서 에이이치로는 말을 상자 속에 던졌다.
"그런데 날이 후덥지근해서 편히 자긴 틀렸는걸."
"그러네요…… 꺼림칙한 밤이에요. 뭔가 끔찍한 사건이 일어날 듯이 가슴이 두근거려 죽겠어요."
"겁주지 마. 이런 날 같은 때는 나도 느긋하게 쉬고 싶다구. 사건사고로 끌려나가긴 싫어."
"오니마쓰('오니'는 귀신임)라 불리는 형님도 가끔은 쉬고 싶으시겠지요."
"민주주의 시대엔 지옥에서도 귀신이 데모를 한다는 소리냐?"
두 형제는 시시껄렁한 대화를 나누며 서로 웃었다. 탐정소설에 나올 만한 사건에 지금껏 부딪친 적이 없으며, 앞으로도 나올 리가 없다는 것은 마쓰시타 과장의 지론이었다. 탐정소설 마니아를 자청하는 겐조도 이 때까지는 유감스럽게도 형의 지론을 반박할 만한 꺼리를 갖추고 있지 않았다.

하지만 다른 날도 아닌 이날 밤 안에, 이렇게 두 사람이 장기 따윌 두고 있는 그 시간에 이곳 대도시 도쿄의 한구석에서 동서고금을 막론하고 탐정소설에도 달리 견줄 예가 없는 기괴한 살인사건이 펼쳐지고 있었다. 그리고 마쓰시타 겐조가 이 참극의 발견자의 한 사람이 되었으니. 겐조는 물론이고 170센티에 82킬로, 유도 3단의 현실주의자인 마쓰시타 수사과장도 도저히 예상치 못할 일이었다.

확실히 편한 잠을 이루기 힘든 밤이었다. 바람은 한 자락도 느껴지지 않았고, 창의 풍경소리도 아까부터 멈춰 있었다. 멀리서 희미하게 들리던 기차의 기적소리가 차츰 높아지다가 여자의 단말마의 비명처럼 어둠을 찢으며 어디서랄 것도 없이 전해 왔다.

홀린 사람들 89

몸통이 없는 사체

 8월 28일 아침은 구름 한 점 없이 맑았다. 시모기타자와 역에서 전차를 내려 하늘을 올려다보는 마쓰시타 겐조의 눈에는 전날의 숙취가 앙금처럼 남아 있었다.
 역 앞에는 전후 어디서나 볼 수 있는 싸구려 장이 서 있었다. 마늘냄새를 풍기는 사람들이 겐조의 얼굴을 왠일인지 수상쩍다는 듯이 쳐다봤다. 그러자 그는 순식간에 얼굴이 새빨개졌다. 아침이라고는 하지만 문신을 한 여자, 노무라 기누에를 찾아가는 것에 희미한 양심의 가책이 느껴진 것이리라.
 처음 와보는 길은 이상하게도 뒤얽혀 있었다. 전쟁의 흔적 같은 것은 보이지 않았지만 약간의 굴곡에 길이 터무니 없는 곳으로 뻗어나가 있어서 멀리 떨어져 있을 게 분명한 전차 선로가 끊임없이 길 저편에 언뜻언뜻 보였다.
 아직 술이 덜 깬 모양이라며 겐조는 자신을 향해 웃었다. 마음을 가라앉히라고 수없이 되뇌이면서 어떤 집 그늘에서 성냥을 그어 담배에 불을 붙였다.

아침의 주택가에 인기척은 없었다. 타다 남았을 뿐 활기를 잃은 거리는 촬영이 끝난 영화 세트장처럼 보였다.

그때, 비틀거리는 발걸음으로 이쪽저쪽을 두리번대면서 겐조 쪽으로 가까이 오는 사내가 있었다.

그의 얼굴을 보자 겐조의 얼굴도 순간 굳어졌다. 몸을 움츠리고 그늘에 몸을 숨기고는 상대가 지나가기를 기다렸다.

그 사람은 이나자와 요시오였다. 다행히도 겐조를 알아본 것 같진 않았다.

세련된 그가 어쩐 일인지 자다 일어난 것처럼 머리가 흐트러져 있었고, 두 눈은 새빨갛게 충혈되었으며, 얼굴빛은 백짓장처럼 창백했다. 뭔가 작은 보따리를 끊임없이 신경질적으로 왼손에서 오른손으로, 오른손에서 다시 왼손으로 바꿔 들고 있었다. 무슨 소린지 중얼중얼 염불을 외듯이 중얼대는 것도 꺼림칙했다.

"큰일났다...... 큰일이 났어......."

겐조 곁을 지나칠 때 그 중얼거림은 분명한 말로 들려왔다.

막연했던 불안감이 겐조의 가슴을 스쳐갔다. 이렇게 일찍 이나자와 요시오가 남의 집을 방문한 것도 이상한 일이었다.

이 남자가, 돼지 같은 이 남자가 기누에와 함께 하룻밤을 같이 잤단 말인가? 설마!

더위 탓이었을까 겐조는 왠지 숨쉬기가 힘들었다. 꾸깃꾸깃해진 손수건으로 이마의 땀을 훔치고는 이나자와 요시오가 오던 방향으로 걷기 시작했다.

간신히 '노무라'라고 쓰인 문패가 걸린 집을 찾아냈다. 전쟁 전이라면 회사 과장급이나 전문학교 교수 정도가 적은 돈을 모아서 자기 집을 지었을 만한 소규모의 주택이었는데, 그래도 15평 이하의 건축 어쩌고 하는 현재의 주택사정으로 볼 때 호사스러울 정도의 부류에 속했다.

기누에의 집은 그 중에서도 훌륭한 편이었다. 도로에 잇닿은 쪽은 생울타리, 옆집과 뒷집과는 높다란 콘크리트 담으로 경계를 지었고, 대지도 100평 이상은 될 것 같았다.

벨을 눌렀지만 대답이 없었다. 두세 번을 거듭 눌러봤지만 안에선 아무런 기척도 들리지 않았다.

고장인가 싶어서 겐조는 문을 밀었다. 이것 또한 안에서 빗장이 걸려 있어 열리지 않았다. 그러나 그 옆의 나무문은 아무런 어려움 없이 손쉽게 열렸다.

마당은 채소밭이었다. 아무리 식량사정이 어렵기로서니 기누에 같은 여자가 손수 밭을 갈거나 할 것 같지도 않았지만, 토마토도 그렇고, 호박이 제멋대로 가지를 뻗어서 수확이나 제대로 하게 될까 의심스러웠다.

겐조는 돌이 깔린 통로를 지나 현관 앞에 섰다. 비를 가리는 빈지문은 닫힌 채였다. 사람이 일어나 있는 기척도 없다.

겐조는 현관의 벨을 눌러 보았다. 아무런 대답도 없었다. 전혀 소리가 나지 않았다.

"어찌 된 일이지. 어떻게 된 걸까?"

겐조는 낮게 중얼거렸다. 막연한 불안감이 차츰 모양을 갖췄고, 이나자와 요시오를 향한 질투심이 요령부득의 공포로 변했다.

그는 건물을 따라서 뒤쪽으로 돌아가 보았다. 빈지문 하나가 덧문 가까이에서 이가 빠진 것처럼 열려 있었다. 그곳으로 다가가 그는 집 안으로 고개를 들이밀고 불러보았다.

"노무라 씨!"

기누에 씨라고 부르려던 다음 한 마디는 목구멍에 그대로 달라붙고 말았다.

어두컴컴한 집 안에 익숙해진 겐조의 눈에 흐트러진 방안의 광경이 들어온 것이다.

그곳은 6평 가량의 방이었다. 기누에의 거실인 것 같았으나 장롱은 손이 닿는 곳마다 헝클어져 있었고, 옷가지는 수도 없이 다다미 위에 어지럽게 흩어져 있었다. 빨간 여자용 허리띠가 서랍에서 다다미 위로 늘어뜨려져 있는 것이 광선 때문에 마치 커다란 뱀이 몸부림치는 것처럼 보였다. 그보다도 겐조를 놀라게 한 것은 그보다 1미터 가량 앞의 다다미 위에 붉게 새긴 모란꽃잎처럼 흩어져 있는 주먹 크기의 핏자국이었다.

바로 그때, 덥석 겐조의 어깨를 붙드는 사람이 있었다. 그는 얼굴을 일그러뜨린 채 돌아보았다. 살인범과 정면으로 마주치기라도 한 것처럼 전율했다.

뜻밖에도 그것은 하야카와 박사였다. 순백의 마(麻) 양복에는 곧게 다림질선이 나 있었고, 오물 하나도 보이지 않았다. 파나마 모자에 등나무 지팡이를 짚고 태연자약한데다가 전혀 서두르지 않는 태도였다.

"아니 이게 누군가. 자넨 마쓰시타 군 아닌가. 자네도 역시 문신 부인에게 집착하는 겐가?"

박사는 맥빠진다는 듯 쓴웃음을 지으며 말했다.

"선생님, 그, 그런 말을 할 계제가 아닙니다. 큰일이 났습니다."

겐조는 박사의 팔을 붙들고 다다미 위의 핏자국을 가리켰다. 순간, 박사의 얼굴에서도 편안하게 웃고 있던 기색이 사라졌다. 막 불을 붙인 담배가 홀렁 입술을 떠나 땅위로 떨어졌다.

"마쓰시타 군, 이리 와!"

박사는 외쳤다. 구두를 벗고 한쪽 발을 집 안으로 들여놓더니 황급히 뒤를 돌아보면서 날카로운 어조로 경고했다.

"지문이나 발자국이 지워지지 않도록, 아무것에도 닿지 않도록 조심하게."

두 사람은 8평이 하나, 6평이 둘, 4평 반 짜리 방 두 개에 현관이 3평이 배치된 이 집을 구석구석 살피고 다녔다. 어느 방이나 모든 것이 난잡하게 흩어져 있고 사람의 기척도 보이지 않았다. 핏자국은 두 사람이 들어온 방에서 중앙의 복도를 지나 부엌문 쪽으로 점점이 이어져 있었다.

지금 잠깐이라도 세세한 곳까지 살폈더라면 어쩌면 그것말고도 뭔가 주의할 만한 점을 발견했을지도 몰랐다.

그러나 그 당시 두 사람에게는 무엇을 바란다는 것 자체가 애초 소용이 없었다. 겐조는 애가 탔고, 하야카와 박사도 헐떡이고 있었다.

겐조는 혹하고 커다랗게 한숨을 쉬면서 눈을 감았다. 그가 찾던 것은 없었다. 허탈하기도 한 안도감이 그의 가슴을 스치고 지나갔다. 그러나 그것도 글자 그대로 한 순간이었다. 여자의 흐느끼는 듯한, 훌쩍이는 듯한, 말로는 표현 못할 이상한 소리가 어디선지 겐조의 귀에 들려왔다.

"마쓰시타 군, 자넨 저 소리가 들리지 않는가?"

"들립니다. 하지만…… 뭘까요."

"물 아닐까? 수도꼭지를 틀어놓고 물을 흘려보내는 소리말야."

그러고 보니 분명 그것임에 틀림없었다. 복도 막다른 곳에서 이 희미한 소리가 흘러나오고 있었다. 소리가 나는 곳으로 가까이 다가가 보니 그곳은 욕실인 듯했다. 갈색의 튼튼한 문이 굳게 닫힌 채 두 사람의 앞을 가로막고 있었다.

마쓰시타 겐조는 손수건으로 손을 싼 다음 문의 손잡이를 돌려

보았다. 열쇠구멍도 없는데도 문은 꿈쩍도 하지 않는 것이었다.

"누군가…… 안에 들어가 있나."

박사는 아무런 대답도 하지 않고 잠자코 복도에 무릎을 꿇었다. 문틈으로 안을 엿보기 위해서이다. 문에는 겨우 실이 하나 빠져나갈 정도의 틈새가 있었다. 폭은 1밀리 가량, 길이는 2, 3센티쯤 되는, 틈새라고 하기도 뭐한 그런 틈이었다.

박사는 틈새에서 눈을 떼며 황급히 돌아보았다.

"끔찍해!"

중얼거리며 일어서더니 겐조에게 틈새를 가리켜 보였다.

겐조는 그곳을 들여다보았다. 가느다란 틈새여서 욕실 전체를 둘러볼 수는 없었지만, 그래도 하얀 타일 위에 석류 속 같은 단면을 보이는 여자의 팔 같은 것이 뒹굴고 있는 것이 눈에 들어왔다.

평범한 사람이라면 비명을 지르며 기절을 했을지도 몰랐다. 겐조는 그것을 견뎠다. 겐조는 의사이기도 하며, 여러 해에 걸친 종군생활로 수많은 전사자를 봐서 익숙해진 터라 이미 사체에는 불감증이 되었을 정도였다. 하지만 그것도 때와 장소 나름이었다. 이런 경우에, 이런 곳에서, 이런 방법으로 사체를 발견한 것은 아무리 그라 하더라도 커다란 충격임에는 틀림없었다.

"마쓰시타 군, 경찰에 전화 해!"

박사의 말에 제정신을 차린 겐조는 현관 옆의 전화기로 갔다. 근처 파출소에 연락하는 따위의 굼뜬 방법은 그의 염두에 떠오르지도 않았다.

"여보세요 경찰청입니까? 수사1과 부탁합니다. 과장님이요. 여보세요, 형님이에요? 접니다. 겐조예요. 중대한 사건이에요!"

"허둥대지 말고, 무슨 일이냐?"

형 마쓰시타 수사과장의 힘찬 목소리가 겐조에센 구세주처럼 들려왔다.

"강도살인사건입니다."

"살인이라고?"

수사과장의 목소리는 건조했다. 숨쉴 틈도 주지 않았다.

"어디지?"

"기타자와 4번지 노무라 기누에란 여자의 집이에요."

"죽은 사람은 그 여자인가?"

"모릅니다. 현장에 다가갈 수 없습니다. 목욕탕 안에 시체의 단면이 보이긴 하는데 안에서 잠겨 있어서."

"발견한 사람은!"

"저하고 하야카와 의학박사, 동아 의대의…… 문신 연구가로 유명한…… 빈지문이 열려 있고, 다다미가 피투성이인데다가 물건이 흐트러져 있고, 아무도 모르는 것 같아서……."

"곧 가겠다! 곧 갈 테니 거기서 기다려라."

전화는 끊겼다. 의자에서 일어나 거구를 움직여 많은 부하들을 질타하며 경찰청의 계단을 뛰어내려오는 형의 모습이 겐조의 눈에 환영처럼 솟아올랐다. 마음이 든든해져오긴 했지만 그와 동시에 기누에와의 비밀스런 관계만큼은 어떤 일이 있어도 감춰야겠다는 생각이 머릿속에서 거무칙칙하게 소용돌이를 쳤다.

정신을 가다듬고 다시 목욕탕 앞의 그 자리로 돌아오니 아직도 박사의 얼굴에는 핏기가 돌아와 있지 않았다.

"마쓰시타 군, 자네는 어째서 이 집에 온 겐가?"

탐문하듯 박사는 물었다.

"뭐 특별한 이유는 없습니다. 요전의 문신경연대회에서 모가미 군한테서 소개를 받고 어째서 이런 문신을 하게 되었는지 신상 애기를 듣고싶다고 했더니 그럼 언제 전화를 할 테니 오라고 해서."

"그 전화는 언제 걸려왔지?"

"어제였습니다. 어제 아침에 연구실로."

"신상 얘기라. 처음 만난 자네한테 말인가. 그 여자도 꽤나 다정다감하군."

하야카와 박사는 겐조의 심중을 꿰뚫은 듯 날카롭게 말했다.

"그 여자가 틀림없는 기누에란 말인가?"

"예에……."

"전화라고 했지. 그런데도 여자가 기누에란 것을 어떻게 알았나?"

겐조는 대답하지 못했다. 박사의 속내를 탐색하듯이 물끄러미 그의 얼굴을 쳐다봤다.

"난 모르겠군. 그 여자가 전화를 걸어서 갑작스레 자네하고 나를 이 집으로 불렀어. 그것도 거의 동시에 말일세. 처음 대면한 자네하고 아무런 이유도 없이 무서워하는 상대인 나를 함께 말야. 문신의 입회 진찰을 시킬 생각도 아니었을 텐데."

박사는 평소의 비아냥과 독설의 편린이 비로소 되살아난 것 같았다.

"경찰청에서 자네 형이 달려오려면 아무리 서둘러도 3, 40분은 걸리겠지?"

"글쎄요. 아무래도 여기가 세타가야 깊숙한 곳이라서."

"그 동안 밖에 나가 있자구. 해부실이나 무덤의 공기는 음울해."

겐조도 이의는 없었다. 찬란한 아침 햇빛 속으로 걸어나왔을 때 그는 비로소 다시 살아난 듯한 기분이 들었다.

박사는 뭔가 깊은 생각에 빠졌는지 고개를 숙이고 뒷짐을 지고는 마당가를 왔다갔다하고 있었다.
"마쓰시타 군, 역시 내가 생각한 대로였어."
박사는 욕실의 바깥 창문을 쳐다보며 말했다.
"뭡니까? 뭐가……."
"이 창에는 밖에서 쇠막대가 박혀 있어. 창 안쪽에서 잠겨 있는 것 같고, 유리의 어디에도 깨진 곳은 없어. 그리고 입구도 안에서 닫혀 있다면 대체 어떻게 되는 거지?"
"밀실살인!"
"맞아. 밀실살인, 완전범죄, 온갖 종류의 탐정소설 작가가 아니, 현실의 범죄자가 영원히 추구해 마지않는 엘도라도야. 더구나 추구해도 실현하지 못할 끝내 채워지지 않는 꿈이지."
"그렇다면……."
"방법 말인가? 그런 걸 간단히 알 수 있겠나. 이건 아마도 자네가 지금까지 읽은 적이 있는 어떤 탐정소설의 밀실살인사건에도 뒤지지 않을 걸세. 나는 이 사건에서 근사한 독창성의 냄새가 느껴지는군. 단순한 살인사건으로 끝나면 좋겠는데…… 이만한 지적 능력을 지닌 악마가, 설마……."
말이 끊어졌다. 박사는 등나무 지팡이로 목욕탕 옆의 마른 흙 위를 가리켰다.
"이게 뭐지?"
검은 유리 파편이었다. 3개, 4개, 5개로 부서진 파편을 모두 모으면 엽서 1장의 크기 정도가 될 것 같았다. 그것들은 검은데다가 어딘가 그윽한 빛이 나는 틀림없는 사진 건판(乾板)들이었다.
"그리 오래된 것이 아니야. 먼지 상태로 판단해도 어제쯤에 버린 것 같은데 누가 어째서 이런 것을……."
갑자기 조용하던 집 안의 공기를 뒤흔들면서 전화 벨소리가 들려왔다.

"전화로군······."

박사는 두세 걸음 걷다가 무슨 생각이 났는지 멈춰 섰다.

"마쓰시타 군, 받게. 상대가 누군지 모르지만 이 사건을 알게 해선 안 되네. 매우 조심성 있게 상대의 정체를 파헤쳐야만 해."

겐조는 황급히 집 안으로 뛰어 들어갔다. 수화기를 들자 낮게 가라앉은, 그러면서도 긴장감이 느껴지는 남자의 음성이 들려 왔다.

"아, 여보세요, 기누에인가?"

"저 기누에 씨는 잠깐 외출하고 안 계십니다만 누구신지요."

전화는 겐조의 물음에는 대답도 않고 딸깍 끊어졌다.

누굴까? 다짜고짜 전화에 대고 기누에라고 불러제낀 사내는 대체 누구란 말인가? 겐조의 머리에 그런 의문이 거미줄처럼 끈적하게 달라붙어 영 떨어지지 않았다.

얼마 안 있어 근처의 파출소에서 제복차림의 경관이 땀을 흘리며 뛰어왔다. 경찰청에서 무슨 연락이 있었으리라.

"당신들은 뭐야. 무슨 목적으로 여기에 온 거지? 어째서 경찰에 즉각 알리지 않았어?"

달려온 경관이 땀을 훔치면서 수상쩍은 눈초리로 두 사람을 쳐다보더니 관료적인 투로 한 말이다.

"이 집 주인인 노무라 기누에 씨하고 오늘 아침에 학술적인 문제로 만날 일이 있어서요. 그리고 제 형이 경찰청에 있어서 그 쪽으로 연락하는 게 빠를 것 같아서."

"경찰청의 뭔데?"

"수사1과장인 마쓰시타 에이이치보입니다."

경관은 깜짝 놀라면서 몸이 굳어지더니 부동자세를 취했다.

"몰라 뵙고 실례를 했습니다. 저는 현장을 보전하라는 명령을 받았습니다. 그러니 마당 한쪽에서 잠깐 쉬십시오."

틀에 박힌 투로 말했다.

겐조는 마당 한구석에 쭈그리고 앉아서 형이 오기를 기다렸다. 욕실 안에서 살해된 것은 누구일까? 기누에다. 틀림없다. 그런데 무엇 때문에 팔을 떼어놓은 것일까? 그 문신은 어떻게 되었을까? 등등을 생각하다보니 시간이 가는 것이 너무도 느리고 답답하게 느껴졌다. 문을 부수고라도 욕실로 뛰어들고 싶었다.

"선생님, 그 문신은, 오로치마루는 어떻게 되었을까요."

큰 걸음으로 마당가를 왔다갔다하던 박사가 겐조의 옆을 지날 때 그는 용기를 내어 물었다.

"자네도 그런가? 나도 아까부터 그 생각만 하고 있네만……."

박사는 순간 움찔한 것 같았으나 애써 평정을 가장하고 대답했다.

"문신…… 문신…… 오로치마루와 쓰나데히메……."

하야카와 박사는 중얼거리면서 이내 다시 걷기 시작했다. 경찰청에서 온 자동차가 경적을 높이 울리면서 집 앞에 멈추고, 입술을 꽉 다문 마쓰시타 과장이 여럿의 형사, 감식반원들과 함께 건물 모퉁이를 돌아서 이곳 마당에 모습을 나타낼 때까지 겐조는 곁으로 다가갈 생각도 하지 못했다.

"겐조, 현장은 어디지?"

마쓰시타 과장이 커다란 목소리로 말했다.

"복도 막다른 곳의 목욕탕입니다."

"알았다, 안내해!"

사람들은 겐조를 앞세우고 욕실로 가기를 서둘렀다. 과장은 이야기를 듣고 두세 번 손수 손잡이를 돌려보더니 마침내 손을 떼고 부하에게 명령했다.

"이 문짝을 잘라내도록 해. 지문에 조심하고."

곧 문 아래쪽에는 사람 하나가 기어들 크기 정도의 구멍이 생겼다.

"끔찍하군!"

"어째서 이런."

안을 들여다본 사람들은 모두가 신음소리가 절로 나왔다.

순백의 타일이 붙어 있는 욕실에는 절단된 지 얼마 되지 않은 듯한 원한이 서린 여자의 목과, 희고 부드러운 두 팔, 길게 뻗은 두 다리가 무참한 단면을 드러내며 뒹굴고 있었다. 수도꼭지가 열려 있어 물은 욕조를 가득 채웠고 넘쳐흘러서 바닥을 씻어 내리고 있었다. 풍부한 검은 머리칼 한 가닥 한 가닥은 서로 얽힌 수많은 뱀이 넘실거리는 것처럼 보였다.

"범인은 대체 어디로 도망을 쳤지?"

마쓰시타 과장은 제일 먼저 안으로 들어서서는 문을 쳐다보며 외치고 있었다.

문의 자물쇠는 옆으로 당겨 아래로 내리는 빗장 식이었다. 그것의 가로봉이 아래로 내려져 단단히 문을 잠그고 있었던 것이다.

창도 박사의 추측대로 안에서 굳게 닫혀 있었다. 개미가 기어 나올 틈도 없는, 글자 그대로 밀실 살인사건이었다.

문이 안에서 열렸을 때 들여다본 겐조는 저도 모르게 비명을 질렀다.

"겐조, 어찌된 거냐? 의사인 네가 이런 사체에."

꾸중하는 듯한 형의 말에는 귀를 기울이지도 않고 겐조는 창틀 위에 웅크리고 있는 회색의 작은 생물을 발견하고는 또다시 전율

몸통이 없는 시체 101

했다.
 괄태충이었다. 형태가 있으면서 또 형태가 없는 동물, 신출귀몰, 어디든지 기어들며 어디서든 나갈 수 있다는 괴물이었다. 이 괄태충이 이곳 밀실에 모습을 나타내 처참한 살인사건 위에 한층 기괴한 빛을 더하고 있었던 것이다.
 "역시 내가 생각했던 대로야."
 하야카와 박사가 완전히 질렸다는 듯이 중얼거렸다.
 "선생님……."
 "몸통은 어디로 간 거지? 오로치마루는, 그 문신은 어떻게 됐냐고?"
 "문신이요?"
 "자네들은 아직 몰랐는가? 이 여자한텐 두 팔과 다리, 등에 가득 일본 제일의 오로치마루 문신이 있었어. 그 문신을…… 이 악마!"
 욕실 어디를 둘러보아도 몸통은 남아 있지 않았다. 팔꿈치 위에서부터 절단된 두 팔에도, 무릎 밑에서 끊긴 두 다리에도 문신의 자취는 전혀 남아 있지 않았다.
 피의 흔적도 별로 남아 있지 않았다. 분명 흘러나온 수돗물이 참극의 흔적을 자취도 없이 씻어버린 것이리라. 사람들은 한동안 멍하니, 음습하고 처참한 이 현장에 우뚝 서 있었다. 희미하게 주문처럼 되뇌이는 박사의 음성이 사람들을 이승이 아닌 괴이한 별세계로 끌어들이는 것 같았다.
 "뱀은 개구리를 잡아먹고, 개구리는 괄태충을 먹으며, 괄태충은 뱀을 녹여버린다……."*

완전범죄

 하야카와 박사가 홀린 것처럼 출구도 입구도 없는 완전한 밀실에서 이루어지는 살인은 탐정작가의 영원한 이상형일 것이다.

 거슬러 올라가면 포의 '모르그가의 살인'에서 출발해 가스통 룰루의 '노란 방', 반 다인의 카나리아, 켄넬의 두 살인사건을 거쳐 딕슨 카의 여러 작품에 이르는 일련의 밀실살인 추리의 계열은 자신이 가진 온갖 지혜를 다 짜내 불가능한 이 문제에 도전했던 탐정작가들의 비장한 노력의 산물이었다.

 일본의 탐정작가 가운데에도 오구리무시 타로(小栗虫太郎)의 여러 작품, 특히 그의 처녀작인 '완전범죄'는 독창성에서는 보통 수준보다 훨씬 뛰어난 걸작이었다.

 탐정소설 마니아인 마쓰시타 겐조는 밀실살인이란 말을 들은 때부터 이들 소설의 트릭을 떠올리는데 몰두했다. 그러고는 수학의 응용문제라도 풀려는 듯이 이 방법을 끼워 맞춰 보았다.

 그러나 혼미하기 이를 데 없는 그의 두뇌에서 이 어려운 문제가 쾌도난마를 끊듯이 순식간에 해결될 리는 없었다.

다만 그도 희미하게나마 깨달았다. 악마의 지혜다, 독창적인 범죄의 천재만이 비로소 해낼 수 있는 살인이라고 중얼거리던 하야카와 박사의 말뜻을.

과거 일본가옥에서 밀실살인이란 것은 그 구조상 있을 수 없다는 것이 정설이었던 것이다.

각각의 방은 간단히 옆방과 장지문으로 구별되어 있다. 비록 독립되어 있는 것처럼 보여도 천장이나 마루 밑은 뚫려 있어서 천장 속을 통해 반침 안으로 숨어들거나, 마루 밑을 기어서 다다미를 밀어 올리면 쉽사리 침입하는 것이 가능하다.

그러나 욕실은 순수한 일본가옥 안에 있더라도 다른 방으로부터 완전하게 독립되어 있다. 이 욕실도 바닥과 벽은 빈틈없이 타일이 붙여져 있으며, 천장에도 석회가 칠해져 있다. 문짝의 위나 아래 어디나 빈틈은 없으며, 겐조와 박사가 안을 들여다보던 틈새로도 실이나 바늘을 통과시키는 것조차도 도저히 불가능했다. 이후 수사당국은 현미경을 들이대듯 수색을 계속했으나 밀실의 통로 따위와 같은 편리한 것은 전혀 발견할 수 없었다.

순간의 허탈상태에서 다시 일어선 수사당국은 곧 정밀기계처럼 각 조직의 모든 기능을 가동해 움직이기 시작했다.

"겐조, 잠깐 보자."

마쓰시타 과장은 맨 먼저 동생을 불렀다. 가구도 없는, 그렇기 때문에 흐트러진 흔적도 없는 8평짜리 방으로 들어가 털썩 가부좌를 틀더니 담배에 천천히 불을 붙였다.

"어째서 여기에 와 있었지? 죽은 여자와 너는 무슨 관계가 있는 거냐?"

집 안에 있을 때의 온화한 모습은 온데간데없이 사라지고 없었다. 준엄하고 용서 없는 질문이었다.

"죽은 노무라 기누에라는 여자는 모가미 다케조라는 건설업자의 정부였어요. 호리야스인가 하는 문신사의 딸로 전쟁 전에 아버지를 졸라 온몸에 문신을 했다고 하더군요. 지난 20일에 기치조지에서 문신 대회가 있었는데 그 대회에서 우승을 했지요. 저도 학술적인 참고를 할까 싶어 그 대회에 갔다가 그 건축업자의 동생이자 중학교 친구인 모가미 히사시를 만났습니다. 그의 소개를 받아서 이런저런 이야기를 하던 중에 자기는 살해당할 듯한 기분이 든다, 나를 죽여서 등의 가죽을 벗겨낼 듯한 예감이 들어 견딜 수 없다는 등의 기묘한 소릴 하기 시작했어요. 아마도 형님이 수사과장이라는 걸 알고는 털어놓을 마음이 생긴 거겠지요. 하기야 나한테 얘길 한다고 어떻게 될 것도 없긴 하지만…… 그러다가 어제 대학 연구실로 전화를 걸어서는 긴히 부탁할 것이 있다, 그 일에 힘이 되어주면 좋겠다고 하기에 이상하게 동정이 가서 아침 일찍부터 와본 겁니다만……"

중요한 문제는 어물쩍 잘 넘어간 것 같았다. 과장은 고개를 끄덕이면서 담배 연기를 천장으로 토해 올리며 동생의 말에 귀를 기울였다.

"과연 그 여자한텐 오로치마루 문신이 있었던 게로군. 그런데 그 문신의 몸통만 어디론가 사라져 버렸어. 사체의 가장 큰 특징이 이렇게 없어져 버렸는데 저 사체는 기누에의 것이 틀림없느냐?"

그는 추궁을 했다.

"저도 한 번 밖에 만나지 않았지만 인상이 워낙 강해서 잊혀지지 않습니다. 목은 분명히 기누에의 것이 틀림없어요."

"그러냐."

마쓰시타 과장은 입술 가장자리를 일그러뜨리며 두세 번 담배여기를 고리 지어 토해내다가 눈을 감았다.

꺄악 하는 여자의 비명소리가 집 어딘가에서 전해져 왔다. 뒤로 벌렁 나가자빠질 듯한 여자의 비명이었다.

"뭐야?"

마쓰시타 과장은 마침 그때 들어온 감식반원에게 물었다.

"옆집의 고타키라는 공무원의 아내입니다. 시체 목을 보였더니 졸도하는 바람에…… 여자란 어쩔 수가 없다니까요."

"누구라도 그걸 보면 졸도하겠지. 우리도 경찰 직업만 아니라면 의사 신세를 지고 싶을 정도니까."

착실한 말투로 이렇게 말하더니 다시 물었다.

"범행 추정 시간은 언제지?"

"글쎄요. 죽은 지 17, 8시간에서 12시간 사이라고 할까요. 어찌 됐거나 사건의 단서가 될 중요한 몸통이 없기 때문에 해부를 해도 정확한 것은 찾아낼 수 없을 것 같습니다."

"그렇겠지. 지금이 11시니까 범행은 어젯밤 6시부터 12시 사이라고 봐도 되겠군."

"그 점은 틀림이 없습니다."

"사인은……."

"확실한 건 말할 수 없습니다만, 4평 반짜리 방의 상 위에 빈 맥주병 하나하고 잔이 2개 있었습니다."

"흐음."

"그중 하나에서 희미하게 시안 냄새가 났습니다. 나중에 시험해 보겠습니다만 청산가리나 청산소다 같은 종류의 독극물인 것 같습니다."

"청산가리……라고. 전쟁 중엔 군수공장에서 일하던 여자들에게 배급하는 정도의 약품이야. 누가 어디서 손에 넣었는지 입수

경로를 알 수 없겠는데."
"하지만 과장님, 이 사건은 의외로 간단히 끝날 것 같은데요."
"어째서."
"청산가리를 사용해 사람을 독살하는 것은 머리가 좋은 사람이 할 짓이 아니니까요. 어딘가에서 꼬리를 드러낼 게 분명합니다."

마쓰시타 과장은 눈을 감고 두세 번 가볍게 좌우로 고개를 저었다. 이 바닥에서 닳고 단 경찰관으로서의 그의 본능이 '아니, 이 사건은 그렇게 간단하게 끝나지 않는다'고 그의 가슴에 대고 속삭였던 것이리라.

감식반원이 나가자 눈썹이 치켜 올라가고 볼에 흉터가 있는 아기타 형사가 들어와 마쓰시타 과장을 부르면서 곁눈으로 겐조를 쏘아보았다.

"아, 아기타 군인가? 상관없어, 내 동생이야. 이웃에선 뭐라던가."
"예, 보고 드리겠습니다. 노무라 기누에란 여자는 작년 9월쯤부터 가정부와 둘이서 이 집에 살았다고 합니다. 문신도 그다지 감추거나 창피해하지도 않고 더운 여름날엔 속치마 한 장으로 지냈다고 근처에서도 평판이 자자합니다."
"이런 산동네 주택가에선 무리도 아니겠지."
"그런 여자라서인지 근방에서도 그리 깊게 교제하지 않았던 모양입니다. 자동차가 늘 멈춰있고, 사는데 어려움도 없는 것 같았답니다. 이웃에서도 그다지 좋게는 여기지 않았던 듯합니다. 결국, 전엔 요코하마의 기생인가 뭔가였고, 지금은 모가미 조합 건축업자의 정부임을 알고는 그럴 줄 알았다고 합니다."
"남자 출입은?"

"없었던 것 같습니다. 그 남자 외에 다른 사내는 드나들지 않았던 모양인데, 그래선지 의외로 굳은 사람이라고 이웃에서도 말했다고들 합니다만."

"어떻게 알아? 그거야 액면 그대로 받아들일 수 없지. 영감의 무서운 눈을 피해 사내와 밀회를 하려고만 들면 방법이야 얼마든지 있지."

형이 그럴 마음이 있었는지 어땠는지는 모르지만 이 한 마디는 비수처럼 겐조의 가슴을 후벼팠다.

"겐조, 그 모가미 조합은 어디 있느냐?"

"오기쿠보입니다. 모가미 다케조의 집은 아마 나카노였던 걸로 기억합니다만……."

"나카노와 기타자와…… 뭐 첩의 집으로 삼기엔 적절한 거리로군. 좋아, 아기타 형사, 자넨 요코야마 형사하고 곧장 같이 나카노로 가주게나. 모가미 다케조를 붙잡아. 그리고 다키자와 형사하고 노우에 형사는 오기쿠보로 가서 모가미 조합 사무실을 조사해. 특히 이나자와 요시오라는 지배인의 어젯밤의 행동을 철저하게 알아내도록 해."

4명의 형사들은 곧장 뛰어나갔다. 그들과 엇갈려 들어온 것은 유도, 검도, 당수를 합쳐 12단이라는 호걸 이시카와 형사였다. 그는 거인 아틀라스처럼 어깨를 흔들면서 말했다.

"과장님, 목의 실제 검증을 시킨 이웃집 부인이 정신을 차렸습니다만 어떻게 할까요. 틀림없이 죽은 이를 어젯저녁 8시에 만났다고 합니다만."

"8시라고…… 알았어, 데리고 와."

이윽고 얼굴이 새파래진 고타키 부인이 경찰의 부축을 받으며 들어왔다. 과장 앞에 털썩 앉더니 커다랗게 한숨을 쉬었다.

"이렇게 놀라시게 해서 대단히 죄송합니다. 어쨌거나 사정이 사정이니 만큼…… 저는 수사과장 마쓰시타입니다만 살해된 것은 틀림없이 노무라 기누에 맞습니까?"
"네……."
"당신은 어젯밤에 살해된 기누에를 만나셨다고 하던데요."
"예…… 어젯저녁 8시 반쯤에 대중목욕탕에서 돌아오는 길이라면서 제 집에 잠깐 들렀는데……."
"대중목욕탕이요? 집에 목욕탕이 있는데 어째서 공중 목욕탕엘…… 늘 그랬나요?"
"그렇지도 않은 것 같았어요. 이사해서 인사하러 왔을 때는 문신 같은 건 전혀 몰랐습니다만, 나중에 대중목욕탕에서 문신을 한 기누에 씨를 보고는 깜짝 놀란 적이 있었습니다. 저한테는 태연히 이야기를 했지만 근처에서 목욕을 하던 여학생이 어딘가의 여자깡패일 것 같다고 수군대는 소리를 듣고는 기누에 씨가 심하게 화를 내더니 그 뒤로는 대중목욕탕에 거의 가지 않았던 것 같아요. 그런데 어제는 가정부가 휴가를 가는 바람에 손수 물을 데운 모양인데 그게 귀찮다고 어젯밤엔 그러더군요."
"대중목욕탕은 어딥니까?"
"여기서 역 쪽으로 50미터쯤 돌아간 곳에 있습니다. 아사히유라는 목욕탕입니다."
"그런데 기누에게 무슨 특별한 볼일이라도 있었던가요?"
"아뇨, 제가 부업으로 바느질을 하고 있었기 때문에, 그래서…… 10분 가량 현관에 서서 이야기만 하고는 금세 돌아갔습니다."
"그 뒤로 뭔가 이 집에서 특별한 일이 일어난 것은 알지 못하셨나요?"

"제 동생이 학교 친구들하고 함께 9시부터 11시쯤까지 우리집 2층에서 기타를 치며 놀았습니다. 2층에서 이 집의 문이 정면으로 보이는데 뭔가 있었는지 모르지만 물어보겠어요……."
"부탁드립니다. 그리고 이런 사건이 일어날 만한 원인으로 짚이는 것은 없습니까?"
"글쎄요…… 전 아무것도…… 하지만, 이런 문신을 할 만한 분이니까 우리 같은 사람들이 모르는, 어떤 야쿠자끼리의 다툼 같은 것이 있었던 게 아닐까요."
고타키 부인이 지은 미세한 표정의 움직임으로 마쓰시타 과장은 이 근방에서 기누에라는 여자가 지녔던 지위를 감지했다. 이런 주택가에서 기누에는 아무래도 물에 뜬 기름처럼 어울리지 않는 느낌의 존재였으리라. 고타키 부인이나 근처의 다른 여자들도 기누에의 문신이 상징하는 전력에 내심 혐오감을 품고, 그녀의 재력에 은밀한 반감을 품었을 게 틀림없다. 기누에가 이렇게 살해되었지만 동네 사람들이 진심으로 동정하는지 여부는 알 수 없는 일이라고 그는 생각했다.
"대단히 수고가 많으셨습니다. 나중에 다시 부하를 시켜 뭘 물어볼지도 모르겠습니다만 일단은 돌아가셔도 됩니다."
고타키 부인은 고개를 꾸벅 숙이고는 무엇에 쫓기기라도 하듯이 나갔다. 다시는 이런 무서운 집에 발을 들여놓고 싶지 않다는 심정이 뒷모습에 확연히 나타나 있었다. 전송을 하고 마쓰시타 과장은 잠깐 쓴웃음을 지었다.
계속해서 숨쉴 틈도 없는 보고의 속사포가 이어졌다.
"용의자인 가정부의 주소를 알아냈습니다. 기타타마군(郡) 다나시 263, 이름은 요시다 후사코, 23세입니다. 근방의 얘기로는 2, 3일 전부터 휴가를 받았다고 합니다만, 이동증명서를 받아간 것은 어제 날짜로 되어 있습니다."
"옆집 2층에 있었다던 고타키 씨 동생의 말로는 어젯밤 9시에서 11시까지 이 집의 문으로 드나든 사람은 없었다고 합니다."
"주위의 담은 콘크리트에 높이만도 2미터 이상이 되고, 게다가 유리 파편을 꽂아 놓아서 사다리를 사용한다 해도 여기서 도망치는 것은 불가능할 것 같습니다. 따라서 범인의 출입은 도로에 면한 문이나 나무문으로 한정된다고 봅니다."
"근처 사람의 말에 따르면 어젯저녁 7시 반쯤에 이 집 앞에 자동차가 서서 뭔가 짐을 들여간 모양입니다. 트럭이 아닙니다. 승용차입니다. 대단한 짐은 아니었겠지요."
"사체의 단면은 죽은 뒤에 곧바로 톱 같은 것으로 절단한 것으로 추정됩니다. 아무래도 초보자의 솜씨 같아요."
"아사히유 쪽을 조사해 보았는데 기누에가 어젯저녁에 목욕탕에 갔던 것은 틀림이 없습니다. 어쨌거나 이런 문신을 한 여자이다 보니 표 파는 점원도 잘 기억하고 있더군요. 8시 조금 전에 왔다가 20분쯤 갔다고 합니다. 그때가 목욕탕이 그럭저럭 문닫을 때였으므로 잘 기억하고 있다고 했습니다."
마지막의 이 보고를 들었을 때, 마쓰시타 과장은 두세 번 눈을 깜박이더니 말을 시작했다.
"사망 추정시각은 어젯저녁 6시에서 12시 사이다. 앞뒤로 약간의 차이가 있다 하더라도 그 폭은 30분이나 1시간이다. 그러나 8시 40분 무렵까지는 이 여자는 분명 살아 있었다. 문제는 8시 40분에서 밤 12시까지다. 알겠나? 앞으로의 수사는 이 선을 중심으로 진행한다."
집 안의 지문 검출도 거의 끝난 것 같았다. 지문담당이 긴장된 빛을 띠며 들어왔다.

"과장님, 확실한 지문을 5가지 찾아냈습니다. 피해자의 것은 제외하고 그밖에 남자 것인 듯한 것이 셋, 여자로 추정되는 것이 둘입니다. 모두가 매우 최근의 것입니다만."
"남자가 3종류, 여자가 2종류…… 남자 하나는 영감인 모가미 다케조, 여자 하나는 가정부인데, 나머진 남자 둘에 여자 하나로군. 겐조!"
꿰다놓은 보릿자루처럼 얌전하게 방 한쪽 구석에 앉아 있던 겐조는 형이 다그치는 소리에 몸을 움츠렸다.
"넌 설마하니 지문을 남기진 않았겠지."
"예, 하야카와 선생님이 주의를 주시기에 아무것도 만지지 않으려 조심했기 때문에 아마 없을 겁니다. 전화를 걸 때도 손수건으로 수화기를 쌌을 정도니까요."
"확실히 하기 위해 잠깐 조사를 받으셔야겠습니다."
지문담당의 말에 겐조는 마지못해하며 두 손을 내밀었다.
"됐습니다. 이 지문은 아닙니다."
지문담당은 안심했다는 듯 말했다.
"확실을 기하기 위해 하야카와 박사의 지문도 받도록 해. 그게 끝나거든 박사에게 이리로 가라고 하고."
지문담당은 곧장 돌아왔다.
"박사의 지문도 전혀 일치하지 않았습니다."
"아, 그래? 수고했네."
기관차라는 별명을 지녔지만, 쉴새없이 담배 연기를 토해내는 마쓰시타 과장의 예리하고 사나운 눈초리에는 초조한 빛이 역력했다. 그것은 무리도 아니었다. 몸통이 없는 사체도 완전한 밀실살인도, 그 어떤 것이나 그의 경찰 생활에서 처음 겪는 일이었던 것이다.

하야카와 박사가 들어왔다. 조금 전까지의 흥분도 지금은 어느 정도 진정되어 도수 높은 근시 안경 뒤에서 냉철한 과학자의 눈이 날카롭게 찌를 듯이 빛나고 있었다.

"하야카와 선생이십니까? 저는 경찰청 수사1과장 마쓰시타 에이이치로입니다. 동생이 늘 신세를 지고 있다니 대단히 감사합니다."

"아, 당신이 겐조 군의 형님이신가요? 말씀은 많이 들었습니다."

박사는 지나치게 공손할 정도로 조심성 있게 고개를 숙였다.

"이렇게 어수선해서 아까는 인사도 제대로 하지 못해 실례했습니다만……."

"아닙니다. 서로 혼잡한 상황이니까요. 그런데 당신의 부하는 상당히 비신사적이더군요. 나는 좀 전에 저쪽에서 지문조사를 받았습니다. 헌법이 개정되면 이런 것도 할 수 없게 되겠지만."

"뭐 그렇게 실례를 했다고 생각지 않습니다. 좌우간 사체를 발견하신 것은 선생과 동생 둘이고, 누군가가 자기도 모르게 어딘가에 지문을 남기지 않았다고 할 수도 없으니까요. 실은 현장에서 발견된 지문은 5종류 가량 있는데 선생이나 동생의 지문이 그 중에 있으면 우리도 쓸데없는 품을 덜 수 있고, 수사도 훨씬 쉬워지기 때문입니다."

"그렇군요. 간단한 계산입니다그려. 5 빼기 X는 Y와 같다는 건가요? 그게 말하자면 과학적 수사방법의 한계라는 겁니다. 하지만 그런 흔해 빠진 방법으론 이 범죄는 영원히 해결하지 못할 겁니다. 초등수학의 단계로는 말입니다."

"그렇습니다. 선생은 뭔가 탐정소설의 셜록 홈즈 같은 명탐정이 나타나서 거침없이 쾌도난마를 끊듯이 모든 수수께끼를 해결해 줄 것을 기대하고 계신지도 모르겠습니다만 그건 도저히 불가능합니다. 우리는, 예를 들면 5개의 선이 있는데, 4개는 관계가 없다는 것을 알아도 일단은 병행해서 관계가 있든지없든지 간에 다섯 줄기의 선을 모조리 들춰내 조사해 봐야만 합니다. 꽤 멀리 돌아서 가는 것 같지만 이것이 뜻밖에 수사의 최단거리가 됩니다."

"평범하기 이를 데 없군요. 보통 강도사건이라면, 계획 없는 살인사건이라면 그런 초등수학적인 방법으로도 범인이 잡힐 수도 있겠지요. 하지만 이 사건을 계획하고 실행한 것은 우리보다 한 단계나 두 단계 뛰어난 지적 능력을 지닌 천재입니다. 비(非)유클리드 기하학의 개념이라도 도입하지 않는 한, 이 사건은 절대로 풀리지 않습니다."

"2에 2를 더해 5로 만들라고 하시는 겁니까?"

"그거야 5로도 3으로도 될 수 있겠지요. 때와 장소에 따라 평행선이 한 점에서 만나기도 하는 그런 세계에서는."

"공교롭게도 우리는 평행선이 어디까지나 교차하지 않는 세계에 살고 있어서요."

마쓰시타 과장의 비아냥을 묵살하고 박사는 말을 이었다.

"어쨌든 지문을 남길 만한 멍청한 사람에겐 이런 예술적인 살인이 불가능하다는 것만은 확실합니다. 나도 이래봐도 의사 축에 들기 때문에 범죄학도 꽤 많은 연구를 해왔습니다만, 그런 제가 다 깜짝 놀랐습니다. 문신한 몸체를 절단해 완전한 밀실에서 사라지다니 이 얼마나 놀라운 구상입니까? 나도 선제공격을 당했습니다. 지라이야, 쓰나데히메, 그리고 마지막으로 오로치마루. 지라이야 남매는 죽었습니다. 유감스럽게도 제 컬렉션도 이것으로 하나의 귀중한 자료를 잃어버린 것이지요."

"박사, 당신은 꽤나 범죄자를 찬미하고 계시군요. 마치 당신이 범인의 이름을 아는 것 같습니다만."

"그거야 어쩔 수 없는 일입니다. 선악과 미추의 감정은 전혀 별개의 범주에 속하는 것이니까요. 예를 들면 당신들은 문신을 원수나 되는 것처럼 혐오합니다. 마치 문신을 했다고 해서 그들 모두가 흉악한 살인범이거나 강도범으로 여기는 것 같아요. 하지만 그렇지 않습니다. 세계의 문명국이라는 구미에선 왕후귀족 사이에서도, 상류사회 사람들 사이에도 문신을 하는 것이 널리 행해지고 있습니다. 더구나 그 사람들은 입을 모아서 일본의 문신이 세계 최고의 수준에 달했음을 인정하고 있습니다. 나쁜 말은 하지 않을 테니 당신들도 경찰이라는 입장을 떠나서 문신에 대해 좀 더 예술적인 감상의 눈을 움직여 보십시오. 거기서 불가사의한 아름다움을 발견하실 테니까요. 이제 일본도 이번 패전을 계기로 문신 금지령을 철폐하면 어떨까요?"

"박사, 당신의 문신에 관한 조예는 익히 들어 압니다만, 귀하의 고견은 다음 기회에 듣겠습니다. 그보다 먼저 우리가 듣고 싶은 것은 당신이 오늘 이 집을 찾아오시게 된 까닭입니다."

"그거라면 매우 간단합니다. 사실은 지난 20일에 문신 경연대회라는 것이 있어서 이 죽은 기누에 씨가 1등으로 입상을 했습니다. 그런데 많은 사람들에 둘러싸여서 알몸을 보인 주제에 사진은 싫다면서 찍지 못하게 합니다. 끈질기게 몇 번이나 부탁을 했더니 겨우 수그러들어서 마침내 오빠와 동생 사진도 나눠주겠다고 하더군요. 어제 아침에 집으로 전화가 와서 9시에 이리로 와달라고 해서 와보니 나무문이 열려 있고, 벨을 눌러도 대답이 없습니다. 그래서 이상하게 여긴 나머지 들어와 보니 뒤쪽 빈지문 하나가 열려 있고, 젊은 사내가 고개를 들이박고 있더군요.

그래서 도둑놈인가 싶어서 말을 시켰더니 마쓰시타 군이었지요. 어찌 된 거냐고 물으니 핏자국이 있다고 하는 겁니다. 들여다보니 과연 방안이 어지럽게 흩어져 있어 범상하지 않습디다. 용기를 내어 들어가 여기저기 수색을 하다보니 욕실 쪽에서 물 흐르는 소리가 들려왔습니다. 문의 틈새로 들여다보니 끊어진 사람의 팔뚝 단면 같은 것이 보이더군요. 문은 아무리해도 열리지 않고, 풋내기가 더 이상 이리저리 만지작거려봐야 무슨 소용 있겠나 싶어 마쓰시타 군에게 경찰에 전화를 걸라고 했습니다. 대강 이렇습니다."

답변에는 아무런 막힘도 없으며, 앞뒤가 딱딱 들어맞았다. 그런데도 어딘지 모르게 사람을 속이는 듯한 빈정거림이 느껴지는 것은 박사의 성격에서 오는 것이었을까?

"그뿐입니까?"

"직접적인 목적은 사진입니다만, 그것말고도 하나 있었습니다. 오로치마루 가죽을 살까 싶어서……."

"가죽을 산다고요?"

하야카와 박사의 기이한 버릇에 대해선 마쓰시타 과장도 약간의 예비지식이 없지는 않았다. 하지만 이런 상황인 만큼, 거침없는 이 한 마디는 과장의 차가운 분노를 폭발시켰다.

"그런데 박사, 당신은 어젯저녁 6시부터 12시까지 뭘 하셨는지 알고싶습니다만."

"호오, 이번엔 알리바이를 물으시는 겁니까?"

박사는 잔뜩 비아냥대며 말을 이었다.

"아무래도 나도 혐의를 받은 사람의 하나인 모양입니다만, 그 질문에 대답하지 않으면 어찌 되나요?"

"글쎄요. 특별히 제 입으로 이거다 라고 말씀드릴 수 없습니다만, 대답하시는 편이 서로에게 나중에 성가신 일이 일어나지 않는다는 것뿐, 그래야 뒷맛이 개운하겠지요."

"그렇다면 거절하겠습니다. 나는 이 살인사건과 아무런 직접적인 관계가 없거니와 선량한 시민의 행동에 일일이 경찰의 간섭을 받을 필요는 없으니까요."

"선량한 시민이라고요? 그도 그렇군요. 하지만 범죄가 일어났다면 그 해결에 힘을 빌려주는 것 역시 선량한 시민으로서 당연한 의무가 아닐까요?"

"그래서 나도 말하는 겁니다. 나의 어젯밤의 행동이 직접 이 사건과 관계가 있다면 말씀을 드리겠지요. 하지만 전혀 관계없는 개인적인 행동은 말씀드릴 까닭이 없습니다."

"그렇다면 박사, 경찰청으로 동행하길 바라십니까?"

"무엇 때문입니까?"

"노무라 기누에 살해사건의 용의자로서."

과장은 마지막 카드를 던졌다. 직접적인 위협 전법인 것이다. 박사는 꿈쩍하는 기색도 없이, 오히려 조소의 빛마저 띠면서 새 담배에 불을 붙였다.

"과장, 일본 유수의 명탐정 소릴 듣는 당신도 약간은 무뎌진 것 같군요. 대체 무슨 증거로 나를 체포하십니까? 동기도 없고, 이해관계도 없으며, 직접적 증거도 전혀 없는데. 이 여자의 영감인 모가미 다케조하고는 친척 나부랭이쯤 되니까 다케조가 살해되기라도 했다면 혹 혐의를 받는다 해도 어쩔 수 없겠지만, 아무리 내가 문신 수집에 열심이로서니 그래 설마하니 사람을 죽여서까지 가죽을 벗겨내려 하겠습니까?"

박사는 맛있다는 듯 담배 연기를 빨아들이고 있었다.

"그보다 과장, 당신은 알리바이 추적 따위로 이 사건을 해결할 수 있으리라고 보십니까? 그것은 엄청난 착각이에요. 이만한 사건을 창조해낼 정도의 지적 능력을 지닌 천재가 알리바이 만들기 따위에 힘들어 할 거라고 보십니까? 아마도 범인은 지금쯤 완전무결한 알리바이를 만들어내고는 당신들의 노력을 비웃고 있을 게 틀림없습니다. 쓸데없이 나를 심문하는 따위에 시간을 허비하느니 좀더 나은 문제, 예를 들면 문신 연구에라도 시간을 보내심이 어떠하올는지요."

옆에서 듣고 있던 겐조가 조마조마할 정도로 박사의 말은 날카롭기 그지없었다. 수사당국에 정면으로 도전이라도 하려는 듯한 범상치 않은 기백이 느껴졌다.

마쓰시타 과장의 얼굴에도 홍조가 흐르고 있었다. 둘은 몇 분 동안 말없이 상대의 눈을 빤히 쳐다보고 있었다. 칼을 맞대고 선 듯한 아슬아슬함이 방안을 채웠다.

"핫핫핫핫……."

마쓰시타 과장의 웃음으로 순식간에 긴장이 허물어졌다.

"박사, 이거 엄청난 실례를 했습니다. 눈치 채셨는지 모르지만 사실은 당신이 좀더 자세한 사정을 아시나 싶어서 슬쩍 넘겨짚어 봤던 겁니다. 실은 저도 당신이 이 사건의 범인이라는 생각은 하지 않았습니다. 자, 편히 돌아가십시오."

박사는 우쭐해 하는 듯한 미소를 띠면서 일어섰다. 강의를 마친 뒤처럼 앉은 채로 과장에게 고개만 까딱하는 형식뿐인 인사를 하더니 그대로 몸을 일으켜 방을 나갔다.

"이시카와 형사!"

과장은 이시카와 형사를 부르더니 눈짓으로 뒤를 밟으라고 신호했다.

"밉살맞은 녀석이야. 마니아란 인간들은 모두가 어떻게 됐다니까. 평소엔 상식이 있는 사람이 일단 그 방면에 관한 문제가 나오면 꼭 미친 사람처럼 된단 말야. 박사가 뭔가 좀더 깊은 사정을 아는 게 틀림없는데 이래서야 순순히 자백을 시키기나 하겠나."

담배 연기를 토하면서 과장은 가까이에 있던 수사관을 향해 혼잣말처럼 말했다.

그때, 겐조는 퍼뜩 무슨 생각이 났다.

"형님, 잠깐 와보십시오."

형의 손을 잡아끌다시피 마당으로 뛰어나와 욕실 뒤로 돌아서 멈춰 섰다.

"그 건판은? 그 파편들은 어디 갔지?"

"뭐야. 뭐가 있었느냐?"

"형님이 오기 전에 우리가 사체를 발견한 직후에 마당을 걸어다니다가 선생이 여기서 부서진 사진 건판을 발견했거든요."

"사진의 건판이라고? 무슨 사진인데."

"모르죠. 마침 그때 전화벨이 울리기 시작해서 저는 전화를 받으러 갔습니다. 그 사이에 경찰이 오고 그럭저럭하는 사이에 까맣게 잊어버리고는."

"음, 그런데 박사는 그동안 뭘 하고 있었지?"

"줄곧 밖에 서 있었어요."

"그래? 그렇다면 그 건판은 박사가 감춘 게 틀림없어. 우리가 도착한 뒤에는 박사 아니라 누가 됐든 그런 모험을 할 여유가 없었지. 또한 그런 게 남아 있었다면 마당을 뒤지던 부하 누군가가 발견하지 못했을 리가 없지."

"그렇다면 이대로 놔둬도 되겠습니까?"

"아니, 박사의 뒤를 미행시키고 있다. 만약 박사가 뭔가 증거가 될 만한 것을 들고 나갔다면 전화위복이 될 수도 있단 말야."

마쓰시타 과장은 희미하게 웃었다. 이번엔 이쪽에서 웃을 차례라는 듯한 미소였다. 그러나 금세 웃음을 거두고는 부하에게 명령했다.

"시모기타자와 역으로 전화해…… 그리고 시부야하고 신주쿠에도. 이시카와 형사를 발견하면 곧장 연락하라고 해. 지금 하야카와 박사가 이 집을 나가면서 사진 건판을 감춰 들고 나간 게 분명하다. 그걸 증거로 경찰청으로 연행해."

"과장님, 이 앨범을 보십시오."

형사 하나가 손때가 묻은 앨범을 들고 왔다.

겐조도 뒤에서 들여다보았으나 첫 번째 한 장은 완전하게 도려내져 있었다.

하야카와 박사가 보면 몹시도 탐을 낼 만한 귀중한 사진들이 앨범에 남아 있었다. 완전히 깨끗한, 상처 하나 없는 전라(全裸)의 사진으로 시작해서 팔, 등으로 차례로 바늘 자국이 전진하다가 끝내는 온몸을 다 덮을 때까지의 과정을 기록한 몇 십장의 사진이었다.

페이지를 넘기는 동안에 안에서 한 장의 편지가 떨어졌다. 싸구려 봉투에 23일자 소인이 찍혀 있었다. 안에는 싸구려 편지지 한 장이 있었고, 그 위에는 서투르기 짝이 없는 남자 글씨체가 쓰여 있었다.

"기누에, 오랜만이군. 너한테는 상당한 신세를 졌지. 그 보답은 꼭 한다. 이제 너를 죽여서 등의 문신을 벗겨내 줄 테니까 기억하고 있어."

물론 어디에도 서명 같은 건 없었다.

"증거물건이다!"

과장이 앨범을 형사에게 돌려주었을 때, 오기쿠보의 모가미 조합 사무실을 급습했던 아기타 형사가 보고를 해 왔다.

"과장님, 모가미는 어제 1시가 지나서 여행을 간다면서 나간 뒤로 지금까지 행방이 묘연합니다. 오사카행 2등 열차표와 급행권이 찢어진 채 쓰레기통 속에 들어있습니다."

"이나자와는?"

"거동에 수상한 점이 있습니다. 분명히 이 녀석은 뭔가 비밀을 갖고 있는 게 틀림없습니다. 경찰청으로 연행해 갈까요. 아니면……."

"이리로 데리고 와. 사체를 보게 하겠다."

긴장된 목소리로 대답하더니 과장은 수화기를 놓고 밖으로 나갔다.

집중포화처럼 사방팔방에서 모여드는 재료들을 풀어내 하나의 선으로 정돈한다. 쓸모 없는 것을 버리고 도움이 될 것만을 가려서 수사의 커다란 방침을 정해 나가는 것이 수사1과장이 할 일이었다.

언뜻 난마처럼 얽혀 보이는 기괴한 살인사건이었다. 그러나 마쓰시타 과장은 이보다 더 복잡 기괴한 사건이 지금까지 없었던 것도 아니라며 애써 감정을 억누르고 가라앉혔다.

담배를 몇 개비나 재로 만들면서 그는 어슬렁어슬렁 마당을 왔다갔다했다. 그의 신경은 지금 한 점에 집중되어 있다. 이곳을 떠난 하야카와 박사가 다시 어디서 자신이 던진 그물에 걸려들 것인가 하는 것에…….

시모기타자와 역에선 아무런 보고도 없었다.

시부야에서도, 신주쿠에서도 아무런 보고가 들어오지 않았다.

'달아났을까?' 그는 순간 시계를 쳐다보며 탄식했다. 그러나 이시카와 형사는 반드시 박사의 등뒤를 사냥개처럼 따라붙을 것이다. 그는 해낸다. 반드시, 기필코, 반드시 해낸다.
 과장은 다시 새 담배에 불을 붙이고는 뭉게뭉게 솟아오르는 여름 구름을 올려다보고 있었다.

문신 여인을 둘러싼 남자들

 이나자와 요시오는 아키타 형사에게 이끌려 새파래진 얼굴로 사건 현장에 당도했다. 설새없이 온몸을 바들바들 떨면서 불안한 듯이 주위를 둘러보았다. 이나자와 요시오는 겐조에게도 힐끗 치켜뜬 시선을 던졌으나 이내 옆으로 눈을 돌렸다.
 "겐조."
 마쓰시타 과장은 동생을 불러 확인했다.
 "네가 아까 스쳐지나갔다고 하는 게 이 사람이 틀림없겠지?"
 "틀림없습니다."
 "알았다, 같이 이리와."
 8평의 방에서 곧장 이나자와 요시오의 취조가 시작되었다.
 "굳이 이렇게까지 오라고 부탁한 까닭은 아실 테지요."
 "예에, 아니오, 그……."
 "이름과 나이를 말하시오."
 "이나자와 요시오, 45살입니다."
 "직업은 뭡니까?"

"토목건축업, 모가미 조합의 지배인으로 일하고 있습니다."

"그렇습니까. 실은 잠깐 당신의 지문을 채취했으면 합니다만."

이러한 말을 듣자, 이나자와는 동요를 감추지 못했다. 말도 못 하고 지문을 채취하기 위해 내민 두 손은 억누르지 못하고 가느다랗게 벌벌 떨고 있었다. 지문채취 도구를 들고 다른 방으로 물러갔던 지문담당은 곧장 돌아와서 과장에게 뭐라고 귓속말을 했다.

"당신 보스의 정부의 집이니까 당신도 이 집에 전연 발걸음을 하지 않은 건 아니겠군."

"글쎄요, 가끔 돈을 전달하거나 그런 일로……."

"어젯밤에도 돈을 전달하러 왔었나?"

"아닙니다, 어젯밤엔……."

"그랬다가 오늘 아침에 돌아간 겐가?"

"당치도 않습니다."

"거짓말 마. 당신이 오늘 아침에 이 집에서 작은 보따리를 들고 나오는 것을 여기 있는 사람이 분명하게 보았어. 그 보자기의 색깔은 자주색이고 신경질적으로 연신 두 손에 바꿔 들면서 가더라고 하던데……."

극명하게 급소를 찔린 일격이었다. 그러자 이나자와는 심적인 동요를 감추고 억지로 웃으려고 했다. 그러나 그런 의도와는 달리 얼굴은 일그러지고 금방이라도 울어버릴 듯한 표정이 되었다. 담배를 물고 떨리는 손으로 성냥을 그으려 했지만 왼손과 오른손이 장단을 맞추지 못해 좀처럼 불을 붙이지 못했다.

"어때? 이제 그만 하고 자백을 하지. 기누에를 죽인 건 당신이지. 사체는 어디다 숨겼어?"

이나자와는 피우려던 담배를 다다미 위에 떨어뜨리고 두 손을 바닥에 짚더니 과장의 얼굴을 처량한 얼굴로 올려다보았다.

"아닙니다, 제가 아니에요. 제가 여기 왔을 때 기누에 씨는 이미 죽어 있었어요."
그는 뱃속 저 밑바닥에서 쥐어 짜낸 듯한 소리로 급하게 외쳤다.
"좋다, 얘길 들어보지."
"사실 저는 기누에 씨를 좋아했습니다. 나잇값도 못한다고 웃으실지도 모르겠습니다만, 실은 보스의 심부름으로 수도 없이 이 집을 드나드는 동안에 여드름투성이 중학생 같은 심정이 되어서…… 그러다가 그녀의 등 문신을 한 번 본 뒤로는 마침내 그 요상한 아름다움에 미칠 지경이 되어서 분별이고 뭐고 모조리 잃었던 겁니다. 40을 넘기고, 처자식이 있는 주제에, 게다가 하필이면 보스의 여자에게 손을 내밀다니, 해가며 저 자신을 질책했지만, 아무리 애를 써도 잊혀지질 않았습니다. 도리고 뭐고 이젠 몽땅 어디론가 사라졌어요. 저는 진지하게 기누에 씨를 설득했습니다. 그 사람은 처음엔 웃으면서 상대해 주지 않더군요.
——무슨 소릴 하는 거예요. 이상한 사람이네. 영감한테 일러바칠까 보다.
이래가면서 단호하게 퇴짜를 놓았지만 애초 그 여자 과거가 과거인데다가, 자만한 것인지도 모릅니다만 지금껏 여자를 꼬신 경험으로 보더라도 얼마쯤 통하지 않는 것도 아닌 것 같더란 말입니다. 끝까지 밀고 나가겠다고 다짐하고 노력하는 사이에 여자쪽에서도 약간은 저의 진심을 받아들여준 것일까요. 열흘쯤 전부터 바람의 방향이 차츰 바뀌더군요. 그러더니 엊그제 처음으로 바라던 대답을 주었습니다. 보스는 어제 저녁에 기차로 시즈오카와 오사카 쪽으로 출장을 가기로 되어 있었습니다.
——내일 밤 12시예요. 초저녁엔 남의 눈이 있어 성가시니

까. 영감은 출장으로 도쿄에 없고, 또 가정부에게도 휴가를 주어서…….

그러더란 말입니다. 저는 마침내 소원이 이뤄져서 하늘에라도 오를 것만 같았습니다. 그 문신을 한 아름다운 육체를 이 손으로 안는다고 생각하니……."

심문을 받고 있는 것인지, 주책없이 사랑 이야기를 늘어놓는 것인지 분간 못하는 것 같았으나 거짓은 없는 것 같았다. 마쓰시타 과장은 이상한 긴장감을 느끼면서 상대의 한 마디 한 마디에 가만히 귀를 기울이고 있었다.

"그래서 저는 어제 저녁 8시까지 시부야의 아는 요릿집에서 한 잔 하면서 기다렸습니다. 하지만 술에 취해서 가면 싫어하지나 않을까 하는 어린애 같은 생각에 8시 조금 지나서 그곳을 나왔습니다. 그리고는 시모기타자와 역에 닿은 것이 8시 반쯤이었습니다만, 마신 술도 깨고 더위도 식힐 겸, 역 앞의 찻집에서 냉커피를 마시며 15분쯤 있다가 그 가게를 나왔어요. 그 다음에 걸어서 이 집 앞에까지 왔습니다. 등은 꺼지고 집 안은 잠잠한 것 같더군요. 어쨌거나 시간이 일렀고, 아직 인적도 전혀 끊어진 것도 아니어서 저는 더위를 식히기 위해 산책이라도 하는 것처럼 주변을 어슬렁어슬렁 걸어다녔습니다. 그러다가 10시 반쯤에 다시 집 앞에까지 왔습니다만 이미 그때는 더 이상 참을 수 없었습니다. 차라리 집으로 들어가 버릴까 생각하고 있는데 바로 그때, 옆집 2층에서 학생들이 이쪽을 보면서 기타를 치는 것이 보였습니다. 눈에 띄어서 나중에 이러쿵저러쿵 문제가 생기면 귀찮겠다 싶어서 다시 기다렸습니다. 11시쯤이 되어 마침내 옆집 전등이 꺼지는 걸 보고 나무문을 열고 이 집안으로 들어섰습니다."

"잠깐, 당신이 기다리던 곳에서 이 집의 문이 보였나?"
"그렇습니다."
"당신이 기다리던 10시 반에서 11시 사이에 문을 드나든 사람은 없었나?"
"없었습니다."
"좋아, 계속하지."
"들어와 보니 현관문은 역시 닫혀 있었습니다만 약속대로 뒤쪽의 빈지문 하나가 열려 있었습니다. 그걸 열고 저는 작은 소리로 불러보았습니다.

——기누에 씨.

하지만 아무런 대답도 없더군요. 자는 게 아닐까 싶어서 그 길로 안으로 살며시 들어왔습니다. 그러나 침실에도 전혀 인기척이 없고, 침구도 깔려 있지 않았습니다. 그때는 속았구나 싶어서 엄청 화가 나더라구요. 그때, 복도 막다른 곳에서 물 흐르는 소리가 납디다. 뭐야, 목욕탕에 들어가 있었나? 부끄러워서 대답도 하지 못한 모양이라고 지레 짐작을 하고는 저는 목욕탕 앞까지 가서 다시 한 번 그 사람의 이름을 불러 보았습니다. 그런데도 대답이 없고, 물 흐르는 소리만 나고 인기척도 없었습니다. 저는 조바심이 나서 손잡이를 잡고 비틀었습니다. 문은 열리지 않았어요. 이상하다 싶어 돌아보니 양말 바닥이 이상하게 끈적거리더란 말입니다. 저는 제가 복도에 떨어진 피를 밟으며 걸어다닌 것을 그제야 알아차린 것입니다."

이나자와는 지금 생각해도 무서워 죽겠다는 듯 꿀꺽 마른침을 삼켰다.

"저는 깜짝 놀라서 도망치려 했습니다만 그때 불현듯 목욕탕 안이 신경이 쓰이더라구요. 아주 작은 틈새가 아래쪽에 있어서 희미하게 빛이 흘러나오기에 용기를 내어 그곳으로 안을 들여다보았습니다. 그때는 이미 끝이었습니다. 잘려나간 사람의 팔 같은 것의 단면이 보였어요. 순간 저는 그 길로 기절을 했습니다. 몇 시쯤 정신을 차렸는지는 모르겠습니다만, 정신을 가다듬고 이래서는 안 되겠다 싶어서 어서 도망치려 했을 때는 이미 막차도 끊어지고 없었어요. 어떤 길로 어떻게 돌아갔는지는 기억나지 않습니다만 오오모리에 있는 제 집에 도착한 것이 오전 3시쯤이었습니다. 집으로 간 뒤에도 머릿속이 완전히 엉망진창이어서 뭐가 뭔지 모르겠더군요. 눈앞에서 연신 그 잘려진 팔이 언뜻언뜻 춤을 추었습니다. 아침까지 그러고 있다가 언뜻 저는 엄청난 일이 생각났습니다. 기누에 씨에게 주려고 전날 시부야에서 산 핸드백을 보자기에 싼 채로 이 집에 놓고 가버린 것이지요. 더구나 친절하게도 보자기에는 제 이름이 새겨져 있었거든요."

이나자와는 잔뜩 구겨진 손수건으로 이마에 솟은 비지땀을 닦았다.

"저는 어째야 좋을지 도무지 생각나지가 않았습니다. 하지만 살인 현장에 내가 범인이라는 증거를 남겨놓은 게 되리라는 것만은 똑똑히 알았습니다. 그래서 이리저리 궁리한 끝에 아무래도 이 보자기만큼은 가져와야겠다고 마음먹었어요. 그래서 아침도 먹지 않고 집을 뛰쳐나와서 다시 이 집으로 되돌아온 것입니다만, 그때는 이미 8시가 지난 때였습니다. 그러나 다행히도 길에는 인적도 없더군요. 잘됐다 싶어서 다시 집으로 들어가니 어젯밤엔 전연 그런 일이 없었는데 이번엔 집 안이 도둑이 어질러놓은 듯한 기미가 있는 겁니다. 저는 오싹했지만 그냥 갈 수도 없어서 집 안을 뒤져보니 목욕탕 앞 복도에 보따리가 떨어져 있었어요. 허겁지겁 그걸 들고 마당으로 뛰어나왔습니다. 살짝 밖을 내다보니 역시 인기척이 없는 것 같아서 겨우 마음을 놓고 문으로 나와 시모기타자와 역으로 갔습니다. 그 다음 신주쿠로 돌아서 나카노에 도착해 지금껏 사무실에 있었던 겁니다."
이나자와의 기나긴 자백은 마침내 끝이 났다.
"그렇다면 목욕탕 전등은 켜져 있었다는 거로군?"
지금까지 묵묵히 그의 말을 듣고 있던 마쓰시타 과장이 물었다.
"그렇습니다."
"당신이 끈 기억은 없고?"
"없습니다."
"겐조, 잠깐 보자."
마쓰시타 과장은 일어나서 겐조를 복도로 불러내더니 무거운 어조로 물었다.
"너랑 박사가 처음 이 시체를 발견했을 때 목욕탕의 전등이 켜져 있었느냐?"
"그건 모르겠는데요."
"스위치를 돌리진 않았겠지?"
"저는 손대지 않았습니다."
"박사는?"
"모르겠어요."
"네가 경찰청으로 전화를 걸러 간 사이 박사는 어디에 있었지?"
"이 목욕탕 문 앞에 서 있었습니다."
"전화가 있는 곳에서 목욕탕은 보이지 않지."
"보이지 않습니다."
"그렇다면 박사가 그 사이에 뭘 했는지 넌 알지 못한다는 거로군."
"그렇습니다."

"음, 우리가 들어왔을 때는 목욕탕 전등은 밖에서 스위치가 꺼져 있었는데……."

마쓰시타 과장은 동생의 얼굴을 쳐다보며 의미가 있는 듯이 중얼거렸다.

"형님, 그게 어쨌다는 겁니까?"

"신경이 쓰이는걸. 뭐랄까, 이 바닥에서 지금껏 단련시켜 온 나의 직감이…… 범인은 이렇게 밀실에 사체를 감추었어. 물론 범행의 증거인 사체의 발견을 1분 1초라도 지연시키기 위해서겠지. 이것은 모든 범인들에게 공통된 심리야. 그렇다면 당연히 범인은 수도꼭지도 잠갔을 테고 전등도 꺼놨을 거야. 이나자와의 말이 사실인지, 또 박사가 일부러 스위치를 끈 것인지 여기에 깊이 생각해야 할 점이 있어."

그러나 과장은 다시 자리로 돌아온 뒤에도 그 점에 대해서는 더 이상 추궁하려고 하지 않았다. 화살을 돌려서 묻기 시작한 것은 기누에와 모가미 다케조의 관계였다.

"그런데 모가미 다케조는 어떻게 된 거지?"

"그게, 실은 아까도 말씀드렸다시피 어젯밤은 시즈오카 쪽으로 출발하시기로 되어 있었습니다. 어제 2시쯤에 어디선가 걸려온 전화를 받고는 화가 나셨나 싶었는데, 잠깐 떠나기 전에 들를 데가 있다면서 어쩌면 다음 기차로 늦어질지도 모르니 전송은 필요 없다고 하시면서 사무실에서 나가셨습니다. 그뿐이에요. 5시쯤에 자택으로 전화를 했더니 아직 그곳엔 들르지 않으셨다고 하더군요. 직접 역으로 가신 걸까 생각했습니다만 어젯밤 당직자가 용무가 있어서 시즈오카의 숙박지로 전화를 했더니 아직 오시지 않았다고 하더랍니다."

"오늘 아침엔 자택으로도 돌아가지 않았나?"

"예, 그건 확실합니다."

"모가미의 재산은 어느 정도나 되지?"

"대충 어림잡아도 7, 8백만은 될 겁니다. 그리고 어림잡을 수 없는 것이 얼마나 있는지……."

"가정생활은?"

"보스는 이상한 주의를 갖고 계셔놔서…… 뭐랄까 여자 혐오라고 할 것까진 없지만, 음지에서 상당한 교섭이 있었던 상대는 저도 압니다. 하지만 정식 부인으로 입적시킨 여잔 없어요. 여자한테 질렸기 때문에 정식으로 아내로 삼고 나면 싫증이 나버려서 내쫓지 않을 수가 없다는 게 그의 입버릇이었습니다."

"그렇다면 기누에도 그런 식으로 맞이한 한 때의 위안 상대로 봐도 되겠나."

"조금 다른 것도 같았습니다."

"뭐가 다른데……?"

"빗자루 소리를 듣는 보스입니다. 그런데도 이렇게 기누에처럼 온몸에 문신을 한 여자라니, 그 전엔 단 한 명도 없었지요. 처음엔 단순한 호기심에서 상대하다 보니 어느새 깊숙이 빠져들었다고 할까요. 이젠 빼도 박도 못할 처지가 되고 만 것 같았습니다.

그게 그 커다란 구렁이 탓이라면서, 구렁이한테 붙잡혀서 옴쭉달싹할 수 없다고 마치 바보처럼 저한테 그렇게 말씀하시더군요."

"과연 문신이란 것에 그렇게 매력이 있는지 모르겠군. 난 그저 징그럽단 생각 외엔 아무 생각도 안 들던데."

과장은 혼잣말처럼 중얼거렸으나 겐조는 남몰래 볼을 붉히고 있었다.

"모가미의 가족은?"
"동생 히사시뿐입니다. 피가 이어진 형제는요."
"하야카와 박사와는 어떤 관계지?"
"보스의 어머니의 동생입니다."
"외숙과 조카인가? 그렇다면 만일 모가미한테 만일의 일이 생긴다면 재산은 누가 상속을 받게 되나?"
"동생일 겁니다. 하지만 자세한 것은 저도 모릅니다. 사야마 선생이라는 변호사가 회사의 고문으로서 보스의 개인적인 문제도 상담해주고 있으니까 그쪽에 물어보십시오."
"모가미란 사람은 어떤 사내지?"
"제 입으론 말씀드리기 어렵습니다만 배짱이 크고 좋은 분입니다. 부하를 대단히 아껴주시지만 일단 한번 신뢰를 저버리기라도 했다가는 큰일이 나지요. 그때는 거들떠보지도 않습니다. 비록 몇 년이 걸리더라도 한번 마음먹으면 어떤 방법을 써서든 그 목적을 달성할 때까지는 물러서지 않는 끈질긴 데도 있습니다."
"그렇다면 당신도 상당히 위험한 다리를 건넌 셈이로군. 현재의 지위와 장래의 희망마저 희생을 시켜가면서까지 그 여자한테 매달린 건가?"
"예……."
마쓰시타 과장의 얼굴에도 왠지 모를 곤혹스러움과 가련해하는 표정이 감돌고 있었다. 이나자와의 진술 그 자체에 대해선 아직 진위를 가릴 수는 없다. 그의 흑백도 확실하게 단정할 수는 없는 것이다. 그러나 비록 부정하다고는 해도 사십대 남자의 마음을 다한 비련에는 사람의 감정을 흔들 만한 뭔가가 감춰져 있었다.
"그런데 기누에란 여자한테 다른 사내는 없었나?"
"과거 일은 제쳐놓고라도 보스의 보살핌을 받은 뒤로는 없었던 것 같습니다. 보스가 그런 성격이란 건 기누에 씨도 잘 알고 있었거니와 스스로도 이런 말을 하곤 했습니다. 문신은 마치 동물의 경계색(警戒色)인 것 같다나요. 자기는 그런 마음이 없는데 남자 쪽에서 경계를 한다고요. 평범한 여자일 리가 없다, 아무래도 여자깡패나 뭐 그런 걸 거라고 여기곤 상대하지 않는다고 하더군요. 그렇게 생각하는 남자들만 있다면서, 그래서 대개는 문신을 한 여자는 늪으로 빠져 들어가 평생 헤어나지 못한다고 했습니다. 마치 스스로를 책망하는 듯한 투였어요."
"과거 일은 제쳐놓고라고 말했는데 옛날 남자에 대해선 아는 게 없나?"
"전부는 모릅니다. 하지만 이런 얘길 들은 적이 있습니다. 처음 문신에 대해 알았을 때 저는 깜짝 놀라서 남자도 감당하지 못해 도중에 그만두는 경우가 많은데 여자가 잘도 그만한 것을 해냈다고 말을 건넸습니다. 그랬더니 기누에 씨는 웃으면서 문신이란 것을 간사이(關西 ; 일본의 서쪽지방)에선 감당한다고 하느냐, 돈이 문제된다는 소리냐, 아니면 통증이냐. 돈 문제라면 자기는 문신사의 딸이므로 단 한 푼도 들지 않았거니와 아버지를 비롯해 어머니, 오빠까지 모조리 문신을 했고, 집에 찾아오는 사람들도 피부가 하얀 사람은 한 명도 없었기 때문에 자연스레 좋아하게 되었다고 하더군요. 일단 시작하고 나면 가출이라도 하지 않는 이상 달아날 수도 없었다면서 웃었습니다."
"음……."
"사진은 찾으셨습니까? 알몸의 사내하고 둘이서 나란히 찍은 나체 사진이요."
"몰라."
"아마도 잉어를 잡는 그림이거나 뭐 그런 걸 새긴 남자일 겁니

문신 여인을 둘러싼 남자들 133

다. 그게 기누에 씨의 첫 번째 남자였다더군요. 사진사 나부랭이를 하던 야쿠자였다고 합니다. 그 야쿠자가 호리야스의 집에 드나드는 동안 눈이 맞았던가봐요. 그 녀석이 꼬드겨 부추기는 바람에 원래는 흰 피부였는데 문신을 온몸에 새기게 되었다고 하더군요."

"이름은?"

"모릅니다. 그리고 요코하마에 있던 당시에는 야쿠자인지 뭔지 하는 바닷가에 사는 기둥서방이 있었다고 들었습니다만, 그 놈은 지금 감옥에 있을 겁니다."

"그래? 그 밖에는?"

"제가 아는 건 그게 다입니다."

"그렇군. 모가미 다케조, 그 사진사, 정부(情夫)인 야쿠자, 하야카와 박사, 그리고 당신, 문신 여인을 둘러싼 5명의 사내는 그들이로군."

마쓰시타 겐조는 자기의 이름이 나오지 않았으므로 안도의 한숨을 내쉬었다.

문신 여인을 둘러싼 사내들. 그 중에서 하야카와 박사의 이름을 들 때, 형의 말에 얼마간 힘이 들어간 것처럼 들렸다.

하야카와 박사…… 하야카와 박사…… 박사는 대체 왜 그랬을까? 그 건판은 어떤 사진의 건판일까…….

이 새끼가 대체 어디까지, 뭘 할 속셈인지 하야카와 박사의 뒤를 밟던 이시카와 형사는 도중에 몇 번이나 이를 갈았다.

현장에서 가장 가까운 전차 역이라면 시모기타자와나 히가시기타자와 밖엔 없는데 그 어느 쪽으로도 가려고 않았다. 상점가에서 오다큐선(線)의 건널목을 넘더니 주둔군의 막사와 교회가 있는 곳을 왼쪽으로 보면서 주택가 사이의 좁은 오르막길을 올라 한적한 상점가로 나왔다.

이케노우에에서 전차를 타고 시부야로 나갈 작정인가 싶었지만 그렇지도 않았다.

역으로 가는 길에서 왼쪽으로 꺾어져 좁은 골목길을 몇 번인가 구부러지면서 가다가 옛 항공연구소와 전차선로 사이의 움푹 패인 곳으로 내려가 일본 민예관 옆으로 나와 고마바역에서 비로소 시부야행 전차에 탔다.

'제기랄! 내가 미행하는 걸 알고 있었군. 도망친다고 내가 놔둘 줄 알아!'

불굴의 투지가 이시카와 형사의 가슴속에 타올랐다. 차창 밖으로 뛰어내리는 한이 있더라도 그는 하야카와 박사를 놓치지 않으려 했다.

박사도 벌써부터 이시카와 형사의 존재를 눈치채고 있었는지, 아니면 시부야까지 가는 것은 위험하다고 지레 짐작했는지 종점의 한 정거장 앞인 신센역에서 전차를 내렸다.

주위는 폐허로 변한 마루야마의 유곽이었다. 전쟁의 복구도 지지부진한 상태였다.

그 사이를 꿰뚫고 박사는 오르막을 오르다가 꺾어졌다. 그러더니 황홍루라는 중화요리점으로 모습을 감췄다.

"도쿄의 치외법권 지역인가!"

이시카와 형사는 저도 모르게 외쳤다. 종전한지 겨우 1년, 패전국의 비애로 인해 경찰청도 눈뜨고 볼 수 없을 정도로 제3국인이 함부로 날뛰는 것을 어쩌지 못하는 시절인 것이다.

'좋다, 될 대로 되어라. 나머진 여길 나온 뒤의 승부다.'

스스로에게 말하면서 그 건물로 나가서서 2층의 창가 테이블에서 물끄러미 이쪽을 쳐다보고 있는 박사의 모습이 눈에 들어왔다.
 형사는 재빨리 방침을 바꿨다. 몸을 홱 돌려서 막다른 가게에서 전화를 빌려 현장에 남아 있던 마쓰시타 과장에게 이 사실을 보고했다.
 "거길 나온 뒤로 빙빙 이리저리 돌았습니다. 땀을 흠뻑 흘렸습니다. 현재 박사는 시부야의 황흥루라는 중화요릿집에 있습니다. 밥을 먹는 모양입니다."
 "3국인인가?"
 과장의 목소리에도 희미한 주저의 여운이 있었다.
 "수고했는데 그 수고도 결코 헛되진 않아. 박사가 이곳 현장에서 중대한 증거가 될 만한 물건을 들고 나갔다. 물건은 사진의 건판 파편인데 그걸 도중에 처분할 만한 행동은 하지 않았겠지."
 "제가 따라붙는 한 그런 허튼 수작을 할 여유는 주지 않습니다."
 자존심이 상한다면서 형사는 즉각 격분했다.
 "근처 파출소로 연행해. 그리고 건판을 갖고 있는지 조사하도록. 그 보고는 나중에 듣겠다."
 이시카와 형사는 곧장 용기 백배했다. 큰 걸음으로 길을 가로질러 황흥루로 들어간 뒤 2층으로 올라가서 박사의 테이블로 다가갔다.
 냉면을 먹고 있던 박사는 침착하게 얼굴을 들었다.
 "아, 자넨가. 걸었더니 덥구만. 어떤가 같이 먹지 않겠나?"
 이러한 차분한 박사의 대응에 독기를 쐬기라도 한 것처럼 이시카와 형사도 움찔했다.
 "박사, 어째서 거기서부터……."

"산책이야. 이 사건에 대해 이리저리 생각하면서 걸었지."
"상당히 긴 산책이었군요. 게다가 그런 사건 뒤인데도 식사를 잘도 하시는군요."
"직업이 직업이니까. 내가 시체 해부 같은 걸 할 때마다 식욕을 잃는다면 의사라는 직업을 단 하루도 해내지 못할 거야. 서로 인과관계에 있는 것 아닌가."
박사의 말은 차분했지만 이시카와 형사는 어깨에 힘을 주고 직업적인 어조로 말했다.
"박사, 근처 파출소까지 동행하셔야겠습니다."
"파출소에…… 뭣 때문이지?"
"살인현장에서 중요 증거물을 갖고 갔다는 혐의가 있습니다. 발견하는 즉시 신체검사를 하라는 상부의 명령입니다. 여기선 사람들 눈도 있고, 또 인격에도 손상이 가실 테지요."
"가지!"
젓가락을 먹다 만 그릇 위에 내동댕이치고 박사는 분연히 일어섰다.
가까운 파출소로 들어가자 박사는 곧장 저고리를 벗었다.
"조사하게. 뭐든지."
호주머니에서 건판은 나오지 않았다. 지갑, 손수건, 휴지 같은 것 외에는 특별한 것도 없었다.
"그 건판이란 것이 어디에 있는가?"
박사는 의기양양하게 와이셔츠 바람으로 유유히 활개를 쳐 보였다.
"제가 돌아올 때까지 여기서 기다려 주십시오."
도해내듯이 말을 남기고 이시카와 형사는 파출소를 뛰쳐나왔다. 다시 밖에서 현장의 마쓰시타 과장에게 전화를 걸어 시휘를 청했다.

"황흥루를 뒤져봐!"

지령은 짧고 날카로웠다. 땀을 뻘뻘 흘리면서 형사는 다시 황흥루로 향했다.

걱정하고 앉았느니 직접 부딪치는 게 상수다. 형사가 2층으로 올라가니 손이 떨려 맥주병을 바닥에 떨어트리는 여종업원 하나가 있었다.

"경찰청에서 왔는데……."

그 종업원 옆으로 다가가 이시카와 형사는 날카롭게 물었다.

"방금 그 손님은 살인사건의 중대 용의자요."

"예……."

"뭔가 물건을 맡기지 않았소?"

"예……."

여종업원은 머뭇거리면서 안에서 종이에 싼 것을 들고 나와 형사에게 건넸다.

그것을 펼쳐보고 이시카와 형사는 속으로 환호성을 질렀다. 검은 빛이 도는 유리 파편…… 틀림없는 사진의 건판들이었다.

그는 창에다 한 장 한 장 그 파편을 비쳐 보았다.

여자의 나체, 등을 돌리고 실오라기 하나 걸치지 않은 모습이었다. 네가(nega, 陰畵)여서 그림까진 확실히 알 수 없었지만 뭔가 기괴한 그림이 등에서 팔, 허벅지와 전신에서 춤추고 있었다.

"고맙소."

한 마디를 남기고 형사는 아래층에서 마쓰시타 과장에게 전화를 걸었다.

과장은 자기들도 곧장 그리로 가겠으니 박사를 즉각 경찰청으로 연행하라고 명령했다.

파출소로 돌아오자 형사는 박사의 면전에 그 건판을 내밀었다.
"박사 어떻습니까? 더 이상 시치미를 떼진 못하시겠지요."
"어쩔 수가 없었네."
특별히 동요하는 기색도 없이 박사는 낮게 중얼거렸다.
"난 마니아야, 마니아란 목적을 위해서라면 수단을 가리지 않지. 문신 사진이라면 어떻게 해서든 그냥 넘어갈 수는 없거든."
그 말은 끌려가는 자의 허세로 들릴 뿐이었다.
"박사, 경찰청으로 동행하셔야겠습니다."
"어쩔 수 없군."
어깨를 떨어뜨리고 일어서더니 물었다.
"그 사진은 나중에 나눠줄 수 있겠나?"
"그건 모르겠는데요. 과장이 어떻게 생각할지…… 이 사진이 이번 사건에 직접 관계가 있는지 여부를 알아야만…….''
"관계라고? 있고말고. 문신 여자의 사진이 이 사건에 관계가 없을 수가 있겠나?"
박사의 검은 눈동자는 격한 흥분으로 타올랐다.
"네가가 아니라면…… 흑과 백이 반전되면 이 사건의 비밀은 한번에 풀릴 테지만, 자네들이 비신사적인 행동으로 나온다면 어쩔 수 없지."
"박사, 가시죠."
이시카와 형사는 차갑게 재촉했다.

막다른 곳에 부딪치면

 마쓰시타 겐조가 시모기타자와의 현장에서 해방되어 나카노의 집으로 돌아온 것은 이미 저녁나절이 가까워서였다.
 그는 너무도 피곤했다. 현관에 나온 형수에게 다녀왔노라는 말 한 마디로 간단히 인사한 다음, 사건 이야기는 한 마디도 하지 않고 2층으로 올라가 그대로 방바닥에 드러누웠다.
 아무것도 할 기력이 없었으나 담배를 두세 대 피우는 동안에 어느 정도 마음이 진정되기 시작했다.
 역에서 사온 석간신문을 들춰보았으나 특별한 기사는 없었다. 다만 그 중에 한 장이 '문신 살인사건'이라는 1호 활자의 헤드라인으로 3면 톱에 5단으로 기사화 되어 있는 것이 그의 주의를 끌었다.
 문신 살인사건――나중에 생각하니 이 제목만큼이나 단적으로 사건의 본질을 요약한 말은 없었다. 저널리즘의 날카로운 신경은 이 사건의 모든 분식(粉飾)을 털어 내고 그 안에 감춰진 깊고 비밀스런 편린을 확실하게 파악하고 있었던 것이다.

그러나 그 당시의 겐조는 그것까지 생각할 여유는 없었다. 조각조각 흩어져 있던 전라의 사체가 겐조의 눈동자에 눌어붙어 떨어지지 않았다. 이것이 완전한 사체라면 잊을 수도 있으리라, 포기할 수도 있겠지…… 하지만 그 문신은 어디로 간 것일까? 오로치마루를 탈취해 간 것은 누굴까?

저녁을 먹을 마음도 내키지 않았다. 2층으로 저녁을 들라고 알리러 올라온 형수에게도 먹고 싶지 않다고 거절했다.

"더위를 먹었나봐요…… 안색이 나쁘군요. 일찍 쉬세요."

아무것도 모르는 형수의 위로의 말이 겐조에게는 오히려 쓰라리게 느껴졌다.

날이 저문 지 얼마 안 되어 현관의 벨이 울렸다. 누군가 손님이 온 것 같았다. 설마 자신에게 볼일이 있을 리가 없다 싶어서 그대로 있으려니 형수가 올라와서 걱정스럽게 물었다.

"도련님, 등도 켜지 않고, 무슨 일이에요?"

"뭔가 생각을 하려면 이러고 있는 편이 나아요. 어두운 곳이 마음이 흩어지질 않기 때문에."

겐조는 그렇게 보이는 것이 싫어서 억지를 쓰면서 대답했다.

"도련님도 상당한 철학자로군요. 그런데 도련님, 손님이에요."

"누군데요?"

"하야카와 씨하고 모가미 씨라고 하는 분으로 두 분이서."

"하야카와하고 모가미!"

겐조는 글자 그대로 절규를 했다. 형수를 들이받다시피 계단을 뛰어 내려가 그들이 와 있는 현관으로 돌진했다.

현관에는 팔에 붕대를 감고, 관자놀이에 두세 군데 반창고를 붙인 모가미 히사시와 낯선 여자가 서 있었다.

서른 너댓이 되었을까 품위 있어 보이는 부인이었다. 기모노에 늘씬한 모습은 양가의 부인임에 틀림없으나, 예쁜 얼굴은 울었는지 퉁퉁 부었고, 뭔가 걱정거리가 희미하게 감돌고 있었다.

"모가미인가…… 그쪽에 계신 분은?"

멍한 표정으로 인사하는 것도 잊고 겐조가 물었다.

"하야카와 선생님 사모님이셔."

"선생님 사모님께서…… 나한테?"

문득 겐조의 마음이 괴로웠다. 박사가 시부야의 황홍루에서 직접 경찰청으로 연행된 것은 겐조도 알고 있었다. 이렇게 아름다운 부인을 슬프게 한 원인도 자신에게 있었나 생각되자 어쩔 수 없는 일이긴 하지만 왠지 미안한 기분이 들었다.

"저는 하야카와의 아내입니다만 실례를 해도 괜찮겠습니까?"

"그럼요, 어서 들어오십시오. 누추합니다만."

겐조는 앞장서서 2층으로 올라갔다. 전등의 스위치를 켜자 전등갓에 커다랗고 노란 나방이 앉아 있었다. 미세한 비늘 가루를 뿌리면서 갓 주위를 날아다니는 것을 보고 겐조는 물세례를 받기라도 한 것처럼 오싹했다.

"갑작스럽게 밤중에 실례를 해서……."

방으로 들어오더니 하야카와 부인은 공손하게 고개를 숙였다. 하얀 목덜미가 애처로웠다. 하지만 깃섶의 뒤로 희미하게 흘러나오는 진한 청색의 피부를 보았을 때, 겐조는 움찔 놀라서 인사말도 나오지 않았다.

"자, 앉으십시오. 보시다시피 누추한 집이라서."

무슨 말을 하는지 자신도 모를 말을 하면서 겐조는 두 사람에게 방석을 권했다.

"실은 숙모님께서 급히 전화를 하셨어. 어떻게 해야 좋겠느냐고 하시기에 자네 생각이 나서 그 애길 했더니 꼭 만나고 싶다고 하시기에 함께 모시고 왔다네."
담배를 입으로 가져가면서 히사시는 우울한 표정으로 말했다.
"그렇다면 사건에 대해선 이미 알고 있겠군."
"대강은 들었네. 자세한 것은 잘 모르네만."
"오늘 오후에 갑자기 집으로 경찰청 분들이 오셔서 가택수사를 하겠다고 했습니다. 너무도 놀라서 이것저것 까닭을 물으니 기타자와 쪽에서 살인사건이 있었는데 남편에게도 혐의가 있다고 하더군요. 처음엔 남편이 그럴 리가 없다고 생각했지만 문신을 한 여자의 몸이 없어졌다는 말을 듣는 순간엔 그저 눈앞이 캄캄해져서……."
"사모님께서도 그렇게 생각하셨습니까? 그렇다면 아무것도 모르는 제 형님 같은 사람이 일단 문제삼는 것도 무리는 아닐 겁니다."
겐조는 형의 행동을 변호하기라도 하듯 말했다.
"그래서 황급히 히사시에게 전화를 걸어서 의논을 했더니 당신 얘길 하더군요. 그래서 만나 뵈면 자세한 이야길 들을 수 있지 않을까 싶어서 이렇게……."
부인의 가늘고 기다란 눈꼬리에는 언뜻 눈물이 빛나고 있었다.
"제가 아는 정도는 말씀드려도 상관없을 것 같습니다만…… 그것보다도 사모님, 하야카와 선생님은 어젯밤에 집에 계셨나요?"
"아뇨……."
"몇 시쯤 돌아오셨습니까?"
"12시가 지나서 전기가 끊어지는 시각이었어요."
겐조는 깜짝 놀랐다.
"어딜 가셨었습니까?"
"몰라요. 언제나 행선지를 말씀하시지 않기 때문에……."

"그게 지금 상황에 좋질 않습니다. 범행은 어젯밤 8시 반에서 자정까지로 추정되고 있는데, 그 동안의 알리바이가 없으면 일이 성가시게 될 수도 있습니다만…… 저는 물론 선생님이 범인이란 생각은 않습니다만, 어찌 됐거나 이런 사정이 있는 사건이기 때문에……."
서론을 완곡하게 늘어놓은 다음에 겐조는 크게 지장이 없으리라고 여겨지는 정도로 사건의 개요를 말했다.
"알겠습니다…… 남편의 평소의 나쁜 버릇이 나온 거로군요. 다른 거라면 몰라도 문신 사진이라면 그냥 넘어갈 리가 없어요. 그 일에 대해서 남편은 마치 미친 사람처럼 된답니다."
그 말은 마치 박사의 범행을 시인하는 것처럼 들렸다.
"건판을 들고 나간 것뿐이라면 별일 아닐 거라고 생각합니다만…… 하기야 그 건판이 문신 사진이었는지 어쨌는지는 저도 모릅니다만."
"틀림없이 그럴 겁니다. 그런 게 틀림없어요."
부인은 입술을 깨물고 뭔가 결심을 굳힌 것 같았다.
"피곤하실 텐데 여러 가지로 감사했습니다. 한 군데 더 들를 곳이 있어서 이만 실례하겠습니다. 히사시는……."
히사시는 겐조의 눈을 바라보며 금세 그의 마음을 읽었는지 조심스럽게 말했다.
"괜찮으시다면 숙모님, 전 마쓰시타하고 잠깐 얘길 했으면 합니다만."
"그렇다면 그렇게 해요. 실례했습니다."
정중하게 인사를 하고 일어서는 부인을 현관까지 전송하고 둘은 다시 2층으로 돌아와 얼굴을 마주했다.
"곤란한 일이야! 곤란한 사건이라고!"

머리를 쥐어뜯으면서 히사시는 토해내듯이 말했다.
"왜 그래?"
"형은 행방을 모른다고 하지, 숙부는 저렇게 용의자가 되었는데 내가 어떻게 걱정을 하지 않겠어. 어째서 또 그런 여잘 상대한 것인지 형도 재미없게 되었지 뭐야."
겐조는 아픈 데를 찔렸는지 말을 돌렸다.
"그런데 자네, 그 붕대는 어떻게 된 거야?"
"이것 말인가? 뭐 대단한 건 아닌데…… 어젯밤에 연극을 보고 돌아가는 길에 긴자에서 술에 취해서는 여태공과 무용전 한 바탕을 연기했지. 그 자리에서 곧장 경찰서로 끌려가서 유치장에서 하룻밤을 새웠어. 나와보니 이런 난리인 거야. 재수가 없으려니까."
"연극이 끝날 때까지 있었고?"
"그럼, 그때가 8시였지."
"싸움을 시작한 건 그 직후인가?"
"9시쯤이었으려나? 너무 마셔서 정확한 시간은 기억나지 않아."
"중재가 시간의 수호신이란 말이 있지만, 싸움도 경우에 따라선 시간의 수호신이로군. 덕택에 자네는 알리바이가 생기지 않았나?"
두 사람은 마주보며 쓴웃음을 지었다.
"그런데, 자네한테 묻는 건 좀 그렇네만, 선생님은 어째서 그런 수상한 행동을 하신 걸까?"
"건판 얘기야? 그거야 숙모의 말대로 그게 문신 사진이었을 거야. 어떤 순간이든 연구 자료가 된다면 무슨 수를 써서라도 놓치질 않지. 문신 마니아 중의 마니아이기 때문이야."

"하지만 그것도 장소 나름이지. 살인사건의 현장에서……."
"뭐가 이상하다는 겐가? 자넬 앞에 두고 이런 말을 하는 건 뭣하지만 원래가 직업이 의사니까 사체 하나나 둘 정도야 적당히 불감증에 걸린 것이겠지. 마니아의 심리를 보통 사람들은 몰라. 실제로 숙모도."
"어쨌다는 거야. 사모님이……."
"나쁜 데로 시집을 온 것이지. 양가의 규수가 결혼 조건으로 문신을 하라는 제의를 받은 거야."
"설마……."
겐조는 꿀꺽 마른침을 삼켰다.
"사실이고말고. 이건 집안 사람들은 누구나 아는 얘긴데 숙모는 애초 숙부를 맘지 않게 여겼던 모양이야. 숙부 쪽에서도 싫지는 않으니까 결혼 신청을 했겠지만 식을 올리기 전에 자기는 문신이 없는 여자한텐 전혀 매력을 느끼지 않는다면서 이대로 결혼하면 부부생활이 원만치 않을 것은 불을 보듯 뻔하니까 문신을 하겠다는 약속을 해달라고 잘라 말했다는군. 어쨌거나 상대는 변호사의 딸에다 아무것도 모르는 처녀였지. 결혼 전에 이런 말을 듣고도 깜짝 놀라지 않는 게 오히려 이상하지."
"그래서……."
"숙모는 2, 3일 생각할 시간을 달라고 하고선 물러 나와서 그 뒤로 부모님과 의논을 했다는 거야. 그 집안은 훌륭한 가문이었으니 양친도 어지간히 놀란 것만은 분명한데 아버지는 숙부를 꽤나 신임했던 모양이야. 시집을 가면 남편을 따라야 한다면서 약혼 예물을 교환한 이상 네 몸은 하야카와 집안의 것이라고 단호하게 잘라 말하는 바람에 숙모도 결심을 굳혔다고 하더군."
"그래서 온몸에?"

"아냐, 처음엔 팔 안쪽에 작게 모란꽃 한 송이를 새겼다고 하던데 덕분에 금실이 서로 좋아서 부부사이가 원만했다고 하더군. 하지만 숙부가 하는 말이 문신이란 성욕의 구현이다, 한 번 바늘 맛을 보게 되면 남자보다 여자가 더욱 열을 올린다. 처음에 공포를 느끼는 것은 사내를 모르는 처녀가 남녀관계에 막연한 공포를 품는 것과 같은 것이라고 매일 같이 역설하는 바람에 숙모가 물이 들어서 자연히 감화를 받았는지 차츰 문신의 면적이 넓어져서 지금은 등에도 있는 모양이야. 바보 같은 얘기지."
히사시는 잔뜩 경멸하는 어조로 말했다.
"난 잘 모르네만 자넨 어떻게 생각하나."
"난 원래가 화학자니까 그런 견지에서 매사를 결론짓지. 남자와 여자의 관계도 물질과 물질 사이의 화학반응 같은 것이야. 서로 화합하도록 물질을 섞어도 반응을 일으키지 않을 때는 촉매를 가하면 돌연 폭발적으로 반응을 일으키지. 만약 숙부가 하는 말이 틀림이 없다면 숙부에게 문신은 그 촉매에 해당하는 것이겠지. 절대로 빠뜨려선 안되는 것인 거야."
"이론적으로는 납득할 수 있군. 하지만 그게 이번의 살인사건하고……."
"난 숙부가 이 사건에 직접 관계가 있다고 보진 않아. 하지만 뭔가 당신들에게 숙부의 행동이 이해할 수 없다고 한다면 그런 성격에서 나온 산물일 거라는 것일 뿐이지."
히사시의 말을 듣는 동안에 겐조의 가슴은 어느덧 어두워졌다. 하야카와 박사에 대한 의혹의 구름이 차츰 짙어지는 것을 떨쳐낼 수가 없었다.
"그럼, 형님은 대체 어떻게 된 거지?"
"몰라. 내가 이 사건을 처음 안 것은 오늘 오후 2시쯤이었어.

원래 난 혼자서 니시오기쿠보에 살기 때문에 날마다 사람들하고의 왕래가 있는 건 아니지만 경찰청에서 형사가 하나 와서 형이 오지 않았느냐고 묻더군. 처음엔 암거래가 들통이라도 났나 싶었는데, 다른 사람도 아니고 내 알리바이를 묻는 거야 글쎄. 하기야 그건 관할 파출소에 조회를 해보고 금세 증명되긴 했지만. 그러고 있는데 숙모가 히스테릭해져서는 전화를 한 거야. 타고난 태평한 사람인 나도 잠자코 있을 수가 없어서 나카노의 형네 집으로 가서 상황을 확인한 다음, 요츠야의 숙부네로 가서 숙모하고 최선책을 의논하고 함께 경찰청, 변호사 등등으로 돌아다니다가 이렇게 달려온 거라네."
"그렇다면 나카노의 집엔……."
"가정부 한 사람밖엔 없어."
"형님은 결혼하지 않았어?"
"독신주의자야. 다만 그건 일생을 함께 할 여잘 만나기 전엔 하지 않는다는 주의가 아니라 정식 아내만은 갖지 않겠다는 지극히 편리하고 봉건적인 독신주의지. 그러던 형이 그 문신부인만은 평생을 지키려던 주의를 버리려고까지 하더란 말야."
"자네 형은 몹시도 그 사람을 사랑했었나보군."
"갓 쓰고 박치기를 해도 제멋이라고 하던가. 형도 그 여자한테만큼은 완전히 코가 꿰어서 휘둘리는 형국이었지. 정식 아내로 삼겠다는 수속을 추진하는 것 같더군. 원래가 질투가 심하기도 하고, 그 쪽도 사내를 밝히는 여자라서 법률로 잡아놓지 않으면 위험하다고 생각한 것인지도 모르지만, 형의 성격으로 보아 그렇게 되면 완전히 승부가 있었다는 얘기야."
"의외로 바람기가 있는 사람이었던가보군. 뭐 과거 일이야 그렇다 치고 최근에도 그런 기색이 있었나?"

"난 몰라. 그 여자도 전력이 전력인데다가, 바람을 피울 생각이 있어도 형이나 나한테 꼬리를 잡힐 만한 서툰 짓을 할 리가 없지."

"하지만 지배인인 이나자와 요시오…… 그 남자가 기누에에게 뜻밖에도 마음이 있지 않았어? 본인이 그렇게 말하던걸."

"자네가 확인을 했다니까 그가 그 집에 갔던 것은 틀림이 없겠지. 다만 그가 그 여잘 귀찮게 하고, 그 여자가 그를 자기 집에까지 불러들였다는 건 뭐랄까…… 그게 형에게 들통이 나면 사지가 찢어졌을 거야…… 형이라면 그 자리에서 그렇게 하고도 남아. 그의 성격을 다른 누구보다도 잘 아는 그가 말인가?…… 난 전혀 그렇게 생각하질 않아. 뭐 이렇게 되면 죽은 사람이 말을 할 리 없으니 이나자와가 하는 말을 믿어야만 하겠지만 말야."

"자넨 그 사람을 의심하는 건가?"

"난 인간이란 것을 전혀 믿지 않아. 나 자신을 제외하고 말야."

히사시는 어둡게 미소지었다.

"그건 그렇다 치고, 난 그 대회에서 자네 형하고 처음 대면했을 때 이상한 기분이 들었네. 이 말을 들으면 웃을지도 모르겠지만 전쟁 중에 전사하기 직전의 병사들에게서 풍기던 죽을상…… 그것이 자네 형한테서 나오는 것 같은 기분이 들었거든."

"그래? 자네가 관상도 보았던가?"

히사시의 태도는 진지했다. 희미하게 동요를 했는지 담배를 아무렇게나 비벼 끄고는 상기된 음성으로 물었다.

"그 여자…… 기누에 씨 쪽은 어떻던가?"

"그것까진 알지 못했어. 여하튼 얼굴보단 몸의 인상이 너무 강했으니까."

"하긴 그도 그럴 만하지. 이나자와는……."
"호색한이겠지. 한 눈에 봐도 알 수 있어."
"숙부는……."
"마니아지. 의학적으로 말해서 편집증, 그 이외의 아무것도 아닐 걸세."
"나는……."
"자네 말인가?"
겐조도 약간은 난처했지만 어쩔 수 없이 되는 대로 거짓말을 했다.
"글쎄. 일종의 천재형이라고나 할까. 머리는 좋지만 정열이 없어서 마음이 내키지 않는 일엔 일체 손도 대려 하지 않지. 하지만 일단 이거다 싶으면 매우 진지하게 그 문제를 파고들어서 있는 힘을 다해 그 실현을 위해 노력하지. 다만, 그 목표를 거의 찾지 못한다는 것뿐. 뭐 일종의 큰손 도박사라고 해야 할까. 전쟁이나 끝나지 않았더라면 풍운을 타고 억만금의 부를 쥐었거나, 천하를 움직였을지는 모르지만 이렇게 패전한 일본에선 그 재능도 쓸 곳을 찾지 못하고 있는지도 모르지. 애석하게도……."
"과분한 찬사에 몸둘 바를 모르겠군."
"자네만의 재능이 있으니까…… 어떤가, 탐정이 되어볼 생각은 없나?"
"탐정? 내가……."
"아니, 잠깐 누가 생각났을 뿐이야."
"넌 중학교 때부터 탐정소설의 열성적인 팬이었지. 파일로 번스가 생각나기라도 한 건가?"
모가미 히사시는 희미하게 웃었다. 그다지 기분이 나쁘진 않은 것 같았다.
"이렇게 가까운 사람들하고 관계가 있는 사건만 아니라면 홈즈 흉내를 내볼 수도 있겠지만 너무 가깝단 말야. 하지만 그 문젠 생각해 보겠어."
"부탁이야. 뭔가 도움이 될 만한 것이 있으면 나를, 아니 형을 돕는다고 생각하고 알려주지 않겠나."
"알겠네."
침통한 표정으로 히사시는 고개를 끄덕였다.
"내가 표면으로 나설 순 없지만 뒤에선 얼마든지 힘이 되어 주겠어. 아는 것이라면 모조리 얘기해 줄 테니까 뭐든 묻게나."
"그럼, 이 사진 말인데……"
용기를 내어 겐조는 기누에한테서 받은 6장의 사진을 서랍에서 꺼내 히사시에게 건넸다.
"지라이야 3남매……"
히사시는 가느다랗게 중얼거리더니 창백한 얼굴을 들고 물었다.
"이 사진을, 어째서 자네가……"
"그 대회 때, 기누에한테 받았어. 하얀 봉투에 들어 있던 것을 맡았지. 만약 무슨 사건이 일어나거나 하면 이것을 열어보라고 하더군."
"그 사람이…… 무슨 생각으로, 이 사진을……"
"자넨 이 사진을 본 적이 있나?"
"있지. 기타자와의 집에서 형하고 나한테 보여줬거든."
"이건 앨범에 붙어 있었던 것이지."
"그래. 앨범의 첫 번째 페이지였던가?"
"무슨 얘기가 없었나? 아니면 뭐 설명 비슷한 거라도, 주석 같은 건 써 있지 않던가? 기누에의 말로는 자기네 세 사람의 뮤신에는 뭔가 비밀이 감춰져 있다고 하던데……."
"문신의 비밀? 몰라. 전혀 들은 바가 없어. 하지만 기다려봐."
"왜 그래?"
"그 페이지의 뒷면은 보여주려고 하지 않더군. 신경질적으로 감추더란 말야."
히사시는 한동안 침묵했다.
"그러나 어쨌거나 무서운 사건이야. 그것도 기묘한 곳에 공포가 있어. 예를 들면 이 사진에 비밀이 있다 하더라도 난 그다지 무섭지는 않아. 하지만 그 비밀을 아는 기누에가 나나 숙부에게가 아니라 너한테 이 사진을 건넸다는 게 무섭군. 살인, 그것은 잔혹하지 않았나. 글자 그대로 지옥의 살풍경이었다는 말만 들어도 알 수 있어. 하지만 난 욕실의 창에 괄태충이 기어다니더라는 말이 훨씬 무섭네."
"맞아…… 나도 그 놈을 보았을 땐 온몸에 소름이 돋는 것 같더라니까."
"난 괴담 그 자체보다 괴담을 만들어내지 않으면 안 될 정도로 쫓기고 있는 인간의 심리가 한층 두려워. 이 사건도 에도시대의 대중소설에나 나올 만한 분위기인 만큼, 또한 이렇게 낡은 겉옷을 두르고 있기 때문에 오히려 범인의 의도를 추측할 수가 없는 거야. 마치 막다른 곳의 장기 말처럼 말야."
"막다른 곳의 장기 말?"
"그렇지, 나는 이런 범죄 수사하고 막다른 장기 말에는 닮은 데가 있다고 봐. 완전한 것이라면 막힌 외통수의 바른 수순은 하나 밖엔 없어. 그 이외의 방법으로는 지킬 수 있는 외통수는 없으며, 상대의 왕이 도망치고 말지. 하지만 막다른 장기 말도 복잡해지면 이런저런 혼동이 생기지. 바른 수순으로 옮겨가는 경우 도움이 되지 않을 불필요한 말이 수순을 틀리게 되면 바로 그 순간에 활동을 시작하는 것이지. 그것에 미혹되게 되면 절대로 더 이상 바른 수순은 발견하질 못해. 범인은 물샐틈없는 계획을 세우고 용의주도한 수순으로 움직여서 정확히 그 국면을 자네들의 면전에 드러낸 거야. 궁한 곳을 '막히자마자'라는 제목의 유명한 장기의 난국처럼 말야. 물론 막히지 않을 순 없어. 하지만 범인에겐 지금의 일본 수사진에는 아마도 외통수를 발견하지 못하리라는 확고부동한 신념이 있었던 것 같아."

"과연 그렇군…… 그럼 우리가 할 일이란 곧 그 혼돈을 제거해 내는 거로군. 불필요한 말을 없애고 외통수의 원칙으로 돌아가는 것 말야. 하지만 그 불필요한 요소란 건 대체 뭘까?"

"몰라. 난 옛날부터 몽상가였어. 이론은 좋아라고 주물렀지만 실천과 행동은 내 영역이 아냐."

"하지만 외국에는 암체어 디텍티브, 즉 안락의자 탐정이라는 단어도 있어."

"그거야 외국의 돈 있는 나라의 평화로운 시절의 꿈 얘기지. 이런 질풍노도의 시대에는 백 가지 궁리보다 하나의 실천…… 나처럼 돌다리도 두드리고 건너지 않는 사람에겐 성공이란 것은 꿀 수 없는 꿈일지도 몰라."

쓸쓸하게 웃으며 일어서더니 모가미 히사시는 작별을 고했다.

오로치마루와 쓰나데히메

마쓰시타 과장이 집으로 돌아온 것은 10시가 한참 지나서였다.
"더워라 더워. 꼭 한증탕에 들어가 있는 것 같구먼."
가방을 아내에게 건네고는 곧장 목욕탕으로 뛰어들어 물을 끼얹기 시작한 남편을 향해 게이코는 걱정스레 물었다.
"여보, 사건이에요?"
"으응, 겐조가 뭐라고 하던가?"
"아뇨, 별로……."
"이상하군."
"도련님이 뭔가……."
"글쎄, 관계가 있다고도 할 수 있고 아니라고 할 수도 있어. 어쨌거나 이번 사건에서 제일 먼저 사체를 발견한 게 녀석이야. 다행히 어젯밤엔 나하고 같이 술을 마셨지 뭐야. 수사과장하고 함께 있었으니 이보다 더 확실한 알리바이는 굉장히 드문 일일 거야."
웃으면서 유카타를 입고, 겐조를 불러달라고 하고는 서재로 들어갔다.

게이코에게 전갈을 받고 흠칫흠칫하면서 겐조는 서재로 들어갔다. 뭐라고 해야 좋을지 몰라서 그 자리에 우뚝 선 채였다.

"뭐 그렇게 뻣뻣이 서 있을 것 없다. 앉거라. 오늘은 수고가 많았구나."

"아뇨…… 수고라니요."

"그런데 넌 이 사건을 어떻게 생각하느냐?"

겐조는 주뼛거리면서 감추고 있던 봉투를 형의 책상 위에 놓았다.

"저 같은 건 아무리 봐도 모르겠습니다만, 뭔가 도움이 될 지도 몰라서요."

"뭐냐, 이게……?"

"사진이에요. 살해당한 기누에하고 그녀의 오빠인 쓰네타로, 그리고 그녀의 동생인 다마에의 문신 사진이에요."

"문신 사진이라고?"

에이이치로는 침착하게 6장의 사진을 꺼내더니 날카로운 눈길로 훑다가 쓰나데히메의 사진을 들어올리더니 뚫어져라 쳐다보았다.

"이거다……."

두세 번 고개를 끄덕이다가 고개를 들어 동생의 눈을 보더니 겐조의 아픈 곳을 찔렀다.

"어째서 네가 이 사진을 갖고 있는 게냐?"

"뭐 특별히 대단한 것은 아닙니다. 아까는 잊고 있었는데, 그 대회가 있던 날, 모가미 히사시에게서 소개를 받아 이런저런 얘기를 하다가 별 뜻 없이 문신의 사진이 갖고 싶다고 했어요. 하기야 그 땐 신문사의 카메라맨들이 사진 요청을 했지만 줄곧 거절을 당하기에 불가능하다고 생각했는데…… 그랬는데 기누에

오로치마루와 쓰나데히메 155

는 내 부탁을 듣고 의외로 선선히 대답을 하면서 말을 했습니다. 사실은 자기는 가까운 시일에 누군가에게 살해를 당할 것 같은 기분이 든다……고요. 이것도 누군가 믿을 만한 사람에게 맡겨두는 편이 좋겠다면서 그 자리에서 비단 보자기에서 봉투를 꺼내 저한테 이걸 주었던 겁니다."

"처음 만난 너한테 말이냐?"

겐조는 식은땀을 흘리면서 더 이상은 안 되겠다고 생각했다. 더 이상 추궁을 당하면 어쩔 수 없이 기누에와 있었던 모든 사정을 실토해야겠다고 결심했는데, 불행인지 다행인지 에이이치로는 더 이상 추궁하려고 하지 않았다.

그도 가방 안에서 한 장의 사진을 꺼내 책상 위에 놓았다. 문신을 한 전라의 여자 뒷모습이었다. 사진 위를 몇 줄기의 균열이 보기 흉하게 기어다니고는 있었지만 그것은 틀림없는 쓰나데히메였다. 겐조가 갖고 있던 사진과 한 치의 오차도 없었다.

"형님, 이것은, 이 사진은 어디에 있었습니까?"

"이게 박사가 가져갔던 그 건판이었어. 원판은 꽤 오래된 몇 년 전의 것인 모양이지만, 박사가 주워서 감춰놓은 것을 맞춰서 인화한 거야."

"그런데, 선생은 뭐라고 하던가요?"

"네가 전화를 받으러 간 뒤에 지문에 주의하면서 손수건으로 손을 싸서 집어보니 문신 사진이기에 평소의 수집벽이 강하게 솟아올라 그대로 갖고 돌아가려 했다고 하더라. 살인사건의 현장에서 중대한 증거가 될지도 모르는 것을 몰래 감추다니, 그래서 당신 말처럼 선량한 시민으로서의 의무를 다한 거냐고 했더니 그 점은 미안하다고 사과를 하더구나. 난처한 마니아야. 하지만 그건 그렇고, 어젯밤의 행동에 대해선 전혀 입을 열지 않아. 이 사건하고는 관계가 없다는 말만 하지 어디에 갔었는지 전혀 설명하려고도 않더라. 뭔가 이 사건의 열쇠가 될 만한 비밀을 아는 게 아닐까 하는 생각이 들지만 지금 상황에선 손을 댈 수도 없어. 한 2, 3일 유치장에서 천천히 생각하게 할 작정이야. 내 주의(主義)에는 맞지 않지만 그런 사람은 어쩔 수가 없어."
"집은 조사를 했겠지요."
"했지. 부인이나 가정부 둘 모두다 박사가 어제 오후 6시쯤에 나가서 12시쯤 귀가했다고 하는 거야. 정확히 문제의 시간이긴 한데 그 6시간 동안 대체 뭘 했을까?"
"이나자와는 어떻게 됐나요?"
"변함이 없어. 경찰청으로 데리고 갔더니 완전히 흥분을 해버려서 말도 듣지 않기에 그냥 그대로 쉬게 됐어. 본격적인 취조는 내일 하게 되겠지."
"모가미 다케조는 찾았습니까?"
"집과 사무실에 형사를 잠복시켜 놓았고, 또 다른 곳에도 갈 만한 곳엔 모두 수배를 해 놓았지만 아직도 소식을 알 수가 없단 말야. 이미 멀리 달아나 버린 건지도 모르지. 만약 그가 범인이라고 한다면 지금껏 꾸물대고 있을 리도 없어."
"형님은 다케조가 범인이라고 생각하십니까? 신문의 논조도 그런 냄새가 나던데."
"아직 몰라. 하지만 우리식대로 말하면 가장 수상하다고 말할 수 있어. 하지만 알 수 없는 건 몸통만 없어졌다는 거야. 대체 무엇 때문일까. 이런 사건은 나도 태어난 뒤론 처음 있는 일이라서."
"지문이 밝혀졌나요?"
"음, 그것 말이지. 이 사건도 지문 덕택에 약간이나마 광명이 보이기 시작했어. 남자의 지문 3개 가운데 하나는 역시 다케조의 것인데 그건 집과 사무실을 조사하는 동안에 알게 됐지. 다른 하난 이나자와의 지문인데 욕실 문의 손잡이 바깥쪽하고 그 밖에 몇 군데에서 검출되었어. 나머지 지문 하나는 의외로 빨리 알아냈지. 경찰청의 카드를 조사하는 동안에 우즈이 료키치라는 전과자의 것임이 밝혀졌어. 야쿠자인데 예전에 싸우다가 사람을 죽여서 수감된 적이 있는데 2년쯤 전에 교도소에서 나와 요코하마로 가서 기누에의 정부가 된 모양이야. 처음엔 어땠는지 모르지만 얼마 안 있어 모가미 다케조가 나타나 경쟁상대가 된 것 같아. 솔직히 말해 상대도 되질 않지. 재력 있겠다, 사회적인 지위가 있으니까 다케조 쪽으로 마음이 기우는 건 당연한 일이겠지. 하지만 이건 우리 생각이지 당사자에겐 그렇지도 않아. 야쿠자의 오기나 체면 같은 것은 상식적으로 설명할 수 없거든. 우즈이가 칼을 품고 모가미와 기누에를 노리자 귀찮아진 기누에는 상대의 나쁜 짓을 빌미로 경찰에 밀고해 다시 교도소로 보냈다는 거야. 살인의 동기는 충분해. 하지만 우즈이가 기누에한테 원한을 가졌다 해도 반드시 복수를 했다고 말할 수는 없겠지."

"그렇다면 적어도 어제 안에 그 우즈이란 자도 그 집에 숨어들었다는 건 확실하군요."

"맞아. 하지만 우즈이에겐 전혀 지능범다운 데가 없어. 붙잡아야 알겠지만 우즈이가 기누에를 죽였다면 목을 조르거나 찔러 죽이거나, 뭐 그러는 게 고작이겠지. 이건 나의 오랜 경찰생활에서 얻은 건데, 우즈이가 이렇게 복잡하게 기교를 부릴 생각을 할 리가 없어. 어쨌거나 이 사건은 어려운 문제야."

"가정부는 어떻게 되었나요?"

"음, 가정부의 본가를 조사했지만 오늘은 시골에 가서 집에 없더구나. 2, 3일 안으로 돌아올 거라고 하더군."
"실은 형님, 오늘, 저한테 하야카와 선생의 부인과 모가미 히사시, 그러니까 다케조의 동생이 찾아왔었어요."
"하야카와 박사의 부인 말이냐. 하긴 하야카와의 집에 갔던 형사 말이 상당히 현숙한 부인인 것 같다고 하더라만. 난 만나지 않았지만 경찰청에도 왔던 모양인데 걱정이 되어서 가만히 있을 수가 없어 사정이라도 들으러 온 것이겠지."
"그런 모양입니다. 그래서 억지로 모가미 히사시를 끌고 온 것 같아요."
"모가미 히사시…… 라고? 그 사람도 전혀 수상하지 않은 건 아냐."
"하지만 알리바이가 있어요. 누구라고 하더라? 어떤 여잘 데리고 연극을 보러 갔다가 밤 공연이 끝난 뒤에 긴자를 돌아다니다가 츠키치라던가 어느 유치장에서 하룻밤 있었다고 하던데 그건 금세 알 수 있겠지요. 기누에가 9시까지 시모기타자와에 살아 있었고, 그가 9시쯤부터 유치장에 있었다면 어젯밤의 사건하곤 무관하다고 보아야겠군요."
"경찰 쪽이야 금세 알 수 있지. 하지만 연극은 어떨까? 전과 달라서 극장 안내인도 질이 떨어져서 어느 좌석에 어떤 관객이 있었는지 전혀 기억하지 않아."
"하지만 어차피 연극이 끝나는 시간은 8시쯤이겠지요. 그러니까 그쪽하곤 관계가 별로 없습니다."
"그도 그렇군."
에이이치로는 한동안 깊이 생각하다가 담배 연기를 주욱 빨아들이고 있었다.
"그러나 보내세 어째서 범인은 그 몸통을 깃고 내뺀 것일까?

오로치마루와 쓰나데히메 159

이게 이 사건의 비밀의 열쇠인데, 이에 관해선 모가미는 아무 말도 하지 않더냐?"

"아뇨. 다만 욕실 창에 기어다니던 괄태충…… 제가 그 애길 할 때는 얼굴색이 달라지는 것 같았어요."

"뜻밖에도 미신이 깊은 사내로군. 괄태충이 커다란 구렁이 문신을 녹였다고 생각하기라도 하는 건가? 핫핫핫, 헛소리도 분수가 있어야 하지 않겠느냐?"

"그래도 형님, 일반적으로 그렇다는 겁니다. 사체는 조각이 났고, 그 일부분을 갖고 달아난다는 건 무슨 동기에서일까요."

"보통의 경우라면 죽은 사람의 신원을 밝히지 못하게 하기 위해서지. 하긴 그럴 경우는 목을 감추는 게 대부분이야. 다만 이번 경우는 몸에 문신이 새겨져 있기 때문에 몸통을 감춘다는 건 알겠는데, 그렇다면 목도 함께 가져가야만 했을 텐데. 우선은 그렇게 품을 들여서까지 누구의 사체인지 모르게 하려는 것도 이상한 얘기야. 밖으로 유인해서 살해한 거라면 몰라도 자기 집에서 죽이고 사체를 남겨놓으면 누가 죽었는지 대번에 알 수 있지 않겠어?"

"하지만 범인은 사체를 운반하기 쉽도록 조각낸 다음 일단 목욕탕에 감춰 놓고 점차 운반할 생각이었는지도 모르지요."

"농담 마라. 살인을 저지르고 짐을 갖고 돌아오는 것하곤 사정이 달라. 그런 위험한 것을 집 안에 팽개쳐 놓고 하루인들 기다릴 수 있겠느냐? 내갈 거였다면 어젯밤 안으로 몽땅 갖고 나갔을 거다."

"그러나 범인은 안에서 빗장이 걸린 밀실 안에 사체를 감춰 놓았지 않습니까? 앞으로 2, 3일은 발견되지 않을 거라고 생각했는지도 모르지요."

"넌 너무 쉽게 생각하는구나. 그럴 거라면 어째서 욕실 전등을 그렇게 켜 놓았지? 하기야 이건 이나자와의 말을 사실로 가정할 때 얘기지만 감출 생각이라면 전등 정도는 꺼놓지 않았겠느냐? 스위치는 밖에 있고…… 그걸로 볼 때 범인한텐 사체를 감출 의지가 없었다는 얘기가 돼."
"그렇다면 범인은 사체의 신원을 특별히 감출 생각은 없었다고 본다면, 사체의 일부를 감춘 건 달리 어떤 이유일까요?"
"변태 심리지 뭐. 예를 들면 유명한 오사다 사건…… 그러니까 이번에도 범인이 문신에 특히 집착을 한다는 것도 생각할 수 있지 않겠느냐."
"그렇다면 가장 의심이 가는 사람은 하야카와 선생이라는 거로군요."
"물론 그렇지. 하지만 그 문신에 집착을 가졌던 건 박사만이 아니야. 그 외에도 누군가, 표면으로 드러나지 않은 미친 사람이 없었다고 할 수는 없지."
"짖는 개는 물지 않는다는 건가요? 하지만 범인은 어디로 달아난 걸까요?"
"가장 가능성 있는 경우라면 기누에가 목욕탕에 가 있었던 8시에서 9시까지 사이에 그 집으로 들어가서 9시에서 11시 사이에 범행을 끝내고 집 안 어딘가에 숨어 있다가 이나자와하고 엇갈렸거나, 아니면 그가 달아난 다음에 도망쳤다는 견해야. 조사해 보았지만 옆벽과 뒷문 콘크리트 담을 넘는 건 도저히 불가능할 것 같고, 또한 그랬다면 반드시 누군가에게 발견되었을 거야. 그렇기 때문에 범인이 지나다닌 것은 바깥문이거나 나무문인데, 문 쪽은 9시에서 11시까지 감시를 당하고 있었으니 기누에가 집으로 돌아온 다음에 그만한 범행을 10분이니 15분만에 해낼 수

오로치마루와 쓰나데히메

는 없을 것이고, 아무래도 지금 같은 결론이 나오고 마는군."
"그래도 범인은 아침까지 욕실 안에 숨어 있지는 않았겠지요?"
"그건 생각하기 힘들어. 만약 그렇다면 이나자와가 들어왔을 때, 본능적으로라도 전등을 껐겠지. 만약 이나자와가 사체를 발견하고 사람을 부르거나 하면 그야말로 끝장 아니겠느냐? 하기야 이것은 그가 한 말을 모조리 믿었을 때 얘기지만. 그가 범인이라고 한다면 이야기는 완전히 달라지지."
겐조는 한숨을 쉬고 한동안 주저한 끝에 물었다.
"형님, 이 사체는 정말로 기누에의 것일까요?"
"기누에가 아니라니. 그렇다면 대체 누구의 것이라는 거냐?"
"예를 들면 말이죠, 히로시마에서 원자폭탄을 맞았다고만 생각했던 다마에가 살아 있다가 살해를 당했다거나 하는."
겐조의 말이 채 끝나기도 전에 마쓰시타 과장은 배를 움켜쥐고 웃기 시작했다.
"하하하하하, 네 주특기인 탐정소설이냐? 그런 형편주의적인 해결은 그만 두거라. 그들은 쌍둥이니까 똑같을지도 몰라. 그러니까 보통의 경우라면 그런 상상도 매우 비현실적이긴 하지만 있을 수 있을지도 모르지. 하지만 이 사진에서 보면 다마에는 팔꿈치 밑에까지 문신을 하지 않았느냐? 하지만 발견된 팔은 팔꿈치 위부터 절단되었고, 더구나 문신의 흔적은 없어. 다리도 마찬가지야. 너도 의사니까 사내의 이름 정도라면 모를까 설마 이만한 문신을 지웠다고는 하지 않겠지?"
확실히 그렇다. 그런데도 어째서 이런 바보 같은 생각이 났던 것일까, 겐조는 스스로도 이상했다.
"그 말은 맞습니다. 저도 오늘은 많은 사건과 부딪쳤고, 특히 날씨도 이렇게 더워서 완전히 머리가 띵합니다."

"무리도 아니지. 나도 이런 기묘한 사건은 이번이 처음이야."

에이이치로는 토해내듯이 중얼거리면서 계속해서 담배 연기를 천장에 토해 올리고 있었다. 에이이치로의 그러한 모습을 그냥 보고 있기도 뭣해서 겐조는 용기를 내어 말을 꺼내 보았다.

"형님, 제가 이 사건을 도와도 되겠습니까? 물론 비공식이라도 상관없습니다만."

평소 같으면 한바탕 웃고 말 제의인데 에이이치로는 웃지 않았다.

"네가 돕겠다고?"

"그래요. 물론 그리 대단하게 도움이 되지도 않겠지만 묘한 인연으로 처음부터 이 사건에 말려들었고, 또한 전공이 전공이니만큼 학문적인 방면으로도 조금은 힘이 될 수 있지 않을까 싶은데요……."

마쓰시타 과장은 허락의 의미로 고개를 끄덕였다. 전문 수사진의 노력만으로는, 또 정면으로 부딪는 정공법만으로는 해결될 사건이 아니라고 그의 마음 속 누군가가 속삭였는지도 몰랐다.

그러나 그리 대단하게 생각지도 않았던 불초 동생의 활동이 이 사건에 파란을 불러일으키고, 진범을 궁지로 몰아넣고, 절망적인 제3의 살인을 일으키게 한 직접적인 계기가 되리라고는 수사1과장의 명민함으로도 전혀 예측하지 못했다.

수사는 나날이 진행되어 갔다.

다음 날, 사체의 절단에 사용되었다고 추정되는 톱이 기누에의 집에서 두 블록 가량 떨어진 불탄 자리에서 발견되었다. 톱니날에는 검붉은 핏자국이 달라붙어 있고, 혈액형도 피해자의 것과 일치했다. 지문은 전혀 검출되지 않았으며, 또한 톱도 아무런 특징도 없는 오랫동안 쓰던 것이어서 그것으로부터 어떤 단서를 얻는 것은 도저히 불가능한 일이었다.

이어서 시골에 갔던 가정부가 돌아와 취조를 받았는데, 그 결과 흥미 있는 몇 가지 사실이 밝혀지게 되었다.

우선 현장에 남겨진 지문의 하나는 가정부의 것임이 밝혀졌다. 2, 3일 전부터 휴가를 얻긴 했으나, 아직 일이 남아서 범행 날 오전에 집에 들렀던 것이다. 가정부의 지문이 남아 있으리란 사실은 누구나 예상했던 일이므로 크게 놀라지는 않았으나, 그리하여 적어도 하나의 지문은 사건에 직접적 관계가 없음을 알게 되었다.

가정부는 톱에 관해서는 전혀 본 기억이 없다고 했다. 따라서 범인이 살인을 저지른 다음에 충동적으로 마침 그 자리에 있던 톱을 사용해 사체를 절단한 것이 아님이 확실했다. 밀실의 구성으로도 알 수 있다시피 이 살인에는 은밀하고도 치밀한 계획이 용의주도하게 세워져 있었던 것이다.

그리고 취조를 했던 형사를 놀라게 한 것은 휴가를 얻은 것이 가정부의 사정에 따른 것이 아니라 기누에가 휴가를 내주었다는 사실이었다. 2, 3일 전에 싸구려 종이봉투에 든 편지가 배달되었는데, 그것을 읽은 기누에가 안색이 변하더니 곧바로 휴가를 가라는 말을 했다는 것이었다.

이 사실은 수사관들 사이에 희미한 의혹을 불러 일으켰다. 이 편지는 가공할 사형 선고장인 것이다. 다른 사람은 몰라도 기누에 자신은 편지의 발송인에 대해서 어떤 짐작이 있었을 것이 분명했다. 죽음을 두려워하고, 뭔가 겁에 질려 있었다면 가정부에게 휴가를 주어 아무도 없게 하기는커녕 오히려 자기 주변에 한 사람이라도 더 있게 하고 싶은 것이 인지상정일 것이다. 이러한 기누에의 심리를 이해할 수 없다는 수사진이 많았다.

단 한 사람의 수사관이 이에 반대해 핵심을 찌르는 의견을 내놓았다.

"그 여잔 자기 자신의 매력이란 것에 지나칠 정도로 자신 했던 게 아닐까요. 이 상황에서 발생한 범인의 증오란 애정의 변형일 경우일지도 모르는 데다가, 비록 자신을 죽이겠다고 할 정도로 외곬인 사내라도 애초엔 자기에게 빠졌던 상대일지도 모릅니다. 눈앞에 나타나면 그럴듯한 수단으로 어떻게 해보리라, 사내의 기분 정도야 간단히 누그러뜨려 보이겠다고 자만한 게 아닐까요. 그러려면 가정부가 있으면 방해가 될 테니 일부러 휴가를 주었다고 저는 생각합니다."

분명 일리가 있는 의견이었다. 그러나 이 의견의 맞고 틀리고는 이 사건이 해결되는 날까지 결코 밝혀지지 않았다.

기누에의 소지품을 조사한 결과, 옷가지가 대부분 분실되었으며, 그 외의 보석, 귀금속, 현금은 어디서도 발견되지 않았다. 가정부 말로는 은행은 전혀 거래하지 않았고, 늘 몇 만 엔의 현금은 장롱 서랍에 들어 있었다던데 그 서랍은 억지로 열려 있었고, 현금은 단 한 푼도 남아 있지 않았다.

가정부에게서 기누에의 평소의 행동거지에 관해서는 다음과 같은 답변을 얻을 수 있었다.

"저는 일을 시작한 지 반 년쯤 됩니다. 아버지가 전쟁 중에 영감님한테 신세를 진 적이 있는데, 그런 연고로 오게 되었어요. 처음에 문신은 잘 몰랐습니다만, 얼마 있다가 안 뒤로 깜짝 놀랐습니다. 사모님도 나한테 문신 같은 게 있어서 가정부가 무섭다며 붙어 있지 않을까봐 걱정을 하셨어요. 저도 그 당시엔 그만둘까도 생각했습니다만 익숙해진 탓인지 곧 아무렇지도 않게 되더군요. 부적이나 인심이 좋은 분이어서 저한테도 많은 것들을 주셨습니다. 두세 번 밖엔 입지 않은 듯한 새 옷도 마음이 내키면 아낌없이 척 내주시곤 했어요. 그 대신에 기분이 나빠지면 하찮은 일에도 마구 화풀이를 해서 비위를 맞추기가 매우 힘들었습니다. 영감님은 전엔 매일 밤마다 오셨습니다. 대개 주무시고 가셨어요. 그 즈음엔 사모님도 밤에 외출을 하시는 일은 없었지요. 낮엔 대개 쇼핑을 하거나 연극, 영화 같은 것을 보러 놀러 가시긴 했지만. 그러다가 긴자 쪽에 회사의 접대용 회원제 주점인가 뭔가를 만든다고 해서 사모님은 이 달 초쯤부터 그 쪽에 다니시게 되었는데, 그것도 최근엔 그만두신 것 같았어요. 영감님하고 사이가 좋았느냐고 물으시는 건가요? 전엔 굉장히 좋았던 것 같은데, 사모님이 진심으로 영감님을 좋아하시는지 어떤지는 잘 모르겠어요. 다른 남자분의 출입이라 해봤자 특별히는 없습니다만, 열흘쯤 전에 문신 대회가 있어서 그 대회에 사모님이 나가신 다음부터 영감님의 기분이 무척 나빠져서는 언제 오셔도 말다툼만 하시곤 했습니다. 그러다가 저도 휴가를 받았기 때문에……."

머리에 한 파마만이 현대적인 이 가정부의 진술은 대충 이랬다. 최근에 뭔가 달라진 것이 없었느냐는 질문에 대해 한참 생각한 뒤에 그녀는 대답했다.

"그러고 보니 3, 4일 전의 정오 무렵이었던 것 같은데, 제가 시장에 갔다가 돌아와 보니 집 앞에 인상이 나쁘고 추레한 차림의 남자가 서 있었어요. 집 안을 빤히 살피는 것 같았는데 저를 보자 눈을 흘기다가 도망치듯이 빠르게 걸어갔습니다. 거무칙칙한 얼굴에 눈빛이 꺼림칙한 160센티 가량의 키에 머리는 짧게 깎았고, 지저분한 바지에 와이셔츠밖엔 입지 않은 사내였어요."

이것은 분명 하나의 중대한 단서였다. 우즈이 료키치는 7월 초에 교도소에서 출소해서 한 때 미토의 매부의 집에 얹혀 살다가 얼마 안 있어 어딘가로 자취를 감췄던 것이다. 그의 사진을 본 가정부는 이 사람이 틀림없다고 증언을 했다. 또한 교도소에 남아 있던 우즈이 료키치의 필적은 그 싸구려 종이의 협박장 필적하고 정확히 일치했다.

한편, 모가미 다케조의 집도 철저하게 수색을 했다. 거기서 특별하게 주의를 끈 것은 장롱 속에서 빈 권총 케이스가 발견된 것이었다. 가정부의 말에 따르면 실종되기 2, 3일 전에 다케조가 뭔가 깊이 생각을 하면서 권총 손질을 하는 것을 보고 움찔했다는 것이었다.

박사와 이나자와의 취조는 좀처럼 진전되지 않았다. 이나자와는 여전히 똑같은 진술만 반복했다. 그리고 박사는 끝내 그날 밤의 행동을 설명하기를 거부했다.

모가미 히사시의 알리바이도 분명하게 확인되었다. 참고인으로 경찰청에 출두한 그를 기다렸다가 틈새로 살펴본 경관은 그가 틀림없다고 증명했다. 그는 사건이 있던 날 밤, 9시 15분에서 다음날 아침 9시까지 유치장의 철제 격자 안에 갇혀 있었던 것이다. 또한 그와 함께 연극을 보러 갔다고 하는 긴자의 양장점 '모나리자'의 여주인인 가와바타 교코는 그와 함께 3시 반에서 8시까지 연극을 함께 관람했다고 진술했다. 또한 긴자의 주점 '린덴'에선 여급이나 바텐더 모두 그가 8시 반쯤에 두셋의 불량배들과 소란을 일으켰음을 확실하게 증언했다.

한편, 기누에에 대한 조사도 진행했는데, 본적지가 전쟁으로 망가져 마을 전체가 전멸하는 바람에 옛 기록을 조사하는 것은 쉬운 일이 아니었다. 다행히 전에 같은 마을에 살다가 전쟁 중에 시골로 떨어져 있었다는 노인을 찾아낼 수가 있어서 간신히 어느 정도의 자료를 모을 수가 있었다. 그의 말에 따르면 호리야스란 사람은 상당히 이름이 알려진 문신사였으나, 그의 아내는 어딘가의 화류계 출신이어서 꽤나 다루기 힘든 여자였던지 정직하고 철저했던 호리야스는 골치를 썩였다고 했다. 끝내 그 여자는 다른 젊은 사내를 애인으로 만들어 함께 줄행랑을 쳤고, 뒤끝은 좋지 않았다는 것이었다. 어린 3남매와 남겨진 호리야스는 혼자 힘으로 키웠으나 그 고생은 이만저만이 아니었던 모양이었다. 장남은 아버지의 일을 도와 남의 문신을 새겼으나 번듯하게 간판을 내걸 수도 없었다. 그래서 집에는 고물상 간판을 달고 있었다고 했다. 쓰네타로는 징병검사를 받기 전까지 온몸에 문신이 완성되어 있었다. 이것을 본 기누에도 지지 않으려고 자기도 온몸에 문신을 새기기 시작했다. 그리고 노인은 기누에가 여름 같은 때면 태연히 소맷부리 사이로 푸른색을 드러내며 거리를 지나다니는 것을 본 적이 있었다. 다마에도 뭔가 새기기 시작한 것 같았는데, 그러다가 곧 호리야스 가족이 어딘가로 이사해 버리는 바람에 그림이 뭔지는 잘 모른다고 했다.

　노인의 말을 대충 추려 보아도 이와 같은 결론을 얻는 데 지나지 않았다. 물론 만족스런 결과라고는 할 수 없지만, 무사태평한 시절이라면 모르지만 이런 엄청난 전쟁을 겪고 난 후에 부흥의 앞길도 아직 보이지 않는 오늘날에는 수사 당국도 이 정도의 결론으로 일단 납득을 해야만 하였다.

　사야마 변호사가 보관하고 있는 유언장의 내용은 변호사가 개봉을 거절하는 바람에 아직껏 확실한 것을 알지 못했다. 변호사의 입장에선 다케조의 생사도 아직 확실치 않으며, 기누에의 살해사건에 대해 다케조가 범인이라는 확실한 증거도 없는 이상, 유언장을 개봉할 수는 없다는 것이었다. 다만, 개인적으로는 상당히 숨김없는 이야기를 해 주었다. 그에 따르면 다케조는 최근 한 달쯤 전에 이번에야말로 기누에를 정식 부인으로 입적하려 한다고 변호사에게 넌지시 자신의 뜻을 비추더라는 것이었다. 그러나 사건이 있기 며칠 전에 변호사가 다케조를 만났을 때는 당분간 보류해야겠다고 말했다고 한다.

물론 세르팡 주점도 조사를 당한 것은 말할 것도 없다. 아직은 이런저런 단속이 엄중한 시대였고, 또한 긴자 어귀에는 이런 종류의 몇몇 바가 잠입해 존재하고 있었다. 그뿐만 아니라 여기서는 비합법적인 도박이 행해진다는 것도 어렴풋하게 알려져 있었다. 이미 위험을 감지했는지 바는 사건 직전에 폐쇄를 해버렸고, 닦아 없앴는지 지문도 거의 남아 있지 않았다.

이상이 사건 발생이 있은 지 3일 동안에 마쓰시타 수사과장이 얻은 정보의 모두였다.

그의 예감은 분명 잘못되어 있었다. 패전 직후의 대혼란이라는 철저한 악조건도 보탬이 된 것이 틀림없지만, 확실히 기누에 살인 사건은 그가 지금까지 경험했던 것들 중에서 가장 어려운 문제였다.

결코 폭력이나 고문을 사용하지 않고 논리적으로 사건을 해결한다. 철저하게 인권을 존중하며, 직접 증거가 없는 한 용의자를 검거하지 않는다는 신헌법의 주의를 전부터 실천하던 그이긴 했지만, 이번 사건만은 박사의 묵비권 행사에 흠씬 두들겨 패주고 싶은 차가운 분노를 느끼지 않을 수 없었다.

다섯 줄기의 유력한 용의자가 선상으로 떠오르면, 비록 네 줄기가 쓸데없는 것임을 알더라도 다섯 줄기를 동시에 병행해 수사를 진행시키는 것이 실제 범죄수사의 철칙이다.

그런 견지에서 본다면 다케조의 행방을 쫓는 것은 당연했다. 하야카와 박사의 추궁도 그대로 놔둘 수는 없었다.

게다가 그를 줄곧 괴롭힌 문제가 하나 있었다. 현장에서 발견된 지문은 피해자의 것을 빼고 다섯, 즉 남자 셋, 여자 둘이었다.

남자 셋, 여자 하나는 판명되었다. 모가미 다케조와 가정부인 요시다 후사코는 당연히 예측했던 것이고, 이나자와 요시오와 우즈이 료키치도 사리를 따져보면 당연한 것이랄 수 있었다.

——그러나 마지막 한 여자의 지문은?

그것은 피해자의 것과 비슷했다. 그러나 과학적으로 정밀하게 조사해 보니 그 둘 사이에 미묘한 차이가 발견되었다.

수사진의 필사의 노력을 비웃기라도 하는 듯, 이 여자는 좀처럼 그 정체를 나타내지 않았다. 여자, 불가해한 수수께끼의 여자, 사건의 비밀의 열쇠를 쥐고 있다고 여겨지는 이 여자……. 욕실에 꿈틀대고 있던 괄태충처럼 쉽사리 포착할 수도 없이 꺼림칙한 그림자적 존재였다.

설마 싶어서 침묵하고는 있었지만 마쓰시타 과장의 눈동자에는 쓰나데히메 문신을 한 여인, 노무라 다마에의 전라의 모습이 끈질기게 눌어붙어 떨어지지 않았다.

오로치마루와 쓰나데히메.

숙명적인 낙인의 짐을 진 미모의 쌍둥이.

다마에는 살아 있는 것일까? 히로시마에서 원자폭탄에 맞았다는 것은 뭔가 착오이며, 살아서 도쿄에 있는 것일까?

이 무시무시한 살인사건에 뭔가 중대한 역할을 한 것은 아닐까?

마쓰시타 과장에게 그것은 도저히 어려워서 대답할 수 없는 의문이었다.

흙광 속의 사체

 마침내 모가미 다케조의 행방이 밝혀지는 순간이 왔다. 그러나 수사당국의 기대를 저버리고 그는 이 사건의 해결에 아무런 빛도 비춰주지 않았다. 그의 소재가 판명되었을 때 이미 그는 말을 못하는 사체가 되어 있었던 것이다.
 9월 1일, 일요일 아침에 마쓰시타 과장은 연이은 혹사에 그간의 피로가 나타났는지 9시가 넘도록 잠들어 있었다. 그 뒤로 간신히 일어나 늦은 아침을 먹고 있을 때, 전화가 이 중대한 뉴스를 전한 것이었다.
 "나는 그만 먹겠어. 곧 준비를 해 줘."
 젓가락을 내려놓고 그는 그 자리에서 벌떡 일어섰다. 걱정스럽게 눈을 올려 뜨는 겐조를 돌아보면서 말했다.
 "모가미 다케조의 사체가 발견되었다고 하는구나. 너도 함께 갈 테냐?"
 물론 겐조에게 거부의 의사가 있을 턱이 없었다. 곧장 준비를 마치자 둘은 경찰청에서 온 차를 타고 오우메 가도를 전속력으로 달렸다.

"형님, 모가미 다케조의 사체라고 하셨지요. 역시 자살일까요?"

자동차 좌석에 앉자마자 겐조는 곧장 물었다.

"몰라, 전화로는. 다른 건 몰라."

"하지만 어디서 발견되었나요?"

"토굴(흙으로 지은 광) 속이었다고 해. 모가미가 소유한 집인데 아무도 살지 않아서 통칭 유령의 집으로 통하던 집이야."

마쓰시타 과장은 그 말만 하고는 침묵으로 빠져들었다. 그리고 겐조가 뭐라고 물어도 그저 묵묵히 담배를 피우기만 했다.

오기쿠보, 니시오기, 기치조지로 계속 달려감에 따라서 창 밖을 스쳐 지나는 풍경도 차츰 시골스러워졌다. 미타카역 근처에서 선로를 가로질렀을 때 파출소 앞에서 아키타 형사가 손을 들어 차를 세우고 두 사람 옆에 같이 탔다.

"사체를 발견한 건 누구지?"

숨쉴 틈도 주지 않고 마쓰시타 과장이 물었다.

"모가미 조합의 직원입니다."

"어떻게 발견했대?"

"속칭 유령의 집으로 통하던 낡은 집이어서 저당을 잡아 입수했답니다. 그렇지만 모가미도 처치하기 곤란했던 모양입니다. 결국은 헐어서 다른 곳으로 옮겨 짓기로 결정이 나서 내일부터 공사에 착수하기로 했는데 직원이 사전 답사를 왔다가 흙광 속에서 사체를 발견했다고 합니다."

"사인은?"

"권총으로 머리를 한 발 맞고 즉사했습니다."

"흉기는?"

"본인의 손에 쥐고 있습니다."

"자살인가?"

"확실히는 모르겠습니다만 아무래도 그렇다고 밖엔 볼 수 없겠습니다."

"으음."

불쾌한 듯이 과장이 신음소릴 내자, 자동차는 왼쪽으로 크게 커브를 돌아서 멈췄다.

"여기서부턴 차가 들어가지 못합니다. 걸으셔야 합니다."

"알았다."

흔쾌히 자동차에서 내린 과장은 피우던 담배를 버리고 물끄러미 전방을 주시했다.

미타카역에서 북북동으로 걸어서 30분 거리였다. 경치도 괜찮아서 옛날 무사시노(武藏野)의 면모를 보이고 있었다. 그렇기는 해도 구니키다 도츠보의 명작 '무사시노'에 나왔던 당시와는 달랐다. 근처 공장의 커다란 지붕이 멀리 바라다 보여서 역시 시대의 변천을 여실히 드러내고 있었다. 그러나 주의 깊게 주위를 둘러보면 상수리나무와 졸참나무 숲에, 또 졸졸 흐르는 개울물소리가 들려서 문득 발길을 멈추게 하는 정취가 없는 것도 아니다.

그러나 이 순간의 마쓰시타 과장은 그런 정취 따위와는 인연이 없는 중생이었다. 주위를 세심하게 둘러본 것도 인근의 첫인상을 깊이 머리에 새기려는 노력에 지나지 않았다.

"저 집입니다. 잡목림 속의 저 집이요."

아키타 형사가 개울을 50미터쯤 따라가다가 좁다랗게 휘어져서 이어진 길의 막다른 집을 가리켰다.

"통로는 이 길밖엔 없는 건가?"

"없습니다. 하지만 이런 곳이니까 밭이나 숲 속으로 뛰어들 생각이라면 어디로든 빠져나갈 수 있습니다."

"가장 가까운 인가까지의 거리는 어느 정도지?"

"글쎄요. 3, 4백 미터는 충분히 될 겁니다."

"좋아, 가자."

과장은 앞장서서 걷기 시작했다. 계속된 맑은 날씨로 잔뜩 건조해진 길에는 특별히 주의를 끌 만한 발자국도 남아 있지 않았다. 50미터쯤 걸어가자 허물어진 흙담 앞에서 햇빛을 피해 서 있던 경관이 황급히 부동자세를 취하고 경례를 붙였다.

바깥문에는 안에서 빗장이 걸려 있었다.

"어디가 열리지?"

문의 상태를 훑어보던 과장은 뒤돌아보며 형사에게 물었다.

"저쪽에 드나드는 문이 있습니다."

"좋아."

흙담을 따라서 두 번을 구부려져 뒤로 돌아가자 작은 문이 나 있었다. 그 안은 300평 가량의 대지였다. 문을 여니 한여름의 햇빛을 받아 자랄대로 자라난 무성한 잡초가 풍기는 뜨거운 열기가 훅 하고 코를 찔렀다. 건물은 직각으로 지은 40평 가량의 본채와 뒤쪽으로 흰 벽과 무너진 채로 있는 흙광이 있을 뿐이었다.

"이 건물 안은 어떻지?"

"다다미하고 가재도구를 모두 치워서 남아 있지 않습니다. 시절이 이래놔서 유리도 모두 부서졌습니다. 빈집이어서 걸인이나 부랑자 등이 가끔 들어왔던 모양입니다."

고개를 끄덕이면서 새 담배에 불을 붙이더니 과장은 앞장서서 흙광 쪽으로 걷기 시작했다. 흙광 앞에 서 있던 경관이 힘주어 문을 열었다. 울컥할 정도의, 흙광 특유의 냄새와 뒤섞인 지독한 시체 냄새가 코를 찔렀다. 겐조는 형의 어깨 너머로 안을 들여다보았다. 처음엔 눈이 적응하지 못해 전혀 가늠할 수가 없었으나, 시간이 지나면서 어두컴컴한 안쪽에 사체가 누워 있는 것이 보였다.
"창을 열어."
창이 열리자 햇빛이 이곳 음산한 흙광 속으로 비쳐들었다. 엄청나게 많은 쉬파리가 파리기둥처럼 소용돌이치면서 흙광 안을 날고 있었다. 안쪽에는 맥주상자인 듯한 빈 상자 하나가 뒹굴고 있었다. 그리고 그 앞의 마룻바닥 위에 모가미 다케조가 오른손에 권총을 들고 머리를 향한 자세로 쓰러져 있었다. 부패가 꽤 진행되어 있었으나 오른쪽 귀 위로 작은 구멍이 있고, 흘러나온 피가 검붉게 바닥으로 흘러서 먼지와 함께 응고되어 있었다.
"사망한지 어느 정도나 경과했지?"
"3일 내지 4일입니다."
"그렇다면 기타자와의 살인이 있던 당일이거나, 그 다음날이로군."
"맞습니다."
"사인은 역시 이 권총인가?"
"그렇습니다. 총알은 오른쪽 귀 위에서 경사지게 뇌를 관통했습니다. 이걸로는 한 발이면 즉사입니다."
"격투나 폭행의 흔적은?"
"거의 발견할 수 없습니다."
"소지품은?"
"지갑 속에 지폐로 2천 엔 가량하고, 이 금시계만으로도 시가로 7, 8천 엔은 족히 나갈 겁니다."
"고민한 표정은?"
"그게 그러니까 시간이 꽤 지났기 때문에 확실히는 모르겠습니다만……."
"권총은?"

"브로닝 36년형, 소음장치가 달린 겁니다."
"모가미의 집에서 발견된 권총 케이스하고 일치하는가?"
"일치합니다."
"권총에 지문은?"
"그의 지문말고는 없습니다."
"타살의 흔적은?"
"거의 찾아볼 수 없습니다."
"자살이라면 이 빈 상자 위에 앉아서 방아쇠를 당겨 머리를 쏘고 그 충격으로 마룻바닥 위로 굴러 떨어졌다는 게 되겠군."
"그런 것 같습니다."
"권총의 총알은?"
"6연발입니다만 전부 장전되어 있었고 그 가운데 한 발만 발사했습니다."
"총알의 창흔과는 일치하나?"
"해부해서 총알을 비교해 보지 않고는 확실히 말씀드릴 수 없습니다만, 일단은 틀림없는 것 같습니다."
"소음장치가 달려 있다면 이런 흙광 속에서 발포를 해도 밖에는 들리지 않겠군."
"예, 원래가 흙광 속에선 소리가 흡수되거니와, 여기는 특히 담에서도 상당히 떨어져 있기 때문에 이 집 안에 있지 않은 이상은 아무도 듣지 못했을 겁니다."
"음, 알았네. 그렇다면 이 사체를 처음으로 발견한 직원을 데려와 주게."

무릎을 굽히고 사체를 들여다보고 다시 한 번 흙광 속을 둘러본 다음 과장은 본채 쪽으로 돌아갔다. 지저분한 툇마루에 걸터앉자 27, 8세의 청년이 채 떨림도 진정되지 않은 모습으로 고개를 떨구며 다가왔다.

"요시오카 이치로라고 합니다. 28세, 모가미 조합의 직원으로 일하고 있습니다."

"자네가 사체를 발견한 사람인가?"

"그렇습니다."

"사체는 사장인 모가미 다케조가 틀림없겠지?"

"틀림이…… 없습니다."

그는 사체의 끔찍한 모습이 생각났는지 눈을 꼭 감고 진저리를 쳤다.

"이 사체를 발견하던 때의 사정을 자세하게 말해주었으면 하는데."

"예, 이 집은 3개월쯤 전에 저희 회사의 것이 되었습니다. 특별히 필요한 건 아니었습니다만 보스가 개인적으로 돈을 빌려주고 저당을 잡았던 모양입니다. 그냥 땅값 정도를 쳤던 것 같습니다. 그런데 이 집은 평판이 나빴습니다. 저녁나절에 지나가면 사람의 신음소리가 들려온다고 하기에 허튼 소리라고 여겼습니다만 처음으로 이 집을 지었던 주인은 사업에 실패해서 이 흙광 속에서 목을 매 죽었다고 하고, 두 번째 소유주는 미쳤다고 하더군요. 세 번째 주인은 뭔가 형사사건에 연루되어 지금 교도소에 있다고 합니다. 그런 이유로 보스도 이 집을 손에 넣기는 했지만 처리하기가 곤혹스럽다면서 기분도 나쁘니 허물어야겠다고 했습니다. 그래서 내일부터 공사에 착수하려던 참이었는데……."

"잠깐 기다리게. 그 방침이 결정된 것은 언제쯤이었지?"

"예, 2주쯤 전이었을까요."

"그렇다면 그건 다케조가 행방불명되기 전이로군."

"맞습니다."
"그럼 조만간에 이 집이 헐릴 거라는 건 모가미는 물론이고 회사 사람들 모두가 알고 있었다는 얘기로군."
"관계자는 모두 알고 있었습니다."
"지배인인 이나자와도 알고 있겠군?"
"물론입니다."
"좋아, 다음으로 넘어가지."
"그래서 사실은 이번 사건으로 이것저것 준비도 지연되긴 했습니다만, 언제까지나 이렇게 놔둘 수도 없어서 제가 사전 답사차 왔던 겁니다. 저 말고도 다른 한 사람이 더 오기로 해서 역에서 한참을 기다렸습니다만 좀처럼 오지 않기에 그냥 저 혼자서 왔습니다. 유령의 집이라느니 뭐라느니 하긴 합니다만 설마하니 아침부터 유령이 나오진 않겠지 싶어서 이곳 쪽문으로 들어왔습니다. 어차피 다다미나 가재도구 같은 것은 아무것도 없을 테고, 도둑도 들어오지 않을 거라고 대수롭지 않게 여기고 빗장도 걸지 않았는데 주위를 둘러보니 흙광 문이 약간 열려 있는 것 같았습니다. 누가 안에 들어갔나 이상한 생각이 들어서 다가가 보았습니다만 아무 기척도 없더군요. 굳게 마음먹고 문을 열어 보니 역겨운 냄새가 났습니다. 오싹해서 달아날까 생각했습니다만 용기를 내어 다시 한 번 들여다보았습니다. 눈이 어둠에 익숙해지자 그곳에 시체가 뒹굴고 있는 게 보였습니다. 더구나 눈에 익은 사장의 양복을 입고요. 저는 저도 모르게 그 길로 뒤로 나자빠질 뻔했습니다만 이대로 있을 순 없을 것 같아서 황급히 근처 파출소로 뛰어갔습니다……."
땀을 훔쳐가며 하는 청년의 말이 우선은 틀림이 없으리란 것은 그의 표정만 보아도 알 수가 있었다.

"좋아, 잘 알겠다. 대단히 수고가 많았네."

일단 청년에게 향하던 질문을 끝내고 마쓰시타 과장은 때마침 도착한 검사를 맞으러 일어섰다.

혼자 남겨진 겐조는 할 일도 없고 따분했다. 정글 같은 마당을 빙빙 돌아다니면서 그는 이리저리 이번 사건의 추리를 해 보았다.

대체 이 사건은 타살일까, 자살일까, 그것이 가장 큰 의문이었다.

언뜻 이것을 타살로 생각할 근거는 없는 것 같았다. 자기 집에서 들고 나온 권총을 자기 손에 움켜쥐고 단 1발로 죽었다. 이것이 자살이 아니라고는 쉽게 결정할 수 없는 노릇이었다.

그러나 자살로 생각하기에는 그에 상응하는 동기가 있어야만 했다. 그에게 자살을 결심하게 한 것은 무엇일까? 역시 다케조가 기누에를 살해한 범인이어서 그 결과, 자살을 결심한 것일까? 그렇게 생각한다면 일단 납득은 할 수 있다. 하지만 거꾸로 그렇게 생각하면 이해할 수 없는 점이 생겨났다.

우선, 그는 어째서 자살 장소로 이런 곳을 선택한 것일까? 겐조는 그게 이해가 가지 않았다.

남들은 죽는데 장소가 무슨 상관이냐고 생각할지도 모르지만 그것은 그렇지 않다. 자살하려고 생각하는 사람은 의외로 로맨틱한 감정이 되기 쉬운 법이고, 미하라산이나 게곤폭포에 자살자가 끊이지 않는 것도 한편으론 모방심리도 있기는 하지만, 못해도 명승지에서 최후를 장식하고 싶다는 심리가 다분히 자살자를 지배하는 것은 고개가 끄덕여지는 일이었다. 어째서 다케조는 굳이 이런 음침한 곳을 죽을 장소로 선택했을까? 자기 집이나, 아니면 기타자와의 기누에의 집도 이런 유령의 집에 비한다면 얼마나 편안하게 죽을 수 있을지 모르건만,

두 번째로 어째서 6연발 권총에 모조리 실탄을 장전하고 있었을까 하는 의문이었다. 자살자란 자살하기 직전이 되면 이상하게도 물건을 아끼게 되는 법이다. 미하라산의 자살자는 반드시 배의 편도 티켓만 산다는 것은 널리 알려진 얘기인데, 모가미 다케조도 애초부터 자살을 결심하고 권총을 준비했다면 총알은 1발, 기껏해야 2발이면 충분할 터였다. 적어도 이 권총은 기누에의 살해에는 사용되지 않았을 것이므로.

세 번째로 겐조가 납득할 수 없었던 것은 다케조가 기누에를 살해했다고 한다면 어째서 욕실에서, 안에서 빗장을 걸고, 사체를 절단해 몸통만 들고 나갔을까 하는 점이었다. 이런 유령의 집 안에서 기누에의 몸통이 함께 발견되기라도 했다면 만사는 그것으로 해결이 되겠지만, 그렇게 쉽사리 뜻대로 되지는 않았다.

그렇다고 오로지 타살설로 기울어질 수만도 없었다. 권총은 다케조의 것이다. 그가 스스로 그 권총을 들고 나온 이상, 타살로 이렇게나 자연스러운 형태로 목숨을 거둔다는 것은 가능할 것 같지도 않았다. 권총을 들고나올 정도라면 다케조도 어떤 위험은 예상하고 있었음에 틀림없다. 살해당하기까지도 상당한 저항이 가능할 것이다. 그러나 사체에는 폭행의 흔적도, 격투의 흔적도 없다고 하고, 의식이 있는 인간이 권총을 손에 들고 머리를 쏠 때까지 두 눈을 뻔히 뜨고 가만히 있었으리라는 것도 있을 수 있는 얘기가 아니었다.

또한 타살설을 받아들여 모가미가 누군가와 함께 이곳 유령의 집까지 와서 여기서 불시의 습격을 당했다는 견해도 있을 수 있다. 그러나 다케조도 어지간한 사정이 아니라면 이런 곳에 오지 않았을 것이다. 적어도 매우 신용할 수 있는 상대가 아니라면 구태여 이런 곳에 오진 않았으리라. 그렇다면 무엇 때문에 권총 같은 것을 들고 올 필요가 있었던 것일까?

다케조는 어딘가 다른 곳에서 살해를 당했으며, 거기서 여기까지 운반되어 온 것은 아닐까 생각하다가 겐조는 이내 그것을 지워버렸다. 그런 것까지 생각할 수는 없는 일이었다. 그런 강경 수단으로 사체를 이렇게까지 자연스럽게 해놓는다는 것은 절대로 불가능한 일이었다.

이렇게 하나의 가설을 조립해 낼 때마다 즉각 그에 대한 반론이 고개를 들었다. 스스로 자신에게 납득시킬 수 있을 만한 결론은 좀처럼 나오지 않았다.

"왜 그러십니까? 무슨 생각을 그렇게 하십니까?"

뒤에서 말을 거는 사람이 있었다. 고케츠 이시카와 형사였다.

"아, 예."

겐조는 힘없이 웃었다.

"이번 사건에 대해 생각하고 있었어요. 이시카와 씨는 어떻게 생각하십니까? 다케조는 자살일까요, 아니면 타살일까요?"

"모르겠어요, 저도. 저는 오로지 몸을 부딪는 특공대 체질이라서요. 그런 건 과장님이 잘 아시지요."

자기의 머리를 가리켜 보이면서 형사는 희미하게 웃었다.

"하지만 어림짐작은 하실 것 아닙니까? 이치엔 닿지 않더라도 어떤 감 같은 것으로……."

"감이라면 있지요. 이건 완전한 타살입니다."

"그 이유는요?"

"과장님도 이미 알고 계시겠지만 말입니다. 이곳 흙광 속의 먼지때문입니다."

"먼지가 어땠는데요?"

"이곳은 지난 몇 달 동안 전혀 사용하지 않았던 흙광 아닙니까? 마룻바닥에도 많은 먼지가 쌓여 있어야 한다구요. 그런데 바닥에는 많은 사람들이 어지러이 밟고 다닌 것처럼 발자국이 남아 있질 않아요. 우리가 밟았기 때문이 아니에요. 사체를 발견하던 때부터 그랬습니다. 그리고 다케조의 발자국을 찾으려 했지만 조사할 수가 없었어요."

"과연 그렇군요. 나는 거기까진 생각하지 못했습니다."

과연 직업은 속이지 못한다는 생각에 겐조는 완전히 탄복했다.

"그럼 범인이 발자국을 지우기 위해 일부러 먼지를 밟아서 흩어 놓았다는 거로군요."

"그렇지 않겠느냐고 생각하는 거죠. 아, 잠깐 실례하겠습니다."

누군가가 부르는 소리를 들었는지 이시카와 형사는 저쪽으로 뛰어갔다.

주위를 둘러보니 아까 그 직원이 그만 돌아가도 되는지 어떤지를 몰라 서성대고 있는 것이 보였다. 겐조는 그 직원의 옆으로 가서 넌지시 말을 걸어 보았다.

"사장님이 이렇게 돌아가셔서 안 되셨습니다. 많이 낙심하셨겠습니다."

"걱정해 주셔서 감사합니다. 그렇게 정중하시니 황송합니다."

그는 겐조가 형사인줄 알았는지 움찔하는 것 같았다. 그런데도 그는 정중한 태도로 답했다.

"대체 보스는 자살한 것일까요. 아니면 타살일까요. 역시 그 사람을 살해한 같은 범인에게 살해당한 것일까요?"

"아직 확실한 것은 모르겠습니다만."

이렇게 서두를 꺼내고 겐조는 이시카와 형사의 말을 자기 말인 것처럼 그대로 옮겼다.

"흙광의 먼지 말인가요……."

상대는 의외로 뭔가 말하고 싶은 표정이었다.
"그거라면 당연합니다. 바로 얼마 전까지만 해도 우리들이 이곳 흙광을 사용했었습니다."
"뭐라구요?"
"함석판이니 못 통, 또 시멘트 자루 같은 그런 건축자재를 조금 들여놓았어요. 바로 얼마 전에 다른 데로 옮겼습니다. 그때문에 바닥에 먼지가 쌓여 있지 않았던 것은 당연합니다."
"옛? 뭐라구요!"
겐조는 정수리를 곤봉으로 세차게 얻어맞은 듯한 기분이 들었다. 범죄수사란 탐정소설과는 달라서 어디까지나 한 줄기로만 가지는 않는 법이라고 하늘을 우러러 탄식했다.

그날 하루 온종일 그 집의 안팎과 부근의 수사는 계속되었다. 그러나 이렇다 할 만한 직접적인 단서는 전혀 나오지 않았다.
다케조의 사체는 즉각 대학으로 운반되어 법의학 교실에서 해부되었다. 그러나 그 결과도 사망시간이 대강 27일이나 28일이라는 점, 뇌 속에서 나온 총알이 권총과 정확히 일치한다는 사실, 사인이 머리에 맞은 그 총알 외에는 인정할 만한 것이 없다는 기존의 사실을 재확인하는데 그쳤다.
경찰청에서도 다케조의 자살설과 타살설은 날카롭게 대립했다. 다케조가 기누에를 살해한 뒤에 어딘가로 도망치려 하다가 일단 이곳에 몸을 숨겼는데 그러다가 곧 양심의 가책을 견딜 수 없어서 호신용으로 갖고 있던 권총으로 자살한 것이 아닐까 하는 설도 나오는 지경에 이르렀다.
마쓰시타 과장은 속으로 무척이나 실망하고 있었다. 모가미 다케조의 범인 여부는 세지놓고끄도, 그가 나타나기만 하면 반드시 사건의 비밀이 풀리리라 굳게 믿었는데 이제 희망의 밧줄이 끊겼다는 생각이 들었던 것이다.

다음날, 사야마 변호사는 유언장 개봉을 받아들였다. 그 내용도 특별히 새로울 것은 없었다. 재산은 2분의 1을 동생 히사시에게, 3분의 1을 기누에에게 주며, 혹시 기누에에게 아기가 태어나기 전에 어느 한 쪽이 사망하면 다른 한 쪽이 취득한다는 조건이었다. 그리고 나머지 6분의 1은 하야카와 박사의 연구비로 기증하겠다고 되어 있었다.

이리하여 모가미 히사시는 눈 깜짝할 사이에 막대한 재산을 수중에 넣게 되었다. 만약 범죄가 동기에 따라서 일어나는 것이라면 그는 범인으로 의심을 받아도 어쩔 수 없었다. 그러나 그에게는 확고부동한 알리바이가 있었다. 마쓰시타 과장도 결백을 인정하고 그를 용의자 명부에서 지울 수밖에 없었다.

지금 한 사람, 모가미 다케조는 죽고 말았다. 백이든 흑이든 이제 와서 그를, 죽은 사람을 저 세상까지 추궁할 수는 없다. 이나자와 요시오에게도, 하야카와 박사에게도 의심하자고 들면 의심할 점은 다분히 있었다. 그러나 직접적 증거가 없는 이상 이 정도의 혐의로 그들을 용의자로 가둬놓는 것은 그의 양심이 허락하지 않았다. 며칠을 고민한 끝에 과장은 마침내 두 사람의 석방 영장에 서명 날인을 했다. 정석대로의 수사 방침은 결국 암초에 올라앉았다. 6가닥의 실은 이리하여 4가닥이나 도중에 절단되고 말았다. 남은 2가닥, 우즈이 료키치와 수수께끼 여인의 정체에 대해서는 도무지 단서를 잡을 수가 없었다.

"우즈이가 잡히기만 하면……." 과장은 속으로 되뇌었다. 우즈이 료키치는 어디 있을까? 이 남자는 지금 어디 있단 말인가!

마쓰시타 과장은 아직 이 사건의 해결을 포기하지 않았다. 미궁에 빠져든다는 따위의 생각은 전혀 해보지도 않았다.

우즈이 료키치, 이 사내는 잡을 수 있다. 반드시 붙잡아 보이리라. 경찰청의 모든 기능을 총동원하면 이름과 얼굴이 판명된 전과자를 체포하는 것은 그리 어려운 일도 아니다.

그러나 이런 그의 자신감은 시니컬한 형태로 앙갚음을 당했다. 과연 우즈이 료키치가 체포될 날은 머지 않았던 것이다.

그러나 우즈이가 붙잡혔어도 이 사건은 금전 직하의 해결을 보이기는커녕, 한 술 더 떠서 혼미의 도를 더하는데 지나지 않았다.

악마는 어둠 속에서 웃고 있었다. 다케조의 살해를 이렇게 자살로 위장하고, 제1살인과 제2의 살인을 관통하는 일관되고 완벽한 계획의 성공에 승리를 거둘 작정이었던 것이다.

그러나 운명은 문신살인사건의 제3막에, 새로운 등장인물을 마련해 놓았다. 전혀 예상도 하지 못했던 새로운 인물의 등장은 수사당국의, 그리고 어쩌면 범인 자신의 상상을 배신하고 사건을 제3의 참극, 그리고 그 가공할 마지막 장으로 진전시켜 나갔던 것이다.

돌아온 지라이야

 등잔 밑이 어둡다는 속담도 있다. 하지만 아무리 밀고 잡아당겨도 아무런 광명도 찾아낼 수 없었던 문신살인사건의 비밀을 풀 열쇠가 마쓰시타 과장이 사는 동네 안에 감춰져 있었다는 것은 나중에 생각해 보면 실로 아이러니였다.

 마쓰시타의 집에서 겨우 2, 3채 떨어진 이웃에 들치기를 하는 우두머리가 살고 있었다. 아직 40이 되려면 먼 한창 때인 남자, 도쿄의 들치기의 습관상 등에 근사한 변재천 소승(小僧)의 문신이 있었다. 그의 이름은 고토 가쓰오라 하는데 근방에선 호리카쓰라는 이름으로 통하는 순수한 도쿄 토박이였다.

 최초의 두 살인으로부터 두 달 가량 지난 어느 일요일 아침에 겐조는 집 주위를 산책하다가 우연히 이 우두머리와 마주쳤다.

 "가쓰 씨, 좋은 아침입니다."

 겐조가 먼저 인사를 건넸다.

 "안녕하시오."

 인사를 받으며 허리를 숙였으나 고개를 들자 평소답지 않게 빠른 말투로 겐조에게 말을 했다.
"글쎄, 마쓰시타 씨. 그 기타자와의 토막사건 말이오. 그 하수인은 아직 잡히지 않았던가?"
"아직입니다."
"형님도 정말이지 힘드시겠구려. 내가 생각하기에는 뭐 그렇게까지 사람을 죽인 다음에 몸통만 잘라서 들고 나가지는 않았을 것 같은데."
"가쓰 씨도 여자를 울리면 언제 토막이 나서 몸통을 가져갈지 모르죠. 조심하세요."
"당치도 않아. 난 그런 호색가가 아니거든. 그런 걱정은 할 필요 없지. 하지만 대체 무슨 생각으로 문신 같은 걸 들고 간 것일까?"
"농담은 그만 하시고, 실은 가쓰 씨에게 부탁할 것이 있는데."
"뭔가? 난 이래뵈도 도쿄 토박이야. 아무리 부탁이라도 장례식의 상여를 지라거나 하는 건 아니겠지?"
"그런 엄청난 일이 아닙니다. 실은 형님이 난처해하는 것을 보고 있기가 뭣해서요. 나도 이 사건을 돕기 시작했는데 좀처럼 가늠이 가질 않아서 사실은 곤란하게 되었어요. 그래서 얼마 전부터 가쓰 씨 댁으로 가서 뭔가 도움이 될 이야기를 들을까 생각하던 참인데, 혹시 문신에 관해 참고가 될 만한 얘길 해주지 않겠습니까?"
"좋고말고. 도움이 될지 어떨지는 모르겠지만 내가 할 수 있는 거라면 뭐든지 얘기해 드리다. 자, 자, 들어갑시다."
생각지도 않게 겐조는 호리카쓰의 집을 방문하게 되었다. 현관에는 커다란 마토이(옛날 싸움터에서 장수의 말 옆에 세워 그 소재를 알리던 것으로 장대 끝에 여러 가지 장식을 달고 그 밑에 가느다란 술을 늘어뜨렸음)가 장식되어 있고, 맵시 있고 아담한 집 안에는 어울리지 않게 커다란 가미다나(신을 모셔놓은 곳)가 있어 뭔가 직업적인 습성이라고 하고 싶을 정도의 분위기였다.

"가쓰 씨의 변재천 소승은 늘 목욕탕에서 봐 왔으므로 새삼 볼 것도 없지만 대체 그 문신은 언제 새긴 거요?"

화로 앞에 앉자 겐조는 먼저 가볍게 말을 꺼냈다.

"글쎄올시다. 벌써 15, 6년이 되었으려나. 간다의 2대 우지 씨가 새겨 준 건데."

"그렇지만 이름은 들어 있지 않은 것 같던데."

"공교롭게도 완성하기 조금 전에 돈이 부족해서 말야. 이런 건 간격이 생겨서 바늘맛을 잊어버리면 아무래도 다시 할 수가 없거든."

"아파서 참을 수 없었던 건 아니고?"

"그것도 전혀 아니라고 할 수 없겠지. 살아 있는 몸에 바늘을 찌르고 먹이나 빨간 물을 넣는 거니까 말야. 이걸 하는 동안에는 반 병자야. 게다가 나도 그 무렵엔 아직 젊어서 돈을 쥐면 아픈 걸 참느니 여자라도 사는 편이 낫다고 생각할 때였으니까. 그래도 여기까지 완성을 했으니 이름 정도를 참을 수 없었던 것도 아닌데, 어쨌든 당시엔 단속도 성가시고 해서 폐를 끼치지 않으려고 하다보니……."

호리카쓰는 거리낌 없이 웃었다. 바로 그때, 겐조는 슬슬 실을 잡아당겨 보았다.

"가쓰 씨는 그 우지라는 문신사의 집에 드나드는 동안에 호리야스라는 문신사에 대해 들어본 적이 없는지."

"글쎄. 워낙 옛날 일이라서 잘 기억은 나지 않지만, 선생이라면 몰라도 그런 문신사들과는 교제가 없어놔서. 그래서 우지 씨네가서도 호리야스의 칭찬을 했더니 기분 나빠했지. 하지만 내가 아는 사람 중에 야스 씨한테 문신을 한 사람이 있었지. 확실히 명인이었다니까. 바램의 상태 같은 게 뭐라고 말할 수 없을 정도였대. 하지만 호리야스 씨가 뭘 어쨌는데?"
"아니, 신문엔 나오지 않았는지도 모르지만 이번에 살해된 사람이 실은 호리야스의 딸이지요. 등의 문신은 아버지의 작품이고."
"어? 그랬어. 그랬군. 그것까진 몰랐구만."
"호리야스에겐 3남매가 있었지요. 장남은 쓰네타로라고 하는데 지라이야 문신을 했고, 자기도 문신사가 되었는데 남방으로 간 뒤에 행방불명이 되었다고 합니다. 딸은 기누에하고 다마에라는 쌍둥이인데 각각 오로치마루하고 쓰나데히메를 새겼는데."
호리카쓰의 얼굴에는 순간 기묘한 의혹의 빛이 나타났다.
"잠깐 기다려 보게나. 지라이야, 오로치마루, 쓰나데히메라고 하면 3자 견제의 그림이로군. 뭔가 이상한 생각이 드는걸. 이봐, 오카네, 오카네."
앞치마에 손을 닦으면서 부엌 쪽에서 아내인 오카네가 얼굴을 내밀었다. 나이는 28살쯤 되어보이는 아래턱이 복스러운 흰 살결의 미인이었다.
"어머, 마쓰시타 씨. 어서 오세요. 아직 차도 끓이질 않았는데."
"차 같은 건 나중에 끓여도 돼."
씹어 삼킬 듯이 호리카쓰는 으르렁댔다.
"이봐, 당신이 다니는 시부야의 문신사 말야. 그 사람 이름이 뭐라고 했더라?"
오카네도 기분이 어지간히 나쁜 것 같았다.

돌아온 지라이야

"글쎄 뭐라던가. 그런데 아닌 밤중에 홍두깨도 유분수지 마쓰시타 씨 앞에서 말을 그렇게……."

"그런 거드름을 피울 때가 아니야. 있지 않은가, 그 기타자와의 토막살인 사건 말야, 당신도 알지? 마쓰시타 씨의 형님도 그 사건이 해결되지 않아서 여간 난감하지가 않은 모양이야. 그래서 겐조 씨도 형님에게 도움이 될 만한 것을 찾으려고 이렇게 오신 거야. 그런데 그 사람의 문신 그림 말인데, 얘기가 재미있게 될 것 같구먼."

"그래요?"

두 사람의 얼굴을 번갈아 쳐다보면서 오카네는 그 자리에 털썩 앉았다.

"그 사람은 틀림없이 쓰네 씨라고 했어요. 한 달쯤 전에 남방에서 제대하고 귀환했다고 하던데, 분명히 지라이야를 등에 새겼던걸요."

이 말을 들었을 때 겐조는 춤이라도 추고 싶었다.

남방에서 행방불명되었다고 하던 호리야스의 장남 쓰네타로가 무사히 도쿄로 돌아왔단 말인가?

물론 이것만으론 아직 본인이라고 확정짓지 못할지도 모른다. 하지만 이름이 같고, 문신 그림의 일치, 흔하지 않은 직업인 문신사도 그렇고, 남방에서 제대했다는 사실은 단순한 우연의 일치치고는 너무나도 조건이 잘 맞아떨어지고 있었다.

"그 문신사란 사람은 어디 있습니까? 꼭 한번 만나고 싶습니다. 그러면 뭔가 단서를 잡을지도 모릅니다."

겐조도 너무 흥분이 되어 외쳤다. 호리카쓰는 자기가 말을 꺼내긴 했지만 난처한 듯이 아내와 얼굴을 마주보고 있었다.

"글쎄. 워낙 직업이 직업인지라 내놓고 찾아가면 전혀 상대하지 않을 텐데."

"하지만 동생이 살해당했습니다."

"그야 그렇습니다만, 그런 사람들은 경찰이라면 굉장히 싫어하거든요. 어떠세요? 이 얘기는 일단 형님한텐 하지말고 당신 혼자서 슬며시 가보는 게."

뭐니뭐니해도 문신 금지령은 아직 엄연히 존재하고 있었다. 몰래 하는 일인데 형에게 알리는 것도 안될 일이고, 게다가 기누에를 위해서도 할 수만 있다면 자신의 힘으로 사건을 해결해 보이고 싶다는 욕망도 꿈틀댔다.

"그렇게 하지요. 형에게는 말하지 않고 혼자서 가보겠습니다. 하지만 주소를 알아야 할 텐데……."

겐조가 단호하게 대답했다.

"형님께 비밀로 해주신다고 약속한다면 제가 안내하겠어요."

오카네가 머뭇거리면서 말했다.

"부인께서도 문신을 새기셨는지요."

"남편의 취미는 곧 아내의 취미란 말이 있잖아요. 저는 싫다고 하는데도 남편이 무슨 일이 있어도 문신을 해야한다고 해서요."

오카네는 부끄러운 듯이 웃었다.

"그런데 내가 들은 바로는 그 사람은 한 달쯤 전에 남방에서 돌아왔다고 하던데 말야. 집은 공습으로 불타 버렸고, 오갈 데가 없어서 남방에서 같이 있었던 전우의 집에서 신세를 지게 되어 문신을 시작했다고 하더라고. 그런데 솜씨는 확실하고, 새기려는 손님이 많아서 나날이 번창하고 있다는구만. 나도 그 문신을 보고 완전히 반해서 감탄을 했는데 이 사람이 새기고 싶다고 하기에 데려가서 부탁을 한 것이지."

"어쩌면 그 사람이 아닐지도 모르겠지만 다른 조건이 너무 잘 맞아떨어지니까 어쨌거나 한번 가봐야겠습니다. 데려가 주십시오. 부탁입니다."

겐조는 이마를 다다미에 조아리듯이 떨구었다. 곧바로 오카네와 함께 시부야의 문신사네 집으로 가기로 했다.

시부야역 국철에서 내려 도시철도를 따라 아오야마쪽으로 올라가 왼쪽으로 꺾어지자 불탄 자리에 급조한 임시건물이 줄서 있었다. 그 안에 대여섯 채의 음식점이 처마를 나란히 하고 서 있었다. 그런데 그 중 '모란'이라는 간판이 나 있는 가게 앞까지 이르자 오카네는 멈춰 서서 겐조의 귀에 대고 속삭였다.

"이 집의 안집인데, 잠깐 기다려 주세요. 내가 상황을 보고 올 테니까."

오카네는 가게로 들어간 뒤 2, 3분 있다가 다시 나왔다.

"괜찮아요. 지금 일을 하고 있긴 한데 들어와서 기다리면 돼요."

겐조는 격렬한 기대와 호기심으로 가슴을 두근대면서 입구의 주렴을 헤치고 들어갔다. 허술한 테이블과 의자가 놓여 있는 가게를 지나 뒤로 돌아가자 6칸과 4칸 반 짜리 방이 나란히 있고 그 뒤로 4칸 반 짜리 꽉 닫힌 작은 방이 보였다.

"아유, 어서 오시우."

가무잡잡하고 이 집의 안주인인 듯이 보이는 여자가 붙임성 있게, 그러나 겐조를 힐끗 곁눈으로 쏘아보며 말했다.

마치 지금부터 맞선이라도 보는 것처럼 예의 바르게 겐조는 6칸 방에 앉았다. 장지문 저쪽에선 톡톡 하는 바늘 소리와, 헉헉대는 거친 숨소리가 들려오고 있었다.

"지금요, 어떤 여자가 새기고 있어요. 잠깐 들여다 보실랍니까?"

오카네가 겐조의 귀에 속삭였다.
"여잔데 어떻게, 싫어할 텐데요."
"괜찮아요. 내가 잘 아는 사람이고, 바깥양반 아는 사람의 아낙네예요."
오카네는 웃으면서 안에 대고 말했다.
"쓰네 씨, 안녕하시우. 잠깐 봐도 되지요?"
"오카네 씨로군요. 곧 끝납니다. 잠깐 기다리세요."
방안에서 사내의 목소리가 났다. 장지문이 열림과 동시에 겐조는 몸을 앞으로 쑥 내밀었다. 예상에 어긋나지 않게 그 안에는 숨이 탁 막히는 기괴한 광경이 전개되고 있었다.

방에는 가득히 검은 기름종이가 깔려 있었다. 그 위에 방석을 몇 장 세로로 쌓아놓고 25, 6세의 젊은 여자가 인어처럼 엎드려 있었다. 비늘 같은 검푸른 그림이 두 팔에서 등에 걸쳐 거의 반쯤 완성되어 있었다. 아직은 태반이 줄기를 새긴 것으로 이제 바램 단계로 들어선 것 같았다.

무늬는 화려한 요시노(吉野)산 여행장면이었다. 양쪽 가슴에서 허리, 허벅지에 걸쳐서 가득 벚꽃이 흩어져 있고, 오른쪽 어깨에는 북을 손에 든 시즈카오마에(靜御前), 왼쪽에는 기쓰네타다노부(狐忠信)가 정교한 선으로 새겨져 있었다. 확실히 이것도 기누에의 문신과 마찬가지로 하나의 기괴한 예술품에 틀림없었.

오늘 새기는 문신은 오른쪽 엉덩이부분이었다. 여자는 수건을 입에 물고, 남자 베개를 두 팔로 꼭 끌어안았으며, 허리 밑에는 작은 베개를 넣어서 하반신을 들어올리고 있었다. 자는 듯이 눈을 감고 두 사람이 들어온 것도 잘 모르는 것 같았다. 뒤로 향하고 있었으므로 문신사의 얼굴은 잘 보이지 않았으나 두 손의 미묘한 움직임은 겐조가 있는 곳에서도 관찰할 수 있었다 왼쪽 엄지와 검지로 피부를 늘리고, 왼손 중지와 검지, 약지 세 개로 붓을 들었다. 그리고 왼손 엄지의 볼록한 곳을 지렛대 삼아 오른손에 든 바늘 다발을 상하로 움직여 피부에 찔러 째각째각 소리를 내면서 들어올리는 것이었다.

그럴 때마다 여자의 입에서 격렬하게 헐떡이는 듯한 날숨이 새어나왔고, 온몸은 크게 파도치는 것처럼 구불거렸다. 관자놀이와 겨드랑이 밑에선 진땀이 구슬처럼 흘렀고, 때로는 가느다란 한숨소리와 함께 유방이 방석을 뭉개며 1, 2센티씩 앞으로 나아갔다.

바늘은 가느다란 비단침 2, 30개를 대나무에 묶은 것이었다. 가끔 먹을 바늘 끝으로 떠올리면서 쉼 없이 새겨 나갔다. 그런데 같은 곳을 두 번 반복하지 않으며, 더구나 얼룩 없이, 또 바늘땀이 떨어지는 곳 없이 새겨나가는 바램 새김은 처음 보는 초보자의 눈에도 근사한 기술과 숙련을 요하는 것처럼 보였다. 가끔 먹이 많을 때는 흰 피부를 따라서 흘러나올 때가 있었다. 문신사는 그럴 때마다 옆에 있는 천으로 먹을 닦아내고는 다시 바늘을 진전시켰다. 차츰 검푸른 면적이 넓어졌다. 그리고 그와 동시에 그 주위의 살이 붉게 부어오르기 시작했다. 다른 곳에는 이미 문신을 끝낸 자국이 가벼운 부스럼처럼 되어 있었다. 4, 5일 지나면 이것이 벚꽃잎 같은 여린 피부가 되어 벗겨지며, 4, 5번 벗겨지면 마침내 색소가 자리잡는 것이다. 줄기 새김을 한 자리는 지렁이처럼 튀어나와 보였고, 바램 부분은 전체가 부어 올라 있었다. 그 자리가 열이 나고 있을 것임은 겐조의 안목으로도 쉽게 상상할 수 있었다.

30분 가량 겐조는 숨도 쉬지 못할 정도였다. 기누에도 언젠가 이런 고통을 겪었으리라. 헛된 노력, 헛된 인내라고 생각하면서도 이렇게 고통을 참고 있는 여체는 오히려 장엄하게까지 보였다.

문신이 끝났는데도 여자는 죽은 것처럼 미동도 하지 않았다. 뜨거운 물에 적신 타월을 문신을 새긴 자리에 올려놓자 여자는 비로소 비명을 지르면서 아름다운 육체를 움직였다.

"자, 오늘은 이것으로 끝이오."

"그래요."

처음으로 여자가 고개를 들었다. 그러고는 겐조가 있는 것을 알았는지 부끄럽다는 듯 중얼거렸다.

"오카네 씨 너무해요."

넓이가 $10cm^2$나 될까, 그 위에 가볍게 기름을 바르자 마침내 문신사의 할 일은 끝이 났다.

여자는 간신히 일어나서 겐조와 오카네에게로 가볍게 고개를 숙이더니 다른 쪽을 향하고 옷을 입기 시작했다. 비할 데 없이 고통스런 통증을 견디고 있는 것을 그녀의 표정으로 쉽사리 느낄 수 있었다.

문신사는 수건으로 이마의 땀을 닦았다.

"오래 기다리셨습니다."

문신사는 그렇게 말은 했지만 겐조의 얼굴을 보고는 수상해 했다. 그러나 겐조는 그런 것 따위 전혀 개의치 않았다. 전쟁과 억류생활의 피로로 인해 야위고 나이 들어 보이기는 해도 그의 얼굴에는 분명 기누에를 떠올리게 하는 데가 있었다. 사진에서 보았던 지라이야 문신을 한 사내, 노무라 쓰네타로가 틀림없다.

겐조는 마른침을 꿀꺽 삼켰다.

"이 분은 마쓰시타 씨라고 하는데 우리 바깥양반이 늘 신세를 지는 분이에요. 문신하는 것을 보고싶다고 해서 같이 모시고 왔답니다."

오카네가 간단히 소개를 했다.

"아, 그러십니까? 젊은 분에겐 독이지요."
퉁명스럽게 쓰네타로는 대답했다.
"저는 마쓰시타 겐조라고 합니다. 도쿄대학 의학부 연구실에 다니고 있습니다만 학술상 참고하고자 문신 새기는 것을 봐두려고요."
"지나치게 깊이 들어오지 마십시오. 이건 마약 같은 것이라서 아무리 학식이 있는 사람이라도 여기에 빠져들면 결국은 신세를 망치게 되고 만다오."
자조하듯 그는 말했다.
"저는 당신의 얼굴을 본 기억이 있습니다만, 당신은 혹 혼조에 살던 호리야스 씨의 아드님이 아닌지요."
슬슬 겐조는 속을 떠보았다.
"그렇습니다. 저는 호리야스의 아들입니다만, 그게 어쨌다는 겁니까?"
"당신에겐 기누에라는 누이동생이 있었지요."
"당신은 기누에가 사는 곳을 아십니까?"
"그렇다면 아직 모르셨던 모양이군요. 기누에 씨는 살해당했습니다. 두 달쯤 전에 시모기타자와에서요."
쓰네타로는 경악했다. 갈고 있던 먹을 벼루 속에 떨어뜨리고 두려운 듯이 눈을 들었다.
"살해당했다고? 기누에가…… 그게 사실입니까?"
"거짓말이나 농담으로 이런 말을 할 수는 없지요."
"그렇겠지요. 어쨌거나 나는 돌아온 지 한 달도 채 되지 않았고 신문도 읽지 않아서 몰랐습니다. 동생들의 행방도 슬슬 찾아보려 했습니다만, 찾을 수가 없었습니다. 사정을 안다면 얘기해 주십시오."

겐조는 지금까지의 일을 짧게 얘기해 주었다. 그 세르팡에서의 하룻밤만은 잘 넘겼지만 얘기를 계속하는 동안에 쓰네타로의 얼굴에는 알 수 없는 의혹과, 말할 수 없는 공포의 표정이 차츰 도를 더해가고 있었다.

"당신은 기누에가 건넨 사진을 지금도 갖고 있습니까?"

쓰네타로의 목소리는 쉬어 있었다.

"예, 갖고 있습니다만."

"그걸 보여주시지 않겠습니까?"

겐조는 가방에서 봉투에 든 사진을 꺼내 쓰네타로에게 건넸다. 그것을 바라보던 쓰네타로의 얼굴은 비장한 결의와 격한 공포로 일그러져 있었다.

"지라이야 3남매…… 문신 남매……."

낮게 입 속으로 중얼거리면서 쓰네타로는 충혈된 눈을 들었다.

"마쓰시타 씨, 이건 무서운 사건이로군요."

"예, 저도 무서워서 죽을 지경이었습니다."

"하지만 당신의 공포와 제가 무섭다고 느끼는 것하고는 엄청난 차이가 있습니다. 이 사건은 그리 간단한 것이 아닙니다. 당신들은 표면으로 드러난 사실밖엔 보지 못했어요. 속고 있어요. 그것에 속고 계시다는 겁니다!"

"범인에게요?"

"그렇고말고요. 이 사건에는 내막 속에 또 내막이 있습니다. 지금 겉으로 드러나 있는 사실만을 조사한다면 어떤 수를 써도 알지 못합니다."

"그건 무슨 의미입니까?"

"문제는 우리들 남매의 문신 그림입니다. 아니, 그만둡시다. 이건 나에겐 너무나도 두려우니까요…… 하지만 마쓰시타 씨, 미리 말해두지만 모가미 다케조는 자살한 게 아닙니다. 누이를 살해한 동일범의 손에 의해 살해당한 것이 틀림없어요."
"당신이 뭔가 아신다면…… 어떠십니까? 그걸 제게 말해주실 수 없을까요. 이건 단순한 호기심이나 공명심 때문에 하는 말이 아닙니다. 제 형은 경찰청의 수사과장입니다. 그리고 당신이 걱정하다시피 사업에 해가 될 만한 것은 제가 책임을 지고 막겠습니다. 당신이 직접 손을 쓰지 않더라도 누이동생의 범인을 잡을 수 있다면, 그러면 되지 않겠습니까? 기누에 씨도 그래야 비로소 편안히 쉬게 될 겁니다."
"당신의 말뜻은 잘 알겠습니다. 하지만 저는 제 생각에 틀림이 없다는 것을 확인해야만 합니다. 이러면 어떨까요. 앞으로 한동안 당신의 형님에겐 저를 만난 사실을 비밀로 해 주시겠습니까?"
"그거야 크게 상관이 없습니다만, 그래도 상대는 흉악한 살인범인입니다. 특히 당신이 그 자의 비밀을 쥐고 있다면 될대로 되라면서 무슨 짓을 저지를지 모릅니다. 혼자서는 위험합니다. 저와 함께 가 주십시오. 여차하면 도움이 되어드릴 테니."
"아닙니다. 당신의 배려는 고맙습니다만 여기는 제게 맡겨 주십시오. 그 대신, 제 생각이 틀림이 없다는 확신이 서면 즉각 당신에게 연락을 하겠습니다."
"그래도 괜찮겠습니까?"
"괜찮고말고요."
그렇게까지 확실히 다짐하는 데야 겐조도 더 이상 밀어 부칠 수 없었다. 쓰네타로도 그 이상은 한 마디도 않고 묵묵히 먹을 갈았다.
오카네가 옷을 벗었다. 두 팔에 가득 구름을 바램했고, 그 안에

춤추며 오르는 용, 내리는 용이 이제 곧 완성되려 하고 있었다. 바르게 누운 오카네의 몸을 덮쳐 누르는 듯한 자세로 쓰네타로는 바늘을 쥐었다.

먼저의 여자는 아직 돌아가려고도 않고, 옷을 입고 담배를 피우면서 오카네를 쳐다보고 있었다.

할 일이 없어진 겐조는 머뭇거리면서 그 여자에게 말을 걸어 보았다.

"저는 의사이긴 하지만 잘 모릅니다. 그런데 문신도 작은 거라면 모르되 온몸에 이렇게 커다란 것을 하면 꽤 아프겠군요."
"그래요. 가끔은 펄쩍 뛰어오르고 싶답니다. 처음 하얀 피부에 먹을 넣었을 때는 도저히 계속할 수 없을 것 같았는데, 그래도 요즘은 많이 익숙해졌어요. 곳에 따라 다르긴 하지만 치과에서 이를 갈아낼 때보다 몇 배나 아픈 것 같아요."
"이만한 것을 완성하려면 시간이 꽤 걸리겠군요."
"그러믄요. 전쟁 중에 줄기를 반쯤 파다가 도중에 그만두었는데 꼴사납다고 놀림을 받아서 요즈음 다시 시작한 거랍니다. 처음부터 줄곧 쉬지 않고 계속했다면 석 달 가량이면 완성했을 거예요."
"그렇습니까? 하지만 옷이나 뭐 그런 것하곤 달라서 무늬를 고르는 것도 중요하겠군요. 질렸다고 다시 바꿀 수도 없고, 또 본인한테는 보이지도 않으니까요."
"그래요. 그래서 문신만큼은 솜씨가 좋은 문신사에게 받아야만 해요. 어때요, 당신도 뭔가 하지 않겠어요?"
"당치도 않습니다."
"호호호호, 농담이에요. 하지만 악취미로군요. 당신도 아마 목욕탕에서 몸매가 좋은 여잘 보면 이 여자에게 온몸에 문신을 하

돌아온 지라이야 199

게 하면 아름다울 거라고 쓸데없는 생각을 하게 될걸요?"
이런 문신을 할 정도니까 어차피 기혼여성임에는 틀림없었다. 그런데 대쪽을 가르는 듯이 시원시원한 성격이 겐조에게 호감을 주었다.
"그래도 캔버스나 종이에 그림을 그리는 것도 아니고, 똑같은 무늬를 새긴다 해도 사람은 저마다 뚱뚱하거나, 마르거나, 또 홀쭉하고 기다랗거나, 땅딸하거나 등등 여러 가지가 있어서 힘들겠군요. 실수를 했다고 다시 고치면 되는 것도 아닐 테고……."
"그것이 바로 문신사의 솜씨가 나타나는 곳이에요. 이런 밑그림을 보고 일단 결정을 하면 그것을 몸에 그려보고 그 다음에 괜찮으면 비로소 먹을 넣는 거랍니다."
여자는 가까이 있던 밑그림첩을 들어올려 한 장씩 넘겨 보였다. 커다란 크기의 일본 종이를 재래식으로 묶은 그림첩이었다. 목판 인쇄한 풍속화 같은 그림들이 수도 없이 그려져 있었으나, 그림으로 치자면 그다지 훌륭한 작품은 아니었다. 이처럼 언뜻 치졸해 뵈는 이 밑그림들이 일단 사람의 피부에 새겨지는 순간, 이토록 생생하게 생명을 지니고 약동하기 시작하는 것이 겐조는 너무도 이상했다.
"하지만 당신도 너무 예쁜 문신을 하지 않는 편이 좋을지도 몰라요. 자칫하다간 살해를 당해 토막이 날 테니까."
"사실 그래요."
흰 이를 드러내며 여자는 생긋 웃었다.
그러는 동안에 오카네의 문신도 끝이 났다.
"마쓰시타 씨, 많이 기다리셨지요."
오카네는 그다지 아픈 표정도 보이지 않고 옷을 입었다.

왠지 아쉬웠으나 겐조는 쓰네타로에게 부디 모험은 하지 말아달라, 위험한 일은 삼가달라고 부탁하고 오카네와 함께 그 집을 나왔다. 시부야역에서 헤어질 때 오카네는 다시 한 번 겐조에게 다짐을 두었다.

"겐조 씨, 쓰네 씨도 저렇게 범인에게 짐작이 가는 듯한 말을 했고, 뭔가 도움이 되면 좋겠는데. 다만 그 사람의 장사도 장사니까 부디 그 사람 말대로 형님에게는 마지막까지 비밀로 해 줘요. 경찰에 알려지면 그 사람에게도 좋지 않으니까요."

"걱정 마십시오. 남자끼리의 약속이고, 그 사람의 허락없이 형에게는 단 한 마디도 하지 않겠습니다."

이번엔 형에게도 으스댈 수 있을지 모르겠다는 생각을 하면서 겐조는 대답했다.

시즈카오마에를 새긴 여자는 겐조와 오카네가 돌아가자 곧장 가게를 나왔다. 시부야역에서 왼쪽으로 꺾어져 전차길을 한참 걸어서 경찰서 옆 좁은 골목의 타다 남은 상가 가옥의 격자문을 열고 2층으로 계단을 올라갔다.

"누구야! 당신이야?"

목이 쉰 듯한 낮은 남자 목소리가 났다. 장지문을 열자 40세쯤 되어 보이는 얼굴에 흉터가 있는 사내가 방석을 베개삼아 다다미 위에 누워 있었다.

"여보, 와 있었어요? 그럼 좀더 기다리길 잘했네."

"어딜 갔었는데?"

"사내 앞에서 알몸이 되었다우."

"정말이야?"

"질투하는 거에요? 바보 같이."

여자는 흰 이를 드러내며 웃었다.

돌아온 지라이야 201

"문신이야. 의사하고 문신사 앞에선 상대가 남자라도 어쩔 수 없다고 약속하지 않았던가요?"
"그랬나."
벌떡 일어난 사내의 눈에 짐승 같은 불꽃이 번쩍였다.
"오늘은 어디야. 어딜 새겼지?"
"그보다, 여보."
여자는 한 쪽 무릎을 세우고 앉았다.
"당신 등에 그 긴타로는 어떤 문신사가 새긴 거유?"
"이제 와서 새삼스럽게 그런 건 왜 물어. 혼조의 호리야스라는 문신사야."
"쓰네 씨는 그의 아들이고요?"
사내는 웃었다.
"그럴걸. 그가 눈치 채지 못한 것 같아서 나도 지금껏 잠자코 있었지만…… 이렇게 얼굴에 흉이 졌으니 알아보지 못한 것도 무리는 아냐."
"당신 옛날에 그 사람의 문신 사진을 찍은 적이 없수? 그 사람하고 누이 둘의 사진 말이우."
"어째서 그런 걸 묻는 거야?"
"당신이 말한 적이 있지 않았어요? 나하고 결혼할 때, 피부가 흰 여자한텐 정이 가지 않는대서 이런 문신을 새겼을 때, 먼저 여자한텐 오로치마루가 있었다고 하지 않았수? 먼저 직업이 직업이니 만큼 틀림없이 사진을 찍은 게 당신일 거라고 생각했어요."
"쓰네가 그런 걸 갖고 있었던가…… 옛날 얘기야. 모두가 꿈이지. 먼 옛날의 꿈 얘기야. 우리가 하는 일엔 내일도 없지만 어제도 없어. 단지 오늘 하루 목숨에 사는 거야. 부평초처럼 사는 것이지. 이제 와서 그런 다 지난 얘기를 해서 뭘 하려고 그래."
"하지만 여보, 얼마 전에 기타자와에서 토막살인 났던 건 그 여자잖아요. 당신이 안은 적이 있는 여자가 그런 일을 당했는데 꿈자리가 사납지도 않았던가보네."
"그 여잔 그런 성격이었어. 옛날부터…… 자기가 남을 죽였건, 남에게 살해를 당했건 아, 그러냐고 납득할 수 있는 그런 성격의 여자였지."
아래층의 격자문이 열리는 소리가 났다. 누군가 계속해서 두런두런 이야기를 하다가 마침내 이쪽을 부르는 여자 목소리가 들려왔다.
"이봐요, 오키미."
"네."
역시 바늘 자국이 아픈지 여자는 귀찮다는 듯 계단을 내려갔다가 한참이 지나서야 올라왔다.
"여보, 낯선 사람이 찾아왔어요."
"누군데?"
"하야카와 헤이지로라는 사람인데 문신을 연구하는 학자래요. 우리 부부한테 근사한 문신이 있다는 얘길 듣고 왔다면서 혹시 괜찮다면 그걸 보고 얘기를 나누고 싶다고 하네요."
"하야카와 헤이지로, 흥, 문신박사 따위와는 이제 와서 만나고 싶지도 않아. 아픈 걸 참고 문신을 하긴 했지만 구경거리는 아니라고 거절해버려."
"그런데도 문신사가 누구냐, 어디의 어떤 문신사가 새겼느냐고 끈질기게 물어대네요."
"그런 얘기 해 줄 필요 없어. 돌아가는 뒤에 대고 소금이나 뿌려주고 와."

황폐한 삶이 사내를 그렇게 만들었는지 그의 말에는 가시가 돋쳐 있었다. 태도 또한 세상을 똑바로 보지 않고 곡해하고 흘겨보는 듯한 기색이었다.
 2층으로 올라온 오키미는 드르륵 유리창을 열고 아래를 내려다보고는 뒤돌아보며 말했다.
 "여봐요, 저 사람 좀 꺼림칙하네. 아직도 저기에 서 있어요."
 오키미의 말도 거짓은 아니었다. 좁은 골목 입구에 하야카와 박사는 가만히 서서 이쪽을 바라보고 있었다. 뭐가 아쉬운지, 아니면 달리 이유가 있는지 좀처럼 그 자리를 떠나려고 하지 않았다.

가죽이 벗겨진 사체

겐조가 시부야의 호리츠네를 찾아간 뒤로 열흘이 눈 깜짝할 사이에 지나갔다.

겐조에게는 글자 그대로 하루가 천추(千秋)처럼 여겨지는 시간이었다. 쓰네타로도 뭔가 자신이 있으니까 저렇게까지 말했으려니 싶어 희망으로 가슴이 설레 당장 내일이라도 사건이 해결될 것 같다가도, 돌아서서 생각하면 경찰청의 기능을 총동원하고도 지금껏 해결의 단서도 잡지 못한 이 사건이 어느 한 개인의 힘으로 그렇게 손쉽게 해결되겠는가 싶어 잔뜩 실망하는 등, 심한 감정의 기복으로 일희일비했다.

열흘 째 되던 날에는 호리츠네가 그 약속을 잊어버린 건 아닐까 하는 생각마저 들었다. 그날 이후로 두세 차례 시부야의 '모란'을 찾아가 보았으나 쓰네타로는 늘 집에 없었고, 어떤 전갈도 없었던 것이다.

그러나 그 열흘 째 되던 밤늦은 시각에 비로소 호리츠네에게서 전화가 왔다.

"마쓰시타 씨, 노무라입니다. 쓰네타로예요. 사건의 진상을 알았습니다."

쓰네타로의 목소리는 무서울 정도로 잔뜩 흥분해 있었다. 겐조도 처음엔 귀를 의심하면서 무슨 소리냐고 되물었다.

"누이하고 다케조를 살해한 진범을 알았습니다. 역시 제가 생각했던 대로였습니다."

"그래요?"

극적인 최후의 해결을 예상하고 있었기 때문에 겐조는 도리어 맥이 빠졌다. 온몸의 근육이 힘을 잃고 그대로 쓰러져버릴 것만 같았다.

"잘 됐군요, 정말. 축하드립니다. 그런데 범인은 대체 누굽니까? 도대체 진상은 어떤 거죠?"

"그건 지금 말씀드릴 수는 없습니다."

"어째서…… 아, 그러고 보니 전화로는 자세하게 얘기할 수가 없겠군요. 지금 어디 계십니까? 제가 곧장 그리로 가겠습니다."

"아닙니다. 오신다 해도 더 이상 말씀드릴 수가 없습니다."

"하지만, 당신은……."

"사흘만 기다려 주십시오. 앞으로 사흘…… 사흘이 지나 아무 일도 일어나지 않으면 그때는 모든 것을 털어놓을 수 있게 될 겁니다. 그러나 그때까지는 무슨 일이 있어도 입을 열지 못합니다."

"어째서 그러세요? 무엇 때문에 사흘을 기다리라고 하시는 겁니까? 왜 지금 당장 사건의 진상을 말해줄 수 없다는 거죠?"

"곤란합니다. 그 까닭은 지금 말할 순 없지만, 저로선 힘들게 여기까지 왔으니 저의 고충을 생각해 달라는 것말고는 할 말이 없습니다. 부탁이니 앞으로 사흘만 더 기다려 주십시오."

쓰네타로의 목소리는 거의 애원에 가까웠다. 그 말로만 반복과 다짐을 거듭하다가 그대로 전화를 끊었다.

수화기를 움켜쥔 채로 겐조는 얼이 빠지고 말았다. 종잡을 수 없는 막연한 불안감이 가슴속으로 소용돌이쳐 올랐다. 어째서 사흘을 기다리라는 것일까? 왜 지금 당장은 안 된다는 것인가.

그는 몇 번이나 마음 속으로 되뇌었다.

기누에 역시 최후에는 이런 태도였다. 뭔가 비밀을 지니고 있으면서, 자신이 죽을 때가 다가오는 것을 감지하고 있었다. 그와 동시에 그녀 스스로도 적당한 방어 조치를 취하지 못하고 그 비밀을 아무에게도 털어놓지 않은 채 참극 속으로 차츰차츰 휘말려 들어갔던 것이다. 그리고 또 지금, 그녀의 오빠인 쓰네타로가 그런 태도를 보이고 있다.

어째서 이들 남매는 둘 다 왜 이렇게 입이 무거운 것일까? 죽음의 그림자에게 끊임없이 위협을 당하면서, 어째서 주저하는 것일까? 무엇 때문에 눈 딱 감고 화근을 잘라내고 죽음의 공포로부터 벗어나려 하지 않는단 말인가.

겐조는 무서워서 전율하고 괴로워 방황했다. 정말이지 모든 것을 털어놓고 그의 처분을 바랄까도 생각했다.

그러나 남자끼리의 약속이라는 단서가 겐조를 제지했다.

그렇게까지 말할 때는 쓰네타로에게도 당연히 뭔가 심산이 있으리라. 어지간한 자신감이 아니고야 사흘 뒤에는 모든 것을 털어놓겠다고 할 수 있겠는가. 누이동생과는 달리 남자이다. 몸을 지킬 정도야 하지 못할 것도 없다.

겐조는 그렇게 생각했다. 억지로 자신을 납득시키고는 수화기를 내려놓고 밖으로 돌아왔다.

다음날 밤늦게 경찰청의 수사진은 생각지도 않은 수확에 환호성을 올렸다.

마지막 카드인 우즈이 료키치가 마침내 수중에 떨어진 것이다.

밤 11시가 지나서 도시마구(區) 치하야정(町)의 어떤 집에 숨어 들어와 돈을 훔쳐 달아나려는 것을 비상경계를 하던 경관들에 의해 이케부쿠로 시장 모퉁이까지 쫓겨갔다가 그 자리에서 체포되었던 것이다.

처음엔 기껏해야 좀도둑 정도로 여겼던 경관들도 그가 문신살인 사건의 용의자로 지명수배 중인 우즈이 료키치임을 알았을 때는 깜짝 놀랐다.

신병은 즉각 경찰청으로 보내졌고, 다음날 취조가 시작되었다.

그러나 이번에도 수사당국은 완전히 골탕을 먹은 형국이었다. 마지막 카드라고 확신을 가지고 그를 붙잡기만 하면 사건은 더 빨리 해결을 보게 되리라고 굳게 믿었던 우즈이 료키치의 출현은 사건을 한층 혼란시켰다. 그리고 수사를 더욱 예상 불가능한 미궁으로 몰아넣은 것 외에 아무것도 아니었던 것이다.

그의 얼굴을 언뜻 보고 마쓰시타 과장은 실망을 억누를 길이 없었다. 머리가 튀어나오고 눈썹이 짙은, 날카로운 눈의 흉악한 범죄형이었다. 사진에서도 일단은 인상을 확인했지만 정작 당사자를 보면 조금쯤은 지능범다운 데가 있지 않을까 생각했던 과장의 예감은 보기 좋게 빗나가고 말았다.

시노하라 수사관이 직접 우즈이를 취조해 샅샅이, 그리고 있을 수 있는 모든 각도에서 관계를 규명해 마침내 몇몇 단서를 얻어냈다.

교도소에서 나온 그는 전부터 원한을 품고 복수의 맹세를 실행하고자 기누에의 소재를 찾기 시작했다.

먼저 요코하마에 가보았으나 그곳도 전쟁 때와는 한참 양상이 달라져 있었다. 특히 떳떳치도 못한 처지여서 그리 깊이 찾아다닐 수도 없었지만 가까스로 뭔가를 알아냈다. 기누에는 그 뒤 다케조와 헤어지고 신세를 망쳐 어디론가 가버렸다는 소릴 들었다. 물론 잘못된 정보였지만 그는 사실 여부를 확인할 여유도 없었다.

그는 실망해서 도쿄로 돌아왔다. 쌀 암거래 등을 계속하면서 숨어 지냈다. 그러다가 그는 반가운 소문을 듣게 되었다. 유라쿠초 또는 신바시 어귀의 밤거리 여자 가운데 기누에가 섞여 있다는 것이었다.

그러나 그가 달려갔을 때는 이미 기누에는 어디론가 사라지고 없었다. 사진을 보이면서 그 지역 사람들에게 물어물어 돌아다닌 결과, 틀림없이 기누에라는 대답을 듣긴 했으나, 이상하게도 문신에 관해 아는 사람은 없었다. 그녀가 몸을 팔아서 먹고산 것도 극히 짧은 기간이었는지 그로부터 얼마 안 되어 어디론가 사라져버렸다. 그렇지만 이런 일을 하는 여자로선 흔한 일이기 때문에서 어느새 망각되고 만 것이다.

그러나 우즈이는 포기하지 않았다. 기누에의 육체에 대한 끊을 수 없는 번뇌가 악마 같은 집념이 되어 그를 부추겼다.

8월 하순이 되어 결국은 그의 소원이 이루어졌다. 그는 우연히 시부야역 근처를 지나던 길에 기누에를 발견했던 것이다. 그는 놀라 근처에 몸을 숨겼는데 다행히도 기누에는 그를 알아채지 못한 것 같았다. 그녀에게 발견되지 않도록 조심하면서 뒤를 밟은 그는 시모기타자와에 있는 기누에의 집을 알아냈다. 그 뒤로 그는 날마다 기회를 엿보다가 8월 27일의 밤을 맞이했던 것이다.

그날 밤, 그는 기타자와의 기누에의 집 근처에 숨어서 동태를 살피고 있었다. 그는 너무 밤이 깊은 시간보다는 오히려 이런 추저녁 때가 일을 하기에는 안성맞춤이라는 것을 오랜 동안의 체험으로 터득하고 있었던 것이다.

기누에는 8시 40분쯤에 목욕 도구를 들고 이웃집에서 나왔다. 그리고 문을 열려다가 무슨 생각이 났는지 뒤돌아 서서 그가 숨어 있는 쪽을 주시했다. 그때 마침 운 나쁘게도 저쪽에서 경관이 다가왔으므로 덜컥 놀란 그는 태연히 그 자리를 떠나 20분 가량 주위를 돌아다니다가 9시쯤에 다시 그 장소로 돌아왔다. 그러나 이번에도 재수 없게 옆집 창문에 불이 켜졌고, 학생들이 이쪽을 쳐다보면서 기타를 치고 있었다. 이래선 안 되겠다 싶어 2시간 가량을 이리저리 돌아다니며 기다렸다. 11시쯤에 불이 꺼졌으므로 이제 됐다고 여긴 순간, 도로 맞은편에서 한 사내가 나타나 주위를 살피면서 집 안으로 들어갔다.

그의 얼굴은 물론 어두워서 자세히 볼 수 없었으나 그리 젊어 보이지는 않았다.

그는 그냥 이대로 물러갈까 했다. 한 번이 아니라 두세 번이나 재수에 옴이 붙으면 좋은 결과가 생길 리가 없다고 생각했던 것이다. 그러나 다른 한편으론 아사쿠사의 관음상에서 뽑은 제비가 운수대통이었다는 사실이 그에게 용기를 주었다.

그는 그대로 1시간을 더 기다렸다. 갑자기 아까 그 사내가 질겁을 하고 뛰어나와 주위를 둘러보면서 저쪽으로 뛰어갔다. 손에는 아무것도 들고 있지 않았다. 뭐에 놀랐는가 싶어 이상하게 여겼으나, 한편으로는 이번 참에 하지 못하면 다시는 기회가 없을 것 같아서 살며시 마당으로 들어섰다. 이상하게도 빈지문의 문고리가 걸려 있지 않았다. 약간 의외라고 여겼으나, 더위 때문일 거라고 생각을 고쳐먹고 그대로 집 안으로 숨어 들어가 보았다. 그러나 인기척이 없었고, 가장 중요한 기누에의 모습은 어디에도 보이지 않았다. 혈안이 되어 찾아 다녔으나 끝내 찾아내지 못해서 단념을 한 순간, 방향을 바꾸었다. 장롱 안을 뒤져 옷가지를 보자기에 싸서 등에 지고 집을 나선 것이다. 솔직히 말하면 이렇게 성가신, 뒤를 밟히기 쉬운 것보다는 현금 쪽이 훨씬 좋았지만 공교롭게도 보이지가 않았던 것이다. 도난품은 그대로 제3국인에게 팔렸으나 다음날 신문에서 목욕탕 안에 기누에의 시체가 뒹굴고 있었음을 알았을 때는 놀라서 벌어진 입이 다물어지지 않았다. 욕실에 전등이 켜져 있었던 것은 알았다. 하지만 물이 흐르는 소리만 날 뿐, 아무도 들어가 있는 것 같지가 않아서 밖에서 스위치를 돌려 끈 것이었다.

두꺼운 분량의 조서를 읽고 난 마쓰시타 과장은 고개를 들어서 시노하라 수사관을 보았다.

"어떤가. 자넨 어떻게 생각하지?"

"그 자는 그다지 거짓말은 하지 않더군요. 의외로 깨끗하고 괜찮은 자입니다."

시노하라 수사관은 자신 있게 대답했다.

"이 자식이 거짓말을 한다고 생각했다면 저도 아직 조서를 만들지 못했을 겁니다. 문제는 그가 8시 전에 무엇을 했는가 하는 점입니다만, 그 시간에는 아직 기누에가 살아 있었으니 깊이 추궁할 것까지도 없겠지요. 아무래도 그 이후의 행동은 이나자와의 진술하고 정확히 일치하고, 어디에도 빈틈은 없습니다."

"확실히 그렇군. 빈틈이 너무 없어서 걱정이로군."

마쓰시타 과장도 쓴웃음을 짓지 않을 수 없었다.

"어차피 이 놈은 절도 현행범으로 구금할 수 있으니까 조급할 것도 없겠습니다만……"

"이 자는 그런 밀실 조작 따위가 가능할 것 같기도 않고, 목을

가죽이 벗겨진 사체 211

조르거나 단도로 찔러 죽이거나 했다면 나도 이 놈을 범인이라고 지목하겠는데."
연필 끝으로 과장은 조서의 표지를 두드리며 말했다.
"단 한 가지, 이 자의 진술 가운데 재미난 데가 있구만. 유라쿠초에 있었다는 여자가 도대체 누굴까. 기누에랑 똑같다는 여자가 누구냐는 거야."
"글쎄요……."
시노하라 수사관도 당혹해 하는 것 같았다.
"누굴까요. 기누에가 아니란 것만은 틀림이 없습니다만."
"의외로 기누에였는지도 모르지. 정이 많은 여자야. 자기 육체의 유혹에 이끌려 세르팡에 다니면서 거리의 매춘부 노릇을 했는지도 모를 일 아닌가."
"설마……."
"뭐 그건 하나의 가설이니까 나도 자신이 있는 건 아니야. 그리고 또 한 가지 이렇게 생각할 수도 있지. 히로시마에서 죽은 줄로만 알았던 기누에의 동생, 다마에가 살아 있을지도."
"저는 그냥 우연히 닮았을 뿐, 기누에도 다마에도 아닌 것 같습니다만."
"물론 그럴지도 모르지. 만약에 말야, 가령 그 여자가 다마에라 하더라도 이번 사건하고 직접적 관계가 있을 리는 없겠지. 하지만 그래도 돌다리도 두들겨 보고 건너란 말도 있지 않은가. 누굴 시켜서 알아보라고 해."
"알겠습니다. 이시카와가 돌아오면 서둘러 그쪽으로 나가보라고 하겠습니다."
시노하라 수사관은 두세 번 끄덕이고 나서 방을 나갔다.
"여자다…… 여자야…… 또 여자다. 범죄의 뒤에는 반드시 여자가 있다. 이번에도 역시 그런 사건인가."

자조하는 듯이 중얼거리면서 마쓰시타 과장은 조서 위로 연필을 내던졌다.

폐허로 변한 대도시 도쿄를 어둠이 덮어 감추기 시작한 6시 반이 지났을 때였다.

시부야의 작은 요릿집 '모란'으로 한 여인이 찾아왔다.

가게 앞을 두세 번 왔다갔다하면서 뭔가 주저하는 것 같았으나, 마음을 먹은 듯 멈춰 서더니 살며시 주렴을 헤치고 낮은 목소리로 물었다.

"저, 이 집에 노무라 쓰네타로라는 분이 계신가요?"

차림새는 결코 소박하지 않았다. 검은 기모노에 아직은 약간 시기가 이른 감이 없지 않은 검정 솔을 두르고 있었다. 그러나 주렴을 가르고 들어올 때 소맷부리로 흰 붕대가 보였다. 팔꿈치 밑에서 손목 근처까지였다.

"쓰네 씨 말인가요? 있어요."

아무렇지도 않게 가게 여주인이 대답했다.

"지난 열흘 가량 어딜 갔었는지 잠깐도 집에 돌아오지 않더니 마침내 어젯밤에 돌아왔어요. 무슨 일이 생겨서 그랬다고 그러던데······."

변명하듯이 중얼거렸다.

"당신도 뭐 하실 거유?"

어차피 혼자서 문신사를 찾아온 여자다. 순진한 풋내기처럼 보이지도 않는 차림인데다가, 틀림없이 팔에 있는 문신을 감추고 있는 거라고 지레짐작하면서 여주인은 물었다.

"아니에요, 좀 할 얘기가 있어서 그럽니다."

"그럼 안에 있으니까 들어가 보시구려."
"죄송합니다만 이리로 불러 주지 않으시겠어요?"
여주인은 이상하다고 생각했다.
"이름이 뭐유?"
"괜찮아요. 만나면 금세 알아요."
뭔가 복잡한 사정이 있는 듯한 사람이라는 생각은 들었지만 마침 가게가 바빠지기 시작할 시간이어서 여주인도 그리 신경을 쓸 여유가 없었다. 안에 대고 말을 하자 쓰네타로는 곧바로 나왔다.
"뭐요, 여자 손님인가?"
긴장한 모습으로 슬리퍼를 신고 곧장 밖으로 나가서 골목에서 그 여자하고 두세 마디 이야기를 나눴다. 그러나 곧이어 창백한 얼굴로 돌아와서 자기 방으로 들어갔다.
"쓰네 씨, 또 나갈 거유?"
카키색 제대 복장으로 갈아입고 방을 나오는 쓰네타로를 보고 여주인이 말을 걸었다.
"예."
"또, 일이야?"
"그렇지 않아요."
그러고 보니 문신 도구도 들고 있지 않았다.
"좋겠네."
"농담 말아요."
쓰네타로는 금방이라도 울 듯한 표정이었다.
"그렇게 들뜨고 즐거운 얘기가 아니라오. 세상이 참으로 싫소. 거 있지 않소. 충성을 하려니 불효가 되고, 효도를 하자니 불충이 된다는 말도 있지 않습디까? 전쟁에 지고 일본으로 돌아와 이제 됐다 싶었는데 이런 참혹한 생각이 드네. 괴롭고 쓰라린 세상이란 말이 딱 맞소……."

선반에서 막소주 병을 내려서 잔에 따라 단숨에 들이키고는 그 길로 쓰네타로는 밖으로 나갔다. 그에게 착 달라붙어서 어깨를 나란히 하고 걸어가는 여자의 뒷모습은 검은 죽음의 그림자처럼 보였다.

마쓰시타 과장이 그날 밤늦게 집으로 돌아오니 동생이 이상하게 빙글빙글 웃는 것이었다. 이번 사건이 일어난 뒤로 말 그대로 오로지 우울하기만 할 뿐, 밝은 표정을 거의 보인 적이 없던 겐조가 갑자기 조울증의 조증으로 전향해 있었던 것이다.

"어떻게 된 거냐. 오늘밤은 기분이 좋아 뵈는구나. 오다가 지갑이라도 주웠느냐?"

동생의 얼굴을 보고 있노라니 그도 순간 농담이 하고 싶어졌다.

"아주 조금, 축하할 일이 있어서요."

"뭐냐."

"그건 비밀입니다. 천기를 누설해선 안 되기 때문이죠."

"백만장자의 딸이 너한테 반하기라도 한 게냐?"

"에이 설마! 저 같이 이런 밥벌레한테요?"

두 사람은 소리내어 웃었다. 그러다가 겐조는 갑자기 웃음을 거두고 진지한 표정으로 물었다.

"그런데 형님, 그 우즈이란 자는 어떻게 됐습니까?"

"음, 일단 취조가 끝나긴 했는데."

물에 빠진 사람이 지푸라기라도 잡는 심정으로 취조를 하였던 마쓰시타 과장은 오늘 조사의 진행 상황을 정리해 겐조에게 들려주었다.

"그랬어요? 그런 얘기를 하던가요?"

가죽이 벗겨진 사체

"겐조, 넌 도대체 어떻게 생각하느냐?"
"그의 말에도 일단은 일리가 있지 않습니까? 분명 그 자라면 일본도나 단도로 베거나 찌르는 정도야 어렵지 않을 것 같군요. 그런 자에게 시체를 몸통만 잘라내고, 그 자리를 밀실로 해놓을 만한 재주가 가당하기나 하겠습니까?"
"나도 그렇게 생각한다. 하지만 난처하게도 그렇게 되면 범인을 전혀 알 수가 없게 되고 만단 말야."
"어째서요?"
"그게 말이다. 모가미 히사시에겐 9시 이후의 완벽한 알리바이가 있어. 이나자와는 달아날 때는 빈손이었다고 하지. 가장 수상쩍은 박사조차도 그날 밤엔 12시 조금 전에 집으로 돌아왔어. 이것은 부인과 가정부의 증언이 일치해. 그런데도 한편으론 9시에서 12시까지 그 집에서 나간 사람이 없다는 거야. 전등이 꺼져 있었던 까닭은 알아냈다. 이나자와 말에도 틀림이 없었어. 그렇다면 범인은 언제 달아났다는 거지? 8시 40분에서 9시까지, 겨우 20분 동안에 사람 하나를 죽이고 몸통을 절단한 다음, 목욕탕을 저렇게 조작해 놓고 달아난다는 건 절대로 불가능해. 그럼 결국 범인은 다케조인데, 집 안 어딘가에 숨어 있다가 우즈이가 집 안으로 들어온 것과 교대로 몸통을 들고 달아났다는 것인가? 그것말고는 생각할 수가 없지 않느냐?"
마치 겐조의 팔을 비틀어 엎어놓으려는 듯한 말투였으나, 자기 스스로도 납득하지 못하는 추론으로는 제아무리 형과 수사과장이라는 권위를 가지고도 겐조를 납득시킬 수 없는 노릇이었다.
"유라쿠초에 있었다는 여자는 누구일까요?"
지체 없이 겐조는 형의 아픈 데를 찔렀다.
"음, 기누에가 아니란 것만은 확실해."

"그렇다면 어떻게 되는 겁니까?"
"넌 무슨 생각을 하는 게냐? 다마에가 덜컥 나타나기라도 했다는 말이냐? 그 여자가 혹시, 만일에 살아 있다 하더라도 이 사건하곤 관계가 없어."
"하지만 목욕탕 뒤에는 다마에의 문신 사진의 건판이 떨어져 있었습니다. 기누에가 저에게 맡긴 봉투 안에도 그녀와 오빠의 사진과 함께 다마에의 사진이 들어 있었고요. 전혀 이번 사건과 관계가 없다고도 할 수 없습니다."
"그렇다면 넌 다마에를 이 사건하고 어떻게 결부 지을 테냐. 설마 오로치마루하고 쓰나데히메가 둔갑술로 서로 싸우기라도 한 끝에 괄태충이 오로치마루를 녹여버렸다고 하려는 건 아니겠지."
"아뇨, 그렇게까지 말하진 않겠습니다. 하지만 어쩌면 이 사건도 슬슬 막이 내릴 것 같습니다. 어쩌면 앞으로 며칠 안에 문신 살인사건도 대단원에 이르지 않을까요."
"허어 참, 그럴 듯한 말을 하는구나. 마치 수사과장의 지위를 위협하기라도 하는 것 같은데, 그럼 뭔가 단서라도 있는 게냐?"
"예, 아주 조금."
"뭐냐."
"바로 저겁니다."
겐조는 문갑 위에 걸려 있는 액자를 가리키면서 웃었다. 내무장관이던 아다치 겐조가 달필로 쓴 "각하조고."(脚下照顧 ; 자기 발밑을 보라, 즉 자신을 반성하라는 뜻)라고 쓴 글자였다.

이번에야말로 나너 단단히 벼르던 겐조가 얻어맞아 코뼈가 부러진 것은 겨우 다음 날 아침의 일이었다.

오늘 내일 안으로 문신살인사건도 모조리 해결이 나리라고 굳게 믿고 늦잠을 자던 겐조는 전화에 대고 외치는 형의 고함소리에 눈을 뜨고 허둥지둥 일어났다.

"엉?, 뭐라구? 농담 아니겠지. 이번엔 가죽이 벗겨진 알몸의 남자 시체라구! 알았어. 곧 가겠다."

"형님, 무슨 일입니까?"

겐조는 잠옷바람으로 방을 뛰쳐나와 눈을 비비면서 물었다.

"음, 요요기의 불탄 자리에서 남자 시체가 발견되었다고 하는구나. 그런데 이게 알몸에 두 팔과 허벅지의 가죽이 벗겨져 있다는 거야."

"그렇다면 마치 온몸에 새긴 문신을 벗겨낸 흔적 같군요."

마쓰시타 과장도 움찔한 것 같았다. 한동안 말없이 겐조의 얼굴을 쳐다보다가 재촉했다.

"그렇구나. 어쩌면 그 사건하고 관계가 있는지도 모르겠다. 함께 가겠느냐?"

겐조도 새파래진 얼굴로 고개를 끄덕였다.

곧바로 준비를 마치고 두 사람은 요요기의 현장으로 서둘러 갔다.

시체가 발견된 것은 국철 요요기역에서 도보로 10분쯤 되는 곳이었다. 대로에서 약간 들어가서 폭 2미터 가량의 도로를 5분쯤 걸어가니 빨간 벽돌이 반쯤 허물어져 내린 건물이 있었다. 시체는 그 안의 봉당 위에 엎드린 자세로 쓰러져 있었다. 도로에서 그곳까지는 15, 6미터 되는데, 아침이 되어 근처에서 놀던 아이들이 발견했던 것이다.

건물이라고는 해도 토대 벽이 약간 남아 있는 것에 지나지 않는데, 대지의 넓이나 토대로 추정되는 방의 배치로 볼 때 전엔 상당히 훌륭한 건축물로 짐작되었다. 반쯤 허물어진 빨간 벽돌 벽과 콘크리트 담이 도로에서 보이지 않도록 가로막고 있었다. 사실 요즘의 도쿄는 어두워진 뒤로는 이런 불탄 자리를 지나는 사람도 없기 때문에 범행에는 절호의 장소임에 분명했다.

겐조는 망설이면서 거적을 덮어놓은 시체의 얼굴을 들여다보았다.

"앗, 이 사람은!"

낮게 신음하면서 비틀거리다가 그 자리에 쓰러지고 말았다.

"겐조, 왜 그러느냐? 정신 차려!"

마쓰시타 과장은 허둥지둥 동생의 몸을 흔들었다. 의사인 주제에 변변하지도 못한 놈이로군, 괜히 성가시게 녀석을 데리고 왔다고 그의 얼굴에는 빤히 쓰여 있었다.

겐조는 이내 정신을 차렸다.

"어떻게 된 거냐? 의사인 주제에 칠칠치 못하구나. 속이 좋지 않거든 집으로 돌아가서 쉬도록 하거라."

형의 말에 튀어 오르듯이 겐조는 외쳤다.

"형님, 그게 아니에요. 큰일입니다. 이 사람은…… 이 시체는 기누에의 오빠 노무라 쓰네타로라구요."

"뭐라고!"

주위에 모여 있던 사람들 모두가 어안이 벙벙해지고 말았다. 겐조의 말의 의미를 곧장 알아듣지 못하는 표정이었다.

다음 순간, 마쓰시타 과장은 흥분하여 얼굴이 시뻘개졌다.

"어떻게 넌 그걸 알고 있었느냐? 빨리, 빨리 말해봐!"

목을 졸라 죽일 듯한 기세로 겐조의 멱살을 쥐고 흔들면서 물었다.

겐조는 머뭇머뭇, 짧게, 그러나 자세히 말했다.

"바보 같은 녀석! 대체 넌 뭐냐!"
천둥 같은 분노가 폭발했다.
"그렇게 중대한 단서를 어째서 나한테 말하지 않았지! 빌어먹을! 이제 이 사건 해결이 더 어려워지지 않았느냐?"
"잘못했습니다. 뭐라 드릴 말씀이 없어요."
겐조는 솟구치는 분통한 눈물에 저도 모르게 땅바닥에 몸을 내던지고 엎드려 울었다.
마쓰시타 과장도 방심한 눈길로 겐조의 풀이 죽은 가련한 모습을 바라보았다. 그러나 다음 순간에는 즉각 예리하고 사나운 투지로 끓어 넘쳐 아키타 형사를 향해 외쳤다.
"시부야로 가봐! 모란이라는 작은 식당으로 가서 피해자의 동정을 살피고 오도록!"
두 마디도 하지 않고 형사는 뛰어 나갔다. 과장은 즉각 담당자들을 향해 돌아섰다.
"대체 죽은 지 몇 시간이나 지났지?"
"15, 6시간은 됩니다."
"그럼 범행은 어젯밤 6시나 7시쯤이로군."
"대충 그쯤 될 겁니다."
"사인은?"
"청산계 약물중독의 증상이 보입니다. 다만 해부해 보지 않으면 정확한 것은 알 수 없습니다."
"밤엔 이 주변에 인적이 없을 텐데."
"거의 없을 겁니다."
"시체에서 이만큼의 피부를 벗겨내는 것은 초보자가 할 수 있을까?"
"반드시 전문가가 할 수 있는 건 아닙니다만, 초보자의 범행으로 볼 수도 없습니다. 적어도 어느 정도의 과학적 소양도 있고, 손재주가 상당히 있는 사람이 한 겁니다."

"그러는데 시간은 얼마나 걸리겠나."

"1시간 가량 걸릴까요."

"그렇다면 청산가리로 독살을 한 다음에 시체를 이곳으로 옮겨 와, 여기서 가죽을 벗겨냈다는 것인가. 설마 다른 장소에서 가죽을 벗겨낸 다음에 시체를 이리로 운반한 것은 아니겠지?"

"그렇게 했다가는 피를 어떻게 할 수가 없습니다."

"하지만 범인은 대체 무엇 때문에 문신한 피부를 벗겨냈을까? 안면에 상처가 없는 걸로 봐선 신원을 감추기 위해서가 아니야. 단지 비밀이 들통날 것이 두려웠다면 발견될 위험을 무릅쓰고 이런 곳에서 피부를 벗겨낼 필요도 없어. 이걸로 볼 때, 범인은 문신을 한 것에 엄청난 집착을 갖고 있는 게 틀림없다."

마쓰시타 과장은 어지간히 분한 것 같았다. 첫 번째 사건의 사라진 몸통의 행방도 채 밝히기 전에 또다시 범인은 정면으로 수사진에게 도전해 사건 해결의 열쇠를 쥔 쓰네타로를 죽이고 그 문신을 벗겨낸 것이다. 과장으로서도 두 번이나 연속해서 뜨거운 물을 먹었다고 생각했음에 틀림없다.

초조와 흥분 속에 3시간이 흘러갔다. 시부야에서 돌아온 아키타 형사가 와서 어젯밤의 일을 보고했다.

"검정 옷을 입은 여자하고 어젯저녁 6시가 지나서 외출을 했다고…… 문신을 새기러 온 손님이 아니라…… 손목에까지 흰 붕대가 감겨 있더라……"

확인을 기듭하면서 과장은 그의 보고를 들었다. 그러고는 날카롭게 명령했다.

"하야카와 박사, 모가미 히사시, 이나자와 요시오, 이들 세 사람의 어젯밤 행동을 철저하게 밝혀 내도록 해. 그리고 유라쿠초에서 사라졌다는 기누에와 똑같이 생긴 여자를 샅샅이 뒤져서 찾아내!"

아수라처럼 미쳐 날뛰는 형의 모습을 겐조는 정면으로 바라볼 수가 없었다. 미리 한 마디만이라도 형에게 털어놓았더라면 한 사람의 목숨을 구할 수 있었을지도 모른다고 생각하니 겐조에게는 또다시 눈물이 솟구쳐 올라왔다.

살인사건 각서

밤으로 접어들 무렵, 세 사람의 행동에 관한 보고가 들어왔다.

먼저 모가미 히사시는 요코하마의 친구 집을 방문해 5시 무렵까지 이야기를 나눴다. 그 다음 근처의 중국식당에서 저녁을 먹었다. 그리고 영화를 한 편 본 다음 이세자키를 산책했다. 이어 혼모쿠의 S호텔에서 하룻밤을 묵었다고 했다. 호텔에 도착한 것은 8시 반쯤이라고 했다. 그것은 호텔 직원과 상대 여자도 그렇게 증언을 했다. 그리고 요요기의 현장에서 혼모쿠까지는 전차를 바로 갈아탄다 해도 1시간 반은 족히 걸릴 터였다. 그렇기 때문에 그가 범인이라고 한다면 요코하마에서 요요기까지 왕복하는 것이 고작일 뿐, 도저히 시체를 옮기거나 가죽을 벗겨 처분하거나 할 시간은 없었다.

두 번째로 이나자와 요시오는 밤새도록 신주쿠의 댄스홀 '아카타마'에서 춤을 추었다고 했다. 그러나 그는 그 호텔에 늘 다니는 것이 아니어서 누구 한 사람도 그의 존재를 알았거나 기억하는 사람도 없었다. 그가 밤새도록 계속 춤을 추었는지 여부는 다분히 의문의 여지가 있었다. 그가 틈을 보아 호텔에서 빠져나와 범행을 마치고 다시 돌아온 게 아니라고는 아무도 말하지 못했다. 더구나 이 호텔에서 요요기 현장까지는 걸어서 15분 가량의 거리였다.

세 번째로 하야카와 박사는 6시쯤까지 신바시에 있는 친구가 경영하는 병원에 갔다가 저녁을 거나하게 얻어먹은 다음 긴자를 산책하다가 9시쯤 귀가했다고 했다. 그러나 초로에 가까운 박사가 만추의 추위를 참아내며 3시간이나 걸어 돌아다닐 정도로 요즘의 긴자가 매력 있는 거리인지는 의문이었다. 그 의문에는 누구나 고개를 갸웃할 것이다. 더구나 박사에 대한 직접적인 증거는 거의 전무한 상태였다.

기누에하고 똑같이 생겼다는 여자의 이름은 하야시 스미요로 밝혀졌다. 그러나 이런 직업의 여성이므로 이름이 본명인지 여부는 알 수 없었다. 그리고 또한 그녀가 유라쿠초 근처에서 자취를 감춰버린 지는 거의 반년 가까이나 되었다.

수사는 마침내 절망적인 암초에 부딪치고 말았다. 아주 사소한 데서 사건 해결의 단서를 빼앗겨버린 마쓰시타 과장의 실망은 누구보다도 컸다. 그러나 그는 남자답게 이번의 새로운 타격에 인내하고, 더 이상 동생을 책망하려 하지 않았다.

모든 실이 끊어졌다. 그로부터 며칠 동안 수사는 쳇바퀴를 돌 뿐, 새로운 진전을 보이지 않았다.

오직 한 가지, 직접적 단서라고는 할 수 없지만 측면에서 사건 전체에 새로운 한 줄기 빛이 비쳐 들었다.

애써 호리야스의 과거를 파헤치는 동안에 호리야스의 아내, 즉 쓰네타로 남매 어머니의 삶의 후반이 어둠 속에서 드러난 것이다. 1910년대 중반에서 1920년대 중반에 걸쳐 온통 세상을 들쑤셨던 강도살인사건에 연루되어 무기징역을 선고받아 도치기의 여자 교도소에서 병사한 여자깡패가 그녀였다는 것이다.

하야카와 박사가 겐조에게 넌지시 한 말의 의미를 과장은 이해할 수 있을 것 같았다.

"호리야스는 자식들 3남매의 어머니를 저주했었다는군."

그에 따라 그들 3남매의 자식 가운데 적어도 둘은 무참하기 이를 데 없는 살인사건의 희생자로서 목숨을 달리하고 만 연유도 납득할 수 있을 것 같았다.

한편, 마쓰시타 겐조는 보기 좋게 야망이 깨져버려 구천(九天)의 하늘에서 구지(九地)의 바닥으로 곤두박질쳐 떨어진 듯한 느낌이었다.

자신의 경솔한 판단때문에 한 사람이 목숨을 잃고, 수사를 궁지로 몰아넣은 책임을 어떻게 져야 할지 몰랐다. 어떻게 해서든 이번 실수는 만회를 해야만 한다. 무슨 수를 써서든 내 손으로 사건을 해결해 복수를 해야만 한다는 자책감이 하루 온종일 그를 몰아세웠다.

그러나 실제적인 문제로 들어서면 두 번이나 상처를 입은 그는 겁에 질려 있었다. 실제 행동으로 옮길 만한 용기를 상실한 상태였다.

그는 '그린살인사건'에서 반 다인이 사용했던 그런 각서를 만들어 보고자 했다. 이 사건에 범인의 용의주도한 계획이 있다고 한다면 지적 능력으로 그 구멍을 간파해 내야만 한다는 것이 그의 슬픈 신념이었다. 그는 며칠에 걸쳐서 상세한 각서를 만들어냈다. 그것은 다음에서 나타내는 바와 같다.

문신살인사건 각서
1. 첫 번째 사건

(1) 기누에는 무엇 때문에 봉투의 사진을 내게 건넨 것일까. 그것은 무엇을 말하려던 것이었을까?

(2) 그 사진은 앨범에 부착되어 있었던 것으로 추정된다. 그러나 그중 1장은 도려내져 있었다. 모가미 히사시에 따르면 그 사진이 붙어 있었던 뒷장에는 뭔가 설명이 쓰여 있었던 듯하며, 기누에는 그것을 보여주지 않았다던데 과연 무엇이 쓰여 있었을까? 또한 그 1장을 도려낸 것은 누굴까?

(3) 호리야스가 불길한 3자견제의 문신을 자기 자식들 3남매에게 나누어 새긴 까닭은 무엇인가?

(4) 기누에가 자신의 죽음을 예상했던 것은 왜일까? 우즈이의 협박장은 경연대회 이후에 도착했으며, 더구나 그녀는 그 뒤에 가정부에게 휴가를 내주었다.

(5) 유라쿠초에 있었던 밤거리 여인, 하야시 스미요의 정체는? 그리고 어디로 사라진 것일까?

(6) 기누에가 이나자와를 불렀다는 것이 사실일까?

(7) 기누에가 박사를 부른 것도 사실일까?

(8) 기누에는 내게 무슨 말을 하려고 했던 것일까?

(9) 그날 밤, 기누에의 집을 찾아와 술을 마신 사람은 누구일까? 컵에서는 청산가리가 검출되었다.

(10) 7시쯤 기누에의 집을 찾아왔던 자동차에는 누가 타고 있었을까?

(11) 제5 지문의 주인공은? (여자······?)

(12) 범인은 언제 어디로 도망친 것일까?

(13) 몸통은 무엇 때문에 잘라냈을까? 또한 그 다음의 행방은?

(14) 욕실을 밀실로 만든 방법은? 또 그 까닭은 무엇일까?

(15) 어째서 범인은 전등을 켜놓은 채로 두었을까?
(16) 욕실의 괄태충의 의미는 무엇?
(17) 욕실의 뒤에 떨어져 있던 건판의 의미는 무엇인가? 또한 박사가 위험을 무릅쓰면서까지 그것을 감춘 이유는?
(18) 다음날 아침에 걸려 왔던 전화의 주인공은 누구인가?

시간표(괄호 안은 증인)

오후 2시 : 다케조의 사무실로 전화가 걸려와서 그가 외출하다(이나자와)

오후 3시 : 히사시가 연극 관람을 가다(카하다)

오후 7시 : 누군가가 자동차로 기누에의 집을 찾아왔다. 곧 돌아간 듯함(고타키)

오후 8시 : 히사시가 연극을 보고 나와 긴자에서 싸움을 시작하다(여종업원). 기누에가 대중목욕탕에 갔고, 돌아오는 길에 옆집에 들르다(고타키 및 아사히유 목욕탕). 기누에의 모습이 보였던 것은 8시 40분경이 마지막임. 우즈이가 집 앞을 서성이기 시작하다(우즈이). 이나자와가 시부야에서 시모기타자와로 오다. 40분쯤 집 앞을 지나가다(이나자와)

오후 9시~11시 : 이 사이에 집을 드나든 사람은 없다(고타키)

오후 11시 : 이나자와가 집 안으로 들어가 욕실의 사체를 발견하고 기절을 하다(이나자와)

오후 12시 : 이나자와가 아무것도 들지 않고 집에서 뛰쳐나오다.

우즈이가 교대로 집으로 들어서다(우즈이)

하야카와 박사가 시부야의 자택으로 돌아오나(하야카와 부인,

가정부)

 (주) 시체 해부 결과 사망시각은 오후6시에서 오후12시까지 사이로 추정됨. 그리고 8시 40분까지 기누에가 살아 있었던 것이 분명하며, 9시에서 12시까지 그 집을 드나든 것은 이나자와 혼자임. 더구나 그는 맨손으로 달아나는 것이 발견되었으므로 몸통이 없어진 것은 그것으론 설명할 수 없음.

 오전8시 : 이나자와가 보자기에 싼 것을 잊고 와서 다시 기누에의 집으로 돌아가다. 돌아가는 길에 나에게 발견되다.
 오전9시 : 내가 시체를 발견하고, 동시에 하야카와 박사가 찾아왔다. 전화가 걸려 오다. 박사가 건판을 숨기다. 모가미 히사시가 경찰에서 석방됨.

 각 용의자의 동기
 다케조 : 치정
 히사시 : 재산상의 이득
 하야카와 : 문신에 대한 집착
 이나자와 : 치정
 우즈이 : 복수

 2. 두 번째 참극
 (19) 모가미 다케조에게 걸려 왔던 전화의 내용과 전화를 건 사람은 누구인가?
 (20) 어째서 그는 권총에 6발의 실탄을 장전하고 미타카의 유령의 집으로 향했던 것일까?

(21) 타살이라면 그는 어째서 저항하지 않았을까?
(22) 자살이라면 왜 그 장소를 선택한 것일까? 또한 동기는?

각 용의자의 동기
히사시 : 재산상의 이득
하야카와 : 재산상의 이득
이나자와 : ?
우즈이 : 복수

3. 세 번째 참극
(23) 쓰네타로는 나에게 무엇을 털어놓으려 했던 것일까? 또한 그는 어떻게 기누에의 사진에서 비밀을 간파해낼 수 있었던 것일까?
(24) 그는 왜 비밀의 폭로를 3일 동안 주저했을까?
(25) 쓰네타로를 불러낸 여자는 누굴까? 또한 그녀의 팔뚝의 붕대가 의미하는 것은 무엇?
(26) 쓰네타로의 문신한 피부를 벗겨낸 이유는 무엇인가?
(27) 이 살인의 동기는?

(주1) 첫 번째 살인의 희생자가 기누에가 아니라 다마에가 아닐까 하는 것은 성립되지 않는다. 왜냐하면 다마에는 기누에보다 커다란 문신을 새겼으며, 따라서 잘리고 남은 부분에도 문신이 남아 있어야만 한다. 그러나 실제 남겨진 팔뚝과 다리에 문신의 흔적은 없었다.
(주2) 쓰네타로, 기누에, 다마에 3남매의 이미니는 음란했으

며, 옥사를 했을 정도이므로 이들 3남매에게도 특별한 피가 유전되어 있을 것으로 추정 가능하다.

이와 같은 각서를 작성하고 겐조는 그것을 뚫어져라 훑어보았다. 세로로, 가로로, 있을 수 있는 모든 각도에서 이 각서를 규명해 감춰진 사건의 진상을 파악해내려 했다.
그러나 그에게 그것은 도저히, 어떻게 해볼 도리가 없는 일이었다. 아니, 수사당국의 필사적인 탐색 결과로도 이 선을 쉽사리 넘을 수는 없었던 것이다.
이들 모든 수수께끼를 모순 없이 밝혀내고, 진범을 사형대로 보내려면 코페르니쿠스적인 발상의 전환을 필요로 했다. 평행선의 공리를 부정해 없앨 만한 비(非)유클리드 기하학의 도입이 필요했다.
그러나 만인이 자명하다고 믿어 의심치 않는 상식적 이론을 깨뜨리려면 천재 한 사람의 출현이 필요하다는 것은 역사적인 법칙이다. 이번 사건에서 그 천재의 역할을 한 것은 나이가 채 서른이 되지 않은 백면서생의 한 청년이었으니······.

독자 여러분, 나는 지금 여러분에게 대항해 도전하고자 한다. 나는 지금까지 수사당국이 알아낸 것 이상의 자료를 숨김없이 여러분 앞에 제공해 왔다. 그 재료는 이미 앞의 각서에 요약되어 있다.
모든 자료를 제공했다. 여러분에게 안광이 지배를 철할 통찰력이 있다면, 태양이 지구 둘레를 움직이는 것이 아니라 지구가 태양의 주위를 도는 것이라고 잘라 말할 만큼만의 용기가 있다면, 정교와 치밀의 극에 이른 범인의 완전범죄 계획은 이내 와해될 것이 분명하다. 사건의 비밀도, 범인의 이름도 즉각 간파해 낼 것이다.

흑과 백이 반전한다. 평행선은 한 점에서 만나는 법이라고 생각한다…… 언뜻 무리한 사고방식일지도 모른다. 그러나 진리는 언뜻 이치에 어긋난다고 생각되는 모순 속에 자주 그 그림자를 감추고 있는 법이다.

가미즈키 요오스케의 등장

 늦가을로 접어든 11월 초, '산시로'(三四郎 ; 나쓰메 소세키의 소설)로 유명한 도쿄대학 구내의 연못가에 한 청년이 서서 옛일을 회상하는지 주위 경치를 바라보고 있었다.
 이마는 훌렁 벗겨진 듯이 높고 넓으며, 눈은 흑요석처럼 맑게 빛난다. 칠흑의 눈썹은 어딘가 힘이 없어 보였지만, 여자 같은 감수성을 나타내고 있었다. 남자로선 드물 정도로 미모의 청년이었다. 그러나 미청년에게서 흔히 나타나는 메스꺼운 점을 메우는 것은 그의 얼굴 전체에 흘러 넘치는 기품과 지성이었다.
 이 청년의 이름은 가미즈키 요오스케다. 제일고등학교에서 도쿄대학 의학부로 마쓰시타 겐조와 비슷한 시기에 진학했으며, 매우 나오기 힘든 위재(偉材)라 불리는 영재였다.
 가미즈키 요오스케의 재능에 대해선 그와 같은 시기에 제일고에서 수학했던 사람이면 모르는 이가 없다. 개교 50년 이래로 수많은 인재를 온갖 방면으로 내보낸 제일고가 특별히 자랑해 마지않는 천재였다.

그는 약관 19세 나이에 이미 영어, 독일어, 불어, 러시아어, 그리스어, 라틴어 등 6개 국어를 사용할 줄 알았다. 제일고 재학 당시에 쓴 정수론의 대논문인 '유벨 디 아인하이텐 데어 디비전스알게브렌'은 독일의 학술잡지 《마테마티쉐 차이트슈리프트》에 게재되었다. 이 논문은 그때까지 금과옥조로 존중받아 오던 그룬왈트의 정리를 뿌리부터 뒤집어엎는 것으로 나중에 '가미즈키의 정리'라 불리기에 이르렀다. 멀리 독일의 학회에서 그의 빛나는 공적을 기려 '제일고등학교 교수 이학박사 가미즈키 요오스케 선생' 앞으로 두터운 서류가 배달되었을 때 그 자리에 있었던 교수진은 어느 한 사람도 이 스물도 채 되지 않은 청년 앞에서 안색을 잃지 않은 사람이 없었다.

그는 당연히 이학부의 수학과나 물리학과로 진학해서 세계적인 대학자, 대교수가 될 것으로 알았다. 그러나 그는 뭔가 뜻한 바가 있었는지 의학부로 진학해 법의학을 전공했으며, 여기서도 또한 '가미즈키 앞에 가미즈키 없으며, 가미즈키 뒤에 가미즈키 없다'고까지 그의 재능은 격찬을 받았다.

평온한 시절이었다면 당연히 그는 대학에 남아서 박사, 조교수, 교수로 빛나는 과정을 밟아 나갔을 것이다. 그러나 격동 시대의 조류는 이 천재 역시 비껴가지 않았다. 그는 소집에 응해 군의관이 되었으며, 중국에서 남방으로 원정의 길에 올랐다……

살아서 돌아오지 못할 길이라고 내심 결정했던 만큼, 또다시 바라보이는 모교의 정경은 가미즈키 요오스케에게도 한층 감개가 무량했으리라. 한참 주위를 바라보다가 이윽고 비탈을 올라 의학부 본관 쪽으로 천천히 걸음을 옮기기 시작했다.

마침 그때, 그곳을 걸어가던 마쓰시타 겐조가 커다란 은행나무 밑에서 돌아보았다. 유령이라도 본 것처럼 얼굴이 굳어지면서 새파래져 그 자리에 2, 3분을 멈춰 섰다.

"가미즈키 씨!"

환호성을 지르면서 요오스케 옆으로 뛰어갔다.

"마쓰시타!"

요오스케도 얇은 입술로 미소를 지었다. 여자 같은 보조개가 희미하게 볼 언저리로 떠올랐다.

"가미즈키 씨, 돌아오셨군요…… 이렇게 무사히, 정말 잘 되었군요……."

"그다지 무사하지도 않았다네. 억류되어 있는 동안에 몸이 약해져서 반생반사의 꼬락서니로…… 교토에 겨우 당도했을 때는 완전히 녹초가 되어서, 얼마 전까지 교토의 병원에서 누워 있었는걸."

"고생이 많으셨군요. 하지만 무엇보다 목숨이 있고 봐야 하는 것 아닙니까? 이거 헤어진지가……."

"벌써 얼추 4년이 되려나? 베이징에서 헤어진 것이 마지막이었지 아마……."

대화는 끝이 없었다. 모든 것이 불편한 전장에서 서로 헤어져서 편지의 왕래도 생각처럼 되질 않고, 각자 따로 떨어져서 살아온 지난 몇 년의 추억거리는 끝날 줄을 몰랐다.

우울하고 재미없던 겐조의 마음도 차츰 맑아져 갔다. 바로 그 순간, 빽빽한 구름의 빈틈을 뚫고 비쳐드는 한 줄기 햇빛처럼 번득이는 영감이 떠올랐다.

그렇다. 천재 가미즈키 요오스케라면 불가능이란 단어를 모른다. 그라면 이 어려운 문제, 문신살인사건도 멋지게 해결할 수 있으리라.

겐조는 희망으로 가슴을 설레면서 이내 말을 꺼냈다.

"가미즈키 씨, 이렇게 돌아오자마자 이런 말씀을 드려 대단히 죄송합니다만, 사실은 당신의 힘을 빌렸으면 합니다."
"뭔데 그러나?"
"실은 저는 우연한 기회에 한 살인사건의 소용돌이에 휘말리고 말았습니다만, 그 일로 커다란 실수를 저질러서 수사의 단서를 없애고 말았습니다. 그래서 형도 매우 난처해하고 있습니다만, 가미즈키 씨, 어떠십니까? 도움을 청해도 되겠습니까?"
"모르는 사람처럼 예의를 차리는군."
요오스케는 웃었다.
"내가 할 수 있을지 어떨지 모르지만 할 수 있는 한은 하고말고. 혼자서 걱정하지 말고 사정을 얘기해 보게나."
요오스케의 말에 힘을 얻어서 겐조는 연못가에 앉아서 그 경연대회 날 처음으로 기누에를 만난 일로부터 쓰네타로가 살해당하기까지의 사정을 자세하게 얘기해 나갔다. 요오스케는 묵묵히 눈을 감고 조용히 이야기를 듣고 있었는데, 자는 게 아닐까 의심이 갈 정도로 그의 얼굴에는 아무런 표정도 나타나 있지 않았다.
"어려운 사건이라…… 하지만 해결은 불가능하지 않아."
요오스케는 마침내 입을 열었다. 발 밑의 작은 돌멩이를 하나 주워 올려서 연못 속으로 던지고는 넓게 퍼져 나가는 파문을 조용히 바라보았다.
"내가 오래 전부터 생각했었지만 자넨 확실히 사건을 관찰하는 것과, 재료를 수집하고 분석하는 데는 상당한 재능을 소유하고 있군. 하지만 그 재료를 조합하고 정확한 판단을 내리는 종합력은 별개지. 그리고 이러한 종합력에 대해선 난 절대로 남에게 뒤지지 않아."
호언장담하는 것 같았으나 요오스케의 자신에 찬 말에는 하나하나 사실의 뒷받침이 있는 것이었다. 겐조도 묵묵히 고개를 끄덕일 수밖에 없었다.

"과연 이 범죄를 계획하고 실행한 것은 확실히 일종의 천재인 것 같군. 그것은 인정하겠어. 나도 인정하지 않을 수는 없겠군. 분명 이것은 보통의 평범한 사고방식으로 해결할 수 있는 문제는 아냐. 범인의 광적인 사고에 머리를 맞춰 가지 않으면, 그와 똑같거나 또는 그 이상의 머리를 지니고 있지 않으면 언제까지나 모순과 배리(背理)의 혼미 속을 헤매기만 할 뿐, 어떤 우연한 기회를 만나지 않는 이상은 언제 해결할 수 있을지 몰라. 하지만 나라면 그렇게 놔두지 않아."

"가미즈키 씨, 그렇다면 당신은 이 사건을 해결하실 자신이 있으신 거로군요."

"있고말고."

"언제까지요?"

"늦어도 지금부터 1주일 안에는 사건을 완전히 해결하고 자네의 형님에게 범인을 체포하게 해드리겠네."

백면서생, 무명의 청년이 피를 토하는 듯한 당찬 큰소리였다. 겐조는 그의 지나친 자신감에 아연해졌다.

"당신은 이미 이 사건의 진상을 간파해 낸 겁니까?"

그렇게 말하는 것이 고작이었다. 요오스케는 여전히 수수께끼의 미소를 지으며 말했다.

"아니, 난 지금 다양한 가설을 세우고 머릿속에서 하나씩 검토해 보는 거라네. 그리고 그 중에서 논리적으로 모순이 없는 것을 골라내고, 다음에 그것을 실제적인 재료에 끼워 맞춰서 틀림이 없는지 여부를 확인하지. 그리고 사건의 진상이 판명되고, 진범의 정체가 밝혀지면 마지막으로 그 범인을 심리적으로 압박해서 그의 자멸을 기다리는 거라네. 그냥 이런 것일 뿐이야."
"바로 그, 그냥 이런 것일 뿐이란 것을 우리 같은 평범한 사람들은 해내지 못하는 것이라서요. 그런데 그 가설이란 것은 이미 찾아낸 겁니까?"
"찾아냈지. 그리스어로 유레카. 너무도 기묘한 가설이라서 이것을 제시하면 누구라도 배를 쥐고 웃을 수 밖에 없는 그런 터무니 없는 가설이지."
"하지만……"
"그러나 한편으론 말일세, 이 가설은 정말이지 깜짝 놀랄 만한 거라네. 하야카와 선생이 비(非)유클리드 기하학을 내민 것도 그럴 듯한 얘기야. 우리는 먼저 평행선이 무한히 교차하지 않는 것이라는 사고방식을 버려야만 하네. 비유클리드의 문제는 유클리드 기하학으론 풀리지 않아."
"그래도……"
"흑과 백이 반전하면…… 확실히 하야카와 선생은 날카로운 데가 있어. 이 사건에는 음화(陰畵)와 양화(陽畵)의 이론이 교묘하게 응용되어 있어. 흑은 백이 되고, 백은 흑이 되지. 자네들은 범인이 만든 교묘한 속임수에 휘말려들어서 음화를 양화로 굳게 믿고 있었던 거라네."
"음화와 양화라니 그건 그 사진의 건판을 말하는 건가요?"
"그것도 있지…… 하지만 그것은 고작해야 범인이 뿌려놓은 버린 말 하나에 지나지 않아. 그런 개별적인 재료는 재료로, 나는 사건 전체의 성격을 그렇게 보고 있네."
"알겠습니다. 하지만 과학적으로 말한다면 가설이란 모든 사실에 대입을 해서 검증할 필요가 있지 않습니까? 이번 사건에선 무엇이 그 재료가 될까요?"

"쓰네타로가 언뜻 듣고도 사건의 진상을 간파해 낸 이상, 첫 번째 열쇠는 그 문신 사진에 분명히 있네. 두 번째 열쇠는 각 용의자의 심리분석에 달려있네. 첫 번째 사건으로 경찰청의 수사망에 들어온 용의자는 5명이었지. 그 가운데 모가미 다케조는 목숨을 잃었고, 우즈이는 제3의 살인이 있기 전날에 체포되었어. 이들 두 사람은 일단 혐의의 밖에 놓기로 하고, 남은 것은 하야카와 박사하고 모가미 히사시, 이나자와 요시오인데 이들 세 사람 가운데 범인이 들어 있다면 세 사람의 심리분석을 잘 하기만 하면 당연히 범인을 찾아낼 수 있어. 그러나 이 사건에는 하나의 알파가 숨겨져 있네. 범인에겐 이 알파를 더해야만 하겠지. 다만 이 알파는 지금 현재로선 표면에 모습을 드러내지 않았어. 물론 이것을 저절로 이끌어 내는 방법도 있긴 한데……."

"그 알파란 것은 여자겠군요."

"그렇지. 3-2=1이니까."

"알겠습니다. 지라이야 3남매-(오로치마루+지라이야)=쓰나데히메가 되는 거로군요."

요오스케는 말없이 가볍게 미소를 지었다. 그는 조금 있다가 다시 말을 계속했다.

"자네는 먼저의 두 번의 살인과 세 번째 살인 사이에서 볼 수 있는 근본적인 성격의 차이를 어째서 알아채지 못했나. 자네만이 아냐. 수사에 임했던 모든 사람들이 아무도 이 차이를 간파해 내지 못한 것은 이상할 정도군."

"어디에 차이가 있습니까?"

"가장 근본적인 차이라고 한다면…… 그렇지. 모가미 히사시가 이 범죄를 장기에서 궁지에 몰린 막힌 말에 비유했다고 자넨 말했네. 그것도 분명 일리는 있긴하네만 나는 그보다는 나아가는 장기말에 비유하는 편이 훨씬 사태를 잘 설명한다고 생각해. 범죄는 단순한 예술적 창작이 아닐세. 상대와 마주한 승부라네. 이 말은 수사당국과 범인의 승부라는 얘기가 아니라 범인과 운명과의 승부라고 해야 될걸세. 모든 경우의 수를 계산에 넣고, 모든 응수를 읽어내 첫 번째, 두 번째의 살인을 강행한 범인이 할 일을 다했다며 한시름 놓고 있을 때, 운명은 웃으면서 하나의 말을 반상에 내려놓았네. 이것이 지라이야, 즉 범인이 빠뜨린 말이야. 처음 범인이 했을 때는 손짓의 의미를 알지 못했어. 물끄러미 반상을 훑어보고 진지하게 그 한 수의 영향을 읽어내는 동안에 비로소 그 말이 지닌 가공할 만한 힘을 깨닫기 시작했지. 직접적인 막힘수는 아니지만 빠뜨릴 수 없는 불가피한 말, 이것을 살려 놓으면 안되겠다 싶어 자포자기하는 심정으로 그 말을 반상에서 제거해 낸 거야. 이것이 지라이야 살해의 1막이지."

"아."

너무나도 선명하게 사건의 성격을 묘사해 낸 짧은 비유에 겐조는 그저 멍해질 뿐이었다.

"그 때문에 이 살인에는 틈새가 있어. 물론 일단은 범인이 그 범행을 감추려 했던 것은 틀림없는 것 같은데, 그것은 처음의 두 살인에 비해 훨씬 계획성이 없어. 특히 먼저의 두 살인을 무사히 해치운 범인의 머리엔 뭔가 우쭐해진 게 틀림없네. 그것이 우리가 이용해야 할 허점이 되는 것이지."

"그 허점이란 구체적으로 말하면 뭡니까?"

"범인은 지금까지 꾸준히 감춰왔던 여자를 표면으로 내놓았네. 손목 근처까지 붕대를 해야만 했던 여자 말일세……."

한 마디, 한 마디에 날카로움을 더해가던 요오스케의 말은 드릴처럼 사건의 본질을 깊이 파고 들어가는 것이었다.

"이어서 이 사건에서 내가 이상하게 생각한 것이 한 가지 있네. 기묘하고 섬세한 조작을 하면서도 범인이 그 범행을 감추려 하지 않았다는 사실일세. 첫 번째 살인에선 기누에의 집을 무대로 선택했어. 이것은 어쩔 수 없다 하더라도 몸통을 잘라내 감추고 있으면서도 얼굴엔 아무런 상처도 없네. 욕실을 밀실로 해서까지 시체의 발견을 막으려 했던 범인이 구태여 전등을 켜놓은 채로 두었네. 며칠 지나면 물론 이웃집에서도 알게 되겠지. 자네들이 가건 가지 않건 간에 언젠가 발견되었을 것이라는 말일세. 그건 좋아. 하지만 밤중에 시체가 발견되리란 것은 상식적으로는 생각할 수 없는 일이야. 그렇다면 범인은 누군가가 밤에 이 시체를 발견하리란 것을 당연히 예상했던 거야…… 그 전등은 이 시체를 보라는 주의신호였는지도 모르지."

"무엇 때문에요?"

"누군가의 들여다보는 취미를 만족시키기 위해서가 아니었을까?"

요오스케는 가볍게 웃고는 계속했다.

"이런 사고방식은 나머지 두 살인에서도 볼 수 있네. 두 번째 살인도 며칠 뒤면 허물게 되어 있는 그 집을 구태여 무대로 선택했어. 세 번째 사건에서도 그렇게나 품을 들여서 문신한 피부를 벗겨낸 주제에 어째서 얼굴을 알아볼 수 없도록 망가뜨리지 않았을까? 얼굴만 부숴 놓으면 피해자의 신원을 좀처럼 알아낼 수 없었을지도 모르는데 말일세."

요오스케는 잠깐 침묵했다가 거꾸로 겐조에게 질문을 했다.

"자넨 알겠나? 그 의미를, 어째서 범인이 이렇게까지 대담하게 범행을 노출하고 있는지 말일세."

"모르겠어요. 범죄 노출광이라고나 할까요."

"그런 병 따위가 아냐. 범인은 희대의 명연출가일세. 효과의 세세한 부분까지도 빈틈없이 계산하고, 무게를 가늠한 뒤에 한 행동이야. 공리주의적인 견해로 보더라도 그러는 편이 훨씬 상황이 괜찮으리라고 생각했기 때문이라네."

"…………."

"자넨 교묘한 거짓말 방법을 아는가? 남을 속이려고 한다면 처음부터 끝까지 지어낸 거짓말만 해선 안 되네. 100 가운데 99까지는 진실을 말하라. 마지막에 하나의 거짓말을 하라. 그것이 마키아벨리식 외교철학이라네. 99의 진실의 힘에 압도되어 하나의 거짓말이 도외시되는 것이지. 이것은 심리학의 공식이네만, 범인은 다른 부분을 필요 이상으로 드러냄으로써 반드시 감춰야만 하는 비밀을 철저하게, 끝까지 감추려고 했던 것일세."

제일고 학생 시절부터 추리기계라고까지 불리던 가미즈키 요오스케의 두뇌에 대해서 너무나도 잘 알고 있었던 겐조도 이러한 한 마디 한 마디는 모두가 경이로웠다.

교수와 조교수에게 귀환 인사를 마친 요오스케를 겐조는 잡아끌다시피 하여 집으로 데려왔다.

요오스케는 봉투 속의 6장의 사진을 한참 들여다보았다. 희미한 미소가, 그의 입술의 가장자리를 스치는 것 같았지만 별다른 말은 하지 않았다. 그러고는 겐조가 작성한 각서를 들고 확인하는 듯이 훑어보더니 마지막 여백에 쭉 고른 활자 같은 글씨로 써넣었다.

(주3) 세 번째 사건에선 문신한 피부만을 벗겨냈고, 첫 번째 사건에선 몸통 그 자체가 소실되었다. 이러한 차이는 어떠한 연유로 생겨난 것일까?

"자네는 한 가지 중요한 점을 놓치고 있었군. 여기에 써놓았네."

최후의 최후까지 다 내다보았으면서도 그것을 마지막 순간까지 감추는 것이 가미즈케 요오스케의 옛날부터의 버릇이었던 것이다.

마침 마쓰시타 과장이 유독 그날은 저녁식사 전에 귀가를 했다. 겐조는 잠깐 자리를 떠나 요오스케에 관해 얘기를 했더니 에이이치로는 기분 좋게 동생의 말을 받아들였다.

"과연 굉장하군. 제일고 시절에 세계적인 논문을 발표했다고…… 그 시절부터 범죄 탐색의 경험이 있어…… 네가 언젠가 말했던 시계탑 사건의 명탐정이신가?"

농담처럼 말은 했지만 그의 눈은 매우 진지했다.

"겐조, 꼭 소개해 주기 바란다. 만약 이 사건이 해결되기만 한다면 수사1과장 마쓰시타 에이이치로가 미련 없이 모자를 벗어 경의를 표하겠다."

그는 흔쾌히 일어섰다. 어지간한 일이 아니면 남 앞에 고개를 숙이지 않는 마쓰시타 과장으로서는 대단한 양보였다. 그러나 이러한 마쓰시타 과장의 관용이 결국은 그토록 난해함의 극에 이른 문신살인사건을 해결로 이끄는 실마리가 되며, 나아가 그 뒤에 일어난 몇몇 괴사건도 해결하는 계기가 되었다.

요오스케의 태도는 마쓰시타 과장에게도 상당한 호감을 준 것 같았다. 그만 가겠다고 작별인사를 하는 것을 만류하고 셋이서 저녁식사까지 함께 했으나 요오스케의 풍부한 화제와 해박한 지식, 대화의 마디마디에서 보여지는 날카로운 지성은 완전히 마쓰시타 에이이치로의 마음을 빼앗고 말았다. 1주일 안에 범인을 찾겠다고 단호하게 말하고 요오스케가 떠난 뒤에 마쓰시타 에이이치로는 담배 연기를 내뿜으면서 말했다.

"겐조, 넌 훌륭한 친구를 두었구나. 저 나이에, 저런 재주와, 저런 자신감이라니 대단한 인물이구나. 학문적인 것은 난 모른 다만 거의 10년에 하나, 20년에 하나 날까말까한 걸출한 사람이 야. 잘만 되면 이 사건도 해결할 수 있을 것 같구나."

제3자가 들으면 조심스런 찬사였으나 형의 성격을 잘 아는 겐조는 이 말이 무엇보다도 기뻤다.

다음날, 약속한 10시에 1분 1초도 어긋나지 않게 가미즈키 요오스케는 수사의 첫 행보를 개시했다. 짙은 회색 양복에 같은 색 오버코트를 입고 회색 모자를 깊이 눌러쓰고 약속장소인 오기쿠보역에 나타난 그의 모습은 젊고 맵시 있는 영국신사 같았다.

요오스케는 15분전부터 기다리던 겐조에게 가볍게 손을 들어 인사를 하고는 곧장 그와 어깨를 나란히 걷기 시작했다. 모가미 구미 사무실을 찾아가 이나자와 요시오를 만나는 것이 요오스케의 첫 번째 예정이었다.

모가미 구미 사무실은 쉽게 찾았다. 도로에 잇닿은 2층 목조 건물로 바깥 유리문에 금문자로 '토목건축 청부업 모가미 구미'라고 쓰여 있었다.

"여기로군."

"저도 이번이 처음입니다."

그렇게 중얼거리면서 두 사람은 사무실 안으로 들어갔다. 너댓명의 인상이 험악한 남자들이 난로를 둘러싸고 뭔가 이야기를 나누고 있었다. 그 가운데 한 사람, 이나자와 요시오가 용수철 인형처럼 벌떡 일어났다.

"이나자와 씨, 오랜만입니다. 당신께 잠깐 물어볼 게 있습니다만."

이나자와 요시오는 분명 낭패해 했다. 시뻘게졌다가 새파래졌다가, 마치 칠면조처럼 몇 번이나 얼굴색을 바꾸더니 목에 뭐가 걸린 것 같은 목소리로 말했다.
"아, 형사님이신가요? 여긴 좀 그러니까 안으로 들어가시지요."
앞장서서 안쪽 방으로 안내했다. 겐조는 터져 나오려는 웃음을 억지로 참느라 이를 악물어야 했다. 이나자와는 경연대회에서 소개를 받은 적이 있는데도 그렇게 형에게 혼이 난 뒤로 그를 형사라고 굳게 믿는 것이 우스웠던 것이다.
"자, 여긴 아무한테도 들리지 않으니까요."
안쪽의 방으로 두 사람을 안내해 의자를 권하더니 걱정스레 물었다.
"또 무슨 일이 일어났습니까? 이번엔 누구인가요?"
"아닙니다. 이번엔 사건때문이 아닙니다. 그렇게 살인이 계속 일어나서야 저도 어디 견디겠습니까? 실은 이쪽에 계신 분은 돌아가신 다케조 씨의 옛 친구분입니다만, 얼마 전에 자바에서 돌아왔는데 사건 소식을 듣고 놀라서 사정을 자세히 알고 싶다고 해서 함께 모시고 왔습니다."
"저는 가미즈키 요오스케라고 합니다. 모가미 씨에게 신세를 많이 졌습니다만 그렇게 되셔서 매우 유감스럽게 생각합니다."
미리 준비해 놓은 각본에 따라서 요오스케는 정중하게 인사를 했다. 이나자와는 그 말을 듣고 안도한 것 같았다.
"그러셨습니까? 이런 일을 하고 있긴 하지만 남에게 원한을 살 만한 일은 한 적이 없는 보스였기 때문에 일이 이렇게 될 줄은 정말 저희도 전혀 생각지 못했습니다."
"어떠십니까? 혹 지장에 없으시다면 한 가지 당시의 사정을 여쭤봐도 되겠습니까?"
이나자와는 요청을 받은 대로 머리를 긁적이면서 당시의 사정을 말하기 시작했다. 그러나 그것은 그가 전에 말했던 것과 별 차이가 없었다. 가만히 그의 말을 듣던 요오스케는 동정하는 것처럼 말했다.

"그럼 당신도 뜻하지 않은 변을 당하신 거로군요. 하지만 말씀을 들으니 기누에 씨도 은근히 당신이 마음에 들었던 모양인데 애석하게 되었군요."

"어이구, 무슨 말씀이십니까? 그거야 기누에 씨가 살아 있을 때 얘기지요."

입맛을 다시면서 웃는 이나자와의 얼굴을 보고 겐조는 뉘우침이나 삼갈 줄 모르는 사내라는 생각을 했다. 요오스케도 그렇게 느꼈는지 쓴웃음을 입술 가장자리로 억누르고 있었다.

"기누에 씨도 상당히 다정했던가 보군요. 그때까지 다른 남자하고 사고를 일으키거나 한 적이 없습니까?"

"아니, 그럴 만한 일도 없었습니다. 언젠가 동생인 히사시 씨하고 사이가 수상하다면서 모두들 크게 법석을 피운 적이 있긴 합니다만, 그것도 결국은 그냥 소문뿐이었습니다. 보스도 기누에 씨한테는 특별한 감정을 갖고 있었기 때문에 히사시 씨도 그 정도의 모험을 할 만한 용기는 아마 없었을 겁니다."

"그렇다면 당신도 꽤나 위험한 다리를 건너신 거로군요."

"나잇값도 못하고 그저 부끄럽기만 합니다."

"그래서 지금 사업은 어떻게 되어가고 있는지요."

"히사시 씨가 전혀 욕심이 없어서 힘이 듭니다. 어찌 됐건 보스의 단 하나밖에 없는 동생이니까 모두들 나서서 사업을 계속하도록 권했습니다만, 아무래도 이런 거친 일은 자기 성격하고는 맞지 않는다고 고집을 피우는 바람에 많은 권리를 다른 곳에 넘겨주고 해산하기로 했습니다. 그러니까 지금은 남은 업무를 정리하는 중인데…… 솔직히 말하면 저도 그런 부주의한 행동을 저질러 여기에 나올 처지도 못됩니다만 형편이 이렇게 돼서 제가 나오지 않으면 일이 되질 않기 때문에 낯두껍게도 이렇게 일을 하고 있습니다."

"뭐 그렇게 어려워하실 것도 없지 않습니까? 옛날부터 남녀 문제는 수치스런 일의 부류에 들어가지 않는다고 하질 않았습니까? 그런데 당신은 요즘 댄스를 시작하신 것 같더군요."

"아니, 그걸 아십니까? 저희와 같은 일을 하려면 교제상 이것저것 필요한 것도 있어서……."

"뜻밖에도 적(敵)은 본능이 아닐까요?"

급소를 찔렸는지 이나자와는 겸연쩍게 웃었다. 그것을 기다려 요오스케는 매끄럽게 화제를 바꿨다.

"그런데 당신의 취미는 그것말고는 없습니까?"

"정말 부끄럽습니다만 이 나이가 되도록 이렇다 할 만한 취미나 도락도 없이 살았기 때문에……."

"그래도 경마 정도는 좋아하실테지요."

"아, 예, 말이라면."

"맞습니다. 내가 마권을 산 말이 예상외로 크게 한 건을 올린 날엔 그 기분은 뭐라고 말할 수 없지요."

"사실입니다. 저도 아마 쇼와13년(1938)의 나카야마였던가요? 크게 한 번 건수를 올린 적이 있었습니다. 그때 돈으로 5백 몇 엔이었는데 가치가 꽤 됐지요. 하기야 여럿이서 마셔버렸습니다만 그런 일은 거의 없지요."

"그렇습니까?"

요오스케는 순간 흥미를 잃은 것 같았다. 그로부터 한동안 잡담을 나누다가 두 사람은 작별을 고하고 사무실을 나왔다.

"가미즈키 씨, 이런 가설은 어떨까요? 그가 노름을 하다가 회사 공금을 썼는데 그걸 메우느라 궁지에 몰려 모가미를 죽였다는…… 기누에는 사랑을 이루지 못한 원한 때문에……."
"당치도 않아."
가미즈키 요오스케는 웃으면서 상대도 하지 않았다.
"상상력이 모자란 그런 돼지 같은 겁쟁이가 이렇게 교묘한 범죄를 실행할 수나 있을 것 같은가?"
"그래도 꽤나 도박을 좋아하는 것 같지 않습니까?"
"도박을 좋아하더라도 승부사는 아니야. 경마처럼 갖가지 조건이 뒤섞여 있고, 지적 능력을 동원할 여지가 적은 사람이 어떻게 건곤일척의 승부를 할 수 있겠나? 지혜와 의지를 최고조로 가동해 9푼 9리까지 승부의 귀결을 읽어내고 마지막 1리의 움직임만을 운명에 맡기고 기다리는 것이 진정한 대도박사인데 그에겐 그럴 만한 자격이 없네."
"하지만 그에게는 완벽한 알리바이가 없어요."
"그렇게 말한다면 동기도 없어. 회사 돈을 가로채는 정도야 아니라고 할 수도 없겠지만 그걸로 살인까지 저지르겠나? 첫째, 그가 범인이라고 한다면 그의 얘기는 지나칠 정도로 앞뒤가 잘 맞고, 또 한편으로는 행동에 너무 빈틈이 많아. 목욕탕 문 손잡이의 바깥쪽에 지문을 남길 정도의 범인이라면 반드시 목욕탕 내부에도 지문을 남겼을 거야. 무엇보다 장소에 상관없이 지문을 남기고 돌아다니거나 물건을 잊고 있다가 아침이 되어 다시 찾으러 돌아오거나 할 만한 사람이 범인이라면 내가 이렇게 나올 것까지도 없이 경찰청에서 일이 벌써 끝나지 않았겠나?"
겐조는 한 마디도 하지 못했다. 그런데 정신을 차리고 보니 그곳은 역 근처였다.

"지금부턴 뭘 하죠?"
"글쎄. 하야카와 선생에게 전화했더니 오늘밤에 오라고 했고, 모가미 히사시의 집엔 전화가 있는지 모르겠군."
"있습니다. 제가 걸까요?"
"아냐, 됐네. 전화를 걸지 말고 기습을 하자구. 그 전에 점심이라도 먹고 갈까? 오늘 저녁은 내가 사겠네."
"제일고 시절의 홀이 생각나는군요."
"여전한 울트라인가?"

제일고 시절에 자신이 울트라슈퍼 엑스트라오리지날 이터(초초돌쇠급 대식가), 줄여서 울트라로 불렸던 것이 생각나 겐조는 웃음이 났다.

괄태충의 발자국

 역 앞의 레스토랑에서 그들은 가벼운 점심식사를 했다. 식사를 하는 동안에도 요오스케는 계속해서 이야기를 했다.
 "자네가 그걸 눈치챘는지 어쨌는지 모르겠는데 하야카와 선생은 어째서 자기의 알리바이를 입증하려고 하지 않았던 것일까? 하기야 평범한 사람이라면 알리바이가 있는 편이 오히려 부자연스럽지. 우리에게도 갑작스레 몇 월 며칠 몇 시부터 몇 시까지의 알리바이를 대라고 한다면 그건 힘들어. 다행히 그 시간의 자기의 행동을 입증해 줄 사람이 있다면 몰라도 실제로는 좀처럼 그렇게 되지는 않아. 하지만 어제오늘의 일 아닌가. 잊어버렸을 리는 만무하고, 비록 증명은 못하더라도 일단은 말을 하는 것이 인지상정이겠지. 선생처럼 위험을 무릅쓰면서까지 자기 알리바이 대기를 거절하는 것도 이상해. 왜 그럴까?"
 "심술이 났던 게 아닐까요? 형사들한테 너무 들볶여서……."
 "단순한 심술에서 나온 것치곤 일이 지나치게 중대해. 선생은 어떻게든 감추지 않으면 안 될 비밀이 있었던 거야. 자기의 명

예, 아니, 일생의 운명을 걸고라도 끝내 지켜야만 할 비밀이지. 그냥 흔한 일 같진 않은데……."
요오스케는 커피잔을 들었다.
"다음으로 이상한 점은 어째서 첫 번째 살인에서 범인이 몸통을 절단해야만 했는가 하는 점이야. 문신이 필요하다면 세 번째 사건처럼 문신이 새겨진 피부만 벗겨버리는 편이 훨씬 간단했을 거야. 자네도 알다시피 피하조직을 떼어내면 피부는 가공하지 않아도 그대로 상당한 시간을 보존할 수 있어. 게다가 인간의 몸통은 상당히 무게가 나가고, 또 혈액의 뒤처리만도 여간 힘든 게 아니야. 커다란 짐을 지고 다니면 대낮이라도 검문을 당하는 게 요즘 세상인데 한밤중에 묘한 형태의 피가 뚝뚝 흐르는 짐을 들고 나가면 대체 어떻게 될까? 어째서 아무도 그 점을 파고들어 보지 않았던 것일까?"
"그건 나도 이상하게 생각했습니다."
"용의자들 아무도 경제학을 몰랐던 거야. 범죄경제학의 법칙을 말일세."
"범죄경제학이라니 그게 뭡니까?"
"예를 들면 말이지 몸통을 들고 나가서 문신 가죽을 벗겼다면 남은 내장이나 골격은 어떻게 했느냐 하는 것이지. 이런 폐기물 처리 문제를 나는 범죄경제학이라고 해 보았네. 코크스로 염료를 제조하는 것하고는 사정이 달라. 그리고 몸통을 절단했을 때의 피는 어디로 간 거지? 마당에는 핏자국이 있었나?"
"없었습니다. 시체가 발견된 목욕탕은 타일을 붙인 곳이고, 밤새도록 수도꼭지가 열려 있어서 혈액은 모조리 하수구로 흘러나갔겠지요. 하수를 조사한 결과, 상당량의 혈액이 흘러나간 흔적을 발견했습니다만."

"상당량의 혈액……이라고 했나. 많은 의미가 포함된 말이로군."

요오스케는 커피를 다 마시더니 자리에서 일어났다. 그는 이렇게 몇몇 힌트를 던졌지만 어찌하랴, 마쓰시타 겐조가 요오스케의 사고의 자취를 더듬어 가는 것은 도저히 불가능하기만 한 것을.

그들은 국철 선로를 타고 길을 가로질렀다. 역에서 걸어서 15분, 오기쿠보와 니시오기쿠보의 중간쯤 주택가의 가운데서도 널따란 저택이었다. 마당 구석에는 아틀리에인 듯, 철근 콘크리트 별채가 보였다.

"모가미 히사시가 그림이라도 그리는가 보군?"

요오스케는 이상하다는 듯 겐조에게 물었다.

"글쎄요, 전 잘 모르겠습니다만……."

"됐네, 내가 물어보겠네. 그림을 그린다면 작품을 보여 달래야지. 그런 걸 보면 작자의 심리를 대번에 알게 되거든."

겐조는 현관의 벨을 눌렀다. 손님을 맞으러 나온 가정부의 말로는 그는 현재 여행을 떠났으며, 내일 아침이나 되어야 돌아온다는 것이었다. 결국 내일 오후에 다시 오기로 하고 그들은 그 길로 되돌아 나왔다.

"괜한 헛걸음을 했군요."

"어쩔 수 없지 뭐. 애초부터 이 정도야 각오했는걸."

지기 싫어서 특별히 억지를 부리는 것 같지도 않았다. 어느새 겨울 나뭇가지처럼 마른 바람이 은행나무 낙엽을 굴리면서 그들 사이를 누비고 지나갔다.

"춥군, 일본은……."

남방에서 돌아와서 너구니 병을 앓고난 뒤의 요오스케는 추위가 한층 사무치는지 큰 키를 떨면서 중얼거렸다.

"저녁때까지 오늘은 어떻게 할건가요?"
"글쎄. 기타자와의 현장에 가보고 싶긴 한데 형님이 와 주실 수 있을지 모르겠네."
"그러게 말입니다. 물론 편의야 봐주긴 하겠지만 아무래도 형은 바빠서 짬이 있을지 어떨지……."
"그럼 이렇게 말해서 오시라고 해 보게. 가미즈키 요오스케가 밀실의 수수께끼를 풀어 보이겠다고 한다고, 꼭 나오시기 바란다고 말이야."

겐조는 가던 발을 멈추고 요오스케의 얼굴을 쳐다봤다. 그의 재능을 안다는 점에서는 결코 남에게 뒤떨어지지 않는 겐조이지만 이 말에는 놀라지 않을 수 없었다. 수사당국이 3개월이라는 긴 세월에도 해결하지 못한 수수께끼인 것이다. 범인도 심혈을 기울여 짜낸 밀실의 속임수이리라. 그것을 요오스케는 겨우 하룻밤만에, 더구나 현장에 한 번도 발을 들여놓지도 않고, 이미 해결을 했다는 말인가?

"틀림없습니까?"
"그렇고말고. 남아일언은 중천금이야. 말을 꺼냈으니 내가 책임을 져야지."

요오스케는 미간에 굽히지 않는 자신감을 보이며 대답했다.

겐조도 반신반의하는 심정으로 전화를 걸었다. 형의 음성도 흥분으로 들떠 있는 것 같았고, 또한 그 때문에 겐조는 불안이 한층 더했다.

"곧장 갈 테니 현장에서 기다리라고 하십니다."
"아, 그래. 그럼 가자고."

그의 목소리에는 전혀 어떤 거리낌도 없었다.

"가미즈키 씨, 괜찮겠습니까? 하기야 당신이니까 충분한 자신이 있겠지만 만일 실패를 했다가는 앞으로의 수사에도 지장을 주지 않을까 싶습니다. 괜한 노파심입니다만……."
"걱정이 많군. ……여전히…… 인간이 생각해낸 방법은 반드시 인간이 풀 수 있게 마련이고, 무엇보다 괄태충이 기어들어 올 만한 밀실이라면 사람이 기어들지 못할 것도 없지."
대단한 자신감이었다. 겐조도 더 이상은 아무 말도 할 수가 없었다.

그로부터 1시간쯤 지나서 기타자와에 있는 기누에의 집에 도착했다. 이 집도 이미 모가미 히사시의 손에 넘어가 있었다. 그런데 그는 개축을 해서 다른 사람에게 팔려고 했었다. 그러나 경찰청에서 가능하다면 한동안 그대로 놔두기 바란다는 요청이 있었으므로 집안의 가재도구를 운반해 나간 채로 빈집이 되어 있었다.
"여긴 아직 당시 그대로겠지?"
문 밖에 서서 집의 앞모습을 바라보던 요오스케가 돌아보며 물었다.
"대부분 원래 그대롭니다. 분명 그대로인 것 같군요."
"나는 운이 좋았던 거로군. 만약 개축이라도 했다면 실은 곤란했을 거야."
요오스케는 앞장서서 문을 밀었다. 마당은 지난 석 달 동안에 엄청나게 황폐해져 있었다. 살인사건 현장임을 꺼려서 아무도 드나들지 않았는지 말라죽은 토마토의 모습도 괜히 꺼림칙한 인상을 주었다.
"건판은 어디에 떨어져 있었지?"
"저 쪽 뒤입니다."
요오스케는 앞서 가서 건물 모퉁이를 돌았다.

"틀림없이 여기쯤이었어요."
"그렇군, 저기 철봉이 끼워진 창이 목욕탕이겠지?"
"그렇습니다. 하지만 아무도 창으로 드나들지는 못합니다."
"이 하수구는 욕실에서 흘러나오는 것이겠군."
"맞아요."
요오스케는 그곳에 쭈그리고 앉아서 하수관의 뚜껑을 들어올렸다.
"여긴 열려. 역시 내가 생각했던 대로야."
"하지만 가미즈키 씨, 그런 곳으론 도저히 사람은 드나들지 못할 겁니다."
"사람 따위가 문제가 아니야. 나는 괄태충의 발자국을 찾고 있었을 뿐이라네."
젠조는 요오스케가 머리가 돈 게 아닐까 생각하지 않을 수가 없었다. 그러나 그의 눈은 맑게 가라앉아 있다. 모든 비밀을 간파해 낸 듯이 아름답게 빛나고 있다.
"가미즈키 씨, 기다리셨지요. 아, 이거 신문사를 도느라 정신이 없어서요. 하하하하하."
호탕하게 웃으면서 검은 오버코트를 입은 마쓰시타 과장이 나타났다.
"자, 그럼 가볼까요."
그들은 집 안으로 들어갔다. 먼지가 엄청났다. 젠조는 기침을 하면서 아직도 이 집은 어딘가 피 냄새가 휘감고 있는 듯한 기분이 들었다.
"여기서 핏자국이 발견되었습니다. 그리고 여기에 장롱이 있었고, 이렇게 안이 흐트러져 있었습니다. 이 방에는 맥주병이 놓여있던 상이 나왔지요."

과장은 사진을 한 손에 들고 설명했다.
"그런데, 문제의 욕실은요?"
"이 복도 막다른 곳의 왼편입니다."
그들은 복도를 걸어서 욕실 앞에 섰다. 갈색 문 아래쪽에는 도려낸 판자의 공간으로 흰 타일 바닥이 보였다. 요오스케는 몸을 굽혀 그 구멍을 통해서 욕실을 본 다음 안으로 들어갔다.
"괄태충이 붙어 있었던 곳은 어디였습니까?"
"이 창가입니다."
"문짝의 틈새란 어디였지요?"
"이겁니다만, 보다시피 폭도 길이도 없어서 실을 통과시키지도 못합니다."
"아, 그랬군요."
요오스케는 동요하는 기색조차 없었다. 그는 그대로 한동안 명상에 빠져 있다가 마쓰시타 형제를 바라보며 웃었다.
"이제 됐습니다. 수수께끼는 풀렸습니다."
"알아내셨습니까? 그럼 대체 범인은 어떻게 드나들었을까요?"
"그것은 이걸로 실험을 해보도록 하지요. 다만 모든 조건을 같게 해야만 하기 때문에 시간이 조금 걸립니다."
요오스케는 욕조 뚜껑을 열고 수도꼭지를 틀었다. 꽤 오랫동안 사용하지 않았으므로 수도꼭지에서는 붉은 녹이 섞인 물이 흘러나오기 시작했다.
"준비가 될 때까지 저쪽에서 기다리기로 하지요."
요오스케는 앞장서서 욕실을 나왔다. 물이 흘러나오는 소리가 흐느껴 우는 것처럼 그들 뒤를 따랐다.
가구를 치워서 살풍경해진 6평짜리 방에 앉아서 요오스케는 강이라도 하는 듯한 어주로 이야기를 하기 시작했다.

"일본식 가옥에선 보통의 경우 밀실을 구성하는 것조차 힘이 듭니다. 왜냐하면 각각의 방은 독립되어 있는 것 같아도 천장 안과 마루 밑은 공통된 공간이기 때문에 천장 안을 통해서 반침의 천장으로 침입하거나, 마루 밑에서 다다미를 올리고 침입하는 것이 가능하기 때문입니다. 그러나 이번의 경우는 그렇지 않습니다. 바닥이나 벽의 초배 부분에 모두 타일이 깔려 있습니다. 천장에는 통풍구멍조차 없습니다. 판자 1장도 자유롭게 되어 있지 않습니다. 창문은 안에서 잠겨 있고, 더구나 바깥쪽으로는 튼튼한 철제 격자가 끼워져 있지요. 문에는 안쪽에서 가로로 빗장이 걸려 있으며, 문의 위와 아래에는 빈틈이 전혀 없습니다. 그렇다면 완전한 밀실이다, 이렇게 생각한다 해도 일단 무리는 아닙니다. 비밀통로 같은 것이 있을 리 없으며, 또한 이럴 경우의 간단히 도피할 수 있는 길인 자살이나 독살 따윈 도저히 문제가 되지 않습니다. 어쨌든 몸통이 절단되어 행방불명이 되었으므로…… 결국, 범인은 어떤 방법으로 이곳 욕실을 통해 드나든 것이 틀림없습니다. 그 비밀을 푸는 것은 이 괄태충의 존재였던 것입니다."

"괄태충? 그것이……."

"모가미 히사시는 괄태충 이야기를 듣자 안색이 변하면서 놀라더라고 했습니다. 확실히 이번 사건에는 뱀과 개구리, 그리고 괄태충이 3자 견제의 형태로 뒤얽혀 특이한 그림자를 던지고 있기 때문에 그가 놀랐던 것도 무리는 아닙니다. 그러나 범인은 어땠을까요? 이것도 쉽사리 추정하는 것이 가능합니다. 범죄를 저지른 뒤의 범인의 심리는 무엇에든 겁을 내는 것이 보통입니다. 이런 기괴한 사건을 창조해낼 수 있었던 범인도 그 심리는 마찬가지였을 겁니다. 이 정도로 정교하고 묘한 밀실 속임수를 창안한 범인이 이런 꺼림칙한 괄태충의 존재를 도외시했을 리 없습니다. 그가 욕실 안에 있는 동안에 괄태충의 존재를 알고 범인은 아마도 그것을 집어 내버렸을 것입니다. 따라서 괄태충이 들어온 것은 범인이 욕실을 탈출한 뒤라는 얘기가 됩니다. 그 괄태충의 발자국에 주의해서 합리적으로 더듬어 나가기만 하면 반드시 범인이 탈출한 경로도 분명해질 것입니다."

요오스케는 형제의 얼굴을 둘러보고 목소리의 톤을 약간 높였다.

"일반적으로 욕실인 이상엔 어떤 구조가 되었건 간에 물이 들어오는 곳과 흘러 나가는 구멍이 있을 게 틀림없습니다. 이번 경우 들어오는 구멍은 수도이기 때문에 이곳으로 괄태충이 침입하는 것은 도저히 불가능합니다. 그렇다면 마지막으로 남겨진 통로는 단 하나…… 물이 흘러나가는 구멍이 괄태충이 침입한 경로이며, 동시에 범인이 탈출에 사용한 방법이기도 합니다."

마쓰시타 과장과 겐조는 저도 모르게 서로 얼굴을 마주보았다. 확실히 그것이 틀림없다. 그러나 하수구는 두 사람 다 완전히 도외시한 맹점이었다.

"그것만 알아내면 나머진 간단합니다. 바늘과 실을 사용하면 됩니다."

요오스케는 태연히 잘라 말했다. 욕조에 물이 넘치는 소리가 나기 시작했다.

"이제 그럭저럭 준비가 된 것 같군요. 가실까요."

요오스케는 일어서더니 그들을 재촉해 욕실로 들어갔다. 물은 욕조에서 넘쳐서 타일 바닥을 지나 하수구로 흘러나가고 있었다.

"실은 3가닥인데 더 줄어들지도 모릅니다만 이만큼만 있으면 충분할 것입니다."

요오스케는 코트 주머니에서 마(麻)실 다발과 커다란 핀 2개, 그리고 3개의 작은 나무 조각을 꺼냈다. 실을 3등분을 해 자르더니 끝에 하나씩 나무 조각을 달아맸다. 2가닥의 다른 쪽 끝에는 핀을 묶어서 1개의 핀은 문짝의 빗장 밑에, 다른 1개의 핀은 벽의 빗장 손잡이에 걸고 수평으로 잡아당겨 벽의 핀을 1바퀴 돌린 다음, 거기서 경사지게 당겨 문의 핀을 1바퀴 돌리고, 마지막으로 창의 잠금쇠 머리를 한바퀴 돌렸다.

"이 3개의 나무 조각을 하수구로 떠내려보내면 물의 흐름에 따라 바깥까지 흘러나갑니다. 물론, 수류의 힘만으로는 자동적으로 이 장치를 조종할 만한 힘은 없습니다만, 나머진 밖에서 나무 조각을 집어 올려서 묶인 실을 조종하면 됩니다. 여러분께선 안에서 보고 계십시오."

요오스케는 살그머니 몸을 굽혀 실 밑을 빠져나가 욕실 밖에서 문을 닫았다.

마쓰시타 과장은 아무 말도 하지 못하고 문의 빗장을 뚫어져라 바라보고 있었다. 조금 지나자 실이 슬슬 움직이기 시작했다.

빗장이 옆으로 움직여 구멍 속으로 들어갔다. 벽의 핀이 잡아당겨져 바닥으로 떨어졌다. 이어서 실이 수직으로 아래로 잡아당겨져 하수구 속으로 들어갔다. 완전하게 빗장이 안에서 걸렸다 싶었는데, 다음 순간에는 실이 휙 꺼지면서 바닥으로 떨어졌다. 마지막 핀도 바닥으로 떨어져 동그라미를 이룬 실이 창의 잠금쇠를 1바퀴 돌아서 하수구를 빠져나가는 것과 동시에 2개의 핀도 구멍으로 자취를 감추고 말았다.

"형님, 이것으로 증명은 끝이 났군요."

겐조가 겨우 제정신으로 돌아와 한숨과 함께 말을 꺼냈다.

"음."

마쓰시타 과장은 감탄으로 눈을 빛내면서 그저 고개만 끄덕일 뿐이었다.
"어떻습니까? 빗장이 걸리던가요?"
문의 구멍으로 요오스케가 얼굴을 내밀었다.
"가미즈키 씨, 대단히 감사합니다. 과연 근사한 속임수로군요. 정말 놀랐습니다."
떨리는 목소리로 과장은 말했다. 그러나 요오스케는 전혀 무감동한 표정이었다.
"이런 기계적인 속임수라면 대단한 것은 아닙니다. 오히려 여러분께서 지금껏 풀지 못했다는 것이 이상할 정도지요. 하지만 저는 이런 기계적인 속임수보다도 이 욕실을 밀실로 만듦으로써 범인이 기도한 심리적인 속임수가 훨씬 중요하다고 생각합니다."
"그렇게 말씀하시는 건……."
"여러분께선 완전히 심리적인 밀실에 빠진 것입니다. 그 안에 발을 들여놓은 뒤로 단 한 발짝도 밖으로 내딛지 못한 것이지요."
"심리적인 밀실이요?"
마쓰시타 과장은 앵무새처럼 되뇌었다.
"가미즈키 씨, 대체 범인은 누굴까요?"
"그것은 아직 말씀드릴 만한 준비가 되어 있지 않습니다. 하지만 이 정도의 속임수는 어지간한 능력으론 생각해낼 수 있는 것이 아닙니다. 범인은 이 집의 내부구조를 너무도 훤히 꿰고 있는 사람이라는 건 말할 수 있습니다."
"그렇습니까……?"
마쓰시타 과장은 몇몇 용의자의 면면을 다시 살피고 있는지 한

동안 말이 없었다.

"저는 범인이 수도꼭지를 왜 그냥 틀어놓았는지 의문을 가졌었습니다만 당신의 실험으로 알았습니다. 이 욕실을 밀실로 만들려면 범인은 아무래도 수도꼭지를 열어놓았어야만 했다는 거로군요."

"그렇습니다…… 하지만 이 수돗물에는 나무 조각을 하수구로 흘려보내는 것 이상의 의미가 포함되어 있다고 봅니다. 어차피 기계적인 속임수이고, 이 밀실의 수수께끼가 풀리리라는 것은 범인도 각오하고 있었을 겁니다. 수돗물의 역할은 이것만으로는 끝나지 않습니다."

"그렇다면……."

"범죄경제학의 견지(見地)에서 말하자면 하나의 속임수, 하나의 소도구는 이중 삼중의 역할을 해야만 비로소 의미가 있는 것입니다. 하나의 댐이 전력의 발생에도, 논밭의 관개에도, 치수에도 쓰이는 것과 같은 이치지요."

몸을 슬쩍 돌리면서 요오스케는 그저 웃고 있었다.

비(非)유클리드 기하학

　가미즈키 요오스케는 마쓰시타 겐조와 함께 그날 밤, 요츠야의 하야카와 박사 집을 찾아갔다.
　겐조는 이미 요오스케가 거미줄처럼 토해낼 추리망에 완전히 사로잡혀 있었다. 그의 천재성에 대해서는 제일고 시절부터 익히 알고 있었다. 하지만 과연 가능하겠느냐며 실현을 의심하던 밀실의 해명이 이렇게나 선명하게 전개된 지금에 와서는 요오스케가 난해하기 짝이 없는 문신살인사건의 전모를 백일하에 드러내 보이는 것도 시간문제에 지나지 않을 것 같았다.
　이제 남은 용의자는 두 사람, 이들에게 요오스케가 어떤 비책을 써서 압박해 나갈 것인가? 겐조는 생각만 해도 흥분을 억누를 길이 없었다.
　박사의 저택은 요츠야에 있다. 간신히 전쟁의 재앙을 면한 한 귀퉁이에 근대 유럽풍 건축물의 멋진 위용을 자랑하고 있었다.
　넓은 서양식 응접실로 안내를 받고 겐조는 저도 모르게 탄성을 질렀다.

방안 전체가 하나의 문신표본실이었다. 벽에는 그림은 1장도 걸려 있지 않고, 그 대신에 현란한 무늬의 문신 가죽이 커다란 액자에 담겨 벽 전체를 뒤덮고 있었다.

대리석 흉상이나 놓으면 좋을 것 같은 방 한쪽에는 머리와 팔다리가 없는 문신 동체 4개가 서 있었다.

"가미즈키 씨. 오로치마루 문신은 어떻게 되었는지 모르겠네요. 만약 범인이 몸통을 절단해 가져갔다 하더라도 피부는 이내 처리를 하지 않으면 상하고 말 텐데, 이미 못쓰게 되어버렸는지도 모르겠군요."

수적으로야 어찌 되었건 질적으로 따져 도쿄대학 연구실보다 나으면 나았지 결코 뒤떨어지지 않는 문신가죽수집을 바라보면서 겐조는 물었다.

"어떨까? …… 난 그렇게는 생각지 않네. 오로치마루 문신은 온전하게 존재하고 있을 거야. 망가지지 않은 형태로, 상하지도 않고 말야. 우리가 호리야스의 일생의 걸작을 보게 될 날도 머지 않을걸?"

요오스케는 여전히 수수께끼의 미소를 지으면서 대답했다.

문을 열고 일본식 옷차림의 하야카와 박사가 얼굴을 펴면서 모습을 나타냈다.

"여어 가미즈키 군, 오랜만이네."

"선생님, 오랫동안 뵙지 못했습니다. 줄곧 전장에 있느라, 중국에서 자바로 갔다가 거기서 종전을 맞았습니다만 최근에야 겨우 돌아와 이렇게 인사를 드리게 되었습니다."

요오스케는 공손하게 인사를 했다.

"어찌 됐거나 이렇게 살아 있었으니 잘된 일 아닌가. 이런 터무니없는 전쟁에서 자네 같은 인물을 잃는다면 그건 국가적으로 중대한 손실이지."

박사는 겐조에게로 향하더니 매우 빈정대는 투로 말했다.

"마쓰시타 군, 자네 형님이 나를 꽤나 괴롭히더군. 자네가 쓸데없는 생각을 해낸 때문이야."

"대단히 죄송합니다. 그 땐 모두들 신경이 날카로웠기 때문에……"

"뭐 됐네, 이제 와서 그런 얘길 해서 뭘 하겠나. 나한테도 과실이 있었네……. 자, 다들 앉지."

그들은 의자에 앉았다.

"선생님의 수집을 본 건 이번이 두 번째입니다만 과연 여전히 훌륭한 작품들을 모아놓으셨군요. 이 수집들 때문에 전쟁 때는 상당히 힘이 드셨겠습니다."

"맞네, 집이야 불에 타도 어쩔 수 없다고 생각했지만 이것만은 걱정이 되어 견딜 수가 있어야지. 소개(疏開)에 또 소개로 고생을 하다가 이번엔 전쟁이 끝나서 다시 수집을 하느라 또 고생. 정말 힘이 들었다네."

"충분히 헤아리고도 남습니다. 모두가 국보급의 표본들이니까요. 하지만 선생님처럼 기이하고 독특한 분이 계셨던 것을 후세의 일본인들은 감사할 겁니다."

"자네처럼 알아주는 사람만 있으면 좋겠지만 세상 사람들은 이상한 사람, 좋게 말해 기인 취급밖엔 해주질 않으니 말일세."

"어쩔 수 없습니다. 나를 알아주기를 100년 뒤에나 바라야겠지요."

박사는 자기의 심중을 헤아렸다는 듯이 웃었다. 홍차가 든 찻잔을 들고 요오스케는 화제를 바꾸기 시작했다.

"선생님, 여기엔 호리야스의 작품을 찾을 수가 없군요."

비유클리드 기하학 263

"유감스럽게도……."
허를 찔렸는지 박사는 얼굴 근육이 굳어졌다.
"애석하게도 호리야스의 작품만은 갖고 있질 않네. 호리우지, 호리카네(彫兼), 호리카네(彫金), 호리고로 등 일단 명인의 작품들은 손에 넣었네만 호리야스의 작품만은 입수하지 못했지. 지난번의 기누에의 문신은 나도 사실 몹시 갖고 싶었다네. 하지만 그 범인이 선수를 치는 바람에 내 할 일도 끝이 나고 말았어. 그런데 무시무시한 마니아도 있더구만. 아무리 문신이 탐이 난다 해도 나한텐 사람을 죽여서 가죽을 벗길 만한 용기는 없다네."
요오스케의 도전을 단호히 물리치는 듯한 말투였다.
"정말 무서운 범인이더군요. 하지만 선생님은 어째서 그날 밤의 알리바이를 말씀하시지 않았는지요. 마쓰시타 군 앞에서 좀 뭣합니다만, 경찰관이란 것들은 일단 마음을 상하게 하면 이내 싫어하는 짓만 하거든요. 어떻게 선생님 같으신 분이 그런 위험을 저지르셨습니까?"
"그렇다 해도 가미즈키 군, 터무니없는 일에도 정도가 있는 것 아닌가. 나하고 그 사건을 갖다 엮는 건 대체 뭐냔 말일세. 분명히 그 당시에 시체를 발견한 것은 나였어. 하지만 그 땐 마쓰시타 군도 함께였다네. 게다가 기누에하고 나 사이에는 범죄를 일으킬 직접적인 동기는 존재하지 않아. 다케조가 죽은 덕분에 사실 내 수중에 백만 엔 가까운 돈이 굴러들어 왔네. 그러니 다케조의 살해라면 나는 전혀 동기가 없다고는 할 수 없어. 하지만 기누에를 죽인다 해도 나한테는 한 푼도 돌아오는 게 없어. 그것은 모조리 히사시에게로 가버렸지. 때문에 기누에의 살해에 대한 나의 이해관계는 있을 수 없지. 문신이 탐나서 살인을 저지를 정도로 나는 바보가 아니라네."
"선생님은 회상을 하시면서 다른 걸 얘기하고 계십니다."
요오스케는 다짐이라도 하듯 가볍게 웃었다.
"그날 밤에도 사건하고 관계가 없었다면 어디에 가 있든 내 마음 아닌가. 무엇보다도 보통 사람이라면 확실한 알리바이라니 그런 건 거의 없지 않은가 말일세. 내가 수사과장이라면 반대로 가장 알리바이가 완벽한 사람에게 의심을 품겠네. 가미즈키군, 그렇지 않은가?"
"그렇지요. 알리바이로 붙잡을 만한 범인이라면 대수로울 것도 없으니까요."
"맞네. 일본의 경찰도 이젠 과학적이 되어야만 해. 요즘엔 많이 좋아지긴 했지만 전엔 일단 이거다 라면서 점을 찍으면 유치장에 두 달이고 석 달이고 집어넣고는 때리고 발로 차서 무리하게 자백을 시키는 일도 적지 않았다고 하더군. 정말이지 그런 곳에 한 달이나 두 달만 들어가 있으면 대개는 체념을 하고 손을 들고 말걸세."
"그렇지요."
요오스케는 홍차 잔을 손에 든 채로 한동안 깊은 생각에 잠겨 있었다.
"그러나 선생님이 그때 건판을 말없이 갖고 가신 것은 좋지 않았다고 생각합니다."
"아, 그 얘기라면 무슨 소릴 들어도 어쩔 수가 없네. 어쨌거나 물건이 물건인 만큼 무심코 평소의 버릇이 나와서 주위든 채로 호주머니에 넣고 말았지만, 내가 범인이라면 구태여 마쓰시타 군의 주의를 끈 다음에 보라는 듯이 감추는 멍청한 짓은 하지 않았을 것 아닌가."

비유클리드 기하학 265

"그것도 그렇긴 합니다."

"그러나 세상도 말세가 되어가고 있어. 가미즈키 군, 자넨 요즘 세상을 대체 어떻게 생각하는가."

사건에 대한 얘기는 별로 하고 싶지가 않은지 박사는 곧바로 화제를 돌렸다.

"글쎄요. 돌아온 지 얼마 안 되어서……."

"백귀야행(百鬼夜行)이란 바로 이걸 두고 말하는 걸세. 일본 전체인구 8천만이 모조리 어떻게 된 거야. 주식 배급은 늦거나 없고, 그러면서 직접 사는 것은 단속을 하고 미안하다는 인사도 없이 처벌을 하지. 저물가 정책을 내세우고는 담배와 기차삯은 제멋대로 올린단 말일세. 매사가 거꾸로 돌아가서 고기가 크면 클수록 그물을 쉽게 빠져나가는데 나 같은 정직한 사람은 도저히 이해하지 못할 정치야. 나도 조금만 나이가 젊었더라면 사기꾼이나 강도가 되었을 걸세."

"선생님, 선생님은 전쟁 중에도 군부에 상당한 반감을 보이셨는데, 전쟁이 끝났어도 여전하시군요."

"자넨 그런 대본영 발표를 믿는 사람은 어딘가 두뇌 구조가 잘못되어 있다고 생각되지 않는가? 어쨌든 그런 통쾌한 얘긴 없었지. 적의 항공모함과 전함을 날마다 몇 척씩 격침한다니 말일세. 끝내는 나도 적의 조선 능력이 이만한 손해를 따라오겠느냐고 진지하게 걱정을 했다네. 나중엔 귀찮아서 세지도 않았네만, 그 뒤로도 6십 몇 척까진 기억하고 있지. 그렇다면서 진짜 중요한 B29에는 도무지 손을 대지 못하더구먼. 마지막에 죽창을 내밀었을 때는 그렇게나 비판적이던 나도 눈물이 다 나오더라고. 게다가 날마다 기름을 칠하고 손질을 게을리 하지 말라고 하니 나중엔 떨리더란 말일세. 이제 다음 번엔 돌을 던지거나 활이라도 쏘아 B29를 떨어뜨리라고 하겠구나 싶었는데 다행히도 거기까진 가지 않고 끝났지 뭔가."

박사의 독특한 독설은 거침이 없었으며 끝날 줄을 몰랐다.

"그런데 선생님, 바둑은 여전히 두시는지요. 제가 출정을 나가기 전엔 한두 번 가르침을 받아서 좋은 맞수로 기억하고 있습니다만……."

물 흐르는 듯한 박사의 독설을 가로막고 요오스케가 물었다.

"아, 바둑 말인가? 자넨 젊으니 상당히 실력이 늘었겠군."

"아닙니다, 전혀요. 군인 처지에 한가하게 바둑을 둘 수 있나요?"

"그렇다면 오랜만에 한 판 두어볼까. 마쓰시타 군, 괜찮겠나?"

"그럼요, 어서 하십시오. 저는 옆에서 구경을 하겠습니다."

박사는 벨을 눌러 가정부에게 바둑판과 바둑알을 가져오게 했다. 요오스케는 흑을 쥐고 가볍게 인사를 했다.

어째서 요오스케는 이런 판국에 바둑 같은 걸 두기 시작하는 것일까. 겐조는 이해할 수 없었다.

영웅의 망중한인가. 귀중하기만 한 시간을 이처럼 낭비 하다니, 겐조는 화가 나기 시작했다.

그러나 요오스케의 표정은 불기 없는 재처럼 차가웠다. 바둑을 두면서 결코 다음 수사의 진행을 생각하는 것처럼 보이지 않았다. 반상의 흑의 포석 외엔 아무 생각도 없는 그런 모습이었다.

포석 때까지는 미약하나마 흑이 유리한 것처럼 보였다. 좌상에서 시작된 전투가 점차 중앙으로 파급되어 감에 따라서 맥을 못 추던 흑백의 대석이 서로 뒤엉켜 난해한 전투가 시작되었다.

"가미즈키 군, 아무래도 약간 부족하구만."

박사가 파안대소했다.

"이 돌이 살아나면 2집쯤 흑에게 남을 것 같군요. 핸디캡이 있었으면 졌습니다."
요오스케도 정중하게 고개를 숙였다.
1시간 여에 걸친 긴장이 풀리면서 안도한 박사는 담배에 불을 붙였다. 그것이 사실은 요오스케가 기다려 마지않던 틈새였다.
"선생님, 괜찮은 물건을 보여드릴까요."
그는 가방 속에서 봉투에 든 사진을 꺼내 박사에게 건넸다. 그 속에서 6장의 사진을 꺼내 바라볼 때의 박사의 얼굴에는 말로는 표현하지 못할 이상한 표정이 떠올랐다.
"과연, 이게 지라이야, 이건 기누에의 오로치마루, 이것이 내가 주운 쓰나데히메인가?"
쓰나데히메의 사진을 든 박사의 손가락이 가늘게 떨렸다.
"이 사진을 대체 어떻게 입수했지? 누가 언제 촬영한 것인가?"
박사의 말에는 빈정대는 투가 사라지고 그의 태도는 진지하기 이를 데 없었다.
"실은 이 사진들은 기누에가 문신경연대회 날에 마쓰시타 군에게 준 것이라고 합니다. 자기들 3남매의 문신에는 뭔가 비밀이 있다면서 자기는 살해를 당하거나 가죽을 벗겨갈 듯한 기분이 든다는 무슨 그런 종잡을 수 없는 말을 한 모양입니다. 그에 대해 모든 것을 털어놓고 의논을 하고싶다고 해서 마쓰시타 군이 가보니 그 상황이라서…… 끝내 그 비밀은 묻히고 말았습니다. 모가미 히사시 군의 말로는 아무래도 이 사진은 앨범의 첫 번째 장에 붙어 있었던 것 같습니다만, 그 페이지가 파손이 되어서 비록 설명이 쓰여 있다 하더라도 알 수가 없습니다. 그런데 이상한 점은 오빠인 쓰네타로가 이 사진을 첫 눈에 보고 사건의 비밀을 간파해 낸 것 같다는 사실입니다. 그는 그 뒤에 마쓰시타 군에게 전화를 걸어서 3일만 지나면 모든 비밀을 털어놓겠다고 했습니다만, 그 3일이 채 지나기도 전에 살해를 당하고 말았습니다."

요오스케가 정중하게 설명했다.

"그랬나?"

박사는 묵묵히 입을 다물고 담배 연기를 방안에 내뿜고 있었다. 마지막 카드를 내보인 요오스케는 집요할 정도로 박사를 물고늘어졌다.

"선생님, 선생님은 어째서 이 사건에 비유클리드를 결부지으셨는지요?"

"그건 밀실이 그렇게 완벽하게 구성되어 있었기 때문이라네. 짧은 시간에 그렇게 완전한 밀실살인의 기교를 생각해낸 것은 적어도 일종의 천재일세. 천재가 고안해 낸 범죄를 평범한 사람이 풀려고 해서 풀리겠는가? 가미즈키 군은 수학에 뛰어나니까 잘 알겠지만 수학문제에선 문제를 만드는 것보다 푸는 쪽이 어려운 경우가 자주 있지 않은가?"

"선생님은 거짓말을 하고 계시는군요. 선생님께서 비유클리드를 연상하신 것은 달리 까닭이 있음이 분명합니다."

"뭐라고!"

박사는 동요한 것 같았다. 요오스케와 박사의 시선은 순간 칼날이 맞부딪친 것처럼 허공에 불꽃을 튀겼다.

"선생님, 분명하게 말씀해 주시지 않으시겠습니까? 선생님이 그 건판을 주운 의미를, 어디까지나 경찰청에 트집거리를 만들려 하신 이유를요."

"나 같은 마니아의 행동을 아무리 설명한다 해도 평범한 사람들은 이해하지 못해. 나한텐 지금 한 사람의 내가 살고 있네. 다른 한 사람인 내가 가끔 생각지도 않은 일을 저지르지. 그 행동은 나로서도 제지할 길이 없다네."

"선생님 속의 선생님은 사모님이 아닌 다른 분을 사랑하고 계십니다. 증오와 경멸을 하면서도 도저히 잊을 수 없는 사람이 있습니다. 이렇게 해석해도 되겠습니까?"

"기가 막혀서!"

"선생님, 선생님께선 분명 사건의 비밀을 알고 계십니다. 한 여자, 범죄의 그늘에서 춤춘 알파의 정체를 틀림없이 아십니다."

박사는 아무런 대답도 하지 않았다. 죽음과도 같은 침묵이 한동안 이어졌다. 이윽고 요오스케가 자리에서 일어나 가겠다고 했다.

현관까지 배웅을 나온 박사에게 요오스케는 뒤돌아보며 최후의 일격을 가했다.

"선생님, 전 그날 밤의 알리바이를 선생님이 입증하지 못하셨던 까닭을 알 것 같습니다. 약간의 시간만 들이면 그날 밤에 선생님이 어디에 계셨었는지 확인하는 것은 어렵지 않습니다. 적어도 경찰에 그 존재가 알려지면 좋지 않은 곳, 선생님의 명예를 위해선 어떤 위험을 무릅쓰고라도 끝내 감춰야만 하는 곳…… 선생님, 그게 틀림없겠지요?"

박사의 얼굴에선 생기를 찾아볼 수 없었다. 무너져 내리는 육체를 무리하게 지탱하려는 듯 벽에 기대어 신음하는 것처럼 낮은 목소리로 중얼거렸다.

"가미즈키 군, 자넨 무서운 사람이야……."

그날 밤, 박사의 집을 나온 뒤에도 요오스케는 사건에 대해선 전혀 말하지 않았다. 겐조와 헤어질 때 오직 이 한 마디를 했을 뿐이었다.

"이 사건은 2, 3일 안으로 해결될 거라고 형님께 말씀드리고 안심을 시켜드리게나."

겐조가 집으로 들어서자 형 마쓰시타 에이이치로는 한참 기다렸다는 듯 물었다.

"겐조, 어떻게 됐느냐? 오늘의 전과는……."

"대본영 발표에 따르면 적의 항공모함 1척은 요츠야 부근에서 대파되어 화염에 휩싸였습니다. 우리 항공부대는 패해서 달아나는 적을 급히 추격해 과감한 섬멸전을 전개하고 있습니다만, 해전이 종결되려면 앞으로 2, 3일 더 걸릴 것으로 추정됩니다."

"이번 해전을 가미즈키작전이라고 부르는……게냐?"

그들은 소리내어 웃었다. 이런 일은 이번 사건이 시작된 이래 처음이었다. 겐조의 조울증은 순식간에 울에서 조로 바뀌었다.

"박사일 가능성은 어떠냐? 흑이냐, 백이냐?"

"선생은 백, 가미즈키 씨가 흑…… 통쾌했지요. 가미즈키 요오스케 우세의 종반전, 결국 흑이 2집 승리였어요."

"무슨 소리냐?"

"바둑 승부요."

"까불지 마라."

"에이 형님, 화내실 것 없습니다. 결국 하야카와 선생의 비밀을 가미즈키 씨가 모조리 알아낸 것 같아요. 비유클리드 기하학이라는 말의 의미뿐만 아니라 박사가 부인말고 다른 여잘 사랑했던 것도, 참 그렇지, 그날 밤의 선생의 행방도 시간을 조금만 주면 반드시 들춰내겠노라고 단언했어요."

"만일 가미즈키 씨의 말대로 실현된다면 나는 수사1과장을 사임하고 후임자로 그 사람을 추천하겠어."

마쓰시타 과장의 말이 꼭 농담처럼 들리는 것만도 아니었다.

다음 날 오후, 예정대로 요오스케는 겐조와 함께 모가미 히사시의 집을 찾아갔다.

"어젠 집에 없어서 정말 실례했네…… 오늘도 아침 10시쯤에야 돌아왔거든."

해가 노랗게 보이는 듯한 안색으로 모가미 히사시는 응접실에 나타났다. 형의 유산을 상속받은 것 때문인지 전보다도 살찌고 점잖아져 갑작스레 관록이 붙은 것처럼 보였다.

"아니야, 요전엔 나야말로 실례했네. 그런데 오늘은 손님을 모시고 왔어. 가미즈키 요오스케 씨라고 나의 선배로 지금은 도쿄대학 법의학교실에 계시는데 이 사건에 관심이 있어서 자네한테도 자세한 이야기를 들었으면 하시기에 이렇게 함께 찾아왔다네."

"아, 그러십니까?"

모가미 히사시는 붙임성 있게 얼굴 한가득 웃음을 보였다.

"처음 뵙겠습니다. 모가미 히사시입니다."

"가미즈키 요오스케입니다. 말씀은 많이 들었습니다. 형님께서 불의의 재난을 당하셔서 마음이 많이 아프셨겠습니다. 제가 법의학을 전공하고 있습니다만, 얼마 전에 군의관으로 갔었던 자바에서 막 돌아왔는데 마쓰시타 군에게서 이 사건 얘기를 듣고 관심이 있어서 이런저런 조사를 해보고 있습니다. 그런데 저희로선 도저히 이해하기 힘든 점이 많더군요. 마쓰시타 군의 말로는 귀하께서 이 사건에 특별한 연구를 하셨고, 많은 탁월한 고견을 가지셨다고 하기에 이렇게 찾아뵙게 되었습니다."

"탁월한 고견이라…… 그런 소릴 들으니 몸둘 바를 모르겠습니다 그려."

말은 그렇게 했지만 칭찬을 들으니 기분이 나쁘지는 않은지 모가미 히사시는 어지간히 신이 나는 모양이었다.

"피해자가 내 형과 형의 여자이므로 이 사건에 따른 영향이 누구보다도 컸기 때문에 자연히 이 사건에 대해서는 많은 연구를 했고, 생각을 이리저리 짜 맞춰 보았습니다. 그에 관해서는 마쓰시타 군에게도 참고삼아 한 번 얘기한 것 같군요. 마침 좋은 기회이니 그렇다면 말씀을 드릴까요. 하지만 저는 마쓰시타 군처럼 시체 발견 당시에 같이 있었던 것도 아니고, 남에게서 들은 얘기가 바탕이 되었기 때문에 착오가 없다고 할 수는 없겠습니다만, 그 점은 양해해 주십시오."

요오스케는 가볍게 고개를 끄덕였다. 뜨거운 녹차로 목을 축이고 모가미 히사시는 이야기를 시작했다.

"이 사건에 대해 제가 가장 이상하게 생각한 것은 매우 이지적인 요소와 너무나도 기괴한, 그로테스크한 요소가 뒤얽혀 있다는 점입니다. 이것은 한 사람의 범행이라고 보면 딱 떨어지질 않습니다만, 두 사람 각각의 범행이라고 생각하면 비교적 간단하게 해결될 수 있지 않을까 합니다. 물론 가미즈키 씨도 많은 연구를 하셨겠지만, 범죄사건이 복잡해지고 해결이 되지 않는 것은 두 사건이 뒤얽혀서 하나의 사건으로 보이는 경우에 많이 있습니다."

"과연 그렇군요. 거기까진 저도 생각을 못했습니다."

요오스케는 감탄한 듯 말했다.

"이런 경우에는 갑과 을 2개의 요소로 나누어 생각하면 진상은 비로소 확실해집니다. 제가 가장 의아하게 생각한 것은 기누에 씨가 왜 하녀에게 휴가를 주었을까 하는 점입니다. 그녀의 말로 보자면 그랬을 리가 없다는 것이지요. 누군가에게 살해를 당할 것 같다, 문신이 새겨진 자신의 가죽을 벗겨낼 것 같아 견딜 수 없다는 등의 이야기를 나한테도 했고, 초면인 마쓰시타 군에게도 말했을 정도니까 상식적으로는 좀처럼 이해할 수 없는 일입니다."
"저도 그 점은 도무지 이해가 가지 않았습니다."
요오스케가 주저하면서 대답했다.
"저는 처음엔 그 사람한테 꽤 동정심을 가졌습니다만 차츰 사정을 알고 나자 왠지 자업자득인 것만 같아 보였습니다. 그날 밤에 이나자와에게 찾아오라고 말한 것도 어떻게 된 것 아닙니까? 사내에게 굶주린 것도 아닐 테고, 그런 남자를 끌어들이지 않아도 되지 않았을까 생각됩니다만…… 아니면 이나자와는 그 사람의 연인을 알고 있었는지도 모릅니다. 그것을 빌미로 강요하다시피 해서 그가 그날 밤의 밀회를 납득시켰는지도 모르지요. 그러나, 죽은 사람 얘기를 이러쿵저러쿵 하고 싶진 않습니다만, 정말이지 굉장한 여자예요. 형도 이 대단한 여자한테 붙들린 겁니다. 과거도 과거이고, 특히 문신 같은 걸 하고는 좋아하는 그런 야만스런 여자이니 저는 그 여자가 형 몰래 누군가 달리 애인을 만들지 않았을까 생각합니다. 가정부에게 휴가를 준 것도 혼자서 자유롭게 행동하려고 했던 것 아닐까요?"
"문신이 야만스런 풍습……이라고 생각하시는군요. 저는 이 사건 가운데 처음으로 정상적인 사고를 소유하신 분을 만났습니다."
"상식적인 사람이라면 하야카와 숙부나 형, 이나자와의 생각은 이해하지 못하지요. 저한테는 그런 그로테스크한 것보다는 젖가슴이 큰 여자가 훨씬 매력이 있습니다."
모가미 히사시는 아무리 중요한 이야기를 할 때라도 끊임없이 여성론을 전개하는 버릇이 있었다. 그러나 이 순간만은 좋지 않다고 생각했는지 이내 이야기를 제자리로 돌렸다.

"하지만 그런 비밀스런 통정이 언제까지나 형에게 알려지지 않으리라고는 생각지 않습니다. 형은 평소에는 무척이나 점잖은 반면에 질투심이 엄청나게 강합니다. 특히 그 여자에 대해선 심하게 질투를 해서 무턱대고 남을 의심하곤 했습니다. 저도 한때는 있지도 않은 의심을 받아서 난처했던 적이 있었지요…… 아마 그렇게 하는 동안에 형은 결국 그 여자의 행동을 감시해서 꼼짝 못할 증거를 잡았을 겁니다. 그래서 간부(姦夫)와 간부(姦婦)를 처벌하지 않았을까요. 물론 그녀도 어렴풋하게 형의 감정을 눈치채고 있었는지도 모릅니다. 그러나 그보다 한 연인의 문신에 대한 편집광적인 정욕이 훨씬 두려워서, 그 두 감정이 뒤얽혀 마쓰시타 군에게 그런 호소를 하게끔 했던 것은 아닐까요?"

"고개가 끄덕여지는군요. 있을 수 있는 일입니다."

요오스케는 끄덕이면서 동감을 표했다.

"그날 밤, 그 범행이 있던 날 밤 말입니다. 그 연인이란 자가 그 집을 방문하고 있었음에 틀림없습니다. 분명 그녀가 대중탕에라도 가 있던 동안의 일이었을 겁니다. 그러나 그곳에 갑작스레 형이 오는 바람에 그는 당황하여 어디론가 몸을 숨기려 했습니다. 그렇지만 그 집에서 잠글 수 있는 곳이 달리 없으니 결국은 목욕탕으로 뛰어들었겠지요. 형은 이런 사내가 와 있는 것을 알지 못했습니다. 차가운 분노를 느끼면서 그녀가 돌아오기를 기다렸지요. 한 잔 마시면서 틈을 보아 컵에 청산가리를 넣어 기누에 씨를 독살해버린 것입니다. 권총을 쓰지 못했던 것은 소리가 근처에 들려서 난처해질 것을 두려워하였기 때문이겠지요. 하지만 그 여자가 코앞에서 죽어 가는 것을 보았을 때는 형에게도 뭔가 후회 같은 감정이 생겨났던 것입니다. 원래 형은 그 사람을 진심으로 사랑했습니다. 그래서 더 이상 사내에게까지는 손을 뻗칠 기운이 없어져서 집을 뛰쳐나와 버린 게 아닐까요? 그 동안에는 30분 가량의 여유가 있었을 테고, 누구의 증언이 있다 하더라도 시계가 모조리 정확하게 맞는다고는 할 수 없으므로 진술에도 얼마쯤 시간의 착오가 생길 수는 있겠지요. 형은 일단 집을 뛰쳐나와 미타카에 있는 집의 토굴 속에서 잠시 몸을 숨기긴 했지만 차츰 자기가 저지른 죄가 두려워져서 후회한 끝에 그 안에서 자살해버린 것이 아니겠습니까?"
"과연 그렇군요. 그럼 한 사람은 알겠습니다. 나머지 한 사람은 누구입니까?"
"누구라고는 저도 말할 수 없습니다. 그러나 그 남자는 인기척이 없어지자 안도하고 욕실에서 나왔습니다. 그리곤 기누에의 시체를 발견한 것이지요. 물론 오싹했을 겁니다. 한 때는 모든 것을 내던지고 달아나려고도 했겠지요. 이것을 경찰에 알리는 것은 그의 입장에선 불가능한 일입니다. 그는 마당으로 뛰어나가 달아나려고 했습니다만, 바로 그때 이웃집 2층에서 사람이 이쪽을 보고 있는 것을 알았습니다. 이래선 안되겠다 싶어서 그는 다시 집 안으로 들어갔습니다. 그러고는 한동안 시체를 바라다보았습니다. 그러나 그는 그 사람 기누에 자체보다도 오히려 그녀의 육체 위에 새겨진 문신에 한층 강한 집착을 갖고 있었습니다. 그는 잠깐동안 이리저리 생각을 굴린 결과, 어떤 악마적인 생각에 이르렀습니다. 이 문신은 너의 것이다, 아무에게도 주면 안 된다고 속삭이는 음성이 있었겠지요. 그는 뭔가에 홀린 것처럼 시체를 그대로 목욕탕으로 끌고 가 마침 그 집에 있던 톱으로 문신을 새긴 부분의 몸통을 절단해버렸습니다. 그러고는 그 사람이 입고 있던 옷으로 몸통을 싼 다음, 목과 사지만 목욕탕 안에 감추고 안에서 빗장을 걸어 밀실을 구성했던 겁니다. 이 방법은 전 잘 모르겠습니다만 탐정소설 같은 걸 읽어보면 상당히 여러 가지 방법이 있는 것 같고, 어떻게든 가능하리라고 생각합니다. 그래서 몸통을 안고 문에까지 나갔을 때, 이나자와가 들어온 것입니다. 그는 움찔했지만 아마도 현관 옆의 나무그늘 같은 곳에 숨어서 모면했겠지요. 이나자와는 집 안으로 들어갔습니다. 다행히 목욕탕은 밀실로 만들어 놓았으므로 우선 간단히 시체가 발견될 일은 없습니다. 그는 안도했지만 확실하게 하기 위해 밖을 살펴보니 한 사내가 이쪽을 지켜보고 있었습니다. 그 상황에서 빠져 나갈 수는 없겠다며 안달복달을 하면서 그는 그곳에서 계속 기다렸습니다. 그러다가 이나자와가 뛰어나왔습니다. 무척이나 당황했으므로 물론 그가 숨어 있는 것을 알았을 리 없습니다. 그와 교대로 우즈이가 안으로 들어왔으므로 문의 감시는 풀렸습니다. 그 틈에 간신히 그도 도망쳐서 몸통을 적당히 처분해 버렸던 게 아닐까요?"

요오스케의 눈은 열에 들뜬 것처럼 반짝이면서 모가미의 표정을 바라보고 있었다.

"그리고 세 번째의 살인입니다만, 그것은 이렇게 생각합니다. 마쓰시타 군에게서 동생의 살해와 문신한 몸통이 없어진 사실을 들은 쓰네타로는 뭔가 짚이는 데가 있었음이 분명합니다. 그는 그렇게 생각하자 있는 힘을 다해 이리저리 찾아다닌 끝에 그 문신을 갖고 있는 사람을 찾아냈습니다. 그러고 나서 질이 나쁜 공갈을 시작했던 것입니다. 3일 안에 얼마만한 돈을 만들라, 그렇지 않으면 모든 것을 경찰청에 밀고하겠다고요. 이렇게 거액의 돈을 요구했을 겁니다. 그 남자도 경악했습니다. 기누에를 죽인 건 내가 아니다, 그러나 쓰네타로의 요구에는 도저히 응하지 않을 수 없다, 일단 나쁜 짓을 시작한 바에야 끝까지 할 수밖에 없다고 각오한 그는 마침내 쓰네타로에게 돈을 주겠다고 불러내 독살하고 문신을 벗겨낸 다음, 시체를 그대로 내버린 것입니다. 이것이 이 사건의 진상이라고 저는 생각합니다."

추리기계라고까지 불리던 가미즈키 요오스케의 논리를 압도할 만한 모가미 히사시의 추리였다. 히사시의 논법의 뚜렷함과 언뜻 아무런 모순도 느껴지지 않을 정도의 명석함에 겐조는 내심 혀를 내둘렀다.

"과연, 참으로 훌륭합니다. 실로 근사한 논리입니다. 감탄했어요. 저는 2개의 범죄가 뒤얽혀서 하나의 기묘한 형상을 만들어냈으리라고는 전혀 생각해보지 않았습니다."

요오스케도 진정으로 감탄한 것처럼 가볍게 고개를 숙였다. 지기 싫어하는 그가 그 정도로 남의 말에 탄성을 올린 것은 흔하지 않은 일이었다.

"아니, 이건 단지 나의 상상이니까 칭찬을 받을 만한 건 못 됩니다."

"마치 당신이 이 사건을 처음부터 계획하신 듯한 깨끗한 추리로군요. 꼭 있어야할 것은 알리바이이겠군요. 지금 같은 경찰의 방법으로는 당신은 맨 먼저 혐의를 받을 게 틀림없겠습니다만."

"정말 그래요. 싸움도 때에 따라선 수호신이 되는지 유치장이 생각지도 않게 도움이 되었습니다."

"정말이지…… 당신은 운이 매우 좋았습니다. 화를 복으로 반전시킬 만한 행운을 가지신 것 같군요."

요오스케는 히사시와 얼굴을 마주보며 웃었다.

"그런데, 당신은 두 번째의 인물, 즉 몸통을 잘라내 문신을 벗겨낸 사람의 이름을 말씀하시지 않았습니다. 그것은 대체 누구일까요?"
"그것은 저는 잘 모릅니다. 하지만 적어도 탁월한 인지력과 문신에 대한 비정상적인 집착을 모두 갖추고 있는 사람이라는 것만은 확실합니다."
"그렇군요. 그런 사람은 제가 아는 범위에선 한 사람밖엔 없습니다…… 그런데 당신의 추리는 정말 훌륭합니다. 한 군데도 흠잡을 데가 없다고 말씀드리고 싶습니다만, 납득이 가지 않는 곳이 두세 가지 있습니다. 그 점에 대해 알고 싶습니다만."
"말씀하시지요."
"첫째, 현장 부근에서 발견된 톱입니다. 당신의 추리에 따르면 제2의 범인은 기누에 씨의 시체를 발견한 다음에 갑작스레 몸통을 자를 마음이 생겼다고 했습니다. 그러나 그럴 경우 도구는 우선 가까이에 있는 것을 사용하는 것이 보통일 것입니다. 그러나 가정부는 그 톱을 본 기억이 없다고 합니다. 그렇다면 이 톱은 어디에 있었던 것일까요?"
"그래도 가정부가 휴가를 떠난 지 2, 3일이 지났고, 그 동안에 기누에가 마련한 것인지도 모르지요."
"그것은 그럴지도 모릅니다만, 그러나 보통의 가정에서라면 톱을 2, 3자루나 필요로 할 까닭은 없겠지요. 또한 샀다고 한다면 필경은 새 것을 샀을 것입니다. 무엇 때문에 낡은 톱을 마련했겠습니까?"
"글쎄요…… 누군가, 목수라도 왔다가 놓고 갔나?"
"적어도 그것은 직업상 중요한 도구입니다. 그런 얼빠진 목수가 있을까요? 그렇다고 범인이 톱을 들고 여자를 만나러 왔다고 볼 수도 없고요. 낡은 톱 선물…… 이런 얘긴 들어본 적이 없습니다."

"가미즈키 씨도 말씀을 재미있게 하시는군요."

모가미 히사시는 내심으로 받아들이지 않는 것 같았으나, 일단은 상대에게 꽃을 내밀 때처럼 말했다.

"이어서 당신의 추리가 옳다고 한다면 욕실에 전등을 켜놓은 이유를 알 수가 없습니다. 저는 그렇게나 치밀하게 밀실을 구성한 범인이 밖에서 스위치를 만져 전등을 끌 정도의 주의를 게을리했다고는 아무래도 생각할 수가 없군요. 이 점은 어떻게 생각하십니까?"

"그 점은 이나자와의 진술에 거짓이 있는 게 아닐까요? 그는 수돗물이 흐르는 소리를 듣고 스위치를 켠 것이 아닐까요?"

"과연 그렇게 생각할 수도 있겠습니다만, 그렇다면 어째서 스위치에 그의 지문이 묻어 있지 않았을까요?"

"스위치는 누구나 손가락으로만 작동하는 것은 아닙니다. 그곳의 스위치는 보셨겠지만 위아래로 움직이도록 되어 있습니다. 예를 들어 손바닥으로 밀어 올려도 그 스위치는 움직이게 할 수 있습니다."

"그렇군요. 그렇다면 이나자와는 물이 흐르는 소리를 이상하게 여겼기 때문에 스위치를 만져 욕실에 전기를 켰다는 게 되겠군요. 그건 그렇고, 범인은 무엇 때문에 물을 흘려보냈을까요?"

"그거야 그런 사건에서는 범인이 제아무리 꼼꼼하게 생각을 한다 해도 어딘가 소홀한 행동을 하는 것은 피할 수 없지 않습니까? 하지만 물을 틀어놓은 것은 피를 흘려보내기 위함이 아니겠습니까?"

"그럼 무엇 때문에 혈액을 흘려보냈을까요? 범인은 그다지 시체의 행방을 감출 것도, 범행 현장을 다른 장소라고 착각하게 할 생각도 없었습니다. 그랬다면 혈액이 욕실 안에 남아 있다

하더라도 조금도 상관이 없었겠지요. 목과 팔다리를 아무렇게나 욕실 안에 팽개친 범인이 어째서 혈액에만 그렇게 신경을 썼을까요? 안에서 빗장을 걸 정도로 주의를 기울여 시체의 발견을 막은 사람이 어째서 수돗물이나 전등에는 무관심했을까요? 전등은 안에서든 밖에서든 끌 수 있었는데 말입니다."
"가미즈키 씨, 이것은 탑돌이와 같아요. 논의의 악순환인 것이지요."
모가미 히사시는 기분 나쁜 기색을 보이며 말했다.
"죄송합니다. 저는 옛날부터 그리스의 궤변론자 같다고 놀림을 많이 받곤 했습니다."
요오스케는 멋쩍게 웃었다.
"그리고 마지막으로 남은 의문은 범인이 어째서 고생을 해가며 무거운 몸통을 어디론가 가져갔을까 하는 점입니다. 문신을 원했다면 세 번째 사건과 마찬가지로 피부만 벗겨버리는 편이 간단할 테고, 무엇보다 운반하기에도 편하지 않았을까요? 당신의 추리에 따르면 범인은 상당히 오랫동안 마당 어딘가에 몸통을 싼 것을 놓았는데 마당 어디에서도 핏자국은 발견되지 않았습니다. 범인은 대체 그 혈액을 어떻게 처분했던 것일까요?"
"글쎄요……."
모가미 히사시는 입을 다물고 말았다. 요오스케는 사과하듯이 말을 이었다.
"저는 지금까지 당신의 추리의 흠집을 찾기만 한 것 같군요. 그러나 이것은 말 타면 종 부리고 싶어하는 심정에서 그랬던 것입니다. 당신의 추리는 근본적으로는 대단히 훌륭합니다만 그런 자그고 부부적인 결점을 고친다면 이내 진상이 드러나지 않을까요?"

"그렇지요. 우리가 아무리 완벽한 이론을 조립해 낸다 하더라도 그것은 모두 탁상공론이며, 무엇보다 저는 더 이상은 모르겠습니다."

열기가 식어 있었다. 모가미 히사시는 맛없다는 듯이 담배를 계속 피워대고 있었다.

"마쓰시타 씨의 말로는 당신은 이번 사건을 장기의 막힌 수에 비유했다고 하더군요. 장기에 상당한 취미가 있으신 모양입니다."

"직접 막힌 수를 만들었을 정도입니다. 예를 들면 이런 겁니다만, 이것은 간수(看壽) 58번에서 힌트를 얻어 제가 만든 작품입니다."

모가미 히사시는 겨우 기분이 풀린 듯한 투로 책상 서랍에서 한 권의 노트를 꺼내 요오스케에게 건넸다.

요오스케는 5분 가량 그 그림을 보았다.

"과연 이것은 굉장한 겨냥입니다. 대구(大駒) 4매를 모두 버리고 2매를 금(金)을 모으는 거로군요. 43은타(銀打), 동계(同桂), 62비성(飛成), 31옥(玉)……."

술술 막힌 수를 풀기 시작했다. 히사시는 기가 막힌다는 듯이 요오스케의 얼굴을 쳐다봤다.

"가미즈키 씨, 당신은 장기를 어느 정도나 하십니까? 이 막힌 장기를 이렇게 간단하게 풀다니 아마추어가 아닌 것은 분명하군요."

"학교 다닐 때 꽤 연구를 하긴 했습니다만."

"그렇다면 어떠십니까? 한 판 청해도 되겠습니까?"

둘은 곧 반상을 가운데 놓고 마주앉았다. 왕(王)보다 비차(飛車)를 애지중지하는 겐조도 반상에 흐르는 살벌한 살기가 느껴졌다. 말을 움직이는 요오스케의 손끝은 바들바들 떨렸고, 히사시가 말을 내리치는 소리는 뱃속으로 울려오는 것 같았다.

총공격의 빠른 전투였다. 한 수를 다투는 종반전인 줄 알았는데, 히사시는 강인하게 비차를 버리고 오른 날개에서 대역습을 꾀했다. 금은 3매로 굳어져 있던 요오스케의 진영은 순식간에 알몸이 되었고, 왕은 완전하게 고립되었다. 그러나 그때는 히사시의 왕에게도 사방에서 포위의 수가 박두하고 있었다.

"여기까지입니다."

손에 든 말을 반상에 던지면서 요오스케는 조용히 웃었다. 히사시도 안도했는지 땀을 닦으면서 대답했다.

"야아, 가미즈키 씨, 대단하십니다. 아마추어로 이렇게 강한 상대를 만난 것은 이번이 처음입니다. 아까 당신의 각이 73이 아니라 82였더라면 승부는 어떻게 되었을지 모릅니다."

요오스케는 미소를 지으며 가벼운 목례를 했다.

"패전한 장수는 병법을 논하지 않는다는 말이 있지요. 하지만 상대가 될 수 있어 기쁘군요. 한 대국의 승부는 백년지기보다 낫다고 하니까요."

그 뒤로 의미 없는 잡담이 30분 가량 이어졌다. 요오스케가 그 사이에 한 마디 물었다.

"모가미 씨, 당신은 서양화를 그리십니까?"

"왜 그러세요?"

"저기 저 건물이 아틀리에인 것처럼 보여서요."

"아, 먼저 주인이 미술가여서…… 저는 개조해서 화학실험실로 쓰고 있습니다만."

"아, 그래요? 당신은 응용화학과 출신이시지요. 그런데 무엇을 연구하시는지요? 좀 보여주시지 않겠습니까?"

"전엔 아미노산이나 포도당 등을 만들었습니다만, 이런 시국에 먹는 것도 아닌 일이라서 보여드릴 만한 것은 못 됩니다."

요오스케도 더 이상은 요구하지 않았다. 이윽고 그는 일어나서 작별을 고했다.

"여러 가지로 대단히 감사했습니다. 일간 다시 뵙고 싶습니다만."

"언제든지 오십시오."

히사시는 붙임성 있게 대답했다.

요오스케는 초겨울의 거리를 묵묵히 걸었다. 코트의 호주머니에 두 손을 찌른 채, 고개를 숙였다. 그런데 그의 눈은 뭔가 이 세상의 것이 아닌 것을 보고 있는 것 같았다.

오기쿠보역에 다 왔을 무렵, 겐조는 더 이상 참을 수가 없었다.

"가미즈키 씨, 이제 범인을 다 아신 것 같은데요."

요오스케는 조용히 고개를 들고 단호하게 대답했다.

"알았네. 내일 오후 1시에 경찰청으로 가지. 형님의 방에서 그 이름을 말하겠어. 오늘은 이만 실례하겠네."

요오스케는 오던 길을 되돌아갔다.

화려한 종반전

 다음 날, 정오부터 겐조는 경찰청의 형 방에서 요오스케가 오기를 기다리고 있었다. 지난 겨우 이틀 동안에 가미즈키 요오스케는 밀실의 수수께끼를 풀고, 박사의 행동의 비밀을 간파했으며, 완벽하게 보이는 모가미의 가설에 문제를 제기했다. 그런 그가 오늘 1시에는 진범의 이름을 지적하겠노라고 단언한 이상, 겐조는 사건이 이것으로 해결되리라는 데에 아무런 의심도 품지 않았다.
 그러나 마쓰시타 과장은 그렇다고는 할 수 없는 모습이었다.
 "아직이냐? 설마 이번에도 가미즈키 씨에게 만일의 일이 있는 건 아니겠지?"
 "공교롭게도 그 사람에게는 문신이 없습니다. 죽여도 벗겨낼 가죽이 없다구요."
 "이 녀석, 또 시끄럽게 만든 거로구나. 그런데 내 생각이다만 가미즈키 씨도 난처해진 게 아닌지 모르겠다."
 "어째서요?"
 "모가미 히사시의 이론은 올곧은데. 적어도 이 사건에 관한 한,

경찰청의 어느 누가 생각한 것보다도 근사한 이론이야. 가미즈키 씨도 그 이상의 추리는 불가능하다고 난 생각하는데. 그래서 체면이 서질 않아 난처해지고 만 게 아닐까?"
"설마요!"
"누가 공을 세우든 상관없다. 그러나 우린 증거가 없으면 곤란해. 추리는 이제 충분한데 가미즈키 씨가 직접 결정타가 될 만한 증거를 찾아내 줄 수 있을까?"

농담처럼 말하고는 있지만 마쓰시타 과장은 마음속의 초조함을 끝내 감추지 못했다.

정각 1시에 요오스케는 비로소 모습을 나타냈다. 그렇게 봐서 그런지 그의 얼굴도 오늘은 창백했다. 머리칼은 헝클어지고, 눈은 충혈 되었으며, 평소의 그답지 않게 옷차림에도 어딘지 모르게 허점이 드러났다.

"수고가 많으십니다. 어서 오시지요."

마쓰시타 과장은 손수 의자를 권했다. 요오스케는 의자 깊숙이 앉아 눈을 감더니 숨을 깊이 들이마셨다.

"범인을 알아내신 모양이군요."
"그렇습니다."
"대체 누구일까요?"
"여러분은 설마 하시겠지만……."

요오스케는 눈을 뜨고 형제의 얼굴을 번갈아 쳐다보며 날카롭게 말했다.

"범인은 모가미 히사시입니다."

마쓰시타 과장은 전기에 감전이 되기라도 한 것처럼 순간 입을 다물고 말았다. 그러나 서서히 그의 얼굴에는 경멸과 연민의 기색이 흘러 넘치기 시작했다.

"가미즈키 씨."
목소리도 사무적이었다.
"저는 당신의 두뇌를 존경하고 있었습니다. 그러나 그런 만큼 당신이 지금처럼 잘못된 결론에 도달한 것을 매우 유감스럽게 생각합니다. 기누에가 그날 밤 9시까지 살아 있었다는 것은 의심할 바 없는 사실입니다. 그런 반면, 모가미 히사시는 그 시각부터 다음날 아침 9시까지 유치장에서 하룻밤을 새웠습니다. 이 사실을 당신은 잊었습니까? 그게 아니면 당신은 일본 경찰관을 모욕할 작정이신가요?"
"아뇨, 제 추리는 절대로 잘못 되지 않았습니다."
요오스케의 목소리는 얼음처럼 차가웠다.
"그렇다면 우리가 믿을 수 있는 증거를 보여주시오. 그의 알리바이를 깨뜨려 보시오. 그런 다음에 저는 당신의 말씀을 믿고 그를 교수대로 보내겠습니다."
마쓰시타 과장은 한 발짝도 물러서려 하지 않았다.
"예, 좋습니다. 그렇다면 제일 먼저 긴자의 모나리자 양장점의 주인 가와바타 교코를 소환해 주십시오."
"가미즈키 씨, 미리 말씀드려 두겠는데 모가미가 교코와 같이 있었던 것은 오후 3시부터 8시까지입니다. 그 동안의 그의 알리바이에 만약 다소 틈이 있더라도 그를 기누에의 살해범이라고는 할 수 없습니다."
과장은 장황하게 느껴질 정도로 단단히 못을 박았다.
"예, 알고 있습니다. 괜찮으니 어서 불러 주십시오."
너무나도 자신에 찬 요오스케의 태도에 압도당했는지 과장은 즉각 명령을 내렸다.
"니시카와 형사, 빤리 기자의 모나리자로 가서 가와바타 교코를 데려와 주게."

형사를 향해 그렇게 말하고는 과장은 회전의자를 돌려서 요오스케 쪽으로 방향을 바꿨다.

"자, 가와바타 교코를 데리러 보냈으니 올 때까지는 상당한 시간이 걸릴 것입니다. 그 동안에 당신이 모가미를 범인이라고 단정하신 까닭을 말씀해 주십시오."

"좋습니다. 이제 모든 것을 말씀드리지요. 먼저 저는 그의 동기가 상당히 농후한데 비해서 알리바이가 너무나 완전하다는 점에 의혹을 가졌습니다. 당신이 지금 말씀하셨다시피 경찰의 유치장이나 교도소 안에 있는 것보다 완전한 알리바이는 있을 수 없겠지요. 때문에 그런 의미에서도 우즈이 료키치는 세 번째 사건의 용의자에서 제외되었습니다. 그리고 이 3건의 살인은 한 인간에 의해 계획되고 실행된 것이 확실한 이상, 첫 번째, 두 번째의 살인에 대해서도 그는 범인이 아닙니다. 그러나 그가 이 사건의 해결에 일조했던 역할은 무척이나 중대한 것이 있습니다. 첫째, 그는 유라쿠초에서 기누에와 똑같이 생겼다는 여자를 발견합니다. 여자의 이름은 뭐든 상관이 없습니다. 어차피 그런 직업의 여성은 본명 따위를 쓸 리가 없으니까요. 그 여자의 문신까지는 유감스럽게도 알 수 없지만, 그 여자가 기누에가 아니란 것은 우선 확실한 사실이라고 보아도 될 것이므로, 그 여자가 히로시마에서 원폭에 희생되었다던 다마에가 아닐까 하는 점에는 우선 가능성이 있습니다. 죽은 줄로만 알았던 다마에가 살아 있었어요. 그리고 그녀의 행방은 지금도 모릅니다. 이 사실은 사건의 해결에 중대한 시사를 던집니다.

둘째, 그는 그날 밤의 이나자와의 행동을 확실하게 확인시켜 주었습니다. 그와 이나자와의 사이에는 전혀 이해의 공통점이 없습니다. 따라서 이나자와가 맨손으로 달아난 것을 보았다는 그의 증언에는 충분한 신뢰성이 있습니다. 더구나 그의 증언은 이나자와의 증언과 서로 아귀가 맞아서 한 점의 모순도 없이 진상을 그려내고 있는 것입니다.

이어 이나자와의 차례입니다만, 나는 그를 만나보고 그가 너무나도 상상력이 없는 단순한 사내라는 인상을 받았습니다. 물론, 범죄자는 지킬박사와 하이드처럼 이중인격자가 많다고 한다면 어쩔 수 없지요. 그러나 기누에의 말을 믿고 밤늦게 어슬렁어슬렁 그 집엘 가고, 또 자기 이름이 쓰인 보따리를 잊고 갔다가 아침이 되어 다시 가지러 가거나, 아무데나 지문을 남기고 돌아다니는 등 아무리 생각해도 우매하기 짝이 없습니다. 저는 이런 사람이 그렇게나 교묘한 밀실의 속임수를 창안해낼 수 있으리라고는 도저히 생각할 수 없습니다. 물론 그가 범인이라고 한다면 그도 놀랄만한 천재입니다. 한편으로는 자기의 우직하고 멍청한 면만을 내세우고, 다른 한편으로는 어릿광대의 얼굴 뒤에 숨어서 음험하기 짝이 없는 범죄를 계획하고 실행했다면 그도 가공할 만한 이중인격자가 틀림없습니다. 그러나 그에게는 이 범죄를 실행할 만한 동기가 전혀 인정되지 않습니다. 또한 그가 그 집에 있었던 것은 기껏해야 1시간도 채 되지 않습니다. 그리고 9시까지의 그의 알리바이는 거의 완벽에 가깝습니다. 제가 마지막으로 그의 취미를 물었을 때, 경마란 소리를 듣고 안도를 했습니다. 그 이야기를 할 때, 그는 얼굴색마저 달라졌으니까요. 그렇다고 제가 경마가 열등한 취미라고 말하려는 것은 아닙니다. 그러나 경마처럼 갖가지 조건이 복잡하게 얽히고, 자기의 의지력과 지적 능력을 최고로 발휘하지 못하는 도박에 진정된 대도박사는 손을 대지 않습니다. 그리고 이 사건을 계획하고 실행한 것은 최고의 의미에서의 대도박사이기 때문에 저는 일단 그를 혐의 밖에 놓았던 것입니다."
"거기까지는 저도 같은 의견입니다. 이 두 사람을 용의자 가운데서 제외하는 것에는 저도 이의가 없습니다다만, 하야카와 박사는 어떻습니까?"
마쓰시타 과장의 반문에도 요오스케는 전혀 동요하는 기색이 없었다.
"하야카와 선생은 세 번째 사건의 용의자지요. 과연 선생에겐 많은 불리한 점이 있습니다. 그리고 모가미는 그런 약점을 교묘하게 이용해서 선생에게 책임을 전가하려 했던 것입니다. 우선 첫 번째 살인에서는 문신을 한 몸통이 절단되어 행방불명이 되었으며, 세 번째 살인에서는 뚜렷하게 문신한 피부를 벗겨냈으므로 이 범죄는 언뜻 보면 문신을 바라고 행해진 것처럼 보입니다. 그리고 문신에 대해 누구보다도 강한 집착을 갖고 있는 것은 분명 하야카와 선생입니다. 일본 전체를 뒤져도 문신에 대한 선생 이상의 마니아는 몇 없을 것입니다. 그러나 선생이 범죄를 저지르려면 근본적으로 넘기 힘든 심리적인 장벽이 있습니다."
태연하게, 조금도 서두르지 않으며, 더구나 명철하고 섬세하고 치밀한 가미즈키 요오스케의 추리에 과장이나 겐조 모두 매혹되었다. 저도 모르는 사이에 고개가 숙여지는 것을 억누를 길이 없었다.
"선생의 문신연구가나 수집가로서의 정열은 경탄할 만한 가치가 있습니다. 그러나 그것은 결코 범죄를 일으킬 정도에는 이르지 못합니다. 이 점에서 모가미의 근본적인 오산이 있었던 것입니다. 박사처럼 지위로나 경제적으로도 부족함이 없고, 나이도 마흔을 넘긴 학자가 물질적인 욕망이나 치정 때문에 살인까지 저지른다는 것은 상식적으로도 생각할 수 없는 일이다, 그러나 문신에 대한 편집광적인 정열은 도저히 상식으로는 미루어 생각할 수 없는 일이기 때문에 문신한 시체를 눈앞에 던져놓으면 그 문신한 부분만을 가져갈 것이다, 이것은 최초의 착상이었습니다. 그리고 또한 그 범행이 밝혀져 협박을 받게 되면 자기방위를 위해 살인을 저지르는 일도 있을 것이라는 것이 세 번째 살인을 하기 직전 모가미가 생각했던 것입니다. 언뜻 무리가 없는 논리처럼 보입니다만, 여기에 커다란 심리적 착오가 있었던 것입니다. 그것은 어떤 일을 공공연하게 실행할 수 있는 특권을 지닌 사람은 비합법적인 수단에 호소하면서까지 그것을 실행할 마음이 생겨나지는 않는다는 사실입니다. 예를 들면, 우리 같은 사람들은 공정하게 물건을 살 수 있다면 암거래를 할 마음이 전혀 생겨나지 않는다는 것이겠지요. 그리고 또한, 적어도 우리들 의학자들 사이에선 선생은 문신 수집의 특권을 공인 받았다는 것입니다. 선생처럼 현재까지 상당한 수집을 했으며, 또한 앞으로도 공정한 방법으로 그 수를 늘려갈 수 있는 사람이 1장의 가죽에 자기의 일생을 걸 마음이 생길까요?"
"그것은 아니라고 단언할 수도 없지요. 상당히 유명한 고고학자인 어떤 대학의 교수가 국보급인 고문서를 훔쳐낸 예가 있습니다."
"모가미 히사시는 아마도 그런 예를 생각했을 것입니다. 그러나 이 경우에 선생의 성격에는 그런 직접적 행동을 거부할 무엇인가가 생겨날 것이 분명합니다. 그것은 유명한 비아냥과 독설입니다. 무릇 입이 거친 사람이 속으로는 친절한 사람이 많으며, 비꼬는 사람일수록 정직한 행동을 하는 사람이란 것은 무의식중에 우리가 십분 인정하는 바입니다. 비아냥과 독설에 의해 누구에게나 감추고 있는 마음 속의 사념(邪念)이 적당한 탈출구를 찾아 밖으로 나오는 것이지, 범죄를 실행할 만큼 위험한 내공을 쌓지 않는 법입니다. 공정함과 수상쩍은 이야기를 하는 사람들이 오히려 그 방면에 잘못이 적다는 얘기가 자주 나오고 있습니다만, 이것은 그 진리를 잘 나타낸 것이 아닌지요? 나아가 저는 제 신념을 확실히 하기 위해 선생과 바둑을 한 판 두었습니다. 그리고 대국을 저에게 유리하게 이끌어서 상대가 어떻게 나오는지 기다렸습니다. 일반적으로 바둑이나 장기 같은 승부에서 형세가 불리하게 되었을 때, 승리를 겨냥하는 두 가지의 태도가 있습니다. 하나는 철저하게 수세를 취해 밟혀도 채여도 참고 상대를 물고늘어지며, 상대가 미처 보지 못하거나 틈이 생기기만을 기다리는 방법입니다. 또 하나는 역으로 건곤일척의 대공세로 나와 국면을 분규로 이끌어 혼란과 투쟁 속에서 승부를 다투는 방법입니다. 전자는 어디까지나 합리주의자가 취하는 견실한 수단이며, 후자는 대도박사가 즐겨 채용하는 방법입니다. 그러나 선생은 앞의 방법을 선택하더군요. 패세임을 알면서도 성심껏 패를 다투어 이어갈 것은 이어가고, 지켜야 할 것은 지키는 깨끗한 바둑을 두어 나갔습니다. 마지막으로 저는 한두 군데, 유혹의 틈을 보였습니다. 선생이 투쟁적인 성격이라면 당연히 그곳으로 파고들어 승부에 나섰을 것입니다. 그러나 선생은 그렇게 하지 않더군요. 승부는 뒤로 제쳐놓고, 첫째 조건으로 누가 보아도 부끄럽지 않은 훌륭한 바둑을 두어야 한다는 신념을 느낄 수 있었습니다. 결국 승부는 나의 2집 승리였습니다만, 만약 마지막에 선생이 공격에 나섰더라면 그 승패는 어찌되었건 간에 국면의 차는 그렇지 않았을 것입니다. 바둑이 끝나고 나서 나는 선생을 이 사건의 용의자 속에서 완전히 제거할 수가 있었습니다."

마쓰시타 과장은 반쯤은 감탄한 듯한, 반쯤은 석연치 않은 듯한 표정을 짓고 있었다.

"가미즈키 씨, 당신의 말씀은 일단 더할 나위가 없습니다. 그러나 그렇다면 어째서 박사는 그 건판을 갖고 나갔을까요. 단순한 마니아로서의 행동에서 그랬을까요?"

"제 생각으로는 아마도 그렇지 않을 겁니다. 그 1장의 건판에는 이 사건을 그 자리에서 해결해버릴 만한 커다란 비밀이 숨겨져 있었습니다. 선생이 그것을 알아채지 못했을 리가 없습니다. 때문에 일단 그것을 갖고 돌아가서 자기의 생각을 시험해 보고 싶었을 것입니다. 그 생각이 머리에 있었기 때문에 비유클리드 기하학이라는 단어가 문득 입 밖으로 나왔던 것이겠지요. 마쓰시타 씨, 당신은 애석한 일을 하셨습니다. 만약 당신이 그대로 하야카와 선생의 행동을 방치해 놓았더라면 이 사건은 제가 나서지 않아도 선생이 2개월이나 빨리 해결했을지도 모릅니다. 만일 선생이 그럴 생각이었다면…… 적어도 세 번째 살인은 막았을지도 모릅니다. 이렇게 생각하면, 선생이 자기가 발견한 건판을 일단 마쓰시타 군에게 보인 다음에 다시 자기가 감추어 체포된 까닭이 설명될 것입니다."

"그럼 어째서 박사는 자기의 알리바이를 말하려고 하지 않았을까요?"

"그게 선생의 약점이었습니다. 그것을 확실하게 증명할 수 있다면 선생과 이 사건을 잇는 끈은 금세 단절되고 맙니다. 그런데도 선생은 그 간단한 일을 감히 하려 하지 않았어요. 이것이 선생이 마독에서 보였던 성격과 공통된다는 것은 말씀드릴 것까지도 없겠지요. 제 상상으로는 그날 밤, 선생은 경찰에 존재를 알릴 수 없는 곳에 가 있었습니다. 그렇다고 선생이 비밀결사의 회원이라거나 도박장에 드나들거나 했다고는 생각할 수 없으며, 여자에게라도 갔었다면 부인에게는 물론이며 남자끼리도 문제가 될 것도 없이 끝났을 것입니다. 그렇다면 선생의 취미 성격으로 보아 생각할 수 있는 곳은 한 군데입니다. 선생은 그날 밤, 어떤 문신사에게 갔었습니다. 문신 시술하는 것을 견학하고 있었다는 추정이 가능합니다. 선생의 생각으로는 문신은 특별히 나쁜 일이 아니지만, 그러나 신헌법도 공포되지 않은 오늘날에는 아직껏 문신 금지라는 경찰범 처벌령이 엄연히 존재하고 있지요. 섣불리 문신사의 주소를 밝혔다가는 자신의 신의에도 영향을 줍니다. 나아가서는 문신 연구가로서의 자신의 장래는 이제 끝이 나리라는 그런 딜레마가 선생을 막다른 길로 몰아서 그렇게 완강하게 입을 다물어버리게 했던 것입니다. 선생으로선 어차피 이 사건과 자신이 무관한 이상, 언젠가는 진상도 밝혀지겠지, 그렇게 되면 결국은 자기에 대한 의혹도 풀리리라, 유사시에는 마지막 수단도 있다, 법정에 끌려나가서 살인사건의 피고인으로 취급을 받을 때, 그때 비로소 증명해도 늦지 않다, 또한 그때라면 문신사도 납득해 주겠지, 이렇게 생각한 선생은 위험을 무릅쓰면서까지 남자답게 모든 것을 비밀로 했던 것이지요. 이것은 물론 여러분을 미로에 몰아넣은 하나의 원인이기도 했습니다. 그러나 놀랍게도 이것은 모가미의 프로그램에 딱 들어맞았던 것입니다."

말할 수 없는 또렷함으로 요오스케는 한 장 한 장 비밀의 막을 거둬내고 사건의 중핵으로 육박해 나갔다.

"이제 남은 사람은 한 사람, 모가미 히사시가 되고 말았습니다. 그리고 그가 범인이 아니라면 저의 논리는 그때야말로 근본적으로 붕괴하고 맙니다. 적어도 현재 용의자 안에 들어 있는 4명 가운데 범인은 없다는 결론이 나옵니다. 마쓰시타 군에게서 이미 들으셨으리라 생각합니다만, 제가 모가미를 만나서 이 사건 얘기를 꺼냈을 때, 그는 놀랄 만한 가설을 가지고 제게 도전해 왔습니다. 언뜻 아무런 모순도 없는, 투철하고 논리 정연한 추리였습니다. 이것이야말로 그의 계획서다, 저는 곧바로 감지했습니다. 이것이 범죄의 초고였다, 퇴고에 퇴고를 거듭하고, 심혈을 기울여 써낸 각본이라고 간파했습니다. 그것이 그의 마지막 카드입니다. 언제 이 카드를 내밀 것인지 그는 강한 인내심으로 지금까지 줄곧 기회를 기다렸던 것입니다. 제가 찾아가자 때가 왔다며 그는 득의의 미소를 지었겠지요. 그러나 상대가 나빴어요…… 그게 제가 아니었더라면."

요오스케는 눈에 보이지 않는 상대를 안타까워하는 듯한 미소를 지으면서 차분하게 말을 이어갔다.

"'다케조가 치정 때문에 기누에를 죽이고 도주했으며, 그 다음에 나타난 하야카와 선생이 문신한 몸통을 잘라내 가져간다. 그리고 남은 목과 팔다리를 감추기 위해 욕실을 밀실로 만든다. 나아가 그 뒤에 나타난 쓰네타로가 그 비밀을 눈치채고 선생을 협박했기 때문에 그도 죽여서 문신한 피부를 벗겨 낸다' 이것이 그의 가설의 요점입니다. 그는 사건의 해결이 이렇게 진행될 것을 기대하고 확고한 자신을 가지고 있었던 것입니다. 그래서 수사 방침도 몇 번이나 동요했고, 자신이 없으면서도 이 방향을 향해 나아갔습니다. 그는 완전무결하게 보이는 자신의 알리바이의 방벽에 몸을 숨기고 사건의 진행을 지켜보기만 하면 되었던 것입니다. 그는 형과 선생에게 죄를 뒤집어씌우고 자기는 이 범죄로 인해 얻어지는 이익을 즐기려 했습니다. 선생이 매일 밤

행선지도 말하지 않고 외출하는 것도 어떤 방법으로든 알고 있었을 테지요. 그리고 그 이유도 거의 짐작하고 있었을 것입니다. 어차피 문신사에게 가 있을 테니까 알리바이의 입증도 불가능할 것이 틀림없다는 것도 그의 예상대로였습니다. 더구나 첫 번째와 두 번째의 범죄는 거의 그의 계획대로 진행되었습니다. 물론 그도 신은 아니므로 우즈이 료키치가 그날 밤에 그 집에 출현하리라고는 전혀 예상하지 않았겠지요. 그러나 이나자와가 그날 밤, 기누에의 집에 가리란 것은 충분히 예상하고 있었습니다. 때문에 그는 일부러 욕실의 전등을 그냥 켜놓음으로써 이나자와에게 시체의 존재를 확인시켰던 것입니다. 떳떳하지 못한 목적으로 심야에 보스의 애인을 찾아간 이나자와가 이 시체를 목격한다면 반드시 경찰에게 알리지도 못하고 도망을 치리라, 그리고 그 판국에 뭔가 얼토당토않은 행동이 나오리라는 것도 그의 생각에 담았습니다. 그래서 그날 밤부터 다음날 아침에 걸친 이나자와의 행동이야말로 천의무봉의 명연기였고, 원작자이자 연출가인 범인이야말로 혀를 내두르며 놀랄 정도의 성과였지요. 단지 범인이 놓친 것은 우즈이 료키치라는 사내의 출현으로 인해 그 집 전체가 9시에서 12시까지 하나의 밀실 형태를 취했으며, 박사의 알리바이가 성립되고 말았다는 아이러니하기 짝이 없는 결과였습니다. 그러나, 그런데도 아직도 그의 아성은 무너지지 않습니다. 그는 안심하고 자기의 범죄 결과를 즐길 수 있었습니다. 만약 엄숙한 운명이 하나의 말(장기에서), 한 사람의 인물을 이 사건에 등장시키지 않았다면……"

"지라이야로군요."

"그렇습니다. 쓰네타로가 자기의 마지막 비밀을 쥐고 그에게 육박해 왔을 때에는 잘난 모가미도 경악하지 않을 수 없었지요.

그렇다고 일은 지체할 수 없었습니다. 사건의 발각은 겨우 3일 뒤…… 주도한 계획을 세울 여유도 없었던 것입니다. 범인은 마침내 최후의 결심을 굳혔습니다. 어떤 방법으로 상대를 불러내 문신을 벗기고, 시체를 그대로 유기하는 강인하기 짝이 없는 전법으로 나왔습니다. 그에게 문신은 결코 대상이 아닙니다. 단지 첫 번째 살인에선 문신보다도 몸통을 잘라내 숨겨야만 할 필요가 있으며, 세 번째 살인으로는 문신한 피부를 벗겨냄으로써 첫 번째 살인이 노리던 바를 한층 강조해서 박사의 혐의를 깊게 하는 교묘한 작전으로 나왔던 것입니다. 여기서 세 번째 살인 당시의 그의 알리바이를 음미해 보기로 합시다. 그의 행동에는 3시간의 공백이 있습니다. 이 시간을 그는 영화를 보며 보냈다고 합니다만, 이 시간에 그가 자동차를 달려 현장으로 급히 갔을 경우, 왕복에 필요한 시간을 빼고 약 1시간의 여유가 생깁니다. 경찰에선 왕복에 전차를 사용했다고 보고 그 사이에 범행을 저지를 여유는 없다고 생각한 것 같습니다만, 여기에 오산이 있었습니다. 보통의 경우, 이렇게 간단한 문제를 모를 리 없었겠지만, 첫 번째 살인 때의 그의 알리바이가 너무나도 완벽했기 때문에 여러분은 현혹되어서 치명적인 착각을 일으켰던 것입니다.

물론, 이만한 이유로는 모가미를 범인이라고 단정할 수 없습니다. 그러나 언뜻 완전무결하게 보이는 그의 알리바이에도 이러한 헛점이 있습니다. 저는 우선 이 점을 강조하고자 합니다. 첫째, 저는 그의 가설에 나타난 두세 가지 모순을 지적하고 그의 반응을 지켜보았습니다. 톱의 문제, 욕실의 전등과 물 문제, 시체의 동체를 운반하는 어려움, 이것이 우선 눈에 띄는 모순이었습니다. 그도 꽤나 동요하는 것 같더군요. 그런데도 어떻게든 강변을 해서 저의 추적을 따돌리려 했습니다. 그러나 이 사건을

화려한 종반전 297

형과 다른 한 사람, 문신에 대해 편집광적인 정열과 최고의 지적 능력을 겸비한 인물의 범행이라는 주장은 마지막까지 버리려고 하지 않더군요. 그리고 그러한 인물은 하야카와 선생 이외엔 생각할 수 없지 않습니까?

저는 그래서 그의 투쟁심을 자극해 장기를 한 판 두었습니다. 자랑은 아니지만 저는 3단의 자격증도 갖고 있으며 보통 사람이라면 상대가 되지 않습니다. 그런 제가 국면을 유리하게 전개하기가 매우 힘이 들더군요. 그러나 중반의 마지막까지는 전면적으로 압박해서 거의 필승의 태세를 만들었습니다. 그러나 그는 타고난 대승부사였어요. 적어도 승부사 특유의 두뇌와 담력을 그는 최대한으로 두루 갖췄더군요. 그는 저의 진영의 사소한 허점을 발견하기만 하면 되든 안되든 승부수를 띄웠습니다. 물론 그가 그렇게 했어도 그 결과의 9푼 9리까지는 읽어내더라도 마지막 1리까지는 읽어내지 못했겠지요. 거기가 승부수다 라는 그의 무적의 투지에 눌려서 저의 수에도 실수가 나왔습니다. 승부는 결국 패했습니다만, 그 대신에 저는 그의 성격에서 이 사건의 범인에게서 찾고 있던 심리를 발견했습니다. 그가 범인이라는 사실에 이제 한 치의 의구심도 없습니다."

마쓰시타 과장은 잠자코 요오스케의 이야기를 듣고 있었다. 무척 감탄한 것 같았지만 아직은 납득하기 힘들다는 안색이었다.

"가미즈키 씨, 당신의 말에는 과연 고개가 끄덕여지는 데가 다분히 포함되어 있습니다. 그러나 실례입니다만 저는 그게 모두가 당신의 머리 속에서 만들어낸 탁상공론, 즉 가공의 해결이 아닐까 생각하는 바입니다. 당신을 장기에서 지게 했다는 이유로 한 인간을 살인범으로 구속하진 못합니다."

"지당하신 말씀입니다. 그래서 저는 가와바타 교코의 소환을 바랐던 것입니다. 교코가 오면 다시 한 번 범행 날 오후 3시에서 8시까지 모가미와의 행동을 철저하게 추궁해 주십시오. 그리고 이례적일지도 모릅니다만 제게 두세 가지 보조 질문을 할 수 있도록 허락해 주십시오."
"그건 전혀 상관이 없습니다만 당신은 그 점을 어째서 그처럼 문제삼으시는지요?"
"다른 시간의 그의 행동에는 모두 2명 이상의 증인이 있습니다. 그러나 문제의 5시간의 행동을 증명하는 것은 가와바타 교코 한 사람뿐입니다. 그러나 여자란 자기가 사랑하는 남자를 위해서라면 어떤 거짓말이든 어렵지 않게 합니다. 그리고 적어도 두 번째 살인, 즉 다케조를 살해한 것에는 충분히 의심할 여지가 있습니다."
요오스케는 날카롭게 잘라 말했다. 모가미 히사시의 알리바이가 완벽하지 않음에 철심 쐐기를 박은 것이다.
그때, 이시카와 형사가 들어와서 과장의 귀에 두세 마디 속삭였다. 과장은 크게 고개를 끄덕였다.
"들여보내."
이 사건의 열쇠를 쥔 한 여인…… 가와바타 교코가 그들 앞에 모습을 나타냈다. 나이도 생각보다 어려서 30은 넘지 않은 것 같았다. 깡마른, 이지적이고 억척스럽게 보이는 상당한 미인이었다.
"가와바타 교코 씨이시지요. 바쁘신데 수고가 많으십니다. 자 앉으십시오."
교코는 인사를 하고 과장 앞의 의자에 앉았다. 세련된 진한 감색의 양장에 루비 브로치가 가슴에서 선명하게 빛나고 있었다.
"당신은 모가끼 히사시라는 사람을 아십니까?"
형식적인 질문이 끝나자 과장은 술식이게 사건을 언급하기 시작했다.

"네, 친구로 지내고 있습니다."

"단순한 친구로서의 관계입니까?"

"예."

교코는 약간 화가 난 기색이었으나 평정을 잃지 않은 말투로 대답했다.

"8월 27일, 모가미와 함께 연극을 보셨다지요. 그 당시의 사정에 대해 다시 묻고자 합니다만."

"그러세요? 전에도 말씀드렸지만 그날은 전부터 약속이 있어서 밤에 하는 연극을 모가미 씨하고 함께 보러 가려고 가게에 나와 있으려니 가게 사람들이 이러쿵저러쿵할 것이 성가셔서 극장 앞에서 기다리기로 했습니다. 저는 2시 반쯤에 가게를 나와서 극장 앞에서 잠깐 기다렸습니다만, 3시쯤에 모가미 씨가 긴자 쪽에서 걸어오더군요. 남들이 보는 게 싫어서 곧장 안으로 들어갔습니다. 끝난 다음에 저는 메구로에 살기 때문에 유라쿠초역까지 바래다주어서 거기서 헤어진 것이 8시 조금 전이었던 것 같아요."

"돌아가는 길에 어디 들러서 차라도 마시자는 얘기는 나오지 않았나요?"

"모가미 씨가 권하기는 했습니다만…… 부끄러운 얘긴데, 제가 그날은 배탈이 좀 나서 차 마시자는 부탁을 거절했습니다."

"그럼 저녁은 어떻게 하셨습니까?"

"제가 샌드위치하고 홍차를 준비해 가서 좌석에서 먹었습니다."

"식당이나 매점에도 들르지 않았겠군요."

"예."

"좌석은 어디였습니까?"

"전에 조사하실 때 티켓을 드린 것 같습니다만."
"아, 이겁니까? 과연 다열의 꽃길 오른쪽 옆, 2자리 이어진 좌석이로군요."
"그렇습니다."
"안에선 당신들을 아는 사람하곤 마주치지 않았습니까?"
"예. 마주치지 않았습니다."
"그럼 그날만 뭔가 특별한 일은 일어나지 않았나요? 예를 들면 배우나 누가 갑자기 아파서 배역의 변경이 있었다거나, 배우가 무대에서 실수를 하여 틈이 생겼다거나."
"거기까진 잘 생각이 나지 않습니다만…… 2막이 끝날 때쯤 3층 창으로 투신자살이 있어서 커다란 법석이 났고 그것으로 3막의 시작이 약간 지연된 것이 기억납니다."
"그렇군요. 그리고 그날 당신의 복장은 어땠나요?"
"초록색 원피스에 진주 목걸이를 하고 있었습니다."
"모가미는요?"
"흰 양복에 노타이, 새 파나마 모자를 쓰고 흰 구두를 신고 있었어요."

마쓰시타 과장은 고개를 들어 요오스케를 바라보았다. 상식적인 심문은 끝났다. 이제 무엇을 물어야 하느냐고 묻는 듯한 표정이었다.

"과장님, 잠깐."

요오스케는 일어나서 방 한쪽 구석으로 가서 두세 마디 귓속말을 했다. 고개를 끄덕이고 자리로 돌아온 마쓰시타 에이이치로는 날카롭게 정면으로 퍼부었다.

"당신이 한 말에는 상당한 거짓말이 섞여 있는 것 같군요. 여기 계신 분은 유명한 사립탐정입니다만 나힘 그날 연극을 보러 갔더랬습니다. 그것도 당신들의 조금 뒤인 마열에 있었습니다만, 공연 도중에 당신은 줄곧 혼자였다고 증언하고 있습니다."

교코의 얼굴은 삽시간에 창백해지고 말았다. 요오스케가 대신 묻기 시작했다.

"당신은 저를 알아보지 못했겠지만, 저는 직업이 직업이기 때문에 한 번이라도 본 사람의 얼굴은 잊은 적이 없습니다. 물론, 당신의 얼굴도 잘 기억하고 있습니다. 당신은 2개 나란한 자리의 꽃길 쪽에 앉아 있었나요? 아니면 그 옆이었나요?"

"꽃길 쪽에는 모가미 씨가, 그 옆이 저였어요."

"거짓말을 해도 소용없습니다. 제 기억으로는 당신이 꽃길 옆에 앉아 있었고, 모가미의 자리인 그 옆 좌석은 공연 내내 줄곧 비어 있었습니다만."

요오스케는 뿌리치듯이 차갑게 말했다.

"이것은 저 혼자만 이러는 게 아닙니다. 연극 안내인도 당신이 줄곧 혼자 앉아있었다고 하던데요…… 그걸 아직도 몰랐다니 정말로 한심한 얘기로군요."

교코의 입술이 가늘게 떨렸다. 그러나 말은 나오지 않았다.

"다음으로 당신이 말했던 모가미의 복장입니다만, 당신은 직업상 남의 복장에 대해서는 많은 주의를 기울이실 테니 그 점에 대해서는 저도 당신이 한 말을 그대로 신용하겠습니다. 그러나 그렇다면 또 한 가지 이상한 점이 생겨납니다. 모가미는 그날 밤, 긴자에서 싸움을 해서 경찰의 유치장에 갇히게 되었습니다. 그런데 그 당시의 복장검사에선 검정 단화를 신고 있었습니다. 남자가 외출 중에 신발을 갈아 신는다는 것은 우리의 상식으론 판단하기 힘들군요."

"…………."

"당신은 거짓말을 하고 있군요. 모가미 히사시의 부탁을 받아 있지도 않은 그의 알리바이를 입증하려고 했습니다. 소용없어요. 감춘다고 해서 감출 수 있을까요?"

"아뇨, 저는 거짓말 따윈 하지 않아요. 사실입니다. 모두 사실이라구요!"

교코는 필사적으로 외쳤으나 요오스케는 차갑게 내쳤다.

"당신은 그에게 속고 있어요. 아직도 모르고 계십니까? 그 사람은 유명한 바람둥이 카사노바입니다. 지금까지 결혼하자는 말을 듣고 희생당한 여자만 해도 옛 귀족의 따님, 돈 많은 미망인, 문신한 여인 등 열이나 스물은 될 겁니다."

교코의 눈에서 커다란 눈물방울이 떨어졌다. 암고양이처럼 온몸이 가늘게 파도치는가 싶더니 급기야 가슴 밑바닥에서부터 격정이 솟구쳐 오르는지 얼굴을 책상 위에 묻고 울기 시작했다.

요오스케는 냉혹할 정도로 차분히 가라앉은 눈으로 폭풍에 흔들리는 아름다운 검은 머리칼을 바라보고 있었다.

"오늘은 여기서 끝내겠습니다. 이제 돌아가셔도 됩니다. 집으로 돌아가서 오늘 밤 천천히 생각하신 다음에 내일 오후 1시에 다시 이리로 와주십시오. 우리도 당신의 입장에 동정하고 있으며, 당신이 스스로의 잘못을 알고 사실을 말해 주기만 한다면 결코 당신에게 불리한 처우는 하지 않겠습니다. 다시 한 번 깊이 생각해 보시기 바랍니다."

요오스케는 위로하듯 부드럽게 말했다. 그 말에 살았다고 생각했는지 교코는 눈물을 닦고 일어섰다. 차분하게 목례를 하고 옆방으로 사라졌다.

"가미즈키 씨, 당신은 이께서 저 여자의 추궁을 지금 멈추었나요? 조금만 더 압박하면 그의 자세한 알리바이를 완전하게 알아낼 수 있었을 텐데……."
마쓰시타 과장은 요오스케의 얼굴을 올려다보면서 힐문했다.
"그러고 보니 당신도 나의 주장으로 기울어지기 시작했군요…… 하지만 저 여자는 미끼에 지나지 않습니다. 범인에게도, 또 거꾸로 우리의 입장에서 보더라도 하나의 무기에 지나지 않아요. 더 이상 아무리 추궁을 해보았자 시간과 정력의 낭비입니다. 알리바이의 아성은 무너지기 시작했습니다. 이보다 깊이 들어갈 필요는 없어요. 그보다 모가미 히사시가 자기의 알리바이가 무너진 것을 알았을 때 사건은 급속도로 해결될 것입니다. 나의 도전에 어떻게 응수할 것인지, 오늘밤 어떤 수를 써서 무너진 진영을 다시 세우기 위한 계획을 세울 것인지 재미있겠군요. 그 반격이 말입니다. 아마도 그는 자기의 무덤을 파고 미친 듯이 이 사건의 마지막 막을 내릴 것입니다. 그가 대연극을 펼치려면 오늘밤밖엔 기회가 없습니다. 문신살인사건에도 대단원이 가까워오고 있지요."
가미즈키 요오스케 승리의 종반부…… 완전하게 주도권을 쥔 요오스케는 자신만만하게 잘라 말했다.
그 말에도 지나침이 없었다. 문신살인사건은 아직껏 풀리지 않은 몇몇 수수께끼를 남기면서 전율하지 않을 수 없는 마지막 장으로 돌입해 갔던 것이다.

지옥 앞의 러브신

가미즈키 요오스케는 마쓰시타 과장에게 부탁해서 경찰청에서 나간 가와바타 교코를 미행시킴과 동시에 모가미 히사시의 집 주위에 즉각 형사와 경찰을 배치했다.

"가와바타 교코는 틀림없이 곧장 모가미와 연락을 취할 것입니다. 그의 집을 찾아갈 것 같습니다만, 만일의 일에 대비해야겠습니다."

가미즈키 요오스케는 이런 점에는 지나칠 정도로 신중에 신중을 기했다. 질풍처럼 급한 추격을 계속하면서도 이만한 주의를 기울일 여유를 갖고 있었다.

"가미즈키 씨, 언젠가 당신이 말씀하신 알파란 가와바타 교코는 아니겠지요?"

깊이 생각하면서 마쓰시타 과장이 물었다.

"불곤입니다, 그녀는 베타나 감마, 어떻게 생각하든 대단한 존재는 아닙니다. 사건 전체의 비밀도 어느 정도까지 아는지 의문입니다."

"저는 당신이 교코를 추궁할 때 지문을 받으려는 줄 알았습니다."
"소용없었겠지요. 그런 수단을 쓴다고 시모기타자와의 현장에 그 여자가 발을 들여놓았을 리는 없으니까요."
"그렇다면 알파라는 여자는 그녀말고 있는 모양이군요. 그 여자가 쓰네타로를 불러내고, 시모기타자와의 현장에도 지문을 남겼다는 것이로군요."
"그렇습니다. 그 여자가 존재해야만이 이렇게 치밀하고 정교하기 짝이 없는 범죄가 실행 가능한 것입니다. 생각하면 무서운 여자지요. 아름다운 여자 악마라구요……."
"그게 누굽니까? 그 여자가."
"그것은……."
요오스케가 우물거리고 있을 때, 한 형사가 들어와서 보고를 했다.
"이시카와 형사한테서 방금 보고가 있었습니다. 가와바타 교코는 경찰청을 나와 곧장 오기쿠보로 가서 모가미의 집으로 들어갔다고 합니다. 그리고 모가미의 집에 들어가 있는 경관이 한 보고로는 모가미는 집에 있는 듯하며, 2층의 창으로 그인 듯한 모습이 보였다고 합니다."
"가미즈키 씨, 어떻게 할까요?"
"나갑시다. 이제 슬슬 모가미의 집으로 가서 고기가 그물로 뛰어드는 것을 기다립시다."
마쓰시타 과장도 고개를 끄덕이면서 요오스케, 겐조와 함께 차에 올랐다.
오기쿠보역에서 5분 거리, 모가미의 집에서 100미터쯤 떨어진 파출소가 임시 본부가 되었다. 초겨울의 해는 이미 완전히 저물어서 한결 추웠다.
파출소에서 가벼운 저녁식사를 하고 있는데 보고가 들어왔다.
"가와바타 교코가 모가미의 집을 지금 나왔습니다."
"그거 잘됐군요…… 괜찮을 거라는 생각은 했지만 모가미 같은 극악인에게도 양심의 비늘조각이라고 할까요, 손톱 만한 인간성은 있는 모양입니다."
요오스케는 짐을 내려놓은 것처럼 한숨을 쉬었다. 이것도 하나의 어쩔 수 없는 방책이기는 하지만 가와바타 교코를 미끼로 사용하는 것에는 그도 양심의 가책과 불안감에 번민하고 있었던 것이리라.
마음이 놓였는지 요오스케는 계속된 추리를 이야기하기 시작했다.
"아직 시간이 있는 것 같으니 이제 두 번째 살인에 관해 설명을 하기로 하겠습니다. 실은 이 살인이 모가미의 진정한 목적이었습니다. 첫 번째 살인은 이 목적으로부터 주의를 돌리기 위한 양동작전에 지나지 않았던 것이지요.
왜냐하면 두 번째 살인에 대한 히사시의 동기는 절대적이기 때문입니다. 아무리 알리바이를 궁리해도, 아무리 자살을 가장해도 그것만은 도저히 경찰의 주의를 딴 데로 돌리게 하지는 못했습니다. 그의 목표는 하나의 살인을 수행하고, 그 살인에 대해 완전무결한 알리바이의 방벽을 만든 다음, 범인을 형 다케조로 내세우고 나아가 다케조를 살해해 자살을 가장하는 것이었습니다. 매우 힘이 드는 방법이었지만 그는 멋들어지게 이 어려움을 극복했던 것이지요.
가와바타 교코의 심문으로 모가미 히사시의 알리바이가 8시까지는 성립하지 않음을 쉽게 아셨으리라 생각합니다. 그 사이에 두 번째의 살인이 자행되었다는 것도 얼마든지 생각할 수 있습니다. 그럼 무엇 때문에 다케조는 권총을 들고 미타카의 유령의 집에 갔던 것일까요? 그리고 어째서 자기의 권총에 머리를 맞아 살해되었을까…… 그것에 대해 생각할 수 있는 해답은 단 한 가지입니다. 다케조는 누군가를 살해하려고 그곳에 갔던 것입니다. 그런데 그 무기를 역이용 당해 자기가 함정에 빠지고 만 것이지요."

"그 목적은 돈이었군요. 재산을 겨냥한 음모 말입니다."

"그렇습니다. 그러나 직접적인 동기는 달리 있는지도 모릅니다. 동생이 자기의 재산을 노린다는 그런 이유만으로 다케조가 손수 방아쇠를 당겨 동생을 죽이고자 하는 원인이 되지는 않습니다. 모가미 히사시는 형이 자기와 기누에의 관계를 의심해서 자기가 난처했다고 제게 말하더군요. 이것이 단순한 의심이었을까요? 저는 그리 생각하지 않습니다. 그의 성격, 그러니까 하나의 비밀을 감추기 위해서는 99의 진실도 당연히 감추려 하지 않는 그의 성격으로 볼 때, 그런 관계가 실제로 존재했던 것이 아닐까 생각해 보았던 것입니다. 물론 이런 관계는 언젠가 다케조의 귀에도 들어가지 않을 리 없겠지요. 그것을 알면 다케조는 어떻게 생각하겠습니까? 만약 기누에가 다른 사내와 정을 통했다면 그도 일시적으로는 격앙되더라도 마지막에는 남자답게 포기를 했겠지요. 기누에를 깨끗하게 단념하고 상대에게 주었을 것입니다. 그러나 그 상대가 자신이 그토록 신뢰하고 사랑하던 동생이었습니다. 이야말로 이중의 배반이지요. 처자식도 없는 다케조가 모든 것에 희망을 잃고, 동생과 기누에의 밀회 현장을 덮쳐 징계할 마음이 생겨난 것도 결코 이상할 것이 없습니다. 사야마 변호사에게 그가 유언장의 내용을 고쳐야겠다고 흘린 것은 그러한 진실을 뒷받침하는 것이 아닐까요? 그리고 또한 기누에가 다케조의 뜻을 거역하면서까지 문신 경연대회에 나갔던 것은 무슨 까닭일까요? 아무리 기누에가 노출광이었다 하더라도 자신을 사랑하는 남자의 말을 거역하면서까지 자기의 육체와 문신을 대중 앞에 드러낼 수가 있었을까요? 여자의 심리란 그렇지 않을 것이 분명합니다. 그러한 행동의 뒤에는 차가운 악마의 의지가 작용하고 있었다고 볼 수밖에 없습니다.

형이 자기들의 비밀의 관계를 알아챘다는 것은 모가미 히사시도 물론 알았을 테지요. 그도 또한 낭패였습니다. 몇 차례나 막대한 빚을 갚아준 형에게 버림을 받으면 이번이야말로 끝장이다 …… 그는 이렇게 생각했을 것입니다. 다만 그것만이 아닙니다. 그는 형의 성격을 너무나 잘 알고 있었습니다. 형에게 죽임을 당하느니 차라리 내가 선수를 치자. 그는 끝내 마지막 결심을 굳혔던 것입니다……."

가미즈키 요오스케의 훌륭한 화술은 잔학하기 짝이 없는 지옥 그림의 전모를 또렷하게 묘사해 나갔다. 한편으로는 미수로 끝나기는 했지만 이것은 이중의 형제살해였다. 종전 직후의 도덕관의 퇴폐를 여실히 드러낸 범죄였던 것이다.

"그리고 그 기회는 마침내 찾아왔습니다. 8월 27일 오후, 모든 준비를 완료한 다음에 그는 제3자를 가장해 다케조에게 전화를 걸었던 것입니다.

……당신의 동생과 기누에는 지금 미타카의 집에서 당신 모르게 밀회를 하고 있다. 당신은 그것을 모르는가?

반드시 이런 식으로 속삭였겠지요. 다케조는 저도 모르게 이를 갈았습니다. 드디어 기다리고 기다리던 때가 왔다고 생각하고 그는 갖고 있던 권총을 쥐었습니다. 그리고 함정이 있는지도 모른 채, 사지로 뛰어들어갔던 것이지요. 한편, 모가미 히사시는 미타카의 유령의 집에 먼저 당도해서 으슥한 곳에 몸을 숨기고 형을 기다렸습니다. 형이 지나간 다음에 뒤에서 덮쳐 마취제를 묻힌 손수건을 사용해 기절시켰던 것입니다. 그러고는 쓰러진 형의 몸을 끌고 토굴 속으로 들어가 마침 그 자리에 있었던 빈 상자에 앉혀놓고 오른손으로 권총을 들게 하고, 총구를 머리에 대고 방아쇠를 당기게 했습니다. 순간, 총알은 뇌수를 관통했고 다케조의 몸은 바닥으로 떨어졌습니다. 두 번째의 살인은 이것으로 끝이 났습니다. 그는 뒷정리를 끝내고는 서둘러 현장을 떠나 첫 번째 살인에 착수했던 것입니다."

요오스케는 자기가 범인이기라도 한 것처럼 또렷하게 살인의 진상을 해명해 나갔다.

"하지만 마취제의 흔적이 발견되지 않았던 것은 왜일까요?"
"그런 것은 3, 4일만 지나면 없어집니다."
"만약 다케조가 권총을 갖고 오지 않았더라면 어떻게 했을까요?"
"그때는 히사시가 아마도 첫 번째 살인에 썼던 청산가리를 사용했을 것입니다."

요오스케의 대답에는 막힘이 없었.

꽤 시간이 지나가 추위는 차츰 혹독해졌다. 시계는 7시를 지나고 있었다. 모가미의 집 주위에는 엄중한 경계망이 쳐졌다. 요오스케의 지시로 모가미의 탈출은 절대로 저지할 것, 다만 외부에서 찾아오는 사람은 눈치채지 못하게 통과시키라는 명령이 내려졌다.

그리고 마지막으로 저택 안으로 마쓰시타 과장과 이시카와 형사, 아키타 형사, 가미즈키 요오스케와 겐조가 숨어들기로 했다.

모가미는 실험실에 틀어박혀 있었다. 나무문으로 숨어 들어가 창으로 살짝 들여다보니 커다란 고압 솥 앞을 큰 걸음으로 왔다갔다하는 유령 같은 사내의 모습이 보였다. 머리칼이 잔뜩 흐트러져 있고, 그 안으로 두 손을 찔러 넣어 쥐어뜯으면서 뭔가 깊은 생각에 빠져 있는 그의 모습에는 이승의 것이 아닌 듯한 귀기(鬼氣)가 흐르고 있었다.

기나긴 몇 시간이 지나갔다. 야광시계의 바늘이 조용히 시간을 가르면서 4바퀴를 돌았다. 4일이 지나간 것처럼 느껴지는 4시간이었다.

나무문이 삐걱 소리를 냈다. 요오스케는 옆에 쭈그리고 있던 겐조의 팔을 잡았다.

오후 11시…….

검은 외투로 몸을 감싸고 검정 솔로 얼굴을 가린 여자가 밖에서 들어왔다. 주위를 둘러보더니 마음을 놓았는지 여자는 솔을 거두었다. 실험실 문 등불의 불빛에 드러난 여자의 얼굴을 언뜻 보았을 때, 겐조는 심장의 고동이 멈추는 것만 같았다. 그는 저도 모르게 소리를 지를 뻔했다.

'이 여자의 얼굴은 기누에하고 똑같다…… 다마에일까? 괄태충의 여인, 쓰나데히메가 이 여자인 것인가?'

여자는 소리도 없이 실험실 문 안으로 빨려 들어갔다.

"가미즈키 씨, 저 여자가 알파?"

"그래요. 대어가 그물에 걸렸어요."

사람들은 여자의 뒤를 쫓아서 실험실로 숨어 들어갔다.

아틀리에를 개조한 건물은 2개의 방으로 나뉘어 있었다. 안쪽이 모가미가 있던 불켜진 실험실이고, 그 앞이 황산과 염산이 든 커다란 병이 놓여 있는 창고였다. 문 뒤에 몸을 숨기고 그들은 실험실 내부를 살폈다.

"이것 봐, 그게 정말이야?"

여자의 눈은 잔뜩 충혈되어 있었다. 질 나쁜 의자에서 몸을 일으켜 헐떡이는 듯한 거친 날숨을 내쉬며 함께 물었다.

"정말이야…… 가미즈키 요오스케라는 이상한 놈을 대수롭지 않게 여긴 것이 나의 실수였어."

실험대에 기대어 두 다리를 바르르 떨면서 모가미가 힘없는 목소리로 대답했다.

"경찰에선 그래서 나의 3시에서 8시까지의 알리바이를 의심하기 시작했어. 교코의 말로는 생판 처음 보는 사내가 옆에 있었다던데 틀림없이 가미즈키 요오스케였을 거야. 어제도 마쓰시타 동생하고 함께 와서 사건에 대해 이것저것 물어대기에 예정대로 하야카와 쪽으로 의심을 돌리도록 이런저런 얘기를 해주었는데 조금도 사실로 여기는 것 같지가 않았어. 어쩌면 이미 끝났는지도 모르겠어."

"무슨 소릴 하는 거야. 정신 똑바로 차려야만 해. 그렇다면 3시에서 8시까지의 알리바이는 무너질지도 모르겠네. 하지만 그것만으론 증거가 될 수 없어. 어디 가서 도박 같은 거라도 했다고 하면 그뿐 아니겠어? 당신 만한 머리면 검은 걸 하얗다고 얼마든지 말로 구워삶을 수 있어. 9시 이후의 알리바이만 확실하면 돼. 설마 경찰이 자동차까지는 생각하지 못했을걸? 날 붙잡지 못하는 이상 당신은 마음을 놓아도 돼."

여자의 말투는 무척이나 과격했다.

"독하군…… 여전히……."

"당연하지. 이런 걸 등에 지게 되면 연약한 여자도 강해져. 남자인 주제에 통 패기가 없군."

모가미 히사시는 대답도 못하고 물끄러미 여자의 얼굴을 쳐다보고 있었다. 그러더니 비틀거리는 발걸음으로 장식장 쪽으로 다가가더니 위스키 병과 잔 2개를 꺼내 호박색 액체를 따라 원래의 장소로 돌아왔다. 잔 하나를 여자에게 건네고 남은 잔을 단숨에 마셨다.

"안 마셔?"

쉰 목소리로 모가미가 물었다.

"설마, 독이 들어 있는 건 아니겠지?"

"바보 같으니…… 내가 지금 먼저 마시지 않았어?"

여자는 마침내 잔을 입술 가까이까지 가져갔다. 그러나 그것을 입에 대려고도 않고 잔을 히사시의 눈앞에 내밀었다.

"이건 싫은데. 이봐, 대신 마셔."

히사시가 여자가 내민 술잔을 든 그 손을 휙 옆으로 뿌리쳤다. 잔이 여자의 손에서 날아가 테이블 위의 비이커를 깨고 바닥에 떨어졌다.

"무슨 짓이야, 너!"

의자에서 벌떡 일어난 여자가 외쳤다.

"너 날 죽이려고 했던 거야?"

히사시는 아무런 대답도 하지 않았다. 히사시의 두 눈은 튀어나올 것 같았다. 온몸을 말라리아 환자처럼 떨면서 보기에도 처참한 모습이었다.

"그렇게 뜻대로 되지는 않을걸? 사건의 비밀을 쥐고 있는 것은 이젠 나 혼자야. 내가 죽어버리면 너의 못된 짓은 영원히 어둠 속으로 묻히고 말 테니 넌 만세를 부르며 좋아하겠지? 그건 너무 얘기가 쉽잖아? 농담이 아냐."

토해내는 듯이 여자는 말했다.

"너의 그런 성격을 몰랐다면 이렇게 위험한 다리를 건너서 너를 도왔겠어? 네가 나를 죽이면 그 사람한테 맡겨놓은 편지가 이틀 안으로 경찰청에 배달될걸? 그렇게 되면 먼저의 사진과 함께 너의 범행은 남김 없이 밝혀지고 말아. 그렇게 생각하니 나도 기쁘군. 네가 내 뒤를 따라와서 높은 곳에서 그네를 탄다고 생각하니 말야. 내가 사랑하는 너하고 사랑의 동반자살을 한다면 난 지금 당장 여기서 죽어서 황산에 녹아버린대도 더 이상 바랄 것이 없어. 자, 죽일 수 있으면 죽여봐."
엄청난 대사였다. 마치 연극이라도 보고 있는 듯한 장면이었다.
"아, 어째서 이런 악당에게 반해버린 것일까."
여자는 히사시의 머리에 손가락을 집어넣고 마구 쥐어뜯었다. 남자의 손에 볼에, 이마에, 그리고 입술에 소나기처럼 키스를 퍼부었다.
"그런 약한 소릴 하거나 고시랑고시랑 깊이 생각할 거 없어. 돈만 있으면 인생은 재미있는 법이야. 굵고 짧게 세상을 즐기다가 죽을 때는 함께 지옥에 떨어지기로 약속했잖아."
"지옥에 떨어지는 것도 이제 가까워졌는지도 모르지."
"바보네. 요는 나만 잡히지 않으면 돼. 당신은 마음놓고 있어도 돼. 그 전에 경찰도 포기하고 미궁에 빠지고 말걸? 그렇게 되면 우린 모조리 차지하는 거야."
"그래, 잘만 되면 좋겠는데 말야."
히사시의 얼굴은 근육이 풀려 치매 상태에 가까웠다.
"걱정 없어. 그렇게 안달복달할 것 없다니까. 하지만 당신 얘기를 들어보니 왠지 위태로운 것 같군. 나는 이제 이 집엔 오지 않겠어. 볼일이 있으면 전화를 걸도록 해. 대합실이나 어디 그런 데서 만나도록 하자구."

"그러지."
"그보다 당신, 돈 좀 줘."
"준 지 얼마 되지 않았잖아. 너무 돈을 펑펑 쓰지 말아. 앞으론 이것저것 들어갈 데가 있을 테니까."
"그렇게 짜게 굴 건 없잖아. 살인을 3건이나 도왔어. 당신을 위해서 친형제마저 죽였단 말야. 술을 마시지 않으면 견딜 수 없어. 당신 돈의 절반은 내 것 아니야?"
"돈은 본채에 있어……."
"기운 내."
여자는 다시 볼을 대고 어머니처럼 머리를 쓰다듬었다.
마쓰시타 과장을 비롯해 경찰청 수사1과의 정예요원들이 문 뒤에 숨어 있는 줄도 모른 채 그들은 뜨거운 포옹을 계속했다.
그들은 곧 일어섰다. 실험실 문을 열고 히사시는 비명을 질렀다.
권총을 겨눈 마쓰시타 수사과장이 서 있었다.
"모가미 히사시, 꼼짝 마! 당신을 살인범으로 체포하겠다."
모가미 히사시는 몸을 낮춰 방으로 도망쳐 들어갔다. 과장의 권총이 불을 뿜어 실험실의 비이커에 맞아 복숭아색깔의 액체가 물보라처럼 사방으로 흩어졌다.
고압솥 뒤에서 히사시가 응전을 시작했다.
"자기!"
순간 문 옆에 움츠리고 있던 여자가 정신 없이 히사시 쪽으로 뛰어갔다. 그렇게 본 것 같았는데 순식간에 악 하는 비명을 지르면서 왼쪽 가슴을 누르며 쓰러졌다. 히사시가 쏜 총알이 밑에서 위로, 잘못하여 여자의 심장을 관통한 것이다.
과장이 권총의 방아쇠를 당겼다. 히사시는 비명을 지르면서 바

지옥 앞의 러브신

닥에 엎드렸다. 왼쪽 손등을 맞아 권총을 떨어뜨린 순간, 이시카와 형사가 달려들어 철컥 수갑을 채웠다.

모든 것은 순식간의 일이었다. 문 밖에서 총소리를 들은 형사들이 우르르 들이닥쳤다.

"과장님, 다치지 않으셨습니까?"

"괜찮다."

이마의 땀을 훔치면서 바닥에 쓰러져 신음하고 있는 히사시를 내려다보며 과장은 굵은 음성으로 말했다.

"녀석의 상처를 치료해 줘라. 곧장 경찰청으로 연행해. 여자는 죽었나?"

"심장을 맞았습니다. 총알은 갈비뼈에서 멈춘 것 같습니다만…… 즉사입니다. 손을 쓸 도리가 없습니다."

여자의 맥을 살피던 이시카와 형사가 일어나 새빨간 피가 떨어지는 두 손을 보면서 대답했다.

"아, 그래?"

마쓰시타 과장은 주위를 둘러보고 가미즈키 요오스케의 얼굴을 찾아내자 정중하게 고개를 숙였다.

"가미즈키 씨, 고맙습니다. 당신 덕택에 마쓰시타 에이이치로는 할복을 하지 않아도 되었습니다…… 그런데, 이 여자는 역시 다마에였군요. 유라쿠초에 있었다는 하야시 스미요였어요."

"여러분들은 아직도 모르셨습니까? 이 여자야말로 이 사건의 첫 번째 희생자인 줄로만 알았던 오로치마루, 노무라 기누에입니다."

요오스케는 이렇게 말하더니 조용히 여자의 시체 위의 옷을 벗겼다. 그 순간, 그 자리에 모여 있던 사람들은 넋이 나가서 그 자리에 못이라도 박힌 듯 우뚝 서고 말았다.

얼굴생김새는 똑같다고 하더라도 성장한 뒤에 새겨 넣은 문신은 죽을 때까지 지울 수 없는 법이다. 노무라 기누에…… 분명 그녀가 틀림없다.

  엎드린 자세로 쓰러진 살집 좋은 여자의 아름다운 육체 위에는 호리야스의 걸작이, 그 오로치마루 문신이, 또렷한 색채를 보이고 있었다. 시체에서 피가 흘러나올 때마다 육체가 차츰 생기를 잃어감과 동시에 문신의 색은 사라져 가는 무지개처럼 미묘한 색조의 변화를 보였다. 기분 탓인지 등에서 몸부림치고 있는 커다란 구렁이는 자기 주인이 숨을 거둔 지금에도 여전히 꺼림칙한 꿈틀거림을 계속하는 것처럼 느껴졌다…….

심리적인 밀실

"문신살인사건은 어젯밤으로 막을 내렸습니다. 기누에가 저런 식으로 목숨을 잃을 줄은 저도 미처 예상하지 못했습니다만 이것도 그들 3남매의 피할 수 없는 운명이었던가 봅니다. 아마도 어머니의 업보가 자식 세대에 와서 슬픈 결실을 맺은 것이겠지요. 이것이 불교에서 말하는 인연이라고 하는 것인 모양입니다."

다음 날 아침, 경찰청 2층의 수사1과장실에서 가미즈키 요오스케는 마쓰시타 과장과 겐조를 앞에 두고 말을 시작했다. 그는 이미 평화로운 학창시절로 돌아가 있음이 분명하다. 어젯밤의 그 피비린내 나는 참극도 다 잊은 것처럼 요오스케는 담담하게 말을 이어갔다.

"그건 그렇고, 저는 우선 이 사건의 최대 비밀이었던 문신에 관한 것부터 설명해야만 하겠습니다. 문신을 교묘하게 이용한 것이야말로 세계의 범죄 역사상 전례가 없는 걸작이 탄생한 것입니다. 노무라 쓰네타로가 겨우 사진을 흘낏 보기만 하고도 이 사건의 뒷배경의 비밀을 간파해 내고, 또한 하야카와 선생도 건판을 잠깐 본 것뿐인데 비유클리드 기하학을 연상했으며, 인화한 사진을 본 순간, 갑작스레 깊은 생각에 빠진 이유는 어디에 있었을까요? 물론 이것을 푸는 열쇠는 분명 문신 사진 그 자체에 있습니다.

 우선, 가장 이상한 것은 기누에와 쓰네타로의 문신은 본 사람이 있지만, 다마에의 문신을 본 사람은 단 한 명도 없다는 것입니다. 그러나 기누에는 다마에에게는 쓰나데히메 문신이 있었다고 했으며, 게다가 이렇게 사진까지 있으므로 누구라도 일단은 납득을 했겠지요. 누구든지 한 번 문신을 하면 죽을 때까지 지울 수 없다는 것은 확실합니다. 작은 것이라면 뜸을 뜨거나 약품으로 태워 지울 수도 있습니다만, 그렇더라도 흔적은 남습니다. 특히 온몸에 있는 커다란 문신은 그야말로 불가능한 일입니다. 그렇게 생각하면 누구라도 다음과 같은 결론에 도달하게 됩니다. 사진으로 보면, 똑같이 생긴 쌍둥이가 제각각 다른 문신을 새겼습니다. 그리고 1장의 오로치마루 사진은 기누에의 것이므로 나머지 1장은 다마에의 것이 틀림없지요. 옷을 갈아입는 것처럼 한 번 새긴 문신을 지워버리고 다시 다른 그림을 새길 수 없다는 것은 당연합니다. 그러나, 발견된 시체에는 머리와 팔다리는 있지만 중요한 몸통이 없어요. 자, 피해자는 누구일까요? 다마에가 살해되었다고 한다면 이 사진에 찍혀 있는 문신의 크기로 볼 때, 남아 있는 팔다리에 문신의 흔적이 있어야만 합니다. 그러나 그것은 전혀 찾아볼 수가 없으므로 이 시체는 다마에의 것이 아닙니다. 따라서 기누에의 것이 틀림없지요……

 논리 정연한 논의입니다. 이 추리는 논리적으로 한 점의 빈틈도 없습니다. 그러나 이 논리가 잘못되었음은 사실에 의해 증명되었습니다. 그러면 이 추리의 착오는 어디에 있었을까요? 그것은 물론, 쓰나데히메 문신을 한 여자가 다마에라는 데에 있습니다.

그러나 이것을 알려면, '문신은 지울 수 있다'는 근본적인 논리에 입각해 논의를 개진해 나가야만 합니다. 여러분의 논리는 유클리드 기하학입니다. 평행선은 영원히 교차하지 않는다는 것을 증명하지 않고도 자명한 공리로 인정하고, 그 위에 세워진 체계 속에서 진전되는 논의입니다. 그러나 이 사건은 유클리드 기하학의 문제가 아니었어요. 비유클리드 기하학의 하나의 문제였습니다. 문신의 영속성을 증명할 필요가 없는 공리로 인정하고 있는 상식에 대해 문신은 지울 수 있는 것이라고 주장합니다. 이것이야말로 비유클리드 기하학의 평행선 공리의 부정과 비슷한 하나의 비약이 아니겠습니까? 그러나 이 점을 모른다면 이 사건의 수수께끼는 영원히 풀리지 않습니다. 저는 건판의 음화를 흘낏 보기만 하고도 그 근본점을 알아챈 하야카와 선생의 천재성에 대해 깊은 경의를 표하는 바입니다.

그러나 하야카와 선생이 그 점에 생각이 미친 것도 근본적인 이유가 있습니다. 그것은 이 문신 그림이었던 것입니다. 무릇 문신사의 상식으로 보아 뱀, 개구리, 괄태충이라는 3자 견제를 한 사람의 몸에 새기는 것은 금기로 되어 있습니다. 뱀과 개구리와 괄태충이 서로 싸워서 그 사람이 곧 죽어 버린다는 이야기가 옛날부터 전해 내려오고 있으니까요. 그밖에도 예를 들면 그림자는 새기지 않습니다만, 이것은 커다란 문신을 하면 시력이 약해지는 경우가 있으므로 그것을 염려한 것이겠지요. 호리야스만한 문신사가 그것을 몰랐을 리가 없습니다. 자기 자식들에게 새기는데, 비록 3명에게 나눠 새긴다 하더라도 이런 불길한 그림을 선택한다는 것은 절대로 생각할 수 없습니다. 그러나 오로치마루와 지라이야 문신은 분명 존재합니다. 그렇다면 3자 견제를 깨뜨리기 위해 쓰나데히메 문신은 실제로 존재해서는 분명히 안 됩니다. 그러나 쓰나데히메 문신은 사진 상에선 존재합니다. 그리고 수사당국의 근본적인 결함으로 사진에 의한 증거를 실물 이상으로 신용하는 습관이 있다는 점을 히사시가 교묘하게 이용한 것이지요. 참으로 기발한 착상이었습니다. 사진이란 반드시 실물을 찍은 것이라고 할 수는 없는데……."

마쓰시타 과장과 겐조는 말없이 요오스케의 설명에 귀를 기울일 따름이었다. 논리도 명쾌 그 자체였다. 더구나 사실은 논리보다도 힘이 강했다.

"우선 여러분의 이해를 돕기 위해 조금 돌려서 말을 해야 하겠습니다만, 연극과 영화에 나오는 문신 얘기부터 하겠습니다. 연극에선 문신 장면은 작은 것이 아닌 한, 살색 타이즈를 입습니다. 이것은 날마다 몇 번이나 같은 일을 반복해야만 하며, 또한 그 역할만 하는 것이 아니기 때문에 어쩔 수 없지요. 이것말고도 맨살 위에 얇은 실크 같은 것에 그린 그림을 붙이는 방법도 있습니다만 이것은 커다란 전신 문신의 경우에는 적용하지 못합니다. 이런 경우는 사진을 촬영해 보아도 대번에 그것이 진짜가 아니란 것을 알게 됩니다. 따라서 영화 촬영에는 이 실크 방법은 적용할 수 없습니다. 사실(寫實)을 존중하는 영화에서는 연극처럼 상징적인 표현으로 만족하지 못합니다. 그렇기 때문에 영화의 경우에는 문신을 직접 살갗에 그립니다. 혹시라도 땀에 지워지지 않도록 먹에 니스를 넣는다고 하던데, 그 진위 여부까지는 저도 모르겠습니다. 이 경우에는 느낌도 한층 진품에 가까

우며, 영화 속의 일이라는 선입관을 갖고 보지 않는 이상, 진짜 문신과 구별하지 못하는 경우도 있습니다. 예를 들면, 이 사진을 여러분은 어떻게 생각하시는지요?"

요오스케는 가방 속에서 1장의 사진을 꺼내 책상 위에 놓았다. 최근에 개봉된 일본영화의 스틸사진이었다. 에도시대의 한 화가가 상반신을 드러낸 아름다운 여자의 등에 마귀할멈과 긴타로 문신의 밑그림을 그리고 있는 사진이었다. 마쓰시타 과장과 겐조는 그 피부의 그림을 보고 한숨을 쉬었다.

"전쟁이 시작된 뒤로는 적어졌습니다만, 옛날 일본 영화에는 문신이 상당히 나왔습니다. 남자는 셀 수도 없을 정도였고, 여자도 제가 아는 것만도 대여섯 사람은 됩니다……

 그럼 본론으로 들어가기로 하겠습니다. 손님이 문신사를 찾아와 문신을 새겨달라고 의뢰했다고 합시다. 그러면 우선 문신 견본 그림첩을 보여줍니다. 그 안에는 화조, 인물, 기타 여러 가지 문신 견본이 실려 있는데, 손님이 그것을 보고 마음에 드는 그림을 주문하면 문신사는 우선 붓으로 몸 위에 밑그림을 그려봅니다. 문신은 일단 새기고 난 뒤 마음에 들지 않는다고 해서 바꿀 수 있는 게 아니므로 상당히 신중하게 됩니다. 대부분 줄기를 새깁니다만, 특별히 정성을 기울일 때에는 바램 새김까지 그려보는 경우도 없지는 않지요. 결국 제가 하고 싶은 말은 쓰나데히메 문신은 그 밑그림을 찍은 것이며, 실제로 살갗에 새긴 문신이 아니라는 것입니다. 그 점을 알고 나서 보면 확실히 이 쓰나데히메에는 어딘가 부자연스런 느낌이 듭니다. 바램의 농염에는 변화가 없으며, 전체적인 분위기가 약간 칙칙합니다. 마쓰시타 군은 어렵사리 거기까지 눈치를 챘지만 광선 탓이라고 치부해 버린 듯합니다. 진상은 결국 거기에 있었던 것이지요. 그 밑그림은 기누에가 오로치마루를 새기기 전에 그렸던 것인지, 아니면 다마에가 장난삼아 밑그림만 그렸던 것인지 거기까지는 저도 모르겠습니다. 다마에는 뭔가 다른 그림을 몸에 새겼을 것입니다. 어쨌든 이 쓰나데히메를 새기지 않았다는 것만은 더 이상 의심할 여지가 없습니다.

이러한 근본적인 문제를 염두에 둔다면 나머지 모든 수수께끼가 쉽게 풀립니다. 모가미 히사시가 기누에와 정을 통하고 공범관계에 있었음은 사실에 의해 증명되었습니다. 그리고 이러한 교묘한 살인계획을 생각해 낸 것은 히사시가 우연히 유라쿠초 근처에서 기누에와 너무도 똑같이 생긴 여자를 발견하고, 그녀가 히로시마에서 원자폭탄에 희생된 줄로만 알았던 다마에라는 것을 안 때였습니다. 그때까지는 모가미 히사시도 형에 대한 살의를 품으면서도 환영을 그리다가 지우고, 그렸다가는 부정하면서 줄곧 망설였을 것입니다. 그것은 그의 양심이 말린 것이 아닙니다. 자기에게 혐의가 씌워지지 않을 만한 교묘한 살인방법을 생각해내지 못했을 따름이지요. 다마에를 본 뒤로는 그의 막연하기만 했던 살의가 분명 확연한 형태를 띠기 시작했습니다. 그것을 실행하기 위해서 그는 먼저 다마에를 자기 것으로 만든 다음 어딘가에 몸을 숨기게 했습니다. 이것은 그다지 어려운 일도 아니었습니다. 그에게는 이상하게도 여자의 마음을 끌어당기는 야릇한 매력이 있었던 것이지요. 가와바타 교코나 다마에는 히사시에게 당한 희생자이며, 또 어떤 의미에서는 기누에조차도 그 희생자의 하나였습니다. 다마에는 그에게 하나의 도구에 지나지 않았어요. 그리고 또한 그에게는 자기의 이익을 위해서라면 사람 하나쯤의 목숨 떠위는 벌레만큼도 여기지 않았던 것입니다. 그는 기누에와 뜻이 하나가 되어 시기의 계획을 착착 준

심리적인 밀실

비해 나갔습니다. 그때까지는 비밀로 했던 기누에와의 관계를 고의로, 모른 척하고 형에게 알려지게 했는지도 모릅니다. 그리고 문신 경연대회에 기누에를 출전시키고, 마쓰시타라는 절호의 인물을 발견해 자기의 도구로 이용했던 것입니다."

겐조는 말없이 고개를 떨어뜨렸다. 그에게는 후회와 자조가 가슴을 후벼파고 있었다.

"마쓰시타 씨가 없었다면 그 사진은 누군가 신문기자의 손에라도 넘겼을지 모릅니다. 그러나 경찰 당국과의 접촉이라는 점에서는 마쓰시타 씨 이상의 인물을 그는 발견할 수 없었던 것이지요. 기누에가 그때 마쓰시타 씨에게 했다는 이야기도 지금에 와서는 시체가 자기의 것임을 강조하기 위한 하나의 연극이었다고 볼 수밖에 없습니다. 냉정하게 생각해 보면 꽤나 이상한 이야기입니다. 기누에는 그 당시 우즈이의 협박장을 받지 않은 상태였습니다. 그리고 그런 가정환경을 갖고 있으며 그런 문신까지 새긴 여자가 그 정도로 야단스럽게 겁에 질렸다는 것은 약간 이해하기 힘듭니다. 그러나 그 뒤에 그런 예감과 맞아떨어질 만한 사건이 일어났으므로 아무도 그 말을 의심해보려고도 하지 않았던 것이지요. 그 뒤로의 모든 행동은 기누에가 살해되었다고 보이기 위한 것에 집중되었습니다. 마쓰시타 씨에게 건넨 사진이나, 기누에의 말, 욕실 뒤쪽에 떨어져 있었던 사진의 건판도 모두가 그런 효과를 노린 포석들이었습니다. 앨범에 있던 사진 1장을 일부러 망가뜨린 이유도 쉽게 설명할 수 있습니다. 그 페이지에는 뭔가 사진에 관한 설명이 쓰여 있었음이 틀림없습니다. 그 설명은 절대로 당국의 눈에 띄어서는 안 되는 것이었지요.

두 번째 살인, 즉 다케조의 살해에 대해서는 어제 말씀드렸던 것에 더 이상 이야기할 필요를 느끼지 않습니다. 시간적으로는 다마에 살해에 앞선 이 살인을 마친 그는 바야흐로 심혈을 기울여 생각해 낸 첫 번째 살인에 들어갑니다. 이것은 물론 특수 조건의 덕을 보긴 했지만 예술적인 살인이라고 하고 싶을 정도의 걸작이었습니다.

　기누에의 시체로 보이기 위해서는 아무래도 기누에의 문신과 동일한 부분을 다마에의 시체에서 떼어내야만 합니다. 이것은 절대적인 조건이지요. 그러나 그것만으로는 끝나지 않습니다. 우선 시체는 해부되어서는 안되었습니다. 현대의 진보된 법의학으로는 장기를 해부하면 사망시간을 매우 정확하게 추정 가능합니다. 다마에의 사망시간의 추정은 오후 6시에서 12시까지 사이로 되어 있는데 그것은 틀림이 없습니다. 그러나 여기에는 히사시가 상상했던 것처럼 엄청난 폭이 있습니다. 그 동안에 기누에는 일부러 대중탕에 가서 자기의 문신을 여봐란 듯이 보이고 다니고, 이웃집에 들러서 목욕탕에서 돌아왔다는 사실을 알리고는 그 이후로 자취를 감추고 말았습니다. 그렇기 때문에 기누에는 9시까지는 확실히 살아 있었다는 얘기가 되며, 범행 시간은 9시에서 12시 사이로 단축이 됩니다. 그렇게 하면 히사시의 알리바이는 완벽하게 성립이 되지요. 그러나 실제 범행은 6시에서 9시까지 사이, 그것도 다른 이유 때문에 6시 전후에 일어났다고 추정합니다."

마쓰시타 과장도 감정을 누르지 못하는 모습을 한 채 묵묵히 요오스케의 말에 귀를 기울이고 있었다. 3시에서 8시까지의 알리바이를 깨뜨린다 해도 아무 소용이 없다고 잘라 말했던 것을 창피해하는 것 같았다. 그러나 요오스케의 말에는 아무런 빈정거림을 느낄 수 없으며, 그렇다고 자기의 수완을 자랑스레 말하지도 않았다.

"시체가 기누에의 것이 아니라 다마에의 것인 이상, 결코 기타자와의 기누에의 집은 첫 번째 살인의 현장일 수가 없습니다. 다마에란 인물의 존재는 제3자…… 특히 기누에의 집 근처 사람들에게 눈치채게 해서는 안되었던 것이지요. 그것이 알려지면 정교하기 짝이 없는 히사시의 계획도 순식간에 붕괴하고 맙니다. 그렇다면 범행 장소는 어디일까요? 히사시의 실험실이야말로 그런 목적에는 안성맞춤인 장소가 아니었을까요? 어젯밤에도 기누에는 그 방에서 '황산에 녹아 없어진다 해도'라는 무서운 말을 했습니다. 그 방에는 단백질이나 전분을 분해해 아미노산과 포도당을 만드는 커다란 가압솥이 놓여 있었지 않습니까? 그 솥 안은 납으로 발라져 있습니다. 진한 황산으로 가압 가열하면 사람의 시체 하나 정도는 간단히 처분할 수 있습니다.

다케조의 살해를 끝마친 히사시는 급히 서둘러 자기 집으로 돌아와 다마에를 기다렸습니다. 가정부에게는 미리 일을 시켜 밖에 내보냈겠지요. 그 집 주위는 주택가여서 낮에는 인적도 드물고, 게다가 그 건물은 독립 가옥이어서 나무문으로 출입이 가능하기 때문에 계획의 실행에는 가장 유리한 장소였습니다. 남의 눈에 띄지 않게 찾아온 다마에를 그는 실험실에서 죽이고 톱으로 목과 팔다리를 자른 다음, 몸통만 가압솥에 넣고 압력을 가하고 온도를 올려 진한 황산으로 용해시켰습니다. 그에 필요한 시간은 1시간에서 2시간 가량 걸렸을 것입니다. 용액은 묽게 해서 흘려 보내고, 채 녹지 않은 부분은 적당히 처분을 하고, 그는 나머지 목과 팔다리를 뭔가에 담아서 자동차에 싣고 기타자와로 급히 갔습니다. 여기까지 말씀드리면 아시겠지요. 몸통을 들고 나간 것이 아니라 목과 팔다리를 옮겨온 것입니다."

가미즈키 요오스케의 설명은 최고조에 달해 있었다. 차분한 그의 어조마저도 이 순간은 격해졌다.

"저는 몇 번이나 범죄 경제학이라는 말을 사용했습니다. 최소한의 노력으로 최대의 수확을 거둔다. 이것이 경제 원칙입니다. 범인의 입장에서 말한다면 범죄도 하나의 기업인 것이지요. 적어도 이 정도의 냉정한 계획을 세우고, 물질적인 이익을 노린 범인이 경제학의 근본적인 법칙을 잊을 리는 없습니다. 그 집에서 살인을 하면 몸통을 잘라내 들고 나가는 것은 어렵기도 하고, 또 불필요합니다. 그러나 범행을 그 집에서 하지 않는다면 가죽을 벗긴 시체를 몽땅 들여가는 것보다도 토막이 난 목과 팔다리를 가져가는 편이 훨씬 간단하게 해낼 수 있습니다. 이것이 음화와 양화의 반전입니다. 흑은 백으로, 백은 흑으로 생각할 때 비로소 비밀이 풀리는 것이지요.

욕실을 밀실로 만든 기계적인 속임수에 대해서는 그 실험으로 이미 아셨으리라 생각합니다. 그러나 살인사건에서 밀실의 구성을 필요로 하는 것은 보통 어떤 경우일까요? 여러 종류의 경우를 생각할 수 있습니다만 가장 있을 수 있는 경우는 피해자가 자살한 것처럼 보이기 위해서이거나, 그렇지 않으면 범인이 흔적을 남기지 않고 탈출해 범죄에 초자연적인 색채를 띠게 하려는 경우가 많겠지요. 물론 전자의 경우는 이 경우에 문제가 되지 않습니다. 설마하니 스스로 청산가리를 마시고 몸통을 톱으로 잘라 감춰 놓고, 그 다음에 다시 욕실 안으로 들어와서 안에서 빗장을 거는 따위의 사건이 일어나기야 하겠습니까?"

요오스케는 처음으로 여자 같은 보조개를 보이며 웃었다.

"가미즈키 씨, 그렇다면 그 욕실은 단순히 사건에 기괴한 분위기를 주기 위한 것이었을까요? 그렇다면 뭐 그렇게 고생을 해

심리적인 밀실 327

가면서까지 욕실을 밀실로 할 필요도 없지 않았을까 생각합니다만……."

"불필요하다고 한다면 확실히 불필요합니다. 유희라고 한다면 그뿐입니다. 그러나 거기에는 한층 커다란 음모가 숨겨져 있음을 놓쳐서는 안 됩니다. 사물에는 필요와 불필요가 있습니다. 분명히 근사한 속임수였습니다. 그러나 그 트릭은 기계적인 실과 바늘과 물의 흐름을 이용한 메커니즘에 의한 속임수입니다. 히사시는 이 속임수를 언젠가는 알게되리란 것을 각오하고 있었던 게 아닐까요? 그러나 그 트릭을 풀어서 보여드렸을 때, 마쓰시타 씨, 당신도 분명 놀랐습니다. 범인의 정교하고 치밀한 속임수에 혀를 내두르며 놀라면 놀랄수록 이것을 무의미한 것으로 가볍게 볼 수 없습니다. 그것이 범인이 바라던 바였습니다. 기계적인 속임수는 언젠가는 깨집니다. 그러나 심리적 속임수는 기계적 속임수가 깨졌을 때에야 비로소 위력을 발휘하지요. 기계적인 밀실은 무너지더라도 심리적인 밀실은 깨뜨리기 힘듭니다. 여러분은 그 밀실을 본 순간부터 이 안에서 범행이 이루어졌다는 강한 선입관을 가지셨어요. 스스로 만든 심리적인 밀실 안에서는 아무리 애를 써도 빠져나갈 도리가 없습니다. 이것이 사건을 미궁에 빠뜨리고 해결의 실마리를 놓치게 만든 이유가 되었어요. 저는 그 점에서 무서울 정도로 히사시의 지적 능력을 감지합니다.

　이렇게 생각하면 마당에 혈흔이 남아 있지 않았던 것도 당연합니다. 오히려 범인의 입장에서 보면 혈액의 양을 불명확하게 하기 위해 고심을 했습니다. 사람 하나를 죽여서 몸통을 잘라낸다면 많은 양의 피가 흘러나올 것입니다. 그렇다고 혈액을 몽땅 운반해 들여올 수도 없는 노릇이지요. 남아 있는 혈액의 양이 너무 적으면 범행이 다른 장소에서 이루어진 것은 아닐까 하는 의문이 생깁니다. 욕실이라는 현장은 그 조건을 최고로 만족시키는 곳이었습니다. 그는 수도꼭지를 열어 물을 흘려보냄으로써 한편으로는 밀실 구성의 수단을 만들고, 다른 한편으로는 혈액이 모조리 흘러 나가버렸다는 인상을 주는 데에 성공했습니다. 물론 그는 얼마간의 양의 혈액을 병이나 그런 곳에 담아서 들여왔을 게 틀림없습니다. 그것으로 그는 방안에 핏자국을 만들고, 나머지는 하수구로 흘려보내 '상당량의 혈액'이 유출된 흔적을 만든 것이지요. 그러나 그 절대량은 쉽사리 보충하지 못합니다.

첫 번째 살인과 세 번째 살인 사이에 문신 처분 방법에 대한 차이가 있었던 것은 이미 아실 것입니다. 첫 번째 살인에선 시체의 사망 추정시간을 되도록 넓게 잡을 필요가 있으며, 세 번째 살인에선 범행의 현장에 그대로 시체를 버리면 되었으므로 구태여 귀찮은 몸통을 가져갈 필요가 없었습니다. 기누에가 이나자와를 그날 밤 자기 집으로 부른 것은 그에게 시체를 발견하게 하기 위해서입니다. 먼저도 제가 말씀드린 바와 같이 우직한 이나자와이므로 그 시간에, 그런 장소에서 시체를 발견하면 틀림없이 허둥대면서 경찰에도 알리지 않고 달아날 것이다, 그리고 뭔가 이해할 수 없는 행동이 나오리란 것도 히사시가 예정한 대로였습니다. 그러나 무엇보다 중요한 것은 이로 인해 첫 번째 살인의 범행 추정시간 뒤의 한계가 결정되고 말았다는 것입니다. 그 전의 한계는 기누에가 손수 만들었습니다. 이 2가지에 의해 히사시의 알리바이는 완전하게 성립되고 말았던 것이지요. 물론 이나자와를 이 사건에 등장시켰던 것은 어떤 의미에서는 득도 되고 해도 되었습니다. 그것은 예상하지도 못했던 우즈이의 등장과, 이웃 학생의 행동으로 인해 집 전체가 하나의 커다란 밀실이 되었으며, 때문에 어렵사리 고민을 해서 범죄의 용의를 덮어씌우려 했던 하야카와 선생의 알리바이가 간접적으로라도 증명되고 말았다는 아이러니한 결과가 생겨난 것이지요.

그러나 그 정도의 일은 그의 계획 전체로 볼 때 기껏해야 티끌에 지나지 않습니다. 히사시 자신의 알리바이는 그것에 따라 끄덕도 하지 않았던 것입니다. 7시 반쯤에 자동차로 다마에의 목과 팔다리를 기누에의 집으로 운반해 간 그는 욕실에 그것을 던져놓고 완전하게 밀실의 구성을 마친 다음, 긴자로 가서 싸움을 시작했고 예정대로 유치장에서 하룻밤을 새워 알리바이를 완벽하게 만들었던 것입니다.

한편, 기누에는 자기가 살해를 당할 것 같은 예감이 든다는 둥 했으면서 보디가드라도 고용하기는커녕, 오히려 가정부에게 휴가를 주고 이나자와를 불러들였으며, 마쓰시타 씨와 하야카와 선생에게 전화를 걸고, 현금과 귀중품을 내갔으며, 누군가가 찾아와서 맥주를 같이 마신 것처럼 흔적을 만드는 등의 무대장치를 마친 다음에 모습을 감췄던 것입니다. 기누에의 집에서 발견된 4번째 지문의 주인공은 기누에의 것임에 분명합니다. 매사 용의주도한 히사시이므로 다마에의 지문은 미리 모양을 떠서 고무나 그런 것으로 지문을 만들었거나, 아니면 가져간 팔로 직접 남겨놓았을 게 틀림없습니다만, 기누에의 지문을 없애는 것은 불가능했습니다.

다음날 아침이 되어 경찰에서 풀려난 히사시는 어쩔 수 없이 매우 초조했을 것입니다. 제3자를 가장해서 그 집으로 전화를 걸었습니다. 그는 그럼으로써 자기의 계획이 무사히 진행되고 있는지 여부를 확인했으며, 또한 이 사건에 새로운 제3자를 등장시키려 했던 것이지요. 그냥 기누에라고 부를 만한 사내는 누구일까요? 이런 곁가지로 들어서면 그렇지 않아도 복잡한 이 사건은 한층 혼란하고 복잡한 진흙구덩이로 떨어지고 말 것입니다. 마쓰시타 씨가 현장에 있음을 안 히사시는 일단 안심했습니다. 다행히 그때, 하야카와 선생의 부인에게서 전화가 걸려 왔습니다. 이야말로 절호의 방패가 되리라고 생각한 히사시는 부인과 함께 마쓰시타 씨의 집을 찾아갔습니다. 자기의 알리바이를 자연스럽게 강조하고 박사나 형을 걱정하는 것처럼 보이면서 수사 상황을 탐색했던 것입니다. 다만 홀연히 욕실에 나타났다는 꺼림칙한 괄태충의 출현에는 그도 전율하지 않을 수 없었겠지요. 쓰나데히메에 해당하는 여자였습니다. 그 피해자의 유혼이 괄태충으로 변해 나타난 것이 아닐까 생각하지 않을 수 없었을 것입니다. 확실히 그 괄태충의 출현은 운명이 이 예술적인 작품에 붓을 가한 화룡점정의 일필이었습니다. 이 사건의 하나의 상징이었지요. 표면에서 이것을 바라보면, '괄태충은 뱀을 녹여버린다'는 주문 같은 효과가 생겨납니다. 다마에라는 여자는 형태가 있으면서도 없는 괄태충 같은 존재입니다. 아무리, 필사적으로 자취를 쫓아도 잡을 수 없는 여자지요.

다케조의 시체가 발견될 시기에 대해서 물론 그는 신중하게 계산을 세웠습니다. 너무 시기가 이르면 마취제의 흔적 등이 들통날 것이고, 그렇다고 너무 늦어지면 알리바이의 증명이나 재산 상속 등의 점에서 불리한 사태가 일어납니다. 그러나 이것도 며칠 뒤면 허물기로 되어 있는 미타카의 유령의 집을 무대로 선택함으로써 멋지게 해결할 수 있었습니다.

모가미 히사시의 계획은 훌륭한 성과를 거두었습니다. 경찰청도 그의 계획대로 일단은 기누에를 살해하고 자살했다는 결론에 노달한 깃지김 보였습니다. 수사는 그 이상으로 나아가려고도

심리적인 밀실 331

않았던 것이지요. 모가미 히사시의 손에는 몇 백만의 재산이 굴러들어 왔습니다. 악마는 득의의 미소를 지었습니다. 회심의 미소를 지으면서 자기 뜻대로 되었다고 외쳤지요.

 그러나 여기에 의외의 인물이 등장했습니다. 기누에의 오빠인 쓰네타로가 남방에서 귀환해 사건의 소용돌이 속으로 나타났습니다. 더구나 그는 마쓰시타 씨에게서 사건 내용을 듣고 기누에가 건넸다는 사진을 보자 대번에 사건의 진상을 알아 냈던 것입니다.

 그것은 당연한 일이었겠지요. 다마에가 쓰나데히메 따위를 새기지 않았다는 것을 그는 너무나도 잘 알고 있었으니까요. 그런 판국에 단지 밑그림일 뿐인 사진을 다마에의 문신이라면서 수수께끼 같은 말과 함께 기누에가 건넸다면 누구나 사건의 진상을 알 수 있지 않겠습니까? 그는 그 뒤로 끝없는 불안에 휩싸여 반드시 히사시의 행동을 줄곧 감시했을 것입니다. 그리고 기누에를 찾아다녔지요. 기누에를 강하게 닥달해 그는 마침내 사건의 진상을 알아냈습니다. 그도 떨었을 것입니다. 이것이 작은 범죄라면 그도 웃으면서 불문에 부쳤겠지요. 그러나 너무하다면 너무도 지나친 사건, 완전히 교수대로 보내야만 할 흉악한 범죄였습니다. 오랜만인 남매의 재회를 기뻐할 틈도 없이 그는 비장한 결심을 해야만 했습니다. 기누에에게 자수하면 목숨만은 건질지도 모른다. 사형이 무기징역이 되고, 사면이라는 특전을 입으면 다시 세상에 나오게 될 지도 모른다…… 그것이 누이에 대한 마지막 배려였습니다. 그러나 사흘이 지나도록 나오지 않자 어쩔 수 없으니 모든 것을 경찰에 알리겠다고 잘라 말했던 것입니다.

 기누에에게서 이 말을 들은 히사시는 생각지도 않은 운명의 일격에 전율하고 말았을 것입니다. 군대에서 전사한 줄 알았던 지라이야의 출현으로 이젠 자기가 사용한 무기가 오히려 자기 자신을 다치게 하는 양날의 검이 되었습니다. 철옹성임을 자랑하던 알리바이조차도 붕괴의 위험에 직면했던 것이지요. 잠 못 이루는 밤이 계속됐을 것입니다. 그러나 사태는 한 시의 지체도 허락하지 않았습니다. 사건의 발각은 사흘 뒤로 다가왔습니다. 그는 최후의 결심을 굳히지 않을 수 없었지요. 피로 피를 씻으려는 결심, 두 가지 죄를 감추기 위해 제3의 살인을 해야겠다는 결심이었습니다."

"제가 그 당시에 형한테 한 마디라도 그 얘길 했더라면 일이 이 지경까진 되지 않았겠지요."

커다랗게 한숨을 내쉬면서 겐조는 변명의 여지가 없다는 듯이 중얼거렸다.

"그것은 어쩔 수 없는 일입니다. 어떤 일이든 나중에 생각하면 다 하느님 같은 지혜가 나오는 법이거든요. 인간이란 노력하고 있을 뿐, 헤매고 실수하게 마련이라고 《파우스트》에도 있습니다."

요오스케는 겐조의 푸념을 위로하고 다시 설명의 본론으로 돌아갔다.

"그러나 이상한 일이지요. 실력이 엇비슷한 사람끼리의 승부라면 장기나 바둑에서도 한 번의 대국 속에 몇 번쯤 승부가 역전될 만한 기회는 찾아오는 법인데, 이번 사건에서도 그 기회는 몇 번인가 있었어요. 첫 번째로는 하야카와 선생이 건판을 주웠을 때 그것을 방치하고 선생에게 그 양화를 확인할 기회를 주었거나, 두 번째로는 마쓰시타 씨가 지라이야의 출현을 당신에게 밝혔거나 하는 이 두 가지가 해결의 기회였습니다."

심리적인 밀실 333

"공교롭게도 그 두 가지를 모두 놓치는 바람에 저나 동생이나 한 번씩 실수를 저질렀으므로 죄는 마찬가지가 되었습니다그려. 그러나 당신이 나타났을 때 체면을 팽개치고 부탁을 드린 것이 사건 해결의 세 번째 기회였군요."

"저로선 생각지도 않게 도움이 되어서 참으로 기쁘게 생각합니다. 그런데 세 번째 살인 말입니다만, 이번엔 히사시도 첫 번째나 두 번째 살인처럼 주도한 계획을 세울 틈이 없었습니다. 다른 한편으로는 지나치게 완전한 효과를 노리면 오히려 부자연스럽게 되리란 것도 염두에 두었겠지요. 그러나 첫 번째 살인에서 불발로 끝난 그의 목적, 즉 문신을 없앰으로써 생겨나는 하야카와 선생에게로의 혐의 전가는 쓰네타로의 살해 때문에 오히려 강조할 수 있다는 점에 착안했던 것입니다. 그는 바로 그때문에 시체에서 문신을 벗겨내고 시체를 그대로 내버리는 악랄한 수법을 썼습니다. 그리고 자동차로 요코하마와 현장을 왕복하고, 그동안의 알리바이만을 어떻게든 조작해 냈던 것입니다. 그는 요코하마에서 전속력으로 시부야까지 되돌아갔고, 기누에를 이용해 쓰네타로를 유인해 냈습니다. 이것은 그다지 어려운 일이 아닙니다. 자수를 하려 하니 함께 가 달라는 말이라도 하라고 했겠지요. 그러나 이번엔 아무래도 기누에가 표면에 나오게 될 것이므로 만일의 경우에 대비해 쓰나데히메 문신을 연상시키는 붕대를 손목까지 하게 했습니다. 이끌려 온 쓰네타로를 청산가리로 독살하고 그들은 그 시체를 자동차로 요요기의 현장으로 운반해 문신한 피부를 벗기고 시체를 그대로 내버렸습니다. 그 다음에 히사시는 급히 서둘러 요코하마로 돌아가 시간적으로 어떻게든 알리바이를 만들어냈습니다. 물론, 이것은 완전한 것은 아닙니다. 그러나 이번에도 하야카와 선생의 알리바이는 더욱 불

완전했지요. 이번 사건은 3자 견제의 주문이 말 그대로 실현되었습니다. 뱀이 개구리를 삼킨 것이지요."

모든 수수께끼가 풀렸다. 모든 비밀은 천하에 드러났다. 그러나 이 얼마나 처참하고 무참하기 이를 데 없는 사건이랴. 이중 삼중으로 남매를 살해해버린, 눈을 감아버리고 싶을 정도의 지옥그림이었다.

"겐조 씨, 당신은 애석한 일을 하셨습니다. 밀실의 수도나 전등 문제가 나왔을 때, 당신이 범인에게 시체를 감출 의지가 없었다고 알아 냈던 것은 실로 멋진 결론이었습니다. 그러나 그로부터 한 걸음 나아가 범인이 오히려 시체를 드러낸 것이라고 생각했더라면 이 사건은 거기서 풀렸을지도 모릅니다. 그 붕대도 그랬어요. 기누에로서는 팔꿈치 밑에는 아무런 문신도 없었기 때문에 그곳에 붕대를 감을 필요가 없었던 것이지요. 감추려면 표면으로 드러내고, 보이려면 뒤로 감추라는 심리적인 속임수가 이 사건에선 이중 삼중으로나 쓰였습니다."

"가미즈키 씨는 그렇게 말씀하시지만, 저 같은 평범한 사람으로선 어쩔 수 없는 일이지요."

마쓰시타 과장은 이 날에야 비로소 웃음을 보였다.

"하지만 당신은 가와바타 교코에게 어떻게 그렇게 급소를 찌르는 질문을 하실 수 있었나요?"

"그런 거짓말을 하는 것은 저도 싫었어요."

요오스케는 쓴웃음을 지으면서 대답했다.

"그러나 마쓰시타 씨가 만든 이번 사건의 각서를 보십시오. 그 날의 모든 인물들의 행동 가운데 이해관계가 공통되는, 오직 한 사람에 의해서만 알리바이가 입증되는 것은 그 시간의 히사시 외에는 없습니다. 그밖에는 모두가 비록 간접적으로라도 이해관계를 달리하는 사람에 의해 알리바이가 입증되고 있어요. 저는 그 점을 착안했던 것입니다. 어제 아침에 이리로 오기 전에 저는 극장에 들러서 그 날, 뭔가 평소와 다른 사건은 없었느냐고 물어보았습니다. 그 결과, 가와바타 교코가 말한 것처럼 2막과 3막 사이에 3층 창문으로 투신자살이 있었음을 알았습니다. 이것은 그녀가 극장에 실제로 가 있었음을 증명하는 것이지요. 만약 현장에 있지 않았다면 신문이나 소문으로 그 이야기를 들었다 치더라도 그 정도로 정확한 시간을 말하지는 못합니다. 그러나 모가미는 극장에 가 있을 리가 없었어요. 그렇게 생각하면 교코로선 모가미의 알리바이 입증을 부탁 받았는데 설마 표시가 난다고 해서 누군가를 함께 데리고 갈 리가 없다는 데까지가 추리이고 나머진 위협이었습니다. 대개는 꽃길 쪽의 좌석이 2개 비어 있다면 누구나 꽃길 가까운 쪽에 앉고 싶은 것이 인지상정 아닙니까? 일단 심리적인 동요가 생겨나면 나머진 일파가 만파를 낳습니다. 그의 당일의 복장에 대해서는 미리 입을 맞춰 놓았겠지요. 하지만 그에게 그렇게 적극적으로 사랑에 빠져 있다면 여자로선 좀처럼 반대할 수도 없었을 것입니다. 그리고 최후의 일격…… 여자에게 사랑하는 남자가 자기를 사랑하고 있지 않다는 것보다 심각한 타격은 없거든요.

그러나 교코를 추궁하는 것은 저의 목적이 아니었습니다. 단지 그럼으로써 저는 히사시에게 심리적인 충격을 줄 수가 있었던 것이지요. 자기의 알리바이가 깨졌음을 알면 그는 죽을 만큼 제정신이 아니어서 마지막 수단을 취해 오리라…… 이것이 제가 예상한 것입니다.

그의 마지막 비밀을 아는 것은 기누에 한 사람입니다. 기누에가 발견되지 않으면 직접적인 증거가 없는 이상 그를 교수대로 보내기는 일단은 곤란합니다. 그리고 또 이미 죽었다고 알려진 기누에가 만약 살해되었다 해서 이제 와서 그녀의 죽음을 의심할 사람은 절대로 있을 수 없었거든요."

"아, 그래서 그는 어젯밤에 기누에를 실험실로 불렀던 거로군요. 그리고 그녀를 죽여서 시체를 처분해 버릴 계획이었단 말이지요."

"그렇지요. 그것이 그의 마지막 수단이었습니다. 그러나 기누에 역시 히사시의 성격을 훤히 꿰고 있었습니다. 그럴 경우에는 마쓰시타 씨에게 맡긴 사진을 역이용하려고 했던 것이지요. 그녀는 사건의 진상을 자세히 밝힌 편지를 누군가에게 맡기고 자기가 돌아오지 않을 때는 그것이 경찰청으로 배달되도록 해놓았던 것입니다. 이 편지와 사진을 조사해 나가면 히사시의 범행은 하나하나 분명해질 겁니다. 그것이 기누에의 마지막 카드였어요."

쓰나데히메…… 이 한 장의 사진은 얼마나 무서운 역할을 했던 것일까? 처음엔 다마에의 시체를 기누에의 것으로 오인하게 했던 이 무기가 쓰네타로가 진상을 간파하는 계기가 되었고, 또 마지막으로 기누에의 히사시에 대한 호신의 무기가 되었다고는 아무도 생각하지 않았다.

"가미즈키 씨, 대단히 감사합니다. 당신 덕택에 이 사건의 진상은 모든 것이 분명해진 것 같군요. 그러나 아직 제가 이해가 가지 않는 것은 어째서 기누에가 자신이 살해된 것으로 가장하면서까지 동생을 죽이고 히사시의 공범이 되었는가 하는 점입니다."

"그 문제는 좀 난처한데요."

요오스케는 정말로 곤란한 듯이 쓴웃음을 지었다.

"남녀 사이의 감정, 그런 애정의 미묘함에 대해선 저 같은 독신자로선 말할 자격도 없겠습니다만. 성의 심연이라고나 할까요? 그런 심각한 문제는 제3자가 쉽게 알 수 없는 법이지요…… 하지만 이것만큼은 분명하게 말할 수 있을 겁니다. 극히 상식적이긴 합니다만…….

기누에는 히사시를 너무도 깊이 사랑했습니다. 수도 없이 많은 사내를 알았을 그녀가 처음으로 느낀, 헤어지고 싶지 않은 사내였던 것입니다. 그러나 사내의 마음은 그 정도는 아니었어요. 그렇다면 떠나가려고만 하는 사내의 마음을 자기 혼자만의 것으로 어떻게든 잡아두고 싶었겠지요…… 그리고 기누에란 여자에겐 사치스런 생활 역시 버릴 수 없었을 것입니다. 그러나 히사시와 자신의 관계가 다케조에게 알려지면 쉽게 말해서 쫓겨나는 것은 시간문제지요. 히사시도 그럴 경우 재산 승계의 희망은 단절되고 만다는 이 두 가지의 동기가 그녀의 몸 속에 잠들어 있던 유전적인 범죄성을 부추겼을 것입니다. 동생 다마에에 대한 감정도 보통의 것은 아니었습니다. 원래 사이가 좋았다고는 볼 수 없는 자매였어요. 그렇기는커녕, 동생이 밤거리의 여자로 사는 것을 그대로 내버려두었을 정도입니다. 한편으로는 히사시에 대한 질투도 일조했는지도 모릅니다. 그녀는 이 계획에는 도리어 기쁘게 찬성했을 겁니다. 그러나 가공할 집념이었어요. 어머니의 범죄성은 가장 강하게 기누에에게 전해졌던 것이지요. 그녀는 자신이 살해당했다고 가장하면서까지 히사시를 자기 혼자만의 것으로 만들고, 엄청난 재산을 그를 통해 차지하려 했습니다. 그 때문에 히사시는 절대로 그녀를 버릴 수가 없게 되고 말았습니다. 기누에는 자기 등의 커다란 뱀처럼 눈에 보이지 않는 힘으로 사내를 손아귀에 집어넣어 버렸던 것입니다.

히사시에 대해 저는 한 점의 동정의 여지도 느끼지 않습니다. 생각하면 그 역시 일종의 천재이겠지요. 이 정도의 살인사건을 구성할 수 있었던 그의 두뇌는 실로 경탄할 만합니다. 그러나 그 재능은 왜곡되어 잘못된 방향으로 향했습니다. 그에겐 인간성이 티끌만큼도 없었어요. 사랑을 증오로 갚고, 은혜를 반역으로 갚은 그의 행위는 최고형벌을 받아야만 합니다. 이렇게 인간성을 짓밟은 범인은 절대로 이 세상에 살려두어선 안 됩니다."
 흥분으로 얼굴을 붉게 물들이면서 요오스케는 말을 마쳤다. 마쓰시타 과장의 얼굴에도 감사의 기색이 넘치고 있었다.
 "가미즈키 씨, 정말로 감사했습니다. 당신 덕분에 이 사건도 해결되어 감사드립니다. 어떻게 사례를 해야 좋을지 모르겠군요."
 "아닙니다. 사례 같은 것은 필요 없습니다. 저는 어린 시절부터 악이란 것에 강한 증오심을 가졌었습니다. 이렇게 법의학을 전공하게 된 것도 생각하면 그 때문인지도 모릅니다. 제 힘으로 이 사회에서 하나의 악이 제거되었다는 것만으로도 저는 충분합니다. 앞으로도 제가 할 수 있는 일이라면 있는 힘껏 도와드리겠습니다."
 요오스케는 일어나서 손을 내밀었다. 마쓰시타 과장은 감격으로 가득 찬 눈길을 하고 그 손을 꽉 쥐었다.

 경찰청을 나온 요오스케와 겐조는 사쿠라다몬을 지나 황궁 앞의 광장으로 발길을 향했다. 맑게 갠 초겨울의 한낮, 차가운 미풍이 차츰 겐조의 흥분을 가라앉혀 주었다.
 "가미즈키 씨, 사과를 드려야만 할 것이 있습니다."
 용기를 내어 겐조는 말을 꺼냈다.
 "뭔데?"

"당신에게 감춘 것이 있었어요. 그 여자와의 일로……."
"그런 걸 이제 와서 내게 말할 필요는 없어. 나는 처음부터 어렴풋하게 그 점을 눈치채고 있었지. 그 경연대회장에서 자네가 그 여자에게서 사진을 맡았다는 설명은 심리적으로는 불충분했네. 너무나도 부자연스런 일이었어…… 자기가 원해서 지옥으로 떨어진 여자야. 그 사진을 자네에게 맡기기 위해서는 어떤 연극이든 했겠지. 자네처럼 고지식하고 정직한 사람이 정면으로 맞대응할 수 있는 여자가 아니었어……."
요오스케는 위로하듯 말했다.
"그러고 보면 오늘의 내 추리도 자네는 한 점도 흐트러짐 없는 완벽한 논리라고 생각했을지도 모르네만 역시 빈틈이 있었어. 문신 밑그림이란 것은 그런 것이 아니야. 그날 새길 곳, 예를 들면 얼굴의 윤곽만을 피부에 그리고 새기기 시작하지…… 때문에 그렇게 완성된 쓰나데히메 그림이 피부에 그려져 있다고 한다면 그것은 문신의 밑그림이 아니야."
"그럼 어떻게 그런 사진을 남겼을까요?"
"내가 이렇게 결론에 도달한 것은 한 여인 덕분이야. 신분도 있고, 사회적인 지위도 있는 사람의 부인이어서 이름은 분명히 밝힐 수 없지만, 나는 하야카와 선생의 집을 방문한 다음 날 아침에 그 여인과 함께 한 문신사의 집을 찾아갔지. 그 여인에게 문신을 새겨 드린 문신사야……"
"가미즈키 씨, 그 사람은!"
"그 여인의 이름이 무엇인가는 자네의 상상에 맡기겠어. 하지만 밑그림 문젠 완전히 나의 예상을 뒤엎더군. 나는 난처했어. 그러나 그 집에 있는 앨범을 넘기는 동안에 하나의 커다란 수확이 있었네. 몇 십 명이나 되는 문신을 한 남녀가 목욕탕에서 알몸으로 찍은 사진이야. 아마도 조용회의 모임이나 뭔가였겠지. 그 안에 11, 2세의 어린애가 있었어. 마그네슘으로 눈을 지운 귀여운 얼굴이었는데, 그 아이의 양쪽 팔에서 가슴에 걸쳐 바람 속에 국화 문신이 있었어. 물론 초등학생인 어린애가 이런 멋진 문신을 새겼을 리는 없어. 한 때의 여흥으로 부모나 누가 살에 그려준 것이 분명해. 그러나 그 사진만 놓고 보면 다른 회원들의 문신과 전혀 다를 것이 없더군."
"그래요……?"
"그 사진이 나의 추리에 자신감을 부여한 근거가 되었음은 말할 것도 없지. 하지만 무엇 때문에 그런 커다란 그림을 그리고 사진을 찍었을까? 그 여인의 고백이 내게 모든 것을 이해하게 했네. 세상에는 피부가 흰 여자에게선 전혀 성욕을 느끼지 않는 남자가 존재한다는 거야. 모가미 히사시의 말처럼 문신은 그런 사내들에게는 필요 불가결한 촉매지…… 그러나, 문신 같은 것은 하루 이틀엔 완성할 수가 없어. 어쩌면 피부에 그림을 그려보는 것도 송진기름이나 목탄자동차처럼 급한 경우에 도움은 되겠지."
성의 심연…… 이것은 가미즈키 요오스케의 명석한 지혜로도 쉽사리 풀릴 문제가 아니리라. 깊은 근심을 미간에 보이며 요오스케는 말을 이었다.
"기누에의 첫사랑은 사진사였다고 했지. 스스로도 문신을 했을 정도의 파락호였다고 하지 않았나…… 기누에가 문신을 새기기 시작한 최초의 동기가 사랑 때문이었다고 한다면 이 쓰나데히메 그림은 이루지 못한 꿈처럼 사라져버린 그 사랑의 기념비가 아니었을까…… 단 하룻밤의 쾌락 끝에 발자취도 없이 사라져버린 피부의 그림이 그로부터 몇 년이 지난 오늘날 무서운 살인사

심리적인 밀실 341

건을 야기한 동기가 되리라고는 아무도 생각해보지 않았겠지……."
"그렇다면 하야카와 선생은 뭔가 짚이는 것이 당연히 있었겠군요. 그럼 가미즈키 씨가 그때 말했던 것처럼 선생이 누군가를 미워하고 경멸하면서도 또 사랑한다고 단언했던 것은 누굽니까?"
"물론 기누에지…… 아니, 살갗의 그 오로치마루였는지도 몰라. 내 상상으론 그 사진을 보았을 때, 선생은 기누에가 아직 살아 있다는 것을 알았을 거야. 적어도 나는 그때 그렇게 느꼈네. 이것으로 범인을 알았지. 미워해야만 할 살인귀인줄 알면서도 무사하기를 바라는, 하루라도 더 살아 있기를 바라는 모순된 감정이 선생의 가슴속에서 요동치고 있었겠지. 살갗을 향한 사랑…… 바로 이 세계에 헤아릴 수 없는 심연이 있지."
벼랑 위에 서서 끝을 모를 깊은 계곡을 내려다보는 듯한 요오스케의 눈빛이었다.

그로부터 몇 달이 눈 깜짝할 사이에 흘렀다. 모가미 히사시가 도쿄 지방재판소 1심에서 사형 선고를 받은 며칠 뒤, 도쿄대학 의학부 표본실에는 새로운 하나의 표본이 추가되었다.
호리야스작 오로치마루…… 기누에의 문신 표본이었다.
"허, 동체로 만들었군요."
가미즈키 요오스케는 마쓰시타 과장을 쳐다보며 웃었다.
"머리와 팔다리만 남기고 몸통이 없는 사건이었습니다. 목과 팔다리가 없는 동체를 표본으로 남기는 것도 뭔가 의미가 있지 않을까요?"
마쓰시타 과장도 복잡한 표정을 지으며 말했다.

"무서운…… 그러나 미워할 수 없는 여자였어."

하야카와 박사도 가슴속에 요동치는 격한 감정의 편린을 짧은 독백으로 표현했다.

그 말은 겐조도 충분히 이해할 수 있었다. 머리와 팔다리도 없는 동체를 한 바퀴 돌아서 오른쪽 어깨에 낫처럼 고개를 쳐든 오로치마루는 지금도 살아 있는 것 같았다. 숱한 비늘로 요술과 인연을 맺은 오로치마루는 지금도 어렴풋하게 미소마저 지으며 사람들을 바라보고 있었다.

과거 이 문신은 살아 있었다. 아름다운 여인의 살갗에서 약동하고 있었다.

기누에게 그것은 지옥으로 떨어지기 직전의 하나의 연극인지도 몰랐다. 단 하룻밤의 불장난에 지나지 않았는지도 몰랐다. 그러나 겐조에게 그것은 영원히 잊혀지지 않는 꿈이었다. 무서운, 그러나 감미로운 악몽이었다.

사람들은 말없이 그 표본 앞에 오래도록 서 있었다. 아무도 이 문신에 대해서는 가슴속의 감개무량함을 막을 길 없었으리라.

마쓰시타 과장과 하야카와 박사가 내뿜는 담배 연기만이 연보랏빛 구름처럼 문신 주위를 조용하게 드리우고 있었다. 그 연기는 오로치마루 요술로 생겨난 요술구름처럼 보이기도 했고, 이 사건의 희생자의 영혼에 바치는 향의 연기처럼 여겨지기도 했다.

이지(理智)와 기괴로 쌓아 올린 걸작

"이 사건에 대해서 첫째로 내가 불가사의하게 생각하는 것은 아주 이지적(理智的)인 요소와 아주 기괴하고 그로테스크한 요소가 얽혀 있다는 점이다."

작가 다카기 아키미쓰(高木彬光)는 처녀작 《문신살인사건》 중에서 한 등장인물의 입을 빌려 이렇게 말했다.

과연 그렇다. 추리소설이란 근본적으로 이 말을 잊어서는 안 된다. 이지적인 요소와 기괴한 요소.

추리소설이 탐정소설이라고 명칭을 바꾸더라도 그것을 뒷받침하는 두 기둥은 영원히 변치 않는다.

프랑스 추리소설계의 거목 부알로 나르스자크는

"추리소설이란 추리가 공포를 만들어내고 그 공포를 추리가 진정시켜야 하는 이야기이다. 바꾸어 말하면 절대로 합리적인 설명을 찾아내게 되는 일종의 체험된 악몽의 창조이다."

라는 정의를 내렸다. 마루타니 사이이치는

"사체가 뒹굴고 있고 탐정이 나타나 알리바이가 무효로 되고 마침내 범인이 밝혀지더라도……그것만으로는 역시 추리소설이라고 하기 어렵다. 만일 거기에 어른의 동화 같다고 형언할 수밖에 없는 독특한 맛이 없다면"이라고 말한다.

이와 같이 알고 있는 사람은 다 알고 있다.

그러나 일본의 추리소설계에서는 이 양립하는 두 기둥의 어느 한쪽만이 지나치게 활개를 치고 있으며 그것 때문에 아주 초보적 단계에서부터 너무 분열되어 발달했다.

'이지적 요소' 쪽은 일단 추리소설이란 이름이 붙기는 했지만 단순히 신문 사회면 기사의 무미건조한 설명으로밖에 여겨지지 않는 중간소설, 또는 도표나 시간표 방향으로만 성장하여 그 결과 미스터리를 즐기고 있는 것인지 또는 수학이나 사회학 교실에 억지로 앉아 있는 것인지 헷갈리는 작품이 배출되고 있다.

한편 '기괴한 요소'는 이것 역시 멈출 줄 모르는 진전을 거듭하여 기괴는 에로티시즘으로 노골화되고 그로테스크해져서 이대로 나가면 나중에는 최신 추리소설이란 색정광이 시간표에 따라 살인하는 것을 형사가 뒤쫓는 사회 기사의 설명서와 같다는 분류가 생길지도 모른다.

다카기의 《문신살인사건》은 그런 현상이 나타나기에 앞서서 '두 기둥'이 가져다 주는 정묘한 균형 아래 완벽한 소우주를 창출한 걸작이다.

지라이야(自雷也)와 오로치마루(大蛇丸)와 쓰나데히메(綱手姬)의 문신 그림에 얽힌 이야기에서 생긴 살인이라는 역사적이며 다소 시대착오적인 주제에서 멋지게 이지적인 게임이 짜여지고 꽃을 피워 독자로 하여금 눈을 뗄 수 없게 하고 도취시켜 이윽고 조용히 막을 닫는다. 이 화려한 세계를 보라는 듯이.

문신의 문학에 대해서는 오치아이 기요히코(落合淸產)의 《피를 맞은 사나이〉라는 제목의 글 중에 다음과 같은 말이 있다.
"문신은 죽음을 통과하는 상징적 예행 의식, 곧 살인을 범하는 사람의 자격 인정 시험이다. 날카로운 바늘을 하나하나 살에 찌르고 적은 유혈을 되풀이하면서 최소한도의 가짜 죽음을 그는 체험한다. (중략) 이리하여 그는 죽음과 유혈을 다루는 자격과 권리를 얻는다."
다카기는 이 처녀작의 구상을 착안하기 전부터 본능적으로 위의 미학을 받아들였다고 짐작된다.
"박사님, 당신은 범죄자를 대단히 찬미하고 있군요?"
"그건 어쩔 수 없는 일입니다. 선악과 미추의 감정은 전혀 다른 범주에 속해 있는 것이기 때문입니다. 예를 들면 당신들은 문신을 눈엣가시처럼 싫어합니다. 문신을 하는 사람은 마치 모두 흉악한 살인범이나 강도범으로 생각합니다. 그런데 그렇지도 않습니다. 세계 문명국이라고 하는 구미에서는 왕후귀족 사이나 상류사회의 사람들도 문신을 널리 하고 있습니다(후략)."
그리고 다카기는 계속 쓰고 있다. 터부와 기학(嗜虐)과 현란(絢爛)함의 세계를, 여자 등에 새겨진 큰뱀의 그림이 그 육체의 주인은 숨을 거두었지만 그림만이 살아서 움직이듯이 보이는 순간의 불가사의한 전율을.
《문신살인사건》은 본디 근대 미스터리의 한 작품이므로 거기에는 교묘히 짜여진 밀실의 수수께끼가 있고, 그 수수께끼의 명쾌한 해결이 있으며, 게다가 밀실의 수수께끼 자체가 단순한 물리적 트릭 게임의 허무함에 머물지 않고 더 하나의 '기괴한' 심리적 트릭으로서의 큰 계략을 형성하는 몹시 공을 들인 작품이다.
그러나 이 작품의 진수는 문신에 의해 상징되는 이 작품의 다른 하나의 면, 어떤 종류의 기호나 감각의 특이함이다. 오늘날 일본의 추리소설은 이런 종류의 아름다움과 쾌감, 전율을 너무 많이 잃어버렸다.

왜 조그만 맨션의 한 방에서 샐러리맨과 술집 여자가 쉽게 죽이거나 피살되는 것일까?

왜 형사가 밥을 급히 먹고, 신문기자가 취재하러 가며, 아파트 단지에서 주부가 장바구니를 든 채 이웃의 소문을 듣고 있는 광경을 독자는 보아야만 하는 것일까?

일본의 추리소설은 어느새 이렇게 '세속화되고' '가정적이고' '일상적이고' '좀스럽게' 되어버렸다. 그 편이 '현실적이고' '사회성이 풍부하고' '바보스럽지 않는' 것이라 생각했는지도 모르겠다. 그러나 이러한 경향은 꿈과 시와 비약이라는 미스터리의 본질을 잃어버렸다는 면에서 참으로 안타깝다.

해미트나 챈들러, 울리치, 라이스도 그들이 쓰는 특수한 작품이 포의, 보들레르의, 노바타외나 프레벨에서 기원했다는 것을 결코 잊지 않았다. 추리소설이야말로 20세기의 '취한 배'라는 것을 그들은 잘 알고 있었다. 수학 강의나 범죄기록의 보고서가 되지 않는 '이지'와 황당무개함과 값싼 포르노로 전락하지 않은 '기괴함', 이 두 기둥을 골고루 구사해야만 《문신살인사건》 같은 일류 추리소설을 만들어 낼 수 있다. 그 뒤 4반세기 동안 다카기는 빼어난 추리작가만이 지을 수 있는 '아름다운 악몽'의 무리를 자아왔다. 절대로 합리적인 설명을 발견하지 않고서는 안 되는 명석한 악몽의 무리를.

가령 앤소니 셰퍼가 그의 희작(戱作)인 《탐정》 속에서 본격 추리작가를 철저하게 야유할지라도, 야유하는 일이야말로 실은 미스터리의 근본정신이라 할 것이다.

《문신살인사건》은 1948년 발행소 이와타니 서점(岩合書店)의 예상을 뒤엎고 팔리고 또 팔렸다. 작가는 그의 인생에서 가장 좋은 반려자를 전당포로 쫓아보내면서 그 작품을 창작해 냈다.

뒷날 300매 이상을 보태서 650매의 대작이 된 이 작품은 일본 추리소설 역사에서 찬연하게 제 빛을 내고 있다.